btb

»Fermer« ist der Debütroman von Hanns-Josef Ortheil. Er erschien 1979 und wurde nach seinem Erscheinen sehr schnell zu einem Kultbuch der jungen Generation, die sich mit dem jungen Fermer auf eine weit ausschwingende, Motiven der Romantik nachspürende Deutschland-Reise begab. Untergründig geht es dabei um die Rückgewinnung eines poetischen Heimatempfindens, das sich weder in der Idylle einrichten noch an früheren Heimat-Traditionen orientieren kann. Radikal subjektiv, »eigensinnig« und doch emphatisch ist Fermers Reise, die von Liebe, Freundschaft, »poetischer Geselligkeit« und dem Glauben an die Möglichkeit des Glücks getragen wird. »Fermer« wurde mit dem ersten »Aspekte«-Literaturpreis des ZDF für den besten deutschsprachigen Debütroman des Jahres ausgezeichnet.

Hanns-Josef Ortheil wurde 1951 in Köln geboren. Er ist Schriftsteller, Pianist und Professor für Kreatives Schreiben und Kulturjournalismus an der Universität Hildesheim. Seit vielen Jahren gehört er zu den bedeutendsten deutschen Autoren der Gegenwart. Sein Werk wurde mit vielen Preisen ausgezeichnet, darunter mit dem Thomas-Mann-Preis, dem Nicolas-Born-Preis, dem Stefan-Andres-Preis und dem Hannelore-Greve-Literaturpreis. Seine Romane wurden in über zwanzig Sprachen übersetzt.

Hanns-Josef Ortheil

Fermer

Roman

btb

MIX
Papier | Fördert gute Waldnutzung
FSC® C014496

Penguin Random House Verlagsgruppe FSC® N001967

7. Auflage
Genehmigte Taschenbuchausgabe Dezember 2007
btb Verlag in der Penguin Random House Verlagsgruppe GmbH,
Neumarkter Str. 28, 81673 München

»Fermer« erschien zuerst 1979 im S. Fischer Verlag,
Frankfurt am Main
Umschlaggestaltung: Design TeamMünchen
unter Verwendung eines Motivs von Egon Schiele,
Die Brücke, 1913, Öl auf Leinwand/The Yorck Project
Druck und Bindung: GGP Media GmbH, Pößneck
cb · Herstellung: sc
Printed in Germany
ISBN 978-3-442-73698-0

www.btb-verlag.de
www.facebook.com/btbverlag

»Ob ich nun auf einem so verzweifelten Spaziergang
den Weg ins Freie und in die alte poetische Heimat
gefunden habe, ob sich nicht vielmehr Aktenstaub
statt Blütenstaub angesetzt hat . . .
überlasse ich Ihrem
bewährten Urteil.«

Joseph von Eichendorff,
Brief vom 2. Dezember 1817
an Friedrich Freiherrn de la Motte Fouqué

I
Der Aufbruch

I

An einem Vorfrühlingsabend kehrte der junge Fermer nicht mehr in die Kaserne zurück. Es war noch recht kühl, doch waren die ersten Anzeichen des nahenden Frühlings zu bemerken. »Es tut sich etwas«, dachte Fermer, »scheint nicht alles aufspringen zu wollen?«
Um den Vollmond flogen eilend Wolkenfetzen, die sich sofort wieder zerstreuten; die sonst fahle Himmelsdecke war an einigen Stellen weit aufgerissen, und Fermer konnte die leuchtenden Sterne erkennen. Auch die Lastschiffe, die den Fluß hinauffuhren, schienen schneller zu fahren. Auf einem Schiff flatterten Wäschestücke an einer Leine, und eine Tür war so weit geöffnet, daß der Lichtschein auf ein neben der Wäsche stehendes Fahrrad fiel.
»Warum nicht sofort aufbrechen?« dachte Fermer und ging schneller voran. Das Neonlicht zwischen den Platanen am Ufer schien so hell auf die Knospen der Sträucher, daß sie künstlich zu sein schienen. Doch als Fermer plötzlich den noch schwachen Gesang eines Vogels hörte, war auch diese Künstlichkeit so unwichtig geworden wie die anderen verstummten Geräusche. Er wechselte singend den Schritt, begann zu laufen und hielt eine Zeitlang das Tempo eines Schiffes mit.
Schließlich erreichte er die Brücke, die aus der Stadt zu den Vororten führte, und als er sich auf ihrer Mitte umdrehte, sah er die Silhouette der Stadt wie ein eben fertig gewordenes Bild vor sich liegen.
Auf einigen Hochhäusern wechselte die Leuchtschrift. Manche Gebäude waren in gelbes Licht getaucht und erschienen wie Ton, der eben zu erstarren begann. Von den dunklen Häuserreihen hoben sich die langen Antennen ab, die in den erleuchteten Horizont ragten. Fermer erkannte die Hotelfassaden am Ufer. In den hell erleuchteten Rechtecken der

Fenster bewegten sich Menschen; manche hatten sich auch hinausgelehnt und schauten auf den Fluß. In einem Fenster sah Fermer eine Frau, die sich vor einem Spiegel hin und her zu bewegen schien.

Das Hupen eines Lastschiffes weckte ihn aus seiner Vertiefung, und er ging schneller voran.

Der Fluß war an dieser Stelle sehr breit. Er teilte sich vor einer Insel, floß wieder zusammen und verschwand zwischen den an beiden Ufern sich erstreckenden Hügelketten. In der Nähe der Stadt war er noch von Fabriken und Schornsteinen eingefaßt; doch am Horizont wurde er immer mehr zu einer kaum noch gekrümmten Linie, die sich in die Linien der bewaldeten Hügel einordnete. Dort in der Ferne zitterten kleine Lichter in der allmählich immer stärker hereinbrechenden Dunkelheit.

Fermer verließ die Brücke über einen schmalen Steg, der zu einer Ulmenallee am Ufer führte. Er wußte seine Unruhe kaum zu beherrschen. Eingefaßt von den Bäumen, ging er im schwachen Wind. Hier bewegte sich alles, und laut wie nie erschien ihm das Rauschen des Wassers.

Er blickte zu der Reihe der alten Häuser hinüber, die nahe am Weg lagen. Einige hatten noch kleine Erker im ersten Stockwerk, von denen man über den Fluß auf die gegenüberliegende Stadt blicken konnte. Hier und da war auch eine Tür zum Balkon leicht geöffnet; ein Vorhang wehte nach draußen, oder ein schwaches Licht fiel auf die Efeuranken, die sich um die Vorbauten schlossen.

Lange blieb sein Blick an diesen Häusern hängen; er spürte die Ruhe, die sich in ihrem Inneren ausgebreitet hatte. Vögel kreisten über dem Fluß und flogen kreischend hinter den Schiffen. Im Geäst der Bäume hielten Krähen ein, der Wind war stärker geworden. Die Wolken schienen sich der Erde zu nähern, und über ihnen klaffte der dunkle Himmel, dessen Mitte der Mond noch hielt.

Er wollte weitergehen und steckte die Hände in die Taschen

des Mantels, nach Wärme suchend. Im letzten Aufblicken bemerkte er eine Gestalt, die eine der schon geöffneten Türen weiter aufsperrte und auf den kleinen Vorbau hinaustrat. Sie lehnte sich auf die Brüstung und blickte in die Ferne. Sah er nicht deutlich eine Hand, die über dem Geländer lehnte, und flatterten nicht die Haare im Wind?
Fermer hielt wie erstarrt inne und glaubte, lange nichts Schöneres gesehen zu haben. Langsam trat er zurück ins Dunkel der Bäume, ängstlich schon, die Schöne könne in jedem Moment verschwinden und er allein zurückbleiben. Doch zugleich fühlte er auch schon, wie weit er von ihr entfernt war; ruhig schauend stand sie lange und schien den Wind nicht zu bemerken, während es um Fermer lauter wurde. Er wußte nicht, ob es das Rauschen des Flusses war, und drehte sich zum Wasser um. Das Ufer lief in langen Steinbänken aus, und zwischen den aufgeschichteten Steinen lagen Autoreifen und Abfall. Dort schlugen die Wellen mit dumpfem Geräusch an, während die Möwen noch niederfielen, um den angetriebenen Unrat aufzunehmen.
Als er sich wieder umdrehte, war die Gestalt verschwunden. Die Tür stand noch einen Spalt offen, und der schwere Vorhang wehte nach draußen. Inzwischen aber war auch das gedämpfte Licht im Inneren des Zimmers verloschen.
Fermer ging langsam am Fluß entlang und redete sich zu, nicht in Traurigkeit zu verfallen. Er spürte eine milde Schwäche, die sich während des Gehens nicht aufhob, und atmete kräftiger durch. Ihm gerade gegenüber lag die Insel, die den Fluß teilte. Ihre dunklen Baumreihen hoben sich vom hell beschienenen Wasser ab. Bis auf das Klatschen der Wellen am Ufer und das ferne Summen der Autos war nichts zu hören.
Er wußte nicht, wohin der Weg führte, und blickte zur Insel, als habe er ein Ziel gefunden. Nur wenig bewegten sich dort die schweren Bäume hin und her; dunkel und still lag das Land in der erregten Umgebung.

Nicht weit entfernt sah er einen Bootssteg; dort hoffte er zu finden, was er brauchte. Das Bootshaus war abgeschlossen, aber am Ende des Steges war ein Kahn an einen hölzernen Pfeiler gekettet. Er ging auf ihn zu über den schwachen, knarrenden Steg und sah sein zitterndes Spiegelbild in den Wellen. Die Kette war leicht zu lösen; neben den Ruderbänken lagen die Ruder auf dem Boden des Bootes. Der Lack glänzte im Mondschein. Er setzte sich auf das Ende des Steges; seine Beine hingen über dem Wasser. Die Strömung war nicht stark, der Mond beschien die Strecke. Er glaubte, es sei einfach hinüberzukommen.

Die Erinnerung an die verschwundene Gestalt aber ließ ihn nicht los. Er beugte sich über das Wasser, als könne er so leichter vergessen. Die Arme erschienen ihm seltsam schwer, die Luft war knapp geworden, sein Atem ging rasch.

Schließlich löste er die Kette, die ins Boot rasselte, sprang hinter ihr her, balancierte den Kahn aus, setzte die Ruder ein und fuhr mit einigen kraftvollen Stößen los. Als er die Bewegung des Kahnes wahrnahm und sah, daß er langsam vorwärts kam, während das Wasser leicht an die Ränder klatschte, wuchs mit jedem Stoß sein Vertrauen zu sich selbst. Er atmete tiefer ein und bemerkte die Rinne, die der Kahn in die Wellen zog. Vom Ende des Bootes reichten die beiden Linien bis ans Ufer und hielten eine still gewordene Fläche. Die Möwen flogen flach hinter ihm; es schien beinahe zu stürmen, und doch wußte er, daß er es sich nur einbildete. Die Wellen gingen so hoch wie zuvor, und die Ulmen am allmählich verschwindenden Ufer bewegten sich nur schwach. Einmal mußte er vor Erschöpfung die Ruder loslassen, und der Kahn trieb ein wenig in der Strömung.

Als Fermer sich umwandte, erkannte er schon die wild ineinandergewachsenen Baumgruppen, kleinere Büsche am Ufer und den schmalen Sandstreifen davor; mit jedem Ruderstoß näherte er sich einer Stille, die ihm groß und schwer erschien. Der Wind schwächer, nur die langsame Bewegung der Bäume, das Rascheln der Büsche in der Dunkelheit. Das Boot lief auf den Sandstreifen, und Fermer sprang heraus, um es vom Wasser wegzuziehen. Als er aufblickte, lag ihm gegenüber die Allee der Ulmen, hinter denen sich die alten Häuser verbargen, wie ein längst verlassenes Land, das er anschaute wie ein Fremder.

Er zwängte sich zwischen den Büschen hindurch und erreichte einen schmalen Pfad, der ins Dunkel führte. Durch die Baumreihen gelangte er in freieres Gelände. Er stolperte gegen die harte Erde eines Ackers und erkannte eine Wiese, die von Pappeln eingesäumt war. So war er an der anderen Seite der Insel angekommen und stand jetzt der Stadt gegenüber, deren Bild grell aufleuchtete, flackernd wie ein Feuer, das noch im Wasser zu glühen schien. Es leuchtete stärker als zuvor und hob sich wie ein unruhig zitterndes Relief von der dunklen Umgebung ab.

Dahinter aber brodelte es; manchmal flogen Lichtfetzen hinaus über die Häuserfassaden im Vordergrund und verglühten wie Sternschnuppen im Dunkel. Auch war es lauter geworden – im fernen Dröhnen hörte er Autohupen und ein sich regelmäßig wiederholendes Zischen.

Er sah zum Bootshafen, erkannte die dunklen Lagerschuppen und die Schienen, auf denen im Sommer die Boote ins Wasser gelassen wurden. Zwischen den hohen Hotelfassaden riß es manchmal hell auf, und auf der breiten Uferstraße bildete der unablässige Strom der vorüberfahrenden Wagen ein helles Band, von dem sich die verblichenen Stämme der Straßenbäume abhoben. Flußabwärts die weißen Rückseiten der Wohnwagen in der Nähe der Schrebergärten; dort führte die Eisenbahnbrücke über den Fluß, über die die Züge glitten, in der Ferne flimmernde Ketten erleuchteter Fenster, die aufzuckten und verbrannten.

Er saß jetzt ruhiger, an eine Pappel gelehnt und fühlte, daß der innere Druck nachließ. Er schaute zum Mond, der

zwischen den schnell ziehenden Wolken immer wieder hervortrat, und konnte sich wortlos nicht mehr an das erinnern, was vorgefallen war. Er wußte, daß etwas in ihm aufgebrochen war, und einmal nahm er den Kopf zwischen die erkalteten Hände.
So blieb er sitzen, bis die ersten Lichter verloschen und der Verkehr verebbte; längst waren die meisten Hotelfenster verdunkelt. Es war sehr kühl geworden, und als er die Kälte endlich bemerkte, stand er langsam auf und ging den Pfad zurück. Am Rand der Wiese traf er auf eine Hütte, die Tür war geöffnet. Im Inneren waren Hacken und Schaufeln gegen die morsche Holzwand gelehnt, einige Torfsäcke lagen herum. Er breitete sie in einer Ecke aus und zog die Tür an.
In seinem Kopf brauste es noch eine Weile, das Geräusch des Wassers war ihm einmal ganz nahe, als stehe das Wasser schon vor der Tür; dann glaubte er das Pfeifen eines Zuges zu hören, lange noch das monotone Summen der Autos. Ihm war, als sei er in ein stürmisches Dunkel gefallen. Die Bilder verschoben sich zu Leuchtzeichen.
Spät erst legte sich der Aufruhr durch die tiefe Müdigkeit; endlich schlief er ein.

2

Früh am Morgen erwachte Fermer, und mit den ersten Bewegungen wußte er, daß er jetzt schon gesucht wurde. Die Angst stieg scharf in ihm auf, er spürte die pochende Leere des Magens. Wie zum Hohn war es trüb, als er die Tür aufstieß, dunkle Wogen dicht über der Ebene. Nur am Horizont war der verdüsterte Himmel noch hell.
Erst jetzt bemerkte er, wie laut es schon um ihn geworden war. Aus der Nähe kam das Schürfen eines Baggers, das Rasseln von Ketten; auf der Brücke huschten die Wagen unter den noch schwach leuchtenden Straßenlampen.

Als habe er die rechte Zeit verpaßt, beeilte er sich, zurück zum Boot zu kommen. Es lag auch wirklich noch da, wo er es in der Nacht untergebracht hatte. Er schaute sich nicht mehr um, sondern schob es sofort ins Wasser, sprang hinein und ruderte zurück.

Er blickte nicht um sich, sondern ruderte so schnell es ging. Schließlich legte er mit dem Boot am Steg an, kettete es fest und ging sofort, ohne sich auch nur noch einmal umzuschauen, über den Steg zurück durch die Ulmenallee, in der der Wind noch rauschte.

Vor Anstrengung und Widerwillen gegen alles, was um ihn war, konnte er nicht mehr weitergehen. Er setzte sich auf eine Bank und nahm den Kopf zwischen die Hände, ließ ihn aber bald schon vor Müdigkeit fast auf die Brust fallen. Die Empfindungen waren schwach, nur die Aufregung blieb, und er wußte nicht, ob es Angst war oder die noch nicht verblaßte Erinnerung an die vergangene Nacht.

Er schüttelte sich und vermied es, zur Stadt zu blicken. In der Nähe roch das Wasser des Flusses stark nach Öl; er kam vom Uferweg ab und erreichte die Autostraße. Eine Bushaltestelle war nicht weit entfernt, und unter dem Wartehaus standen die Menschen schon eng nebeneinander, als habe es längst begonnen zu regnen. Einige schauten zu ihm hinüber, und für einen Moment empfand er die Gefahr, bemerkt und erkannt zu werden. Aber die Müdigkeit war so groß, daß dieser Gedanke schnell wieder verschwand; er ging auf das Wartehaus zu und stellte sich zu den Wartenden.

Sie machten ihm Platz; als er unter ihnen stand, bemerkte er sofort, daß niemand sprach. Einige hielten Zeitungen in der Hand; zum Lesen hatten sie die Blätter in der Mitte geknickt. Eine junge Frau mit einem roten Kopftuch blickte zu ihm, und er glaubte, ein Lächeln zu bemerken; doch die Frau wandte den Kopf sofort wieder ab, schaute auf die Finger, die sie vor dem Körper spreizte, und öffnete eine schwarze Handtasche.

Als wenig später der Bus kam, stiegen alle schweigend ein und setzten sich sofort ruhig hin. Im Wagen war der Geruch von Fäulnis, Urin und dem Papier der Zeitungen so stark, daß er sich beherrschen mußte, um sich nicht zu übergeben.
Er blickte aus dem Fenster auf den grauen Fluß, den der Bus eben überquerte und bemerkte erst jetzt die junge Frau mit dem Kopftuch, die sich neben ihn gesetzt hatte, und, als sie seinen Blick spürte, leise zu sprechen begann.
Er müsse eine schlimme Nacht hinter sich haben, so müde wie er aussehe. Hier habe sie ihn noch nie gesehen; dabei kenne sie beinahe jeden in dieser Gegend. Fermer konnte sie nicht ansehen und hörte still zu, zum Fenster hinausschauend. Es gelang ihm nicht, zwischen den dichten Baumreihen am Ufer der Insel hindurch auf die Hütte zu blicken.
Die Frau erzählte weiter; sie sei Serviererin in einem Café. Morgens müsse sie früh zur Stelle sein, am Bahnhof ständen zu dieser Zeit immer einige Leute herum, die einen warmen Raum und etwas zu trinken brauchten.
Sie sprach langsam, nickte manchmal auch zwischen den Sätzen mit dem Kopf und blickte dabei lange auf eine Stelle.
Ihr Sprechen beruhigte ihn. Für einen Moment kam es ihm vor, als kenne er sie schon lange. Bei diesem Gedanken mußte er lächeln, und sie schien es zu bemerken, denn auch sie lachte plötzlich, als habe sie etwas Lustiges gesagt. Ein Mann blickte sich um, und Fermer schaute schnell wieder zum Fenster hinaus.
Bald mußte der Regen beginnen. Im Bus war es jetzt warm. Fermer blieb still, weil ihm nichts einfiel; auch die Frau hatte das Sprechen aufgegeben. Ihm aber wurde es wohler; fast war er schon belustigt, als der Bus die Brücke verließ und nach einer Kurve in die große Straße einbog, die in die Stadt führte.
Er glaubte, den Gedanken an die Zukunft wieder ertragen zu können. Seine Sicherheit wuchs, je länger der Bus fuhr. Er wünschte sich, noch lange so neben der ruhig schauenden

Frau sitzen zu dürfen. Die ihm plötzlich zugefallene Freiheit wollte er vorerst nicht aufgeben. Als er daran dachte, wurde er für einen Augenblick wieder so aufgeregt, daß er schlukken mußte, um sich zu beruhigen. Die Zukunft erschien wie eine grenzenlose Landschaft; bei diesem Gedanken beugte er sich zu der Frau hinüber und sagte fast übermütig, daß er in ihr Café kommen wolle.

Als sie ihn kurz anschaute, erkannte er die tiefe Müdigkeit in ihren Augen.

Am Bahnhof stiegen sie aus, die Frau deutete auf das nahe Café, und Fermer sagte ihr, daß er wenig später kommen werde. Er wollte sich eine Zeitung besorgen und ging in den Bahnhof, wo vor einem Stand die Zeitungsstöße lagen. Der Verkäufer holte sie gerade herein und schnitt mit einem Messer die Kordel durch, mit der die Bündel umschnürt waren. Er legte die Zeitungen aus, während neben Fermer schon einige Männer warteten, die schweigend das abgezählte Geld hinlegten und sich eine Zeitung vom Stoß nahmen.

In der Wartehalle saßen schlafende Männer; einem war der Kopf weit nach hinten auf die Lehne gesunken. Eine Frau kehrte den Unrat zusammen.

Auf dem großen Platz vor dem Bahnhof verfolgten sich schon die Tauben und drehten sich umeinander im Kreis. Als Fermer auf sie zuging, flogen sie auf, kreisten über dem Platz, landeten auf dem Dach des Bahnhofes und schüttelten das Gefieder. Der Platz war noch fast leer; nur die Straßenfeger in ihren orangenen Überzügen kehrten den Dreck zwischen den Straßenbahnschienen zusammen, und wenig später fuhr eine Maschine hinter ihnen her, die Wasser über den Boden sprühte, so daß die Papierfetzen zur Seite flogen.

Es war noch dunkler geworden, und als die Straßenbahnen und Autobusse vor dem Bahnhof hielten, flüchteten die Ausgestiegenen mit schnellen Schritten in die breiten Straßen, die vom Bahnhof ins Innere der Stadt führten, als

duckten sie sich unter dem sich immer mehr zusammenziehenden Himmel. Nur in der Weite der Straßenschluchten war der Horizont hell aufgebrochen; die Dunkelheit aber schien alle Hoffnung aufzuschlucken, und schon bald, nachdem die Straßenbahnen gehalten hatten, waren die großen Straßen wieder leer, und nur Fermer behielt noch seinen langsamen Schritt bei, während die Ampeln an den Kreuzungen unermüdlich umsprangen. Fermer sah, als er ins Innere der Stadt ging, die noch unaufgeschnürten Zeitungsstöße vor den Tabakläden, die Katzen, die von einem Brunnen ins Dunkel eines Hauseinganges flüchteten, auch die noch geschlossenen Türen der Kaufhäuser, hinter ihnen die Fahrräder, an Schaufensterpuppen gelehnt.
Durch die Fußgängerzonen preßte der Wind Zeitungsblätter und Papierfetzen, die an den Blumenständen hängenblieben; Pappbecher kollerten in die Rinnsale. Die Geschäfte waren noch geschlossen, nur in einigen Bäckereien gingen schon Verkäufer umher und brachten Netze mit frisch gebackenen Brötchen nach draußen, wo der Motor eines wartenden Wagens noch lief.
Auf einem der weißen Stühle zwischen den Blumenständern, die aneinandergekettet waren, saß ein alter Mann und prostete Fermer mit einer Flasche zu. Der aber ging weiter. Er freute sich auf das Café, das erwärmt sein würde, und schüttelte sich in der Kälte des Windes, der stark durch die Straßen fegte und die dunklen Wolkenberge bewegte.
Als er aber wenig später in eine der kleinen Nebenstraßen einbog, die hinab zum Marktplatz führte, und die auf dem Platz schon aufgebauten Obst- und Gemüsestände erkennen konnte, kam ihm ein grüner Wagen langsam entgegen, und erst allmählich begriff er, daß es ein Polizeiwagen war. Die schmale Straße war sonst leer, er hörte das gleichmäßige Summen des Motors. Er erschrak und war im gleichen Moment doch schon fest entschlossen, seine Freiheit zu verteidigen. Er ging etwas schneller voran, in die Ferne

schauend, wo es hell war über dem großen Gefälle der von der Dunkelheit überdeckten Häuser. Er nahm seine Schritte wahr, spürte, wie die Füße aufsetzten; es ärgerte ihn, daß er keine Tasche trug, nichts in der Hand hielt außer der Zeitung. Schon wagte er kaum noch zu schlucken; die Zeitung unter den Arm geklemmt, versuchte er, gleichgültig weiterzugehen. In seinem Kopf tickte es, als laufe die Zeit ab, während der Wagen langsam an ihm vorbeirollte und er die Stimmen des Polizeifunks hören konnte. Die Polizisten schauten an ihm vorbei, und ihr Blick schien in der Ferne hängengeblieben zu sein.
Fermer ging, langsam ausatmend, weiter wie auf Zehenspitzen; der Druck der plötzlichen Anspannung wich von ihm und machte einer Freude Platz, die er schließlich nicht mehr zu beherrschen wußte. Er nahm die Zeitung in die rechte Hand, und während er vor Glück zu laufen begann, schlug er mit ihr in die Luft.
Er hielt erst ein, als er am Marktplatz ankam und einige Frauen, die an den Gemüseständen hantierten, verwundert aufblickten, als sie die schnellen, weit hallenden Schritte hörten. Die vollen Kisten mit Gemüse und Obst wurden ausgeladen und auf die Stände geschoben, die vor dem befürchteten Regen überdacht waren. Eimer wurden mit Wasser gefüllt und Blumensträuße hineingestellt. Eine Frau packte auf ihrem Stand Tüten mit Gewürzen aus, es roch stark nach Anis, Lauch und Rosenkohl.
Er wusch sich die Hände und das erhitzte Gesicht mit dem Wasser des Marktbrunnens, und als er sich über den Brunnenrand beugte, erkannte er staunend seine weitaufgerissenen Augen und das wirre Haar.
Eilig nahm er dann den Weg zum Café, den Wind ließ er an sich vorbeistreichen mit dem milden Gefühl, daß er ihm durch den Kopf wehe.
Als er die Glastür des Cafés aufstieß, blickte ihn die Serviererin an, als habe sie auf ihn gewartet. Er setzte sich an einen

der kreisrunden Tische, und sie kam hinter der Theke hervor. Als sie sich zu ihm niederbeugte, las er ihren Namen, Anna, auf einem weißen Schildchen über der linken Brust. Er bestellte ein Frühstück und bemerkte, als er sich umschaute, einige Männer, die meist allein an den Tischen saßen und rauchten.

Wenig später wurde das Frühstück auf einem Tablett gebracht. Anna setzte es vorsichtig auf dem Tisch ab, hob die Gegenstände langsam herunter und setzte sich schließlich auch.

Er konnte sie nicht unbefangen anschauen und ahnte doch, während er den Kaffee aus der Kanne in die Tasse füllte, daß sie ihm gerade ins Gesicht blickte. Der Wind in seinem Kopf verwehte, und die Wärme stieg allmählich in ihm hoch. Im Hintergrund spielte ein Kofferradio. Er erzählte vom Morgen in der Stadt und der Weite des Marktplatzes, auf dem die Verkäufer begonnen hatten sich einzurichten. Während er sprach, hörte er die Zeitansagen im Radio, später den Wetterbericht und die Nachrichten für die Autofahrer. Aber alles verhallte in der Stille des Raumes.

Er trank den Kaffee langsam aus und bat Anna um einen Cognac, den sie lächelnd holte. Durch die schmutzigen Gardinen konnte er auf den Vorplatz des Bahnhofs schauen. Vor dem Fenster liefen die Menschen jetzt zahlreicher vorbei als zuvor; an den sich biegenden schlanken Birken erkannte er das heftige Wehen des Windes. Anna kam mit dem Cognac zurück, und er nahm einen großen Schluck, der ihn noch mehr erwärmte und den er, während er weiter erzählte, in sich verrinnen spürte.

Er wurde gesprächiger und legte einmal seine Hand, ohne zu zögern, aber wie unbeabsichtigt, auf Annas Finger, die sie nicht bewegte. Kurz darauf entschuldigte sie sich, als sie an einen anderen Tisch gerufen wurde, um zu kassieren.

Jetzt wurde die Tür schon häufiger geöffnet, der Wind stieß für einen Augenaufschlag herein, und jemand setzte sich an einen Tisch. So füllte sich das Café langsam immer mehr, während Fermer seinen Cognac austrank, einen neuen bestellte und zum Bahnhof hinüberschaute.

Er hatte große Lust zu verreisen und stellte sich die einfahrenden Züge vor, in denen er verschwinden und durch die er in eine ganz andere Gegend entlassen werden könnte. Die Möglichkeit, sich so der Verfolgung zu entziehen, lockte ihn.

Er stellte sich Bahnübergänge vor, an denen der Zug vorbeifahren mußte, die wartenden Fußgänger mit den Regenschirmen vor den geschlossenen roten Schranken, die Regennässe auf den Schindeln der Häuser, die in den Gemüsegärten in der Nähe der Bahngeleise Arbeitenden, die aufschauten bei der Vorbeifahrt des Zuges, die Burgen auf den Höhen am Fluß und die regenblaue Breite des Flusses selbst, die sich vor ihm auftun würde wie ein nie zu vergessendes Zeichen. Tief über der Flußebene würden die dunklen Wolken stehen und sich bis an die Abhänge der Weinberge drängen, wo die Rebstöcke noch kahl und dunkel waren. Und der Boden zwischen ihnen wäre schon umgepflügt und überall die Erwartung auf die Helligkeit hinter diesem Dunkel der Wolken.

So träumte er vor sich hin und achtete nicht mehr darauf, wieviel er schon getrunken hatte. Leicht hatten ihn seine Gedanken aus dem verqualmten Raum geführt; er dachte sich immer neue Landschaften aus, sah sich auf Landstraßen entlanggehen, die in grüne Täler verliefen, wo die Äcker braun und naß sich gegen die Wiesen und die noch unbelaubten Wälder abhoben, die ersten kräftigeren Farben, an denen die Augen lange hängenbleiben mochten.

Lange saß er so an seinem Tisch, und erst als er sich wieder nach Anna umschaute, bemerkte er die Umgebung und sah, daß er das leere Glas in der Hand hielt. Er bestellte noch einen Cognac und hörte, daß es der vierte war. Verwundert stellte er fest, wie voll es inzwischen geworden war. Die

ersten Schüler waren hereingekommen, drei schmächtige Jungen, die sich über ihre Hefte beugten und die Ergebnisse ihrer Arbeiten miteinander verglichen, während sie Zigaretten zwischen den Fingern hielten, darauf achtend, daß die Asche nicht aufs Papier fiel.
Als Fermer sie sah, lehnte er sich wie unter der Last einer Erinnerung zurück, und indem die Geräusche des Raumes, das Klirren der Teelöffel auf den Untertassen, die Ansagen des Radios, leiser wurden, entstand das Bild seiner Schulzeit, die erst wenige Monate zurücklag und von der er sich doch schon so weit entfernt fühlte, daß er sie begreifen und betrachten konnte wie etwas längst Vergangenes . . .

3

Und im ersten Ansturm der Erinnerung erwuchs aus dieser Vergangenheit nur das Bild eines übermüdeten Menschen, dessen Finger feucht waren vom Kreidestaub, in dessen Kopf die nicht ausgeschüttelte Nacht beschwerlich drückte und vor dessen in der Helligkeit zitternden Augen die Lehrer auf den einsam vor den Schülern stehenden Stuhl fielen, lustloser noch als sie selbst.
In allem war diese Zeit eine nur halb gelebte gewesen. Karg wurde das Wissen aufgetischt, das schon auf Jahre hin abgemessen war; wie schwunglos war die Zeit vergangen, geduckt in Bänken, der schlechten Luft, in der man sich gähnend den Kopf hielt. Durch die Lehrbücher, die schon nach den ersten Lektionen ihren Reiz verloren, drangen die vom Bleistift verordneten Anmerkungen so langsam von Übung zu Übung, daß – wie in einem Dickicht – hinter dem eben eröffneten Weg die Büsche und Zweige wieder zusammenschlugen und das eben noch Gewußte ins Dunkel versank.
Es gab nur Augenblicke, und auf sie war das Wissen bezo-

gen, das aus den Köpfen, mühsam wie aus der Tube gepreßt, quoll und sich in den Heften verkleckste.
Es war die Zeit ohne Entdeckungen, die Einübung der Stumpfsinnigkeit, in der jede Neugierde erstarb; der Drill der verrichteten Arbeit entlarvte sich bei den Ausflügen, wenn die Lehrer sich ihrer militärischen Kenntnisse brüsteten und die Schüler im Haufen und strengem Schritt durch die Landschaft befehligten.
Wie sehr hatte er diese Zeit als Demütigung empfunden! Wie stark hatte er sich bemühen müssen, sich gegen die verstreichenden Tage zur Wehr zu setzen, nicht in den eintönigen Verordnungen die Ahnung der Freiheit zu verlieren!
Die ungezählten Wege zur Schule den großen Berg hinab ins Tal hatten den Blick geschärft für unbewachte Plätze, etwa den Friedhof, den er an jedem Morgen durchquerte. Umgeben von einer hohen Mauer lag er zwischen den Ausfahrstraßen, die aufs Land führten. Die alten Kastanienbäume standen an den schmalen Wegen, und in seiner Mitte lag auf steinernem Sockel ein wie eben in den Schlaf gesunkener Löwe, den schweren Kopf auf den weit ausgestreckten Vorderbeinen. Die Plastikgießkannen schaukelten im Wind an kleinen Eisenketten, und das Wasser des bemoosten Brunnens roch weit nach Fäulnis und schon verwelkten Blumen, Blütenblätter auf der dunklen Wasserfläche. Wie gern war er hier vorbeigegangen ...
Noch die Erinnerung versetzte ihm einen Stoß, und doch kam ihm diese stille Zeit vor, als habe sie nur zu seiner Kindheit gehört, von der er sich zu lösen glaubte. Aber diese Stille der Plätze des Friedhofs, die er geliebt hatte, würde er nicht vergessen, und nicht leicht würde er wieder so unbeteiligt und in sich versunken die Umgebung betrachten.
Dort hatte er die großen Grabdenkmäler gesehen, wie kleine Häuser, die vor dem Regen schützen sollten. Wenn man durch das rostige Gitter ins kühle und dunkle Innere

schaute, so ging es dort eine Treppe hinab, oder der Blick fiel auf einen kleinen Altar. Steinerne Kandelaber, Efeuranken um runde Tempel, vor denen zwei Engel ihre Fackeln dem Boden zukehrten. Aus dem Giebel ragte ein Totengerippe mit der Sanduhr in der Hand, und neben den Schriftrollen aus Stein, die auf der Grabplatte lagen und auf denen eine Schrift verkündete, daß das Leben ein Traum sei, hielten zwei Frauen einen Lorbeerkranz.

Jede Familie hatte ihrem Geschmack hier ein Denkmal gesetzt, und man konnte lange herumgehen, ohne daß sich die Grabmäler ähnelten. Korinthische Kapitelle beugten sich unter schweren Architraven, Engel hielten Tafeln, von denen in goldener Schrift die Todesmahnungen des Alten Testamentes leuchteten.

An so manchem Morgen hatte er sich früher als nötig aus dem Haus gemacht. Hier sah er gerne die Schwalben unter den hohen Bäumen hervor- und hoch hinauf zum Himmel segeln. Weiter unten, wo der Boden sandiger und trockener war, schwankten die Pinien, und an den gräulich braunen Stämmen glänzte noch die Feuchtigkeit der Nacht. Hier hatte er seine Bücher aufgeschlagen und sich die zu lernenden Texte laut vorgesprochen, wenn er nicht zu lange im Blick auf die hohe schwankende Tuja verweilt hatte, die zwischen den Eibenhecken stand und breit und dunkel ihm seltsam feierlich erschien.

Manchmal, wenn die Sonne schon durchgebrochen war, hatte er sich auch schon auf der Bank ausgestreckt und in den Himmel geschaut, vor dem die Birkenäste schwankten und dessen schwaches Blau sich langsam ins Grün der Bäume senkte. Dann waren die Gedanken gleichsam hinausspaziert ins Freie, und erst ein fallender Tropfen mochte ihn an die Zeit erinnert haben und auch daran, die Bücher nicht zu vergessen.

Aber jenes gedankenvolle Empfinden, das Gefühl, still hin und her bewegt zu werden, lautlos höher gehoben – das ließ sich noch festhalten, wenn er den Friedhof schon weit hinter sich hatte und über die Straßenbahnschienen an den Autotankstellen vorbei zur Schule lief. Am Eingangstor stand hoch aufgerichtet eine Athene auf grauem Sockel, den Speer in der Rechten. Zwischen den Augenhöhlen sprang die spitze Nase hervor, und die Falten des Kleides waren scharf und fielen auf die nackten Füße, zwischen denen der Vogelkot sich versteckte.

Die ungeliebten Anstrengungen der Schulzeit hatten ihn, ohne daß er es merkte, immer mehr auf sich selbst verwiesen. Er hatte sich daran gewöhnt, alles, was er haßte, nicht mehr ernst zu nehmen, und darüber war auch allmählich seine Wut auf die Lehrer und einige Mitschüler, die ihnen bereitwillig zu folgen gewohnt waren, weil sie es nicht besser wußten, verschwunden. Er glaubte den Worten der Lehrer nicht mehr, er mißtraute ihren Ratschlägen, er lächelte manchmal über ihre Redensarten und hielt die meisten für so kleinlich, daß er sich ihr Leben nur in viel zu engen Wohnungen vorstellen konnte.

Sein Verhalten war auch den Lehrenden nicht unbemerkt geblieben. Sie wurden irritiert, wenn er manchmal still vor sich hinlächelte, und nicht selten fragten sie ihn nach dem Grund seiner Vergnügtheit. Zuerst hatte er nur unwillig den Kopf geschüttelt, sich später, als die Lage gefährlicher geworden war, Ausreden ausgedacht, schließlich aber keine Versuche mehr gemacht, sich zu verteidigen. Er saß zu dieser Zeit in der Nähe eines Fensters, und wenn es ihm zuviel wurde, stand er auf, um es zu öffnen; der frische Luftzug, manchmal der Geruch der Feuchtigkeit, im Sommer vom trockenen Asphalt des Schulhofes beruhigten ihn für eine Weile.

Schlimmer wurde es erst, als er in eine dunkle Ecke des Zimmers verwiesen worden war. Weil er durch seinen Widerstand zu erkennen gegeben hatte, daß ihm ein hellerer Platz nicht ganz unwichtig war, hatte man ihn um so lieber, mit dem

Empfinden, ihn endlich einmal verletzen zu können, in die ungeliebte Ecke beordert. Hier führte er bald ein noch zurückgezogeneres Dasein. Nicht selten träumte er ins Licht der Fenster, durch die er auf die Kuppel einer Kirche schauen konnte. Im Winkel sitzend, erreichten ihn die Blicke der Lehrer seltener als zuvor. So begann er, sich in den langweiligen Stunden selbst zu beschäftigen. Er brachte sich Bücher mit und breitete sie unter der verschmierten Schulbank aus.

Einmal hatte er in die Stille hinein eine Seite umgeblättert und beim Heben seines Kopfes den Lehrer schon auf sich zukommen sehen. Er hatte das Buch hervorgeholt und sofort auf den Tisch gelegt. Es war eine Auswahl von Goethes Gedichten, und der schon auf seinen öffentlich zu zeigenden Zorn eingespielte Lehrer hatte das Buch nur kurz in die Hand genommen, dann aber vorsichtig durchgeblättert und schließlich nur stumm und kopfschüttelnd zurückgegeben, als sei er gegen solche Lektüre hilflos.

Bald konnte Fermer sich so mit der stillschweigenden Duldung einiger Lehrer in seine Bücher vertiefen. Nie hatte er die Erregung vergessen, die ihn befallen hatte, als er auf Goethes Gedicht vom »Schwager Kronos« gestoßen war. Die hastige, auffahrende Bewegung machte ihn wie trunken von innerer Stärke. Hier glaubte er endlich einen Verbündeten gefunden zu haben. Die Abkehr vom »rasselnden Trott«, der Aufruf »rasch ins Leben hinein« – das machte er sich zur Maxime, und er verband mit ihr das schnelle Laufen im Regen, das ihn oft so übermütig machte vor Freude und ihn auf die Höhen der die Stadt umgebenden Berge führte, von denen der Blick weit hinab in die Flußebene ging, wo schon seit langer Zeit die Stadt sich an den Fluß drängte und früher Schiffe und Kähne ausgeladen worden waren. Dann, hoch über der Ebene stehend, die manchmal golden im Leuchten des sonnenumglänzten Stromes zitterte, dachte er an die Verse, die den Blick beschrieben, der »weit hoch herrlich« »rings ins Leben hinein« ging.

Einmal hatte man den Schülern im Musikunterricht Schuberts Vertonung dieses Gedichtes vorgespielt. Fermer hatte mehr als sonst den Kopf eingezogen, wie beschämt darüber, daß man das, was er still und beharrlich liebte, so leichthin unter die kichernden und schwätzenden Mitschüler austeilte. Er hatte die ganze Zeit über geschwiegen und endlich, als es ihm zuviel wurde, gebeten, den Raum verlassen zu dürfen, weil ihm nicht wohl sei. Draußen hatte er sich auf eine kleine Mauer gesetzt, die den Schulhof von der Straße trennte und ruhig das Ende der Stunde abgewartet.

Sonst aber hatte er es vermieden, sich allzusehr von den anderen Schülern zu entfernen. Mochten die Nachmittage und frühen Abende auf den langen Spaziergängen ihre Geheimnisse auftun und ihn mit manchem plötzlichen Blick auf eine Lichtung in den Buchenwäldern, deren graudunkle Stämme er besonders liebte, überraschen – er fühlte doch, daß dies ein eigenes, wohl zu behütendes Leben sei, das er mit den Mühen der Schulstunden nicht vermischen dürfe. Schon früh ahnte er, daß er sich, schützend über sich selbst gebeugt, von den anderen zu entfernen begann. Und wirklich stellte sich auch ein immer größerer Abstand her, der sich in der respektvollen Weise, mit der man ihm begegnete, einer Art gesetzter Höflichkeit, äußerte, durch die man ihn anerkannte und doch zu verstehen gab, daß man ihn nicht durchschaute. Anstatt sich in seiner Einsamkeit einzurichten, vermied er jedoch alles, was den Abstand hätte vergrößern mögen. Er wußte, daß er, indem er auf seinen Träumen und der Innigkeit seines Lebens bestand, nur eitler und überheblich geworden wäre.

Wie verzaubert kam er an manchen Tagen von seinen weiten Gängen zurück in die Enge seines Zimmers, von den Obstfeldern, wo die Bäume im hellsten Blütenrausch standen, von den kleinen Seen in der Nähe des Flusses, auf deren Schilfinseln die Vögel nisteten. Aber er wollte sich in diesem Glück nicht einrichten, unduldsam bleiben, bis jene graue

Alltäglichkeit, die er scheute, in jenes Glück eingegangen wäre. So schloß er sich manchmal bereitwillig den anderen an, die ihm oft hilfsbedürftig und unsicher erschienen. Wenn sie am Morgen im Dunkel des Schulhofes hinter ihren Schultaschen standen und noch einmal in ihren Büchern blätterten, glaubte er, ihnen zu Hilfe kommen zu müssen, so sehr schienen sie auf etwas zu warten, das sie selbst nicht einmal kannten.

Nichts war ihm furchtbarer als die Vorstellung des ereignislos verstreichenden Lebens, das kraftlos in den Tod versikkerte. Und doch stellten die anderen an manchem Morgen ein Bild jenes Lebens dar, wenn sie nebeneinander unter den aufgespannten Schirmen im Regen auf den Schulbeginn warteten oder im Sommer an den Wänden des Hofes lehnten, müde und sprachlos. Diese Leblosigkeit ängstigte ihn, und er versuchte, mehr von ihnen zu erfahren. In den Gesprächen erreichte er manchmal die Nähe eines Geständnisses, und auch die anderen schienen in ihm eine Gewißheit zu suchen. Zu Beginn eines neuen Schuljahres wählten sie ihn zu ihrem Sprecher.

Verwundert nahm er die Aufgabe ernst. Sie zog ihn für kurze Zeit ganz aus seiner selbstgewählten Einsamkeit. Gleichzeitig führte sie ihn in eine noch stärkere Auseinandersetzung mit den Lehrern, auf deren Fehler er mehr achtete als zuvor. Er kritisierte ihren Unterricht offen und duldete nicht mehr, daß einige seiner Mitschüler, die schon oft für die manchmal unvorhersehbar ausbrechende Wut der Lehrer hatten herhalten müssen, so beleidigt wurden, daß sie schließlich nur noch still und mutlos in ihren Bänken saßen. Er wollte jede Möglichkeit der Gegenwehr nutzen, darüber immer heftiger werdend, einseitiger und lauter. Aber so hatte er immerhin den Widerstand der Lehrer fast ganz auf sich gezogen, und die zahllosen, durch ihre Unscheinbarkeit um so stechenderen Ungerechtigkeiten prallten auf ihn. Durch die Emphase seines Widerstandes wuchs

allmählich wieder der Abstand zu den anderen Schülern, die sich an seinen Aktionen kaum noch beteiligten. Die Angst, durch schlechte Noten bestraft zu werden, ließ sie die Ungerechtigkeiten ertragen und erstickte schon beinahe ihre ganze Aufmerksamkeit.
Als Fermer merkte, daß ihn auch diese Aufgabe nur noch einsamer und einseitiger machte, ließ er sie ebensoschnell fallen, wie er sie ergriffen hatte.
Im letzten Schuljahr war das Interesse seiner Mitschüler gespalten und richtete sich über die Schulzeit hinaus, die noch still ertragen wurde. Wenn einige jetzt früh am Morgen in einem Wagen vorfuhren, mit einer Tasche, die sorgfältig gegen Stöße und Schrammen geschont wurde, den Hof überquerten, so ahnte Fermer schon, daß mit ihnen kein Widerstand zu proben sei, ja daß sie ihren Lebenswillen bereits aufgegeben und ihr Leben mit dem Blick auf Automarken und gut eingerichtete Häuser beschlossen hatten. Die Schule hatte ihren Ehrgeiz und ihren Leistungswillen ausgebildet, aber sie hatte ihnen jede Fähigkeit genommen, ein eigenes, nicht maßgeschneidertes Leben zu führen. Voller Widerwillen bemerkte Fermer, wie sie allmählich auch bereit waren, ihre Neigungen aufzugeben, und sich in ihren neuen Interessen belogen, die eine große Zahl von ihnen Ärzte, Juristen oder Volkswirte werden ließ.
Fast auf einen Schlag hin hatten sie ihre Jugend verloren und schon die Plätze auf den Geldpolstern als ihr Erbe betrachtet. Sie wurden ernster und führten am Morgen ihre Mädchen, die sie als ihre »Frauen« bezeichneten und von denen sie sich mit einem Kuß und einem routinierten Lächeln verabschiedeten, vor das Schultor. Einige trugen bereits Anzüge, waren in Parteien eingetreten und saßen in den Schulbänken wie Monster, die durch eine falsche Ernährung viel zu groß geworden waren.
Stiller als jedes andere ging das letzte Schuljahr vorüber. Die Fragen der Lehrer wurden leiser, man verständigte sich über

das Wissen in respektvollem Ton; auch die gegenseitigen Angriffe fielen bald fort und wichen einer hartnäckigen Geduld des Wartens, die jeden Blick auf die Gegenwart auslöschte und statt dessen in die Zukunft wies, in der man sich schon sicherer zu bewegen schien als in der Gegenwart.
Fermer aber weigerte sich, so grundlos erwachsen zu werden. Spielten viele Mitschüler schon selbstverständlich diese Rolle, so gab er mehr als sonst sich als Kind. Den steifen Ernst der neuen Lebenshaltung machte er nicht mit, entsetzte durch sein manchmal albernes Verhalten die Lehrer wie die anderen Schüler, die dafür nur geheime Verachtung übrig hatten. Auch versuchte er nicht, seine Noten durch stärkere Anstrengungen zu verbessern, sondern wurde im Gegenteil in seinem Fleiß immer nachlässiger, während selbst die faulsten seiner Mitschüler nicht unbedeutende Anstalten machten.
Vor allem reizte ihn die Sicherheit, mit der sie in den jetzt immer häufiger werdenden Gesprächen während des Unterrichts, die von den Lehrern mit sachkundiger Miene geleitet wurden, ihren frisch erworbenen Lebensernst zur Schau stellten. Mochten die Themen dieser Gespräche noch so sehr dem allgemeinen Gerede entlehnt sein, das sich in den Zeitungen und Leitartikeln niederschlug – die meisten hielten in der Wahl ihrer Argumente mit und versuchten zu beweisen, daß sie den Standard dessen, was ›öffentlich‹ bedacht und beredet wurde, schon beherrschten. Obwohl ihre karge Erfahrung nicht einmal ausreichte, die eigenen Hemmungen und Reaktionen besser zu verstehen, behandelten sie mit großzügigen Gesten die allgemeinsten Themen und tauschten die dafür schon öffentlich angebotenen Redensarten aus wie eben erst entdeckte Neuigkeiten.
Nichts ärgerte Fermer jetzt mehr als die Bereitschaft, mit der sie sich über »Schwangerschaftsunterbrechungen«, »Wehrdienstverweigerung« und »Tarifrunden« zu verständigen bereit waren. Diese Unterhaltungen gaben ihnen

schon die polierte Nichtigkeit politischer Vertreter, und während sie flüssig zu reden bemüht waren und schon dieses Reden als Übung für den späteren Erfolg benutzten, versank Fermer immer mehr in hartnäckiges Schweigen, verschickte Papierschwalben durch den Raum und riß Fenster und Türen auf, daß der Durchzug die Notizen von den Bänken fegte.

Ihm aber blieben die einsamen Spaziergänge in Gegenden, die noch fast menschenleer waren. Niemand kannte die Stadt und ihre Umgebung besser als er, die kleinen Dörfer am Fluß, in denen die Weinbauern lebten, die weiten Ebenen östlich der Stadt, über die man tagelang gehen konnte zwischen den goldgelben Getreidefeldern, ohne einem Menschen zu begegnen. Die Gegend in der Nähe des Stromes war fruchtbar, und wenn der Boden nicht durch den Anbau von Getreide, Kohl, Kartoffeln und Rüben genutzt war, so standen doch die Obstbäume dicht, und Fermer pflückte Kirschen und Johannisbeeren und auch die dunklen und reifen Brombeeren von den Hecken, die sich an den Zäunen emporrankten. Er liebte die weiten Ausblikke, den Blick auf die langen Pappelreihen am Fluß, auf die Berge jenseits der Ebene, durch die der Strom floß.

Immer aber schob sich in seine Lektüre die Wehmut über dieses nur halb gelebte Leben, und der Druck, der durch die Schulstunden auf ihm lastete, war manchmal auch durch diese Gänge nicht zu vertreiben.

Dieser Druck ließ erst langsam nach, als die Schulzeit vorüber war. Zu den angesetzten Feiern erschien er schon nicht mehr, froh die Zeit der Verlogenheiten hinter sich zu haben. In den ersten freien Tagen hatte er wie ein vom Unglück Geretteter fast bis in den Mittag geschlafen. Er hatte die Schulbücher zusammengepackt und sie in den Keller geschafft.

Fast zur selben Zeit hatten seine Eltern die Stadt verlassen und waren an einen anderen Ort gezogen. Er forderte, in der

von ihm geliebten Gegend bleiben zu dürfen, und die Eltern mieteten für ihn ein kleines Zimmer am Stadtrand, in das er bald mit wenigen Gepäckstücken einzog.
Er war jetzt fast völlig allein, und an regnerischen Tagen verließ er oft das Zimmer nicht, sondern zog sich in sein Bett zurück, um das sich die Bücher verstreuten.
Dort hatte er anfangs noch Pläne für eine längere Reise gemacht. In seinem Zimmer hatte er einige der Kupferstiche von Piranesi aufgehängt, und an ihnen blieb die Vorstellung hängen, an den Szenen des ländlichen Lebens, wo sich die Schafe, Hirten und Wanderer zwischen den hohen Ruinen verloren. Er stellte sich seine Reise nach Italien vor als ein Verschwinden in dieser von der Kunst so durchfurchten Natur, die ihm weiter und liebenswürdiger erschien als jede andere.
Aber noch mußte er warten. In den letzten Monaten seiner Schulzeit war er gemustert worden, und die Erinnerung an diesen Tag, an dem er in einem dunklen Gebäude untersucht und für tauglich zum Militärdienst befunden worden war, lag über der jetzt vollzogenen Befreiung von der Schule wie ein letztes drohendes Übel.
An einem Morgen hielt er dann den Einziehungsbescheid in den Händen, der ihm jede Hoffnung auf eine längere Zeit der Freiheit vernichtete und ihm die Stelle angab, wo er nach etwa zwei Wochen noch erlaubter Wartezeit sich einzufinden habe. Zuerst nahm er das Papier nicht ernst. Er ahnte, daß ihm ein Leben in der Kaserne schaden und ihm alle Lust auf die Zukunft nehmen könne.
Und wirklich erschienen ihm die ersten Tage in der Kaserne wie das Leben nach einer großen Katastrophe, der nur diese wenigen gänzlich den Befehlen untergeordneten Menschen durch die Flucht auf einen fernen Planeten entronnen seien.
Nur staunend konnte er anfangs den Ereignissen begegnen, der Ruhe, mit der er sich die Stiefel schnürte, der Ausdauer

mit der er sein Gepäck auf den langen Fußmärschen durch die unbeobachtete Gegend schleppte, der Intensität, mit der er immer wieder die Sauberkeit des Gewehrlaufes überprüfte.

In den kurzen Pausen zwischen den einzelnen Verrichtungen fiel er müde und wie besinnungslos auf sein Bett und vermochte doch die Augen nicht zu schließen, die ihm weit geöffnet schienen, als habe sie ein inneres Entsetzen aufgerissen. Auch am Abend schlief er nicht ein; ein anhaltendes Dröhnen im Kopf versteckte die Ereignisse des Tages nicht, sondern kehrte sie immer wieder hervor und ließ sie Bild für Bild abrollen.

Einmal glaubte er schon mitten in der Nacht den schrillen Ton einer Trillerpfeife zu hören, die am frühen Morgen die Schlafenden aus den Betten trieb. Die immer wiederkehrenden Floskeln der Befehlssprache wiederholte er wie unter einem unabänderlichen Zwang oft bis tief in die Nacht.

Aber auch während des Tages trieb ihn alles von Verrichtung zu Verrichtung, so daß er kaum noch jene Unterhaltung mit sich selbst fortzusetzen vermochte, die ihm während der Schulzeit wenigstens einen Rest innerer Freiheit erhalten hatte.

Vor allem aber war ihm jede Möglichkeit zum Lesen genommen. Die Lektüre bildete zum Leben in der Kaserne einen so unüberbrückbaren Gegensatz, daß sie nicht – wie noch in der Schulzeit – zu helfen vermochte. Als er einmal am frühen Abend durch einen Zufall für kurze Zeit allein in der Stube sich aufhielt, versuchte er noch einmal, etwas zu lesen; doch schon die ersten nach ihm unendlich lang vorkommender Zeit gelesenen Sätze stimmten ihn so traurig, daß ihm die Tränen ins Gesicht liefen und er sich schämte, so hilflos seinen Gefühlen hingegeben zu sein. Alle Menschlichkeit war während der letzten Wochen vergangen, so daß er sich nur noch stumm und gefühllos im von Pfiffen und

Befehlen zerrissenen Leben aufhielt. Das Leiden der Menschen in den Büchern hatte immerhin noch den Schein von Kreatürlichkeit, und in Momenten stieg das Bewußtsein dieser Menschen an ihr Leiden heran und überwarf es mit dem Schimmer der Verachtung. Das Leben in der Kaserne aber unterbot alle Möglichkeiten; es war ein Stillstand ohne jeden Anspruch. Die Energien trieben ins Nichts, und alle Formen eines menschlicheren Verhaltens, Rührung oder Anteilnahme, Interesse oder Abneigung, waren erstickt, als seien sie längst unnötig geworden.

So war auch die Unterweisung der Soldaten streng auf den Gebrauch der Waffen und die militärischen Anweisungen beschränkt. Es schien nichts mehr zu geben als das lange Warten auf eine Erlösung. Auch die anfangs noch bemühten Gespräche zwischen den Soldaten hörten bald auf; in den freien Stunden saßen sie Karten spielend in den dunklen Stuben oder hielten das Ohr an ein Kofferradio, das nicht zu laut spielen durfte, an den Abend denkend, an dem sie über ihren Biergläsern in einer Kneipe sitzen durften. Fast alle begannen, stärker zu rauchen und zu trinken, wurden stiller und gleichzeitig jähzorniger, und manchmal hörte Fermer in den langen durchwachten Nächten das Stöhnen eines Onanierenden im Schnarchen der anderen.

Er spürte, daß seine Gedanken langsamer wurden und die täglichen Handgriffe sich an ihre Stelle drängten. Schweigend hielt er still und wußte doch nicht aus noch ein.

Erst für einen kurzen Moment, dann in der weiten Ferne der Träume bildete sich in den Nächten der Wunsch, diesem Gefängnis zu entkommen. Der Blick aus den geöffneten Fenstern über die Mauern des Kasernenhofes schlug diesen Wunsch auch am Tage manchmal an. Er bedachte sich nicht weiter und ließ noch einige Zeit der Sache ihren Lauf.

An einem Vorfrühlingsabend kehrte er, den bewilligten Ausgang zu einem Spaziergang in die Nähe des Flusses nutzend, plötzlich und absichtslos nicht mehr in die Kaserne zurück.

4

Träumend noch saß Fermer in dem inzwischen wieder leerer gewordenen Café. An einer Fensterseite warteten noch zwei Männer, die einen Koffer neben dem Tisch abgestellt hatten. Auch der Vorplatz des Bahnhofs hatte sich geleert, und die Straßenbahnen fuhren leise vor und verschwanden ebenso still wieder zwischen den Häusern. Es regnete noch ein wenig, und einmal kam Anna mit einem nassen Regenschirm, den sie schnell ausschüttelte, ins Café zurück, nachdem sie draußen eine Schachtel Zigaretten geholt hatte. Sie hatte sich nur wenig um Fermer gekümmert, da sie zu beschäftigt gewesen war, und Fermer war es recht so, denn der Alkohol hatte ihn in seinen Gedanken gleichsam sanft beflügelt und ihm die Vergangenheit zugeführt wie eine schon liebgewordene Erinnerung. Er wußte aber, daß Anna sich wenig später zu ihm setzen werde, und er wartete darauf, in seine Träume versponnen, nachdem er die Zeitungen beiseite gelegt hatte, in denen er nicht zu lesen vermochte, weil die kurzen Artikel die Aufmerksamkeit nicht gefangenhielten und sie sofort wieder in die Leere entließen. Der Ton in den Zeitungen war oft ein seltsam mißgelaunter, nörgelnder, und die meisten Schreiber kamen ihm vor wie von aller Kraft und Lust verlassene Menschen, die sich selbst längst aufgegeben hatten.

Dann aber begann Anna die Tische zu ordnen; sie zog die Decken zurecht, stellte die Blumenvasen in die Mitte, leerte die Aschenbecher und stellte das Geschirr zusammen. Als sie fertig war, verschwand sie für eine Weile, und als sie wieder hinter der Theke hervortrat, lief schon eine andere Bedienung durch den Raum.

Anna hatte die Haare zusammengebunden, und im ersten Moment erkannte Fermer sie nicht, als sie sich an seinen Tisch setzte und ihn aufforderte, mit ihr hinauszugehen. Er suchte noch nach Geld, doch sie sagte ihm, daß sie alles bereits erledigt habe, und fast zog sie ihn mit zur Tür, vor der beide einen Moment stehenblieben, während Anna einen Schirm öffnete, ihn Fermer in die Hand drückte und sich dann bei den ersten Schritten einhängte, als seien sie ein längst miteinander vertrautes Paar.

Noch nie war Fermer so durch die Straßen gegangen. Er hatte vor diesen Posen der Zusammengehörigkeit immer einen nicht geringen Abscheu empfunden, doch jetzt fiel es ihm leicht, denn sie hatten nur einen Schirm, und der Regen fiel immer dichter. Auch war er so gut gegenüber der Umwelt versteckt, und Anna, die schnell neben ihm herlief, schien ihn gleichsam wie ein fremder Mantel zu bergen und zu schützen. Sie gingen eine der breiten Straßen hinunter, und Anna erzählte noch von der Arbeit, die sie ›unterhaltend‹ nannte und deren Vor- und Nachteile sie bemüht verständlich zu machen suchte.

Sie arbeitete mit größeren Unterbrechungen schon seit zwei Jahren als Aushilfskellnerin in diesem Café; die Arbeit dauerte nur den halben Tag, so daß sie nicht eben viel Geld erhielt. Das Stipendium für ihr Studium, sagte sie, reiche nicht aus; so sei ihr jedes Trinkgeld wichtig. Eigentlich sei die Stimmung im Café meist eine sorgenvolle; schon die Gastarbeiter hätten diesen gegenwartsleeren Blick, den sie in der Nähe des Bahnhofs nicht zu unterdrücken vermochten. Einmal habe ein Türke schon früh am Morgen leise zu singen begonnen und so allein an seinem Tisch gesessen, daß der eigentlich sehr muntere Gesang ihr vorgekommen sei wie ein Lied auf den eigenen Tod.

Fermer hörte zu, während sie von den Erlebnissen mit den Gästen berichtete, und ging fast heiter neben ihr. Sie bogen in eine kleinere Straße ein, und er fragte sie, welchen Eindruck er denn auf sie gemacht habe. Sie blickte, während sie weitergingen, zu ihm auf, und antwortete, daß er ihr wie ein Neuling vorgekommen sei, so unbeholfen habe er den Alkohol getrunken und so unverhohlen den anderen bei ihren Verrichtungen zugeschaut. Er habe weder die unaufmerksam selbstgewisse Haltung der Schüler noch die weltverlorene der Einzelgänger an den Tischen, sondern die eines eben in der Stadt angekommenen Fremden, der sich noch neugierig umsehe.

Der Alkohol machte Fermer beinahe gesellig, und obwohl er eine nicht geringe Schwäche in den Beinen spürte, ging er aufgeräumt voran. Er legte seinen Arm um ihre Schultern und hielt den Schirm noch umständlich in der Linken, als Anna ihn darauf aufmerksam machte, daß es längst zu regnen aufgehört hatte.

Sie zog ihn in ein Kaffeegeschäft und holte sofort zwei Tassen, als habe sie für ihn zu sorgen. Das Geschäft war überfüllt, denn es war die Zeit der Mittagspause, und die Angestellten standen schwatzend an den hohen kleinen Tischen und nippten an ihren Tassen. Anna aber kümmerte sich nicht darum; sie stützte sich gleich mit beiden Armen auf, schob ihren Kopf nahe an den Fermers heran und blickte ihm, während sie sprach, angespannt und doch belustigt in die Augen. Sie fragte ihn, was er denn verbrochen habe, daß er so unsicher herumstehe; sie höre gerne zu, wenn er überhaupt von sich erzählen wolle.

Fermer glaubte plötzlich, daß die anderen sie hören könnten, und er sah doch Anna vor sich, als seien sie allein – so vertraut, so nahe. Zum ersten Mal seit langem verschwand die Kälte, die ihn sonst von seiner Umgebung trennte; spürte er sonst in jeder Bewegung die Fremdheit der anderen, die ihm Mühe machte, von sich selbst zu erzählen, so spielte diese Fremdheit jetzt keine Rolle mehr.

So begann er leise zu erzählen, anfangs noch sorgsam darauf achtend, daß niemand sie verstehen konnte, beschrieb er die Vorgänge in der Kaserne; auch er hatte den Kopf jetzt vorgeschoben, und so sah er Anna genauer aus der Nähe, die Sommersprossen auf der Nase und die von der Hitze des Raumes geröteten Backen, die großen Augen und die breite

Stirn. Er spürte die Wärme ihres Körpers, und das beruhigte ihn und stärkte sein Vertrauen.
Während er von seiner Flucht erzählte und sie still zuhörte, indem sie durch die Scheiben des Geschäftes nach draußen schaute, störten ihn auch die anderen nicht mehr; zwei Verkäuferinnen standen still hinter dem Verkaufstisch. Manche der Herumstehenden blätterten in den Zeitungen und sahen nur kurz auf, um noch einmal an der Tasse zu nippen. Eine alte Frau kramte in der Einkaufstasche und zog etwas Kuchen heraus. An einer Wand hingen Photographien eines Hafens, wo aus großen Schiffen die Kaffeebohnensäcke ausgeladen wurden. Daneben waren auf einer Weltkarte die Orte bunt eingezeichnet, wo der Kaffee gepflanzt worden war.
Fermer merkte, daß er von seiner Flucht noch nicht in der angemessenen Weise erzählen konnte. Bei der Schilderung des Kasernenlebens verstrickte er sich in Einzelheiten, berichtete von Bestrafungen, einem Selbstmord, der vor kurzem in einer der Arrestzellen geschehen war, den Schikanen des Reinigungsdienstes. Doch all das Erzählte ging nicht ineinander auf; er bemerkte, daß er von sich zu erzählen habe und daß dazu seine ganze Geschichte notwendig sei. Deshalb kürzte er endlich den Bericht ab und gab nur noch an, daß er sich, wie er sagte, bei ›Nacht und Nebel‹ davongemacht habe. Die genaueren Umstände aber verschwieg er und fühlte sich doch um so mehr erinnert an die vergangene Nacht, die alles in ihm aufgerissen hatte, eine dunkle, lang angestaute Erwartung und das nicht mehr unterdrückte Vertrauen zu sich selbst.
Als er am Ende war, sah Anna lächelnd zu ihm auf, als habe er ihr ein Geständnis gemacht; während sie ihre Tasche in die Hand nahm, küßte sie ihn kurz auf die Stirn, er aber wußte nicht, ob sie ihn überhaupt verstanden hatte. Auch dieser Kuß schien nicht viel zu bedeuten, und er empfand ihn als Trost. Die Sekretärinnen, die in einer Ecke standen und vorhin noch leise gekichert hatten, schauten ernst zu ihnen herüber, und Fermer hielt diesen Blicken nicht stand,

drehte sich um und nahm Anna am Arm, während sie hinausgingen.
Sie gingen eine Weile schweigend nebeneinander her. Mit dem Regen war auch die Dunkelheit des Himmels beinahe verschwunden. Ein frischer Wind trieb die Wolken schnell in die Ferne des Gebirges. Auf den Balkonen der Mietshäuser flatterten schon wieder einige Wäschestücke. Nach einer Weile aber nahm Anna Fermer bei der Hand und sagte ihm, als habe sie verstanden, er solle den Mut nicht verlieren. Sie habe eine große Zahl von Freunden, die ihn nicht im Stich lassen würden.
Er aber ging unruhig weiter. Die Erzählung hatte ihn an die möglichen Folgen seiner Flucht erinnert; er stellte sich vor, daß er jetzt bereits gesucht wurde, und er fühlte die Anspannung im Magen, die Schwäche der Glieder. Die so weit und offen vor ihm liegende Zeit erschien ihm plötzlich bedrohlich; er fürchtete sich vor der Unbeständigkeit, und auch Annas Gegenwart empfand er nicht als Hilfe. Auch sie schien unsicher durch die von der plötzlich durchgebrochenen Sonne hier und da grell aufgehellten Straßen zu gehen. Es war, als seien sie in eine Grube gefallen und als probten sie schweigsam und verbissen den Ausstieg.
So gingen sie, eingetaucht in ihre schwankenden Überlegungen, stumm nebeneinander her, und auch wenn Anna zuweilen vor einem Schaufenster haltmachte, deutete doch ihr weiter Blick, den sie auf die Auslagen warf, nur an, daß sie durch die in der Nähe liegenden Dinge hindurchschaute in eine Ferne, deren Boden sich nicht herstellen lassen wollte.

5

Sie machten halt in einem Garten, der zu einem Gasthaus gehörte und durch ein hohes Gitter von der schmalen Straße getrennt war. Um einen mächtigen Kastanienbaum waren

Bänke, Stühle und Tische aufgestellt, und als sie in den Garten traten, war ein Mann dabei, die Bänke mit einem Tuch abzuwischen. Über dem Eingang des Hauses, dessen Tür man ausgehängt hatte, standen einige Fenster offen. Das Klappern von Geschirr und eine leise Musik waren zu hören. Während Anna im Haus verschwand, lehnte sich Fermer gegen den großen Baum und sah sich um. Der Boden war noch feucht und das Holz der Bänke noch aufgeweicht vom Regen.

Sie waren im ältesten Teil der Stadt, und wenn man über das Gitter schaute, sah man auf die frisch geweißten Fassaden der Fachwerkhäuser. Die Straßen hier waren eng und für Fahrzeuge gesperrt. Viele Dächer krönten noch spitze, kleine Schornsteine, aus denen der Rauch in den sich aufklärenden Himmel stieg. Die Luft war klar und angenehm, und zwischen die verwinkelten Häuser streuten sich die Sonnenstrahlen, denen sich in einer Ecke des Gartens zwei Katzen entgegenstreckten. Aus den Straßen drang Hundegebell und das Rufen spielender Kinder herüber. Über einigen Tischen hingen Lampions, von denen noch das glitzernde Wasser auf den Boden tropfte.

Die hellen Lichtbündel verstärkten das Leuchten der Kieselsteine auf dem Boden. Von einer Kirche tönten Glockenschläge durch das Viertel, und die Hunde antworteten aufheulend. Gegenüber stand die Tür eines Bäckerladens weit geöffnet, in der ein Mann mit weißer Schürze stand und durch das Gitter, vor dem die dunklen Rhododendronsträucher schon dicke Knospen trugen, zu Fermer herüberblickte.

Anna kam mit einer Flasche Wein zurück und stellte zwei Gläser dazu auf den Tisch. Sie schenkte den Wein ein, und nachdem beide getrunken hatten, lehnten sie sich gegen den Baum, während noch einige Tropfen herunterfielen und die Sonne doch schon mild auf die Flasche fiel, so daß der Wein golden vor ihnen aufleuchtete. Fermer zog die Beine an den

Körper, und er hörte Anna zu, die zu erzählen begann, als habe sie eben auf diese Geste gewartet.
Früher seien an den langen Sommerabenden hier Straßenmusikanten vorbeigekommen; man habe Tische und Bänke zur Seite gestellt, und so sei der Garten zu einem großen Platz geworden und dazu voll von Menschen, die auf dem Boden gesessen und ruhig der Musik zugehört hätten. Es gebe Gitarrenspieler in der Stadt, die es manchmal spielend eine ganze Nacht lang ausgehalten hätten, so lange, bis sie ihrer Melancholie überdrüssig geworden seien und die Trunkenheit sie überrascht habe.
Oft habe man das Gefühl, daß die Menschen, die sich hier aufhielten, an irgendwelchen Eindrücken gescheitert seien. Hier aber, unter dem großen Baum, falle manchmal die Schwere und Unbeweglichkeit von den Gliedern. Freilich gäbe es auch solche, die dieses Erlebnis, das einen in günstigen Momenten wie der Schlag eines Zufalls überfalle, künstlich herbeizuführen wünschten. So werde auf den Toiletten an jedem Abend Rauschgift gehandelt, und je später der Abend werde, um so hektischer seien die Anstrengungen, davon etwas zu erhalten. Mehrmals in der Woche komme es daher zu Razzien; stets tauchten die Polizisten in ziviler Kleidung auf, mischten sich unter die Leute, nutzten ihre Hinfälligkeit aber im rechten Moment aus; dann merke man an der sich plötzlich verbreitenden Unruhe sofort, was passiert sei. Einigen gelinge es, noch schnell zu entkommen; sie seien mit ein paar hastigen Sätzen aus dem bunt erleuchteten Garten ins Dunkel verschwunden; zu diesem Zeitpunkt aber ständen schon zwei, drei andere mit erhobenen Händen an einer Wand zur Durchsuchung. Die Drogen kämen meist durch die amerikanischen Soldaten unter die Leute. Seien sie schon von den Menschen in der Stadt ausgeschlossen in die Ghettos ihrer Kasernen, so gäbe es einzig hier für sie eine Sprache und eine Leistung, auf die sie sich etwas zugute hielten. Viele jüngere Mädchen

seien auch vom exotischen Gebaren dieser Soldaten fasziniert und lauerten ihnen hier an jedem Abend auf. Diese Amerikaner, die noch am Abend, überrannt vom Alkohol, den sie nicht vertrügen, unbeholfen an Bänken und Tischen rüttelten, seien aber in Liebesdingen so vorsichtig und beinahe zärtlich, daß die Mädchen sich durch soviel Rücksicht beinahe geehrt fühlten. Gerade die Verliebtheit dieser Soldaten sei eine stille, etwas verschämte, und sie passe zu den Pudelmützen, die einige von ihnen über die kurz geschorenen Haare gestreift hätten. Sie habe sich einmal überlegt, warum diese Soldaten hier so erfolgreich seien, und sie glaube, daß ihr Verhalten eine Mischung von Unbeholfenheit, Scheu, ja Höflichkeit und einem nicht zu übersehenden kraftmeierischen Gebaren sei, das den jüngeren Mädchen imponiere und ihnen die Illusion gäbe, in einem ganz anderen Land zu leben.
Anna trank ihr Glas leer, an dem sie zuvor nur genippt hatte. Fermer hörte ihr gerne zu; er wunderte sich über ihre nicht zu verdrängende Munterkeit, die sich auf ihn übertrug. So erzählte Anna weiter von den Säufern und Clochards, die an manchen Abenden hier aufkreuzten und sich wie die Kinder füttern und verwöhnen ließen. Einer von ihnen liege manchmal wie der Prophet Jeremias taub für die Außenwelt an diesem Baum und beklage so laut das Elend der Welt, deren baldiges Ende er voraussehe, daß spät in der Nacht noch die Fenster der Nachbarhäuser aufgingen und die Bürgerfrauen in ihren Nachthemden und den verknoteten Haarnetzen laut Ruhe forderten.
Der Wein sei hier gut und billig, denn der Wirt besitze eine Lage draußen an den Abhängen des Gebirges, und im Herbst nähme er einige Burschen, die nichts mit sich anzufangen wüßten, mit zur Lese; dann gäbe es Zwiebelkuchen und den frischen, gärenden, noch trüben Most, der so rauschend in den Köpfen verdampfe, daß an diesen herbstlichen Tagen der Lärm besonders groß sei und viele auf den Bänken ständen.

Im Winter aber ziehe man sich ins Haus zurück, und dort sei es meist ruhiger, wenn der Ofen, der für den ganzen Laden reichen müsse, mit Brennholz vollgestopft werde. Lärmend finde man sich erst im Frühling wieder unter dem großen Baum ein, und dann werde der Winter singend und schreiend vertrieben. Jetzt seien eben die ersten wärmeren Tage in Sicht, und die Gesellen seien noch nicht aus ihren Winterlöchern, in denen es zugig hergehe und die fast ausnahmslos in diesem alten Teil der Stadt lägen, hinter den manchmal wie sehnsüchtig geöffneten Dachluken, aus denen man doch nichts gewahr werden könne als den nächtlichen Sternenumkreis der Welt und den trübe scheinenden Mond.
Anna deutete mit dem Kopf zum Gartentor, durch das vier Neger eingetreten waren mit langen, schlaksigen Schritten; einer knickte nach fast jedem Schritt kurz in den Knien ein, ein anderer trug eine weiße Felljacke, die er unablässig öffnete und schloß, als müsse er sich einige Sonnenstrahlen zufächeln. Sie sangen ohne Unterbrechung und gestikulierten mit den Händen in der Luft. Einer bog den Körper manchmal weit zurück und deutete mit den auf- und niedertanzenden Fingern der Rechten an, daß er ein Solo zu blasen habe, während die anderen fast unbeweglich und zusammengeduckt neben ihm standen und die unsichtbaren Trommeln nur wenig schlugen.
Plötzlich gab einer von ihnen ein Zeichen, daß man sich leiser verhalten solle. Sofort stellten sich die anderen auf die Zehenspitzen und gingen nebeneinander, vorsichtig tastend, auf eine Ecke des Gartens zu, wo Fermer erst jetzt ein Mädchen erkannte, das schlafend am Gitter lehnte. Der Kopf war auf die Brust gesunken und nur die kurzen schwarzen Haare waren zu sehen. Sie hatte die Beine lang ausgestreckt und übereinander geschlagen, und die beiden Hände lagen auf dem Boden, die Handflächen nach oben neben dem langen blauen Kleid, das bis zu den Füßen reichte. Der Zug der Pantomimen bewegte sich tänzelnd auf

sie zu, und alle vier bildeten einen Kreis um die Schlafende; erst als einer von ihnen sich still hinkniete, folgten ihm auch die anderen. Leise summend bewegten sie sich hin und her; die Hände erhoben, schwankten sie mit den langen Oberkörpern im Rhythmus der Musik.
Inzwischen war ein Clochard das kleine Treppchen zum Garten hinaufgestiegen. In seinem langen zerschlissenen Mantel ging er fast bis in die Mitte des Gartens; der Mantel war weit geöffnet, ein langer Schal fiel auf den Boden und wedelte zwischen den langsam vorstakenden Füßen hin und her. Stumm blickte er zu der Gruppe hinüber, nahm, als das Mädchen langsam den Kopf hob, sich noch zerstreut die Haare ordnete und verwundert auf die vor ihr Knieenden und Summenden blickte, den großen Hut, dessen Krempe ihm fast das Gesicht verdeckte, ab und grüßte, sich tief verneigend, zu der Erwachten hinüber.
Sacht standen die Neger auf und hoben das Mädchen in die Höhe. Sie trugen es sanft schaukelnd zu einer Bank und stellten es auf das noch feuchte Holz, während der Alte im Gasthaus verschwand.
Als Anna das Mädchen auf der Bank erkannte, um das die Neger jetzt einen tanzenden Kreis bildeten, winkte sie ihm zu; es schien Anna zu kennen, denn es sprang sofort herunter und gab ihr einen Kuß.
Jetzt sei der Frühling nicht mehr weit, sagte Anna, und das Mädchen setzte sich zu ihnen an den Baum und erwiderte, indem sie abwechselnd Anna und Fermer anschaute, ja, jetzt habe man doch schon die Ahnung der besseren Zeit. Sie habe sich in den letzten Wochen kaum noch herausgetraut und sich in ihrem Zimmer fast gelähmt gefühlt. Selbst die lustigste Musik habe ihr nicht helfen können; denn der Regen und die dunkle Wolkendecke hätten alle Fröhlichkeit erstickt. Der Alte kam mit einer Flasche zurück und setzte sich dazu. Das ist ein Wetter zum Heiraten, sagte er und grinste Fermer an, der nicht wußte, was er sagen sollte. Erst

vor kurzem habe er sich von einem Heiratsinstitut Unterlagen zuschicken lassen. Er kramte in den weiten Manteltaschen und zog ein Blatt heraus, auf das er einige Photos geklebt hatte. Die Auswahl sei nicht zu verachten. Es gäbe da eine gutgestellte Witwe mit zwei fast schon erwachsenen Kindern, die sich nach einem ruhigen und musischen Partner sehne. Und er deutete auf eines der Bilder, vor sich hinlachend, während Anna ihn aufforderte, sich doch bald, gerade im Frühling, zu bewerben. Sicher habe er gute Chancen, da er überall als ruhig und zuverlässig bekannt sei. Ja, erwiderte der Alte mit erhobenem Zeigefinger, und was wichtig ist: ich spiele ein Instrument. Dabei zog er eine Mundharmonika aus der Tasche und hämmerte gegen den Baumstamm, um den Speichel herauszuklopfen.

Das Mädchen, das inzwischen aus der Flasche des Alten getrunken hatte, forderte ihn auf, etwas zu spielen; er lehnte sich zurück und blies eine Melodie vor sich hin, indem er mit der Linken den Takt schlug und mit der Rechten das Instrument hielt.

Fermer wurde nun doch wieder an sich erinnert. Er fühlte sich seit langem zum ersten Mal wieder wohl in der Gemeinschaft von Menschen, in deren Gemütern sich die Verachtung der Welt in das Lachen über sie aufgelöst hatte. Alles in ihm aber war so gern zum Ernst gestimmt, und es war ihm, als müsse er diesen Ernst herunterwürgen und in seinem Kopf, der ihm so schwer und einfältig vorkam, einen Spalt ins Freie suchen.

Die Neger saßen jetzt still an einem Tisch und hörten der Musik zu. Das Mädchen blickte stumm vor sich hin, und Anna summte leise die Melodie mit.

Fermer aber war sein verhaßter Ernst wie eine Mahnung an ein erst zu erreichendes Leben, das er sich in der Gemeinschaft der anderen kaum vorstellen konnte. Manchmal war er verliebt in seine Einsamkeit und machte sich vor, das Leben der anderen bereits zu kennen. Ihm fehlte das dauern-

de Interesse an ihrem Leben, wie ihm oft das Interesse an den eigenen Handlungen abkam. Hatten seine Freunde früher nach Dingen und Menschen gesucht, die zu ihnen paßten, und in dieser Wahl die Möglichkeit ihres Lebens gesehen, so war ihm diese Suche wie das Spiel von Kindern vorgekommen, die ihre Förmchen in den Sand drückten, ohne zu bemerken, wie groß und gleichsam unendlich die Welt sie umstand.
Dieses Wissen um eine doch nicht greifbare Unendlichkeit lähmte oft seine Handlungen. Alles war ihm dann offen, bewegt, die eigenen Gedanken wie matte Striche, denen man keine allzu große Bedeutung zumessen dürfe. Die Ahnung von einer unendlichen Ferne, die sich manchmal in der Welt selbst einlöste, im Blick auf die sonnendurchglühte Ebene, die Tannenwälder nahe der Bauerndörfer, in denen er seine Kindheit verlebt hatte, die Tierherden, die auf die Weide getrieben wurden, die Schäfer, die im Winter mit ihren Herden in den Wäldern Platz suchten, beflügelte ihn. In dieser Ahnung nahmen die Menschen eine hilflose Gestalt an, die an kein Begreifen rührte. Manchmal durchzog es ihn wie ein starker Strom, daß er wie selbstvergessen zu leben vermochte; und in dieser Selbstvergessenheit nahm seine ihm unbedeutend gewordene Gestalt eine Weite an, die niemandem mehr gehörte.
Er träumte noch so ins vergehende Licht des Tages hinein, als Anna sich entfernte, um sich an einen Tisch zu setzen, an dem sich einige Freunde niedergelassen hatten. Das Mädchen lehnte noch immer am Baum, jetzt mit geöffnetem Mund und schaute unbeweglich in die Ferne. Der Alte hatte aufgehört zu spielen und sprach leise vor sich hin, ab und zu aus der Flasche trinkend.
Es dunkelte bereits. Das Gartentor knarrte noch leise im Wind. Der Himmel hinter den hohen und spitzen Dächern hatte sich leicht gerötet. Die Katzen waren aus der Ecke des Gartens ins Haus verschwunden. Der Wirt kam einmal

heraus und trug eines der Tiere auf dem Arm. Die Lampions schaukelten im Wind, es war kühler geworden. Doch die meisten blieben noch draußen sitzen und sprachen leise miteinander.
Die Neger verglichen ihre Uhren; einer trommelte noch verhalten mit den beiden ausgestreckten Zeigefingern auf dem Tisch. Sein Nachbar stützte das Kinn auf die Hand und blickte zu dem Mädchen hinüber.
Fermer fröstelte, und die Müdigkeit hielt seine Bewegungen auf, als er sich erhob und zu Anna hinüberging. Als habe sie verstanden, was er wollte, deutete sie auf einen der Freunde, den sie Heinrich nannte, und sagte zu Fermer, man werde gleich in seine Wohnung hinübergehen, um etwas zu essen. Dort könne er auch übernachten. Heinrich hob nur etwas den Kopf und schaute zu Fermer, der die Schultern anzog, als sei ihm gleichgültig, was geschehe.
Sie saßen noch einige Zeit im Garten, bis es ganz dunkel geworden war. Anna trug die Gläser hinein. Drinnen saß der Alte an einem Tisch und streichelte die Katzen. Der Wirt las in einer Zeitung. Später gingen sie zu dritt hinaus, und Fermer schaute sich noch einmal nach dem Mädchen um, das er in der Dunkelheit nicht mehr entdecken konnte. Ihm war auch, als sei es längst durch das in den Angeln wippende Gartentor verschwunden. Fermer schob das Tor hinter sich zu.
Vor ihnen kehrte jemand den Bürgersteig. Ein Fenster war geöffnet, und man konnte in das Zimmer schauen. Zwei Kinder saßen in einem großen Sessel vor dem Fernsehapparat. Die Wetterkarte wurde gerade erklärt, und man hörte, wie sich am kommenden Tag der Wind verändern werde. Manche Fenster waren schon erleuchtet und hier und da die Gardinen vorgezogen. In der ruhigen Straße war die Stimme des Fernsehsprechers weit zu hören. Aus den Weinstuben, die in den Kellern unterhalb der Straße lagen, hörte man das Gemurmel der Menschen. Die Fassade einer Kirche

war hell beleuchtet, und die großen Figuren über dem Portal durch ein Netz vor den Tauben geschützt.
Sie überquerten eine größere Straße, wo die Zebrastreifen schon in orangen flutendes Licht getaucht waren. Hier war der Lärm des Verkehrs größer, und sie gingen schweigend schneller. Die Wagen fuhren dicht hintereinander und bewegten sich ins Zentrum der Stadt. Sie gerieten in die Nähe des Flusses. Vor einem alten Haus blieben sie stehen. Heinrich schloß die Tür auf, die nur durch starken Druck zu öffnen war. Das Haus hatte keinen Aufzug, und sie mußten die fünf Stockwerke bis zu den Dachkammern zu Fuß hinauf.

6

Seit zwei Jahren lebte Heinrich in dieser Wohnung unter dem Dach, deren Fenster die Dachluken waren, durch die man in den dunklen Himmel schaute. Nur wenn man sich auf die Zehenspitzen stellte, konnte man die Dächer der anderen Häuser erkennen. Die Wände waren an der Dachseite schräg, und man mußte den Kopf einziehen. Es waren zwei Zimmer, und die Wände waren mit Filmplakaten beinahe vollständig bedeckt; selbst auf der Schiebetür erschien ein Plakat, wenn man sie vorzog.
Fermer blieb vor den Plakaten stehen, und Heinrich verschwand mit Anna in der kleinen Küche. Man hörte das Klappern des Geschirrs, und Heinrich kam noch einmal zurück, um eine Platte aufzulegen. Fermer ging zum Fenster, durch das er auf einen Kirchturm sehen konnte. Auf dem Dach eines Hochhauses meldete eine Leuchtschrift die neuesten Nachrichten. Die Sterne waren klar zu erkennen; manchmal dröhnte vom Fluß herauf das Tuten der Schiffe.
Er setzte sich, und bald kamen Anna und Heinrich mit Broten und Wein wieder zurück. Sie saßen an einem großen

kreisrunden Tisch, und Heinrich begann zu erzählen, während sie aßen.
Seit einigen Monaten war er Volontär bei der einzigen Zeitung der Stadt. Bald hatte er erreicht, daß er zur Besprechung von Filmen geschickt wurde, wofür er sich einen ganzen Nachmittag Zeit lassen konnte. Er deutete auf die Regale an der Wand, wo die Ordner standen, in denen er seine Notizen gesammelt hatte.
Nie könne er sein dickes Notizheft und einen Bleistift vergessen, wenn er einen Film anschaue. Halte er einen Film für gut, so gehe er mehrmals hinein und versuche, die Dialoge mitzuschreiben. Später habe er mit Tonbändern gearbeitet und Textbücher der Filme hergestellt. Ein halbes Jahr habe er darangesetzt, schnell genug stenographieren zu können, um die Schnelligkeit jenes Zuschauers einzuholen, den er einmal in der Pariser Cinémathèque gesehen und der während eines Films, immer wieder umblätternd, einen Block in großer Schrift beschrieben habe. Nur so sei man dem Tempo der Bilder gewachsen.
Müsse er über einen Film schreiben, komme er ihm vor wie ein Dschungel. Er müsse hindurch, alles wiederhole sich, nirgendwo ein ruhiger, ungefährdeter Platz, und er, der Verfolgte, immer im Trab, doch immer hinterdrein. Weil die Dinge im Film vorüberglitten, sei der schnell auf dem Papier kreisende Stift nur wie ein ärmliches Leuchtfeuer im dunklen Raum. Die ungeahnte Wichtigkeit fasse der Film in seinen Hintergrund, während im Theater das Wichtige an der Rampe ausgestellt, hochgehalten, betastet und angesprochen werde.
Er könne sich nicht mehr in einem Klappsessel zurücklehnen, wenn er einen Film sehe; er werde von beinahe jeder Einstellung getroffen und komme aus den Filmen erschöpft, wie auf der Flucht.
Warte man in der Redaktion auf ihn, wo er sofort nach Schluß des Filmes seine Kritik in die Maschine tippen müsse, sei er

besonders unruhig. Wenn er den dunklen Raum verlasse, hätten sich die Augen noch nicht an die Helligkeit des Tages gewöhnt; jeder Gegenstand stoße ihn ab. In den ersten Minuten laufe er ohne Ziel herum; ein Druck schnüre ihm die Brust zu, und erst die wachgerufenen Worte seien fähig, ihn zu lösen. Die Ideen aber müßten gleichsam erst zerkaut werden, bis der Wortabfall unter den Tisch falle.

Auf dem Weg zur Redaktion setze er die Gedanken so schnell es gehe zu einem Bild zusammen. Überall biete sich eine Ablenkung an und müsse doch ausgeschlagen werden. Meist trinke er nur eben hastig und stehend einen Kaffee, stürze wieder ins Freie, wo es so laut um seinen Kopf rausche, als wolle jedes Geräusch sich einprägen. Die Treppen zur Redaktion nehme er springend. Er benutze niemals den Aufzug, aus Angst, die Ideen könnten sich in dem ruhigen Moment der langsamen Bewegung des Aufzuges anpassen. Schnell betrete er den Raum, wo schon eine Schreibmaschine bereitstehe. Noch einmal würden die Ideen Kleckse ins Gedächtnis tupfen, bis sie sich nach den ersten geschriebenen Sätzen zu einer Vorstellung zusammensetzten.

Manchmal aber stehe auch alles sperrig gegeneinander und wolle sich nicht fügen. Dann überfalle ihn der Krampf der Gedanken und er bleibe lange still sitzen, ohne einen Satz zu finden.

Fermer hatte sich noch weiter zurückgelehnt und hörte sprachlos zu. In Heinrichs Sätzen fand er eine Anspannung, die der seinen verwandt schien. Auch Anna hörte aufmerksam zu und schenkte den Wein nach.

Jeder Film, fuhr Heinrich fort, sei ein Rätsel. Nach welchen Gesetzen hingen denn die Einstellungen zusammen, wo liege jener ferne Fluchtpunkt, auf den zu jede Einstellung wie auf geheime Abmachung verschwinde? Dieser ferne Punkt müsse gefunden werden, und er merke sofort, wenn es ihm gelungen sei. Die Erregung lege sich, er atme wieder freier, könne sogar längere Zeit ruhig zuschauen.

Am schwierigsten sei es, die schlechteren Filme zu beurteilen. Er ahne meist, was auf ihn zukomme, setze sich in eine der letzten Reihen, ziehe den Kopf ein und fühle sich wehrlos dem ausgeliefert, was gezeigt werde. Solche Filme seien schon zur Mittagszeit gut besucht; Hausfrauen mit dicken Tragetaschen, die sich vom Einkauf erholten, Einzelgänger, die sich während der Vorstellung kaum rührten, bildeten ein stummes, verkniffenes Publikum. An seiner Hilflosigkeit entdecke er die Gemeinheit dieser Filme.
So sprach Heinrich noch lange weiter. Die Musik von der Schallplatte spielte leise, und der Tonarm setzte immer wieder von neuem auf. Langsam gingen die unbekannten Melodien in den Körper über.
Später begann auch Anna von Fermer zu erzählen, der ihr nicht zuhören konnte und im Zimmer herumging, um in den Ordnern zu blättern. Er zog einige heraus und schlug sie auf. Auf einem Blatt waren unter dem Stichwort »Abenteuerfilm« einige Zitate aufgeklebt. Er las: »Die Leinwand muß immer voller Ereignisse sein«, und weiter unten: »Es gibt Aktion nur zusammen mit Gefahr«.
Dann stellte er die Ordner wieder an ihren Platz, ging ins Bad und wusch sich eine Weile mit dem heißen Wasser, das ihn beruhigte und den Körper glättete. Er ging zurück in die beiden Zimmer, legte die Kleider in eine Ecke und streckte sich auf dem Sofa aus, wo Anna ihm Platz gemacht hatte. Sie stand mit Heinrich in der Küche, und er hörte sie noch lange reden, während die Müdigkeit tief in ihn sank. Die Bilder des Tages verschoben sich und verfolgten ihn mit großer Geschwindigkeit. Einmal schreckte er kurz auf und erkannte durch das dunkle Fenster die Sterne. Die Musik war ausgeschaltet worden. Er hörte das leise Flüstern der Stimmen aus der Küche.
Endlich schlief er ein. Tief in der Nacht holte Anna eine Decke und breitete sie über den Schlafenden. Dann legte sie sich neben ihn auf den Boden.

2
Die Auflösung

I

Sie hatten vereinbart, daß Fermer die nächsten Tage in Heinrichs Wohnung verbringen solle. Dann werde man schon weitersehen.

Nun saß er an den Morgenden in den großen Zimmern, wenn Heinrich schon längst zur Redaktion gegangen war. Schoben sich die Wolken dunkel vor die kleinen Dachfenster, zog er sich zusammen und begann zu lesen. Das beruhigte ihn für eine Weile, und er vergaß seine Umgebung. In den beiden Zimmern konnte er sich nicht frei bewegen; die Gegenstände waren ihm fremd, und er scheute sich, sie zu berühren. Nur die Bücher nahm er in die Hand.

In den ersten Tagen kümmerte sich Heinrich wenig um ihn. Auch wenn er neben ihm im Zimmer saß, schien er an seine Arbeit zu denken. Er war immer beschäftigt, machte sich Notizen, bereitete das Essen und war auch schon in seinem Bett verschwunden, wenn Fermer noch grübelnd dasaß und die Bücher nicht schließen konnte.

Aber es gab auch die anderen Tage, wenn die Sonne schon früh die Wohnung erhellte, die Strahlen durch die Dachfenster ins Bett fielen und die Zimmer langsam erwärmten. Dann zögerte er nicht, kleidete sich an und verließ leise die Wohnung.

Am Fluß wurden im Winterhafen die Schiffe überholt. Der Rost wurde abgekratzt, und Fermer sah von der Ferne aus zu, wenn die Farbtöpfe herbeigeschafft wurden. Die Hunde sprangen wie toll auf dem Deck herum, und Kinder rollten Bälle die Ladeplanken herunter. Oft glaubte er auch, die Zeit zu überwinden, wenn er lange genug zugeschaut hatte und die eignen Gedanken verflogen waren und nur der Blick zurückblieb auf das Tun der anderen.

Dann fielen die meist störenden Geräusche und Bilder, auf die er immer empfindlicher reagierte, nicht mehr ins Gewicht. Er konnte langsam über die Eisenbahnbrücke gehen und in die ausgebreitete Ferne schauen, in die der Fluß verschwand. Zwischen den Ritzen des Gehsteigs hindurch reichte der Blick auch in die Tiefe, daß es ihm schwindlig wurde und die Angst sich vergrößerte, wenn eben ein Zug vorbeibrauste, aus dessen Fenstern die Reisenden ruhig auf die Stadt schauten.

Erst in dieser Einsamkeit, wenn ihm die Welt im Glanz der Sonne so nah war, der blaugraue Fluß, die Wiesen am verschilften Ufer, die golden ummäntelten Höhen in der Ferne, verstand er, was vorgefallen war. Er sah seinen kurzen Schatten, und es war ihm, als habe er begonnen, sich von sich zu trennen. Die Welt umstand ihn nicht mehr, sondern drehte sich um ihn, und noch hielt er diese Bewegung aus.

Auf den langen Spaziergängen, die er schneller und hastiger machte als zuvor, überlegte er sich, was Anna zu ihm gesagt hatte. Sprach er sonst mit ihr, stellte sich bald die alte Fremdheit her, obwohl sie ihm so verständlich war, als gehörten sie schon lange zusammen. Doch war es ihm schwer begreiflich, wie sie bedenkenlos miteinander auskommen konnten. Er faßte nicht, was Anna von ihm verstanden hatte, und manchmal wollte er lange und ohne Unterbrechung von sich erzählen und spürte doch im ersten Ansatz schon seine Müdigkeit und den fehlenden Klang in seinen Worten. Er erreichte es nicht, mit der Gewohnheit seiner Schweigsamkeit zu brechen.

Dabei sprach er sich selbst so lange zu, daß er seiner inneren Worte manchmal ganz überdrüssig wurde und nicht wußte wohin mit den sich übergreifenden Gedanken. Dann ging er lange in den Wäldern, bis keine Geräusche mehr zu hören waren als das Knirschen der Stämme, der Wind und das Rascheln der Vögel im Holz. Er ruhte sich langgestreckt auf einer Bank aus, und während er in den Himmel schaute, zerbrach die Festigkeit der Erde, und alles löste sich auf in der offenen Weite.

Dann blieb ein Schrecken zurück, und er glaubte, sprachlos reden zu können. Beim Weitergehen sank der Himmel über den Wald, als näherten sich alle Dinge der Mitte, auf die er sich zubewegte. Die Quellen, die im Tal entsprangen, hörte er schon aus der Ferne und verstand doch nicht, was ihm an ihrem Rauschen so merkwürdig vorkam.
Der Himmel lag immer größer über den dicht stehenden Bäumen, und als Fermer den Druck nicht mehr aushielt, empfand er die Schwäche seines Lebens, die ihn aber nicht lustlos machte, sondern eher empfindlicher für das vermutete Leiden ringsum.
Die stillen Spaziergänger, auf die er am Rand der Wälder stieß, und die ihn zuvor noch gestört hatten, als sie durch den Wald stolperten, die Läufer in den dunkelroten Sportanzügen, die ihm vollgeschwitzt zugrinsten, die Mütter in den knitterfreien Mänteln, die ihre Kinderwagen vor sich herschoben – an ihnen sah er nichts als die Beschwerlichkeit des Ganges und die Stille ihrer Blicke, die nichts zu greifen schienen.
Nahm er aber den Weg zu den Höhen der an die Stadt grenzenden Hügel, so verschwand das Rufen und Rennen. Die Schritte paßten sich der Ruhe an, eine Lichtung hielt ihn auf, und aus der plötzlich hereinbrechenden Offenheit des Himmels fiel ihm das Licht in die Augen. Zwischen den Bäumen wurde auf den schmalen Waldwegen die Empfindung schwächer, nahm nur den tonfarbenen Boden noch wahr. Gebückt ging er im Dunkel des Waldes und ließ die Augen nicht von der Erde, von den Nadeln der Kiefern, den Holzsplittern neben den aufgeschichteten Stämmen, dem Moos in der Mitte des Weges; schlug das Licht für Momente durch, zog es die Augen hinauf, wo die Föhren grüne Fächer in den Himmel drückten und die dunkelgrauen Buchenstämme sich verzweigten.
Von der Höhe aus gesehen, lag die Stadt still in der Ebene; die Züge fuhren am Fluß entlang und verschwanden im

Dunkel eines Tunnels, über dem Land flogen die Flugzeuge ein und setzten auf der Landebahn mit einem Ruck auf. Die Neubausiedlungen zwischen den Autobahnschneisen standen wie gedrückt vom Gewicht der Wolken, aus den Schornsteinen der Fabriken außerhalb der Stadt zog der Rauch noch weit über die Ebene.

Dann saß er oft lange wie in stillem Staunen; erst spät, wenn es dunkelte, ging er wieder hinab; unten war es schwer zu gehen, die Luft so voll. Am Rand des Waldes sah er die flachen Neubauten, stille Straßen mit Menschen in dicken Mänteln, die ihre Hunde an den Gaslaternen entlangführten. Ein Auto wurde in der Dunkelheit geputzt, die Bäume auf den kleinen Plätzen, wo die Kinder noch während des Tages gespielt hatten, schwankten sacht. Dann die lauteren Straßen nach den ersten Kreuzungen, ein noch beleuchteter Kiosk, wo Männer mit Bierflaschen in der Hand ihn anschauten, die ersten Gaststätten rechts und links und über der Straße der schwache Duft der Speisen aus den geöffneten Türen.

Hier am Rand der Stadt warteten die Busse; die Fahrer saßen schlafend auf ihren Sitzen und hatten das Licht ausgeschaltet. Ein Park schob sich zwischen die jetzt schon mehrstökkigen Häuser; ein Teich lag still, Enten bewegten sich langsam am Rand, ein Schwan unter einer Brücke. Hinter den Pissoirs trafen sich die Männer; als er vorbeiging, lugten sie nach ihm, und einer wackelte mit dem Hintern, grinsend, in einer dunklen Lederjacke.

Die Wagen fuhren dicht an ihm vorbei; hinter der hohen Glasfront eines Cafés saßen Frauen mit überfüllten Einkaufstaschen vor kleinen Tischen und schoben Torten über die Teller. Weiter, die Straße hinab standen einige Burschen neben ihren Motorrädern vor dem Eingang einer Diskothek und hielten die dicken Sturzhelme in den Händen. Manchmal heulte ein Motor auf, und die anderen beugten sich über den Lenker.

Er hielt es nicht lange aus, bog in eine kleine Straße ein, an deren Ende das Theater lag. Dort fuhren schon die Taxis vor, und aus den Wagen stolperten die Frauen in langen Kleidern und verschwanden mit tippelndem Schritt in dem hell erleuchteten Foyer, die Männer daneben, die Hälse drehend. In der Nähe des Theaters gab es ein kleines Geschäft, das noch bis tief in die Nacht geöffnet hatte.
Am Abend ging Fermer gerne hinein, wenn es draußen schon dunkel geworden war und er die Beleuchtung der Parkanlagen durch die Scheiben sehen konnte. Er ließ sich auf einem der Stühle nieder, die in einer Ecke vor kleinen Tischen standen; unter den Sitzbänken wurden Rotweinflaschen gelagert, und in der Ecke stand ein großer Eichenschrank mit gelben Scheiben, hinter denen andere Flaschen aufbewahrt wurden. Er bestellte etwas und hatte Vergnügen daran, daß der Schrank geöffnet, eine Flasche herausgenommen und sorgfältig entkorkt wurde. Der Verkäufer schnupperte am noch feuchten Korken und schenkte langsam ein. Hier stellte sich allmählich eine Ruhe her, die seine Hast für Momente aufzuheben vermochte. Er konnte warten, bis sich die Aufregungen des Abends gelegt hatten, die Besucher in den Theatern, die Hungrigen in den Gaststätten verschwunden waren. Anfangs füllte sich das Geschäft noch, und einige Menschen kamen herein, um vor der Abendvorstellung des Theaters noch etwas zu trinken. Sie bewegten sich steif und langsam; die Frauen griffen mit der Hand immer wieder nach dem langen Rock, der geführt werden mußte wie ein Tier an der Leine; die Männer beugten beim Trinken den Oberkörper vor, drückten die Knie durch und nippten vorsichtig an den Gläsern.
Dann spürte er manchmal, wie er langsamer und trunkener wurde. Seine Bewegungen verloren an Kontrolle, und er mußte sie verzögern. Er ließ den Wein auf sich wirken, behielt den Schluck lange im Mund und glaubte manchmal, er gehe mit seinem unruhig gewordenen Inneren allmählich

ein in den Geschmack des Weins. Aber er konnte die Entwicklung voraussehen und hatte sie in der Gewalt. Manchmal öffnete sich rasch eine Tür, und er hatte den Geruch von Erde und Gras in der Nase; in günstigen Augenblicken stand er schnell auf und ging hinaus, an den Brunnen entlang, am Theater vorbei.

Das war schon die Zeit, wenn die Veranstaltungen in vollem Gang waren; die Musik dröhnte aus den geöffneten Fenstern der Diskotheken über die Straße, die Kneipen waren überfüllt und die Glasfenster vom Dunst beschlagen. In der Nähe des Bahnhofs standen die Huren noch frierend in kurzen Röcken und hohen Lederstiefeln und warteten auf die Kunden, die schnell vorfuhren und nach einer kurzen Verabredung mit ihnen im Dunkel verschwanden.

In den nahen Straßen um das matt erleuchtete Bahnhofsgebäude blieb es laut bis spät in die Nacht; er ging an den hohen Mietshäusern vorbei, deren Treppenstufen knarrten, rauh gescheuert das Holz, im engen Hof die überfüllten Mülltonnen, Teppichstangen und der bittere Geruch von Urin und Taubenkot. In den Treppenhäusern stand der Geruch aus den Küchen noch am Abend, vor den geöffneten Haustüren die Frauen in Pantoffeln und Wollwesten, die Arme verschränkt. Durch die engen Straßen brausten die Motorräder von einer Häuserecke zur anderen, wo sie jäh gestoppt wurden und eine Gruppe bereits auf den Fahrer wartete, die Mädchen still, die Hüfte eingeknickt, abendelang geduldig, die Jungen in den schwarzen Lederanzügen, mit den Fahrzeugen beschäftigt.

In der Dunkelheit der Hauseingänge warteten die noch Einsamen. Das Laternenlicht reichte nicht an sie heran; verließen sie ihren Platz, schlichen sie an den Hausfassaden entlang, unter ihnen die jüngeren Mädchen, gekleidet wie zum Ausgehen; darüber die Hausfenster geöffnet, ein Kopf, der herausschaute, wenn Schritte zu hören waren. Andere warteten an den Haltestellen der Straßenbahnen und erzähl-

ten sich stundenlang, den Blick auf die Abfahrtstafel gerichtet. Manchmal stoppte ein Wagen in ihrer Nähe; sie traten zurück und schüttelten den Kopf.
Hier hielt er sich gerne länger auf, wenn ihm die Stille zu heftig wurde. Er stand zwischen den trinkenden Männern in den Kneipen und fand keine Worte. An den Spielautomaten bildeten sich Gruppen, laut und gewichtig. Die Spieler waren mürrisch und fluchten auf den Apparat; Gewinne vermerkten sie schweigend. Auf den Theken lagen Zeitungen; manchmal las einer einige Zeilen vor, aber die Musik war laut. Der Wirt stand schweigend hinter der Theke, zapfte das Bier und knobelte mit den Männern. Die Frauen verschwanden an den Tischen, und nur die, die viel zu trinken bereit waren, standen zwischen den Männern und wurden heimlich verachtet.
Mit der Zeit empfand Fermer auch diese Aufenthalte als bloße Wartezeiten. Er fühlte sich wie auf dem Absprung zu einem ganz anderen Leben, und bei seinen Unternehmungen versteckte er dieses Gefühl vor sich selbst, wohl wissend, daß es die Angst war, die ihn trieb und nicht losließ.
Spät erst kam er in Heinrichs Wohnung an. Heinrich schlief meist schon, hatte den Tag durchlaufen und redete oft im Schlaf. Wenn er erwachte, fragte er Fermer sofort nach der Zeit.
Einmal ging er noch spät in der Wohnung umher. Ein Film läßt mich nicht los, sagte er; die Sequenzen wiederholen sich in meinem Kopf, die Sätze sind laut und doch unverständlich, als werde eine fremde Sprache gesprochen. Ich habe den Film am Mittag gesehen, aber nicht die richtigen Worte gefunden. Die Macht der Filme, dieser verdammten Filme, nimmt von Tag zu Tag zu. Immer chaotischer bleiben die Bilder im Gedächtnis; ich habe das Gefühl, Zeit zu verlieren. Die Kräfte lassen nach, alles wird schneller und schneller.
Auch Fermer konnte in den Nächten kaum schlafen. Müde

legte er sich hin und schon regten ihn die Erinnerungen auf. Er schwitzte, wurde kalt am ganzen Körper, im Kopf dröhnte es heftig und breitete sich eine glimmende Wärme aus. Er versuchte, die Ruhe wiederherzustellen und hielt den Körper angespannt.

Erst wenn es am Morgen heller wurde, schlief er besser; wenig später weckten ihn schon Heinrichs Bewegungen. Er schlief nicht wieder ein; wenn Heinrich verschwunden war, versuchte er, lange in einem Buch zu lesen, um so den Tag ruhig zu beginnen.

Heinrichs Büchersammlung wuchs von Tag zu Tag. Die Regale reichten längst nicht mehr, die Bücher lagen in hohen Stapeln auf dem Boden. Man mußte sich vorsichtig zwischen ihnen hindurchbewegen, setzte sich auf die Kisten, die sie füllten, und manchmal fielen sie einem in die Hände wie Blätter vom Baum. Heinrich blätterte nur in ihnen, notierte sich etwas und legte sie an ihren Platz zurück. Wie ein mächtig wachsender Urwald umrankten sie bald alle Gegenstände und waren nicht mehr zu übersehen.

Allmählich wird es schwerer und schwerer, Herr über sie zu werden, sagte Heinrich. Ich begreife auch immer weniger, was eigentlich in ihnen zu finden ist; warum muß es überhaupt Bücher geben? Und – hast du noch nicht die Macht derer bemerkt, die sich gleichsam in die Bücher zurückgezogen haben, deren Blick ein Buchblick ist, das Versteinerte an den Gelehrten, das Unduldsame an den Autoren? Die Verbindung zu den Büchern kann zu einer immer unheimlicher werdenden Liebe werden. Was aber ist der Grund dieser Buchliebe, was ist der Grund der Liebe?

So konnte Heinrich lange fragen, während Fermer manchmal kaum ein Wort begriff. Oft erschien ihm eine Antwort auf Heinrichs Fragen ganz nahe, ja beinahe zu einfach, dann aber rückte alles wieder in eine Ferne, die nur in Heinrich weiterlebte, seinen rot gewordenen Backen, dem fiebrigen Blick, den glänzenden, weit geöffneten Augen.

2

Erschüttert in seiner Sicherheit, versuchte Fermer, sie zurückzugewinnen. Fortan mied er die langen Gänge durch die Stadt, er traute sich kaum noch hinaus. Lesend wollte er sich ablenken und suchte nach Träumen. Aber es gelang nur selten. Als passe sein Kopf nicht mehr in die fremden Vorstellungen, verlor er den Faden der Lektüre, las seitenlang, ohne zu begreifen, und erschrak, als er sich dabei ertappte. Er begann von vorne, aber immer wieder stellten sich die eben noch erlebten Bilder vor die geschilderten, und er traf auf nichts als sich selbst.

Er mußte es anders versuchen. Die fremde Wohnung war wie ein Nest über dem unsicher schwankenden Boden, das ihn eben noch bewahrte, ohne ihn zu bergen. Öffnete er die Fenster, so drangen die Geräusche grell hinein. Das Rauschen hielt sich in seinem Kopf. Er dachte kaum noch in Sätzen.

Schlich er hinaus, schlug ihm der Wind entgegen, und der Druck legte sich auf den Kopf. Er ging wie durch Schneisen, die hinter seinen Schritten zuschlugen.

Der Frühling war nicht mehr weit. Manchmal erinnerte ihn die plötzlich einfallende Wärme der Luft an heitere Tage. Die Wolkendecke brach auf, und blaue Streifen standen so klar, daß der Blick schmerzte. Er wußte, daß bald auf den Feldern die Arbeit begann. Das Holz zwischen den Obstbäumen mußte aufgelesen, die morschen Äste mußten abgesägt werden. Wie gern war er früher dann über die Felder gegangen, wenn die Traktoren hinausgefahren waren. Die Frauen mit dunklen Kopftüchern auf den klappernden Wagen, die stillen Menschen zwischen den engstehenden Bäumen, die Holzstöße, die aufgerissene, noch feuchte Erde, Wurzeln und Steinblöcke.

Aber jetzt wollte er nicht hinaus. Nicht jetzt, nicht in der Unruhe. Je mehr sie sich vergrößerte, desto mehr dachte er

an seine Vergangenheit, die er sich kaum noch vorstellen konnte.
Er hielt sich nicht mehr an die Scheidung von Tag und Nacht. Oft stockte er während des Tages vor Angst, und ein fremder Blick, der ihn traf, schreckte ihn auf und machte ihn unsicher. Dann ging er nicht mehr weiter, mußte sich zurückziehen an einen stilleren Platz. Irgendwo schmiedeten seine Verfolger ihre Pläne, und manchmal war seine Angst groß, gerade diesen Plänen nicht vorauskommen zu können.
In den schlaflosen Nächten suchte er nach Schlupfwinkeln. Er fand sie in den Treibhäusern am Rande der Stadt, deren Türen meist nicht verschlossen waren und in deren Innerem es warm und angenehm war. Der Geruch von Blumenerde von den Holzbrettern, die lange Reihe der Topfpflanzen, über einigen stand das violette Licht, leise summende Neonröhren. Hier schaute er in den Nachthimmel über dem Glasdach, sah auf die Veränderungen des Mondes, die wechselnde Lage der Sterne. Der Regen rann leise am Dach entlang oder trommelte so stark, daß Fermer nur still auf dem Boden verweilte, den Kopf gegen die Tür, auf der steinernen Treppe, vor der Feuchtigkeit durch Leinensäcke geschützt. Hier hielt er es manchmal in den langen Nächten aus, der Welt so fern, wie schwebend im weiten Raum, dessen Dunkel über ihm lag.
In Heinrichs Zimmer erschrak er, wenn das Telephon läutete und er Annas Stimme im Lärm des Cafés hören konnte. Sie sprach ruhig und erkundigte sich nach ihm wie nach einem Kranken. Er wollte sie nicht einweihen und lachte oft laut und unbegründet. Er gab vor, viel zu tun zu haben, und sie fragte nicht weiter. Einmal traf er sie in der jetzt oft von Nebel verhangenen Stadt wieder. Sie schien für einen Moment zu erschrecken, als sie ihn sah. Er habe eine Dunkelheit im Gesicht, die ihr bedrohlich vorkomme, so matt und zerschlagen sehe er aus. Er winkte ab und schob es auf den

schlechten Schlaf. Sie gingen noch eine Weile die Straße hinab, und Fermer fielen keine Sätze ein, nur einzelne Worte, die sich in seinem Kopf aufblähten und wieder zerplatzten. Er hatte lange Zeit mehr mit sich selbst gesprochen als zuvor; jetzt fiel ihm das Reden so schwer, als erübrige es sich längst; als er sich an den Kopf fühlte, spürte er die kalten Finger an den erhitzten Schläfen.
Er versuchte zu sprechen, gab an, er fühle sich wohl, lese wieder viel. Anna aber hörte kaum zu. Sie telephonierte in der Post und frankierte eilig einen Brief, erschien beschäftigt, erzählte von Freunden und schaute ihn manchmal an, als müsse ihr bei diesem Blick ein neuer Gedanke kommen. Er machte sich bald davon, und sie winkte ihm nach.
Nur selten aber traf er noch auf einen Bekannten. Er beachtete die Menschen kaum, die an ihm vorbeiströmten, als habe er von ihnen nichts zu erwarten. Einmal lief Heinrich schnell an ihm vorbei, für einen Moment sah er seine unruhige Miene, die weiten Augen, die nichts zu sehen schienen.
Die langen Schlangen vor den Kinoeingängen störten ihn mehr und mehr; er konnte sich mit nichts mehr beschäftigen, das ihn so von sich ablenkte, daß er sich für Augenblikke vergaß und aus diesem Vergessen emportauchte wie einer, der seine Schuld verdrängte. Alles, was so dicht in ihm stand und für das er keine Worte zu finden versuchte, hielt ihn wie in einem Krampf, der sich nicht mehr zu lösen schien. Als halte er schon zu lange den Atem an, schüttelte er sich oft wie vor Selbstekel; er erinnerte sich an sein Zimmer, das er aus Furcht, erkannt zu werden, bisher nicht aufgesucht hatte.
Als an einem Abend der Regen so heftig fiel wie lange nicht mehr, der Wind dareinfuhr und sich so die ganze Umgebung zusammendrängte, um ihn nicht mehr loszulassen, faßte er den Entschluß, heimlich, tief in der Nacht, eine kurze Rückkehr zu wagen.

Nach Mitternacht fuhr er mit der letzten Straßenbahn hinaus. Die Bahn war überfüllt, er glaubte sich sicher. An den Haltestellen öffneten sich klappernd die Türen; nachdem einige ausgestiegen waren, war es still, bis der Fahrer den Wagen wieder in Bewegung setzte. Manchmal drang von draußen Hundegebell herein. Die Ampeln waren ausgeschaltet, und die Wagen fuhren etwas schneller als sonst neben der langsam in der Dunkelheit dahergleitenden Bahn.
Er stieg an der letzten Station aus und blickte in die Tiefe der Straße, in der er gewohnt hatte, wo die Gaslaternen auf einen fernen Punkt zuliefen, in dem sie verschwanden. Vor einem Haus sprangen die Hunde auf, bellten laut und klirrten an den Ketten, als sie sich gegen das Gitter warfen. Er ging in der Dunkelheit und wagte sich nicht in das Licht der Laternen.
Die Straßenbäume schwankten heftig im Wind, und der starke Regen wehte ihm gerade ins Gesicht. Er ging gebückt, schloß endlich das Gartentor auf und leise wieder hinter sich zu. Es war jetzt beinahe vollständig dunkel, und er tastete sich langsam zum Haus vor, dessen Tür er öffnete.
Er ging die schmale Stiege zu seinem Zimmer hinauf; der Schlüssel steckte, doch hatte jemand das Zimmer abgeschlossen.
Schon mit dem ersten Blick sah er beim Hineingehen die Unordnung. Schränke und Schubladen standen offen, einige Kleider lagen auf dem Boden, Bücher daneben, aus dem Regal gezogen, seine Notizblöcke auf dem kleinen Schreibtisch.
Er setzte sich zwischen die verstreut liegenden Dinge und hielt für einen Moment die Luft an. Draußen vor dem großen Fenster bogen sich die Äste der Bäume gegen das Glas und streiften hin und her. Er hörte den immer stärker werdenden Regen auf den Schindeln des Daches.
Dann ging er in das Bad, wusch sich leise die Hände und ließ das warme Wasser über den erhitzten Kopf laufen. Schon

bereute er, den Hahn aufgedreht zu haben. Im Haus wohnten zwei Familien, auf die kein Verlaß war. Er mußte sich hüten, ihnen zu begegnen.
Er legte sich auf das Bett und schloß die Augen. Das Ticken der Uhr und der Geruch der verwelkten Blumen – beinahe gerührt lag er still. Die Dinge hielten die Erinnerung an seine Vergangenheit fest und standen herum wie zur Begrüßung. Verhalten noch schaute er sich um. Alles trat so nahe an ihn heran und war doch so verschlossen, so fern. Fast schien ihm alles gealtert inzwischen, und er glaubte, den Dingen zunicken zu müssen, lächelte aber, als er daran dachte. Beim Ticken der Uhr und in der weiten Stille des Raumes ahnte er, wie sein Leben gewesen war.
Hatte sich in der Schulzeit die Umgebung wie eine undurchsichtige Kugel um ihn gelegt, so hatte sich jetzt alles aufgelöst, leuchtete aber auch mehr als zuvor, wie von noch nie gesehener Wichtigkeit. Seine Gänge erschienen ihm wie ein Stolpern, unter dem der Boden versause und der Kopf schwer sich der Erde zubiege. Er meinte an eine Grenze gekommen zu sein; hinter ihr glaubte er alles anders, unermeßlich weit oder leer wie nie zuvor.
Die Beine eng an den Körper gezogen, lag er auf seinem Bett, die Hand unter dem Kopf. Der Sturm wurde stärker. Seine Haare schienen sich zu heben und die Arme am Körper herabzuhängen wie Staubfäden.
Er schlief schwach, nicht ohne Träume. Durch eine Tür trat er auf ein hohes Plateau. Im Tal die grauen Säulenreste um einen tiefblauen See, aus dessen Wasser das Dach eines Tempels ragte. Dazwischen schwammen große Fische und fraßen alles, was hineinfiel. Er geriet beim Gehen an ein Geländer und sah in die Tiefe. Hinter hohen Zypressen erkannte er die Fassade einer Kirche, auf ihrer Spitze einen Engel, der einen Pfeil gegen das Herz zu wenden schien. Der Boden der weiten Landschaft war überwuchert von Heidekraut; dann fiel alles zusammen, und er verlor den Halt.

Später sah er sich deutlich vor einem Fenster: eine lange Allee, im Horizont auslaufend. Die Blätter bunt wie im Herbst. Das Rot der Vogelbeeren, eine Wiese mit fast mannshohem Gras. Der wolkenlose Himmel. Er stand, als sei es die Ewigkeit.
Immer wieder erwachte er, schaute auf die Uhr, bereit, jederzeit aufzustehen. Schließlich hielt es ihn nicht länger. Er steckte einige Dinge zu sich, nahm das Geld aus der verschlossen gehaltenen Kassette und kleidete sich um. Im Spiegel hielt er seinen Blick nicht aus; er packte alles in seinen Seesack und ging leise hinaus. Kurz vor dem Schließen der Tür sah er durch einen Spalt noch einmal ins Zimmer, hörte lauter als sonst das Ticken der Uhr. Sein Mund stand offen, die untere Lippe zitterte schwach. Er biß die Zähne zusammen und hielt die Luft an.
Draußen ging er langsam, obwohl der Regen noch stärker geworden war, die Tasche eng an den Körper gepreßt. Noch in der Dunkelheit erreichte er Heinrichs Wohnung.
Als er hineinkam, brannte die Schreibtischlampe. Heinrich lag schlafend über einem Stoß von Blättern. Er erwachte sofort und schaute kopfschüttelnd auf die Uhr. Früher, sagte er, habe ich nachts am besten arbeiten können. Die Stunden nach Mitternacht sind einmal die guten Stunden gewesen.
Fermer zog sich aus, während Heinrich mit dem Blick auf das Fenster sprach, auf dem der heftige Regen zerlief. Sie unterhielten sich leise, und Fermer erzählte von der Nacht. Er sprach leichter als noch vor Tagen, als sei etwas geschehen.
Später lehnte sich Heinrich zurück und fragte ihn, während er unbewegt immer auf das Fenster schaute, ob er sich schon einmal verliebt habe, so verliebt habe, daß seine ganze Existenz in dieser Liebe aufzugehen drohe und nichts übrigbleibe, weil alles den Schein der Unwichtigkeit annehme. Er, Heinrich, könne diesen Druck oft kaum noch ertragen, alles in ihm werde schwächer, wie gelähmt von einer Krankheit, die ihn aufs unheimlichste auszuhöhlen begon-

nen habe. Tag und Nacht müsse er daran denken, rühre es ihn auf. Er habe sich von dem Mädchen getrennt, es sei ganz und gar nicht daran zu denken gewesen, diese Sache zu einem befriedigenden Ende zu führen. Sie habe ihm auch deutlich zu erkennen gegeben, daß sie eine Freundschaft nicht wolle, und sosehr ihn die Sachlichkeit solcher Aussagen überzeuge, weil nichts so sehr geboten sei wie Sachlichkeit in derartigen Angelegenheiten, sosehr schmerze ihn doch die Entschiedenheit, das Fertige dieser Sätze und komme ihm vor wie ein nicht zu veränderndes Urteil, das sein ganzes Leben bestimmen werde. Er könne sich nicht vorstellen, diesem Urteil ergeben und still weiterzuleben, als habe sich nichts ereignet.

Gleichzeitig halte er sich derartige Gedanken doch vor. Er unterschätze nicht die Sentimentalität, die in ihnen sich verberge, das Selbstmitleid, das ihn oft überfalle, die aufgestachelte Trauer, die ihn schon bei geringsten Anlässen zu Tränen reize.

Aber dieses selbstergebene Verhalten, das nie in ein Gericht gegen sich selbst ausarte, enthalte für ihn doch einen Grund des Gefühls, das sich etwa in den Filmen in, wie er sagte, reinen Momenten ausspreche, jene Betrübtheit, der die Welt zu schwer sei und die doch nicht von ihr lassen könne, als habe nicht die Welt jenes Leiden hervorgebracht, sondern ganz umgekehrt das Leiden die Welt. Dann sei er sich, wie er es einmal gelesen habe, das Maß, ja das Maß aller Dinge und diese seien ihm in ihrer nicht zu übersehenden Not gegenwärtig.

Jenes angenehme Gefühl aber liege am Rande des menschlichen Empfindens; man könne so leicht Schindluder mit ihm treiben, in ihm ersaufen, es künstlich hervorzaubern. Eigentlich aber sei es nie länger als Sekunden, ganz in der Stille eines Momentes, zu ertragen; und er, er werde gerade in den letzten Wochen so oft von ihm überfallen, ohne daß er sich noch zu wehren verstehe.

Er nehme nun diese Angelegenheit zwar so ernst, daß ihre Wichtigkeit ihm selbst peinlich zu werden beginne, könne aber doch auch der manchmal noch plötzlich und wie aus Verzweiflung hereinbrechenden Lustigkeit kein Recht geben. Das Pathos seiner unerfüllten Liebe sei ihm noch so wert, daß er sich ein Vergessen nicht vorstellen könne. Warum denn, zu welchem anderen, besseren Zweck solle man gerade das vergessen, was einen am meisten ergriffen habe? Auch hier gebe es nur die Unbedingtheit, alles andere sei Feigheit, die Ausweglosigkeit der matten Tage.
Fermer hörte zu, und die Sätze trafen ihn schmerzlich, weil er spürte, daß er nicht helfen konnte und jenes Leiden dem seinen so verwandt sei, daß er es verstand, ohne es doch erlebt zu haben. Sie saßen, bis es hell wurde, leiser und leiser redend, nebeneinander. Heinrichs Blick entfernte sich nicht vom Fenster, und er hielt, während er sprach, still.
Am Morgen schaltete Heinrich erst das Licht aus. Er kochte einen Kaffee und sie tranken ihn schweigend zusammen in dem Empfinden, sie hätten etwas voneinander begriffen.

3

Heinrich war wenig später schon wieder im Regen verschwunden. Im Zimmer war es kalt geworden, und Fermer hatte sich unter einer Decke zusammengezogen. Bald war er eingeschlafen, und er erwachte erst, als er die Kälte am Körper spürte und sah, daß er die Decke während des Schlafes weit von sich geworfen hatte.
Er fühlte sich matt und unruhig. Im leeren Zimmer glaubte er sich verlassen und meinte, die Unterhaltung mit Heinrich fortsetzen zu müssen. Auch waren die Dinge um ihn feucht geworden und erkaltet, als sei der dauernde Regen längst durch die Scheiben gedrungen.
Er wollte sich nicht länger bedenken und wählte die Num-

mer von Annas Café. Er hörte sie ruhig und langsam antworten wie immer, und er gab sich Mühe, ihr ebenso ruhig und geduldig zu erwidern. Am Mittag hatte sie Zeit für ihn. Vor dem Café wollte sie warten.

Erleichtert konnte er endlich hinausgehen. Der starke Regen hing in den alten Bäumen und ließ die Äste nicht los. Um ihn gingen die Menschen schnell und stemmten die Schirme gegen den Wind. Die Fontäne eines Brunnens schlug weit über den Brunnenrand auf den fast leeren Platz. Er spürte den Druck des seine Richtung fast ständig ändernden Windes auf der Brust, und es war ihm beinahe angenehm, so angestrengt zu gehen, weil er dann alle Gedanken verschluckte und auf nichts acht hatte als auf die Launen des Windes. So gehend, dachte er nur manchmal daran, in diesem Stürmen zu verschwinden, von einem heftigen Windstoß auf- und davongehoben zu werden – über die Häuser hinweg, vielleicht dorthin, wo der Fluß in der Ferne verschwand. Aber der heftige Wind schüttelte auch diese ihn fast belustigenden Bilder aus seinem Kopf, und einmal faßte er wie im Spiel nach seinen Haaren, als müsse er nachschauen, ob sie ihm nicht längst vom Kopf geflogen seien.

Das stille Vergnügen hielt sich, weil er an das Treffen mit Anna dachte und nichts sich in diesen Gedanken zu schieben vermochte, nicht der heftige Regen, nicht die schweren Wolken, die standen, als seien sie für Jahre nicht zu vertreiben.

Sie wartete auf ihn vor dem Eingang des Cafés. Zum ersten Mal seit langem sah er sie wieder, und er spürte den Unterschied. Aber er ließ sich nichts anmerken und ging schnell auf sie zu, neigte sich auch vor, als wolle er ihr einen Kuß geben, während sie aber den Körper schon zur Seite gewandt hatte und losging. Sie hatte die Geste nicht bemerkt, und es war ihm lieb, daß sie zu sprechen begann wie damals, aufgeräumt noch dadurch, daß die Arbeit für diesen

Tag getan war. Er versuchte, schnell zu antworten, um die Unterhaltung nicht abreißen zu lassen und hoffte auf das alte Einverständnis in dem Glauben, es durch seine Worte beschwören zu können.

Erst später bemerkte er, daß sie in einigem Abstand von ihm ging. Die Worte drohten auszugehen und im trocken gewordenen Mund steckenzubleiben. Der Gang wurde unsicher, er wechselte den Schritt, ging bald langsamer, bald schneller als Anna, streifte mit den Händen an den nassen Häuserwänden entlang, als könne von dort Hilfe kommen. Sie aber ging, als verstehe sie ihn nicht, im Stürmen des Windes, der die am Straßenrand wehenden Fahnen hin- und herschlug. Er konnte seine Worte nicht mehr ordnen und wußte auch nicht, wie er sie dem zerfahrenen Gang anpassen könne, in den doch der Sturm so schlug, daß sie eng an den Häusern gehen mußten. Er hatte lange Zeit nur wenig mit anderen gesprochen, und so schämte er sich über seine Hilflosigkeit mit einer nur schwer zu unterdrückenden Wut auf Anna, die nichts zu bemerken schien.

Fast immer einen Schritt voraus lief sie vor ihm her; er stieß gegen einen Laternenpfosten, rieb sich die Hand, und sie schaute sich nur einen Moment um, wie eine schon zu lange Wartende. Er schloß zu ihr auf und begann von vorne. Zwischen den Sätzen fehlte ihm die Luft, er atmete an den falschen Stellen, den Kopf manchmal schüttelnd, als sei alles dem Sturm zuzuschieben, der ganz in der Nähe einen Papierkorb umgeworfen hatte, so daß der Inhalt über die Straße flog, ein helles Band von Dosen und Papier, zwischen denen sich die langsamer gewordenen Fahrzeuge hindurchschlängelten.

Er mußte die Worte jetzt laut herausrufen, und Anna bedeutete ihm mit einer Geste, daß sie nichts verstand. Neben ihnen hielt ein Wagen am Straßenrand. Der Fahrer stellte wie erschöpft die Scheibenwischer ab und lehnte sich auf seinem Sitz zurück. In einigen Hausfenstern standen Menschen und schauten in das Unwetter, das sich immer mehr verstärkte. Der Strom war ausgefallen, und in einer langen Straßenflucht standen mehrere Straßenbahnwagen hintereinander, aus denen die Fahrgäste schnell ausstiegen und in die Hauseingänge flüchteten. Der Wind hatte ein Verkehrsschild umgestoßen, die Fensterscheibe eines Kaufhauses war zersprungen, der Kopf einer Schaufensterpuppe hing heraus.

Vor einer Kirche machten sie endlich halt und gingen hinein. Die kleinen Fenster lagen hoch, es war dunkel, und sie tasteten sich zu einer Bank vor, um sich zu setzen. Allmählich erst gewöhnten sich die Augen an die Dunkelheit und nahmen die Umgebung wahr. Von draußen hörte man das Klatschen des Regens und den heftig zischenden Wind. Fermer streckte sich aus, und Anna öffnete den Mantel, die Haare ordnend. Sie saßen eine Weile still, und ihr Atem beruhigte sich.

Am Altar zündete ein Mann in schwarzer Soutane die Kerzen an; sorgfältig blies er die Flamme des Dochtes, der an einem langen Stock befestigt war, aus. Er blätterte in dem dicken Meßbuch, das auf dem Altartisch lag. Vor dem Madonnenbild, das in einer Nische hinter den zahllosen brennenden Kerzen flimmerte, kniete eine Frau und betete leise. Das Blau des Madonnenmantels zitterte vor dem goldenen Hintergrund. Der Weihrauchduft füllte den hohen Raum, und die Wärme beruhigte Fermer, der sich plötzlich an die in Frömmigkeit verbrachten Tage erinnerte und sich freute, endlich von einer Sache länger erzählen zu können, ohne nach Worten suchen zu müssen.

Und während er begann, von den Wochen zu sprechen, die er als Kind im Pfarrhaus des Onkels zugebracht hatte, schien auch Anna wie erlöst zuhören zu können; denn sie legte den Kopf auf seine Schulter und nahm plötzlich seine Hand, als habe sie nur auf diesen ruhigen Moment gewartet.

Das Pfarrhaus war ungewöhnlich groß gewesen; in den

weiten Räumen hatte er die Übersicht ebenso verloren wie in dem verwilderten Pfarrgarten, in dem die zahlreichen Birnbäume harte, grüne Früchte getragen hatten, die er ungeduldig viel zu früh vom Baum gepflückt und gegessen hatte. Niemand hatte sich um den Garten gekümmert, und so war Efeu an den Ziegelsteinmauern emporgewachsen, die man so hoch gezogen hatte, um Einbrechern den Zugang zum Grundstück zu verwehren. Auch die Rhododendronsträucher hatten mannshoch gestanden und entlang der Mauer waren Himbeer- und Brombeer-Hecken nur schwach gestützt durch ein allmählich verfallendes Holzspalier. Hatte man von einem Fenster aus in den Garten geschaut, so war durch die wild wuchernden Pflanzen der Überblick ganz unmöglich geworden. Nur noch im Sommer war der Onkel, in einem Brevier lesend, ohne aufzuschauen, über die kaum noch erkennbaren schmalen Wege gegangen und auch schon bald wieder im Haus verschwunden, als habe er seine Umgebung nicht bemerkt. Erst im Herbst hatte er den Küster beauftragt, das Laub zusammenzukehren; der hatte die Arbeit leise und sorgfältig verrichtet, die kleinen, von Moos und Gras fast schon überwachsenen Wege vom Laub befreit und die großen Blätterstöße in einer Ecke des Gartens geschichtet. Nur die Rosen waren zugeschnitten worden, sonst hatte man sich nicht weiter um den Wuchs der Pflanzen gekümmert. Regelmäßig aber hatten sich deren Blüten gegen die Mißachtung durchgesetzt. Manchmal hatte noch im Winter, wenn die letzten Schneereste auf den Rasenstücken zerschmolzen waren, schon der chinesische Jasmin geblüht, und die alte Haushälterin hatte Fermer zum Küchenfenster gerufen, um ihm die gelben Blütensterne zu zeigen, die sie immer für Forsythien gehalten hatte, bis der Onkel sie belehrte. Oft hatte er bei ihr in der Küche am Fenster gesessen und erzählend in den Garten geschaut, wenn die Wäsche gestopft oder auf dem großen Bügelbrett ausgebreitet worden war. Dann waren die Stunden leicht und ruhig vergangen, während aus den Töpfen schon der Duft des Mittagsmahls stieg und sich im Haus verbreitete. Gleich neben der Küche hatte das kleine Eßzimmer gelegen, ein runder Tisch mit nur zwei Stühlen für den Onkel und die Haushälterin, die beinahe sprachlos das Essen zur festgesetzten Stunde eingenommen hatten. War der Duft der Speisen stark genug, so war der Onkel schon früher aus dem Arbeitszimmer herabgekommen und in dem kleinen Raum, ruhig wie immer in seinem Brevier lesend, hin- und hergegangen. Immer hatte die Mahlzeit mit einer kräftigen Suppe begonnen, die in einer großen Terrine hereingetragen worden war, wobei der Onkel fast zugleich ein Lesezeichen vor die aufgeschlagene Seite gesteckt und ›Guten Appetit‹ gewünscht hatte. Nie hatte der Wein zum Essen gefehlt, und selbst er, Fermer, hatte nie auf einem anderen Getränk bestehen dürfen, sondern aus einem winzigen Glas vom Wein kosten müssen.

Auch sonst hatte der Onkel ihm keine besondere Aufmerksamkeit geschenkt, und das war ihm eben recht gewesen. So hatte er sich ruhig in den Räumen umschauen dürfen. In dem mehrstöckigen Haus war die Stille besonders wahrnehmbar gewesen, und in beinahe jedem Raum hatte eine Uhr getickt und die gleichsam sich in die Möbel fressende Stille gemessen. Auf dem Speicher hatte er ein altes Harmonium entdeckt und auch schon zerschlissene Meßgewänder, die er sich übergezogen hatte vor dem alten, von einem noch barocken Rahmen eingefaßten Spiegel. Auch ein Altarblatt hatte er dort gefunden zwischen den mit Büchern gefüllten Kisten, eine Anbetung von Heiligen, von denen der heilige Sebastian ihn besonders beeindruckt hatte, den nackten Leib wie unter großen Schmerzen, die die zahllosen Pfeile verursachten, weit zurückgebogen und die Augen zum Himmel aufgerissen, als finde er nur dort noch Trost für sein Leiden.

Durch das aufgesperrte Dachfenster war der Blick auf den

Kirchturm gefallen, und manchmal hatte er dazu den Klang der Orgel gehört und sich sofort den hohen Kirchenraum vorstellen können. Er hatte die Bücherkisten ausgepackt, war jedoch immer enttäuscht worden; nie hatte er einen Roman oder eine Erzählung gefunden, sondern meist nur Bücher über religiöse Themen, auch Bibelkommentare in lateinischer Sprache. Der Onkel hatte Erzählungen geradezu mißtraut und seine Lektüre aufmerksam beobachtet. Reiseschilderungen hatte er noch zugelassen, ihm aber schon erklärt, in allen Erzählungen und, wie er sagte, ›Erfindungen‹ sei etwas Willkürliches, Unwahres, das gefährlich werden könne. Damals hatte er solche Sätze noch nicht verstanden; erst am Abend war er ihrer Bedeutung näher gewesen, wenn er sich mit einem der mitgebrachten und verbotenen Bücher in sein Bett zurückgezogen und es unter der Decke gelesen hatte. Er hatte in einem mächtigen Doppelbett gelegen, das in dem ungewohnt großen Schlafzimmer wie verlassen unter dem schweren Kreuz gestanden hatte. Manchmal hatten dann in der Dunkelheit die Gestalten und Ereignisse ganz Besitz von ihm ergriffen, und er hatte sich in der großen Stille sehr gefürchtet. Dann erst hatte er die Worte des Onkels zu verstehen geglaubt, war auch manchmal hinaus auf den Flur geschlichen, wo die Galerie der Ölgemälde an den Wänden den angstvollen Zustand nur verstärkt hatte. Aus dem Zimmer des Onkels aber war ein schwacher Lichtschein in die Dunkelheit gefallen, und er hatte die Stimme des Onkels gehört, der die Predigt für den nächsten Tag vorbereitete, und als er einmal nicht den rechten Fluß der Worte fand, laut fluchte, was ihn im stillen Flur so überrascht hatte, daß er wieder näher an das Wirkliche geführt und die Gestalten der Phantasie verdrängt worden waren.

Denn ganz unbegründet war seine Furcht nicht gewesen. An den Abenden waren die hohen Fenster mit Eisenriegeln zugesperrt worden, und auch vor die Kellertüren hatte der

Onkel schwere Riegel geschoben, da schon oft eingebrochen worden war. So hatte man am Abend im ganz zugeriegelten Haus gesessen, in das von außen kein Lichtschein mehr gedrungen war. Spät noch hatte der Onkel manchmal Gäste empfangen und sie in ein kleines Zimmer neben der Bibliothek geführt, das er nur das ›Sprechzimmer‹ genannt hatte und in dem außer einem Tisch und einigen Stühlen nichts zu finden gewesen war. Aus der Haft gerade Entlassene waren unter den Gästen gewesen, und der Onkel hatte sich oft lange, bis tief in die Nacht, mit ihnen unterhalten, daß er den ruhigen Fluß des Murmelns noch in seinem Bett hatte hören können. Es sei schwer, von diesen Menschen einen genauen Eindruck zu erhalten, hatte der Onkel einmal in ganz vertraulichem Ton gesagt. Gestern habe er mit einem Mann gesprochen, der seine Frau in einem furchtbaren Anfall von Wut und Gekränktheit umgebracht habe. Solche Hinweise hatten auf ihn, Fermer, immer großen Eindruck gemacht, und auch die Haushälterin hatte bei derartigen Mitteilungen ernst und bedeutsam aufgeschaut und wie zur Abwehr eines bösen Geistes das Kreuz geschlagen. Einmal hatte er bei der Zusammenkunft des Onkels mit einigen Gästen zu lauschen versucht, doch es war nichts zu hören gewesen außer der gleichmäßigen beruhigenden Stimme des Onkels. Tagsüber hatte er nicht gewagt, sich im ›Sprechzimmer‹ aufzuhalten, so verwunschen war ihm der Raum erschienen. Selbst die Zigarettenstummel im Aschenbecher waren ihm merkwürdig vorgekommen, hatte sie doch ein Verbrecher in der Hand halten können. So war seine Bewunderung für den Mut des Onkels immer größer und seine Person ihm geheimnisvoll geworden. Doch mit ihm hatte der Onkel selten in so ernstem Ton gesprochen, war vielmehr fast immer ausgelassen und heiter gewesen, obwohl sich diese Heiterkeit nie ungestört ausgesprochen hatte, weil der Ernst nie zu vergessen war, den im ganzen Haus Bilder, Kreuze und Bücher aufrechterhalten hatten.

Immer hatte er, Fermer, empfunden, daß dieser Ernst von der nahen Kirche bis ins Pfarrhaus hinüberreiche, und oft war es ihm so vorgekommen, als gehöre das Haus zur Kirche wie der mächtige Turm, die Wasserspeier mit den häßlichen Fratzen und die kleine Sakristei, in der sich der Onkel vor dem Gottesdienst umgekleidet hatte.
Oft hatte er ihn als Ministranten zur Frühmesse mitgenommen. Vorher hatten sie zusammen einen starken Kaffee getrunken und waren noch witzelnd und fröhlich in der Sakristei eingetroffen, wo die Stimmung mit den ersten Handgriffen schon bald in Schweigsamkeit und Ernst umgeschlagen war. Aus den alten Eichenschränken waren die Meßgewänder geholt worden, und schon ganz still hatte man sich umgekleidet. Der Onkel hatte später beim Blick in das Meßbuch lange verweilt und sich beinahe genau zu der Sekunde, in der die alte Turmuhr geschlagen hatte, erhoben. Wie gebückt unter einer Last waren sie in die fast noch leere Kirche gegangen.
Die langen Zeremonien am Altar hatten ihn, Fermer, immer gefangengehalten, das Herbeiholen von Wasser und Wein, das Herumtragen des schweren Meßbuches, das nicht ungefährlich gewesen war, weil man leicht einen falschen Schritt auf den zu engen Stufen hatte tun können. Während des Gottesdienstes war er in den stillen Momenten in eine innere Aufmerksamkeit verfallen, die er sonst nie empfunden hatte. Das Selbstgespräch hatte sich so gesteigert, daß er später oft das Empfinden gehabt hatte, sein Inneres sei allmählich wieder in eine alte, schon von Ewigkeit bestehende und durch Unvorsichtigkeiten immer wieder gestörte Ordnung zurückgekommen, durch deren Kraft er sich wieder eine Zeitlang zu leben getraute. Beim Gottesdienst hatte jede Geste ihren Sinn gehabt und der Ehrgeiz hatte der Befolgung dieser Gesten gegolten, bei denen er als Ministrant nicht zu sehr hatte auffallen dürfen, um die Aufmerksamkeit der Kirchgänger nicht von Wichtigerem abzulen-

ken. Auch er, hatte der Onkel gesagt, dürfe nur bei der Predigt für einen Moment hervortreten, etwas eindringlicher und lauter als sonst seine Person zur Geltung bringen. Dann aber müsse er ganz in den Handlungen verschwinden, und man dürfe nichts mehr wahrnehmen als ihren Zusammenhang. Viele Priester seien einer Eitelkeit erlegen, die das Schlimmste sei; sie werde durch die Schönheit der Meßgewänder und das Ritual der Zeremonien nur gefördert.
Das hatte Fermer sich zu Herzen genommen und das Weihrauchfaß nur mäßig hin- und herbewegt, im stillen Warten, daß sich die Zeremonie ihm zuwenden würde, er an der rasselnden Kette den Deckel hochziehen konnte und der Onkel die sich sofort entzündenden und glimmenden Weihrauchkörner in die runden, leicht ausgehöhlten Kohleplättchen gestreut hatte.
In der morgendlichen Dunkelheit der Kirche war das Leben draußen so fern und hatte die in den Gebeten sich fassende, liebevoll kultivierte Einsamkeit eine Zufriedenheit gefunden, die sonst nur schwer zu erreichen gewesen war. Die kindlichen Sorgen und Leiden hatten so fast immer einen Trost gefunden, und er hatte sich nach diesen Gottesdiensten sicherer gefühlt; fröhlich hatte er auch mit dem Onkel die Kirche verlassen, und noch ausgelassener war es am gedeckten Frühstückstisch hergegangen, wo der Onkel die Eier mit einem »requiescat in pace« geköpft hatte.
Nie aber hatte man auch in solchen Situationen ganz den Ernst vergessen können, der jene Lustigkeit erst möglich gemacht. Auch bei den Spaziergängen mit dem Onkel war es ihm immer so vorgekommen, als verschweige ihm dieser die wichtigere Hälfte seines Lebens. Wie sich das Pfarrhaus in den Nächten in eine unheimliche Stille zurückgezogen, so hatte auch der Onkel die Ruhe des Sich-Zurückziehens kultiviert, und es war nur an den Festtagen lauter hergegangen, als habe man erst jetzt einen Grund gefunden, fröhlich zu sein.

Mit Geschenken und Glückwünschen waren die Nachbarn gekommen, und die Mahlzeiten waren im großen Speisezimmer eingenommen worden, das sonst das ganze Jahr leer stand. Im Arbeitszimmer des Onkels hatten die Männer später beim Wein gesessen und mit den dicken Zigarren gequalmt, die der Onkel aus den schweren Schränken geholt hatte.
Aber auch diese Fröhlichkeit war wieder wie ein Spuk verschwunden, und gerade an diesen lauten Tagen war der Onkel am Abend besonders früh ins Bett gegangen und hatte ihn und die Haushälterin allein in der Küche zurückgelassen, wo sie von den Gästen erzählt hatten. –
Der Mann am Altar war noch immer beschäftigt, die Blumen zu ordnen. Eine Frau, die zuvor lange vor dem wie in flimmerndes Gold getauchten Madonnenbild gekniet hatte, verschwand hinter einem Vorhang im Beichtstuhl, in dem der Priester sofort das Licht ausschaltete. Sie hörten das leise Murmeln des Gespräches und blieben eine Weile still. Anna schaute grinsend zu ihm auf. So bedächtig und verhalten, wie du es eben geschildert hast, bewegst du dich heute noch, sagte sie; nur die Weihrauchwolken sind verflogen, aber der Ernst ist doch übriggeblieben und den wirst du wahrscheinlich lange nicht loswerden. Fermer schaute sie kurz an, und sie lachte leise.
Die Kirchentür öffnete sich, zwei alte, dunkel gekleidete Frauen mit schwarzen Kopftüchern kamen herein und blieben dann, leise flüsternd, im Seitenschiff vor dem Madonnenbild stehen; aus den Handtaschen holten sie Kerzen, die sie vor dem Bild entzündeten und auf den von Wachs ganz überwucherten Haltern feststeckten. Eine schlug mehrmals das Kreuz, und sie knieten sich beinahe zugleich auf die kleine hölzerne Bank.
Sicher, meinte Fermer, sind es Lichtmeßkerzen; das Fest liegt ja erst wenige Tage zurück. In der Kindheit gehörte es zu den besonderen Feiertagen. In einer langen Prozession

zog man mit den geweihten Kerzen in der Hand durch die Kirche, und das Licht, das nahe dem Kopf flackerte, trug in die Dunkelheit der Kirche die erste Helligkeit. Da habe ich damals etwas vom nahenden Frühling geahnt und bin unter den tief hängenden Wolken nicht mehr ganz so mutlos nach Hause geschlichen wie zuvor. Der Onkel hat einmal erzählt, daß viele die geweihten Kerzen mit nach Hause nehmen und an besonderen Plätzen aufstellen. Bei Unwettern und Gefahren sind sie angezündet worden, und der Onkel hat einen Bauern gekannt, der zu Lichtmeß noch mit den brennenden Kerzen durch den Stall gegangen ist, um die Tiere vor Krankheiten und Dämonen zu schützen.
Am Lichtmeßtag habe ich das sichere Gefühl gehabt, der Winter gehe dem Ende zu; im Pfarrhaus ist ein Kuchen gebacken und an die Gäste verteilt worden. Manche Bauern hatten den Knechten für einen Tag Urlaub gegeben, den sie aber meist nur trinkend in den engen und dunklen Gaststuben verbracht haben.
An solchen Tagen hat das Leben beinahe einen Stoß bekommen; unmerklich erregter bin ich gewesen als zuvor. Häufiger bin ich aus dem Haus gegangen; man hat auch mit den Arbeiten im Freien begonnen. Lachend hat mir der Onkel erzählt, daß die Gewalt des Winters gebrochen werden müsse; die Geister des Winters müßten aus den Wohnungen vertrieben werden, mit Lärm und Getöse. Bei den Großeltern seien zu dieser Zeit die Spinnstuben gestürmt worden. Man habe die Monotonie des Spinnens, die zum langen Winter gehöre und von den Erzählungen der spinnenden Mädchen überbrückt worden sei, vergessen, und beim Treiben des brennenden Rades den Berg hinunter sei das Licht in das noch winterliche Leben geschlagen worden. Auf den nahen Bergen seien Leuchtfeuer abgebrannt und im Haus der Großeltern wie ferne Freudenfeuer zu sehen gewesen. – Der Mann hatte sich endlich vom Altar gelöst und war zu den betenden Frauen hinübergegangen, mit denen er sich

leise unterhielt. Sie steckten die Köpfe zusammen und blickten nach einer Weile still zum Marienbild, als sei in ihm etwas zu finden, nach dem sich zu suchen lohne. Im Beichtstuhl war der Vorhang zur Seite geschoben worden; die Frau war herausgekommen, hatte sich sofort in eine Bank gekniet und die Hände vor den Augen verschränkt.
Es war jetzt sehr still und nur der schwere Regen wie ein nicht endenwollender Donner zu hören.
Wenn jetzt die Zeit des Spinnens und der langen Erzählungen vorüber ist, muß man sich auf neue Taten einrichten, sagte Anna. Der Geistliche im Beichtstuhl schob den Vorhang zur Seite, blickte zu ihnen hinüber und legte den Finger auf den Mund. Anna sprach leise weiter.
Warum versteckst du dich denn so und läßt so wenig von dir hören? Ich habe schon lange auf ein Zeichen von dir gewartet. Du kommst mir vor wie ein verstocktes Kind, das lieber allein spielen will, als sich den anderen anzuschließen. Komm doch am Abend einmal ins Teehaus, da habe ich viele Freunde. Da wirst du deine kuriosen Gedanken schon loswerden und freundlicher dreinschauen.
Sie blickte ihn wieder an, und als er nicht aufschaute, stieß sie ihm mit dem Ellenbogen in die Seite. Ich will, daß du am Abend kommst. Fermer schaute sie noch wie ungläubig wegen ihres heftigen Tones an, als sie sich zu ihm beugte und ihn schnell auf den Mund küßte. Der Geistliche im Beichtstuhl räusperte sich laut und schüttelte den Kopf. Die beiden alten Frauen blickten zu ihnen hinüber.
Anna nahm einen Zettel aus der Handtasche und schrieb die Adresse des Teehauses auf, drückte sie Fermer in die Hand und verschwand, indem sie vorgab, noch zu tun zu haben.
Er saß allein noch lange in der dunkler werdenden Kirche. Der Geistliche hatte den Vorhang des Beichtstuhls wieder vorgezogen, die Frauen beteten. Für einen Moment waren die Erinnerungen wieder ganz nahe. Die schwarze Soutane des Onkels, die Kreuze mit den Palmenzweigen in den

Zimmern, der Rosenkranz in der Hand der am Fenster sitzenden Haushälterin, der unbeachtete Garten mit den Eidechsen an der hohen Mauer, die blassen Kinder der Nachbarschaft, die den Onkel mit Handschlag begrüßten, die Mädchen, die einen Knicks machten und den Jungen beim Fußballspiel zuschauten, der hohe Turm der Kirche, auf dessen Treppenstufen er gesessen hatte, wenn es ihm schwindlig geworden war, der vorsichtige Blick aus dem Turmfenster auf die weite, vor ihm ausgebreitete Landschaft, die Bauernhöfe in der Ferne am Horizont . . .

Er konnte die Bilder nicht aufhalten, und für eine Weile fühlte er sich wohl, bis die Stille ihn erschreckte und er wieder hinaus mußte.

4

Den Tag über hatte sich das Unwetter immer mehr verstärkt. Das Wasser sprang die abschüssigen Straßen herab, und der Wind fiel auf den großen Plätzen ein und drängte die Wagen an die Ränder der Straßen. Der Fluß war über die Ufer getreten, und das Wasser reichte schon bis zur Uferstraße und führte Hölzer und Unrat mit.

Schwerfällig weiter gehend, hielt Fermer die Erinnerungen an seine Kindheit in seinem müden Kopf; doch sie schienen immer weniger zu gelten, je schwerer die Gegenwart auf ihnen lastete. Er drängte sich in eine Telephonzelle, und die Tür fiel polternd hinter ihm zu. Er griff erschrocken an das Glas; ohne sich zu besinnen, wählte er eine Nummer und hörte, während der heulende Wind die Zelle ganz umfaßte, plötzlich wie aus unendlicher Ferne die Stimme der Mutter.

Er brachte nur wenige Worte hervor und merkte schon, wie aufgeregt die Mutter, deren Schluchzen ihn befremdete, reagierte.

Bei ihren ersten Worten wußte er, daß sie ihm nicht helfen

konnte. Aber er antwortete langsam, obwohl es ihm Mühe kostete, die Worte gegen den lauten Sturm herauszupressen, um so allmählich die noch immer nicht gefaßte Mutter zu beruhigen, die ihm aber kaum zuhörte.

Immer wieder fragte sie, wie er sich denn sein Leben jetzt vorstelle; mit einem Schlag habe er ihre ganzen Hoffnungen ausgelöscht, sich und die Eltern dem Spott und der Verachtung der Leute preisgegeben. Nie habe sie – selbst in den schlimmsten Träumen nicht – an so etwas zu denken gewagt. Alle Mühe sei doch jetzt umsonst gewesen, sie müsse sich schämen vor allen.

Während sie sprach, kam ihm sein ganzes bisheriges Leben wie eine lange, unerfreuliche Kette von ungeliebten Anstrengungen vor. Er schüttelte den Kopf und preßte den Hörer fest an das Ohr, weil die Stimme der Mutter nur schwer zu verstehen war. Sie holte zwischen den Sätzen Luft, unterbrach sich oft und setzte doch, noch immer aufgeregt, stets von neuem an.

Selbst dem Vater könne sie kaum noch in die Augen schauen; er betrachte sie manchmal wie eine Komplizin. Denn schließlich habe sie ihn doch geboren, doch nicht, damit er es ihr so lohne und sie im Stich lasse. Oft verschwinde der Vater schon am Morgen sprachlos in den Wäldern und lasse sich den ganzen Tag nicht sehen. Mit niemand könne sie über die Angelegenheit sprechen. Einmal habe der Vater sogar gesagt, die Welt habe sich für ihn verändert. Das alles müsse sie sich sagen lassen, und gleichzeitig komme es ihr doch so vor, als müsse sie darauf etwas erwidern, so schuldig sei sie selbst. Am Ende wäre es doch besser gewesen, sie hätte ihn nicht geboren und sich solchen Kummer erspart.

Fermer blieb ganz still, von einer starken Kälte gefangen; er hielt die Luft an und spürte den Herzschlag.

Was habe sie denn machen sollen, als an einem Morgen die Feldjäger vor der Tür gestanden hätten, um nach ihm zu suchen; was habe sie denen denn antworten sollen, als sie

nach ihm wie nach einem Verbrecher gefragt und auch in das Haus eingedrungen seien, in den dazu noch wenig aufgeräumten Zimmern nach ihm gesucht und selbst nicht vergessen hätten, unter das Sofa zu schauen? Fassungslos sei sie gewesen, ihr ganzes ruhiges Dasein, auf das sie sich mit dem Vater ein Leben lang gefreut habe, sei von dem Schock zerstört worden; jetzt sei sie den höhnischen Blicken der Nachbarn ausgesetzt. Am schlimmsten sei noch, daß sie sich nichts dürfe anmerken lassen, sondern gleichgültig an all den Stellen erscheinen müsse, an denen man sie auch zuvor immer gesehen habe. Die Einkäufe seien wahre Martergänge. Doch den Stolz, sich selbst jetzt noch zu zeigen, werde ihr niemand nehmen, denn ihn sei sie sich und dem Vater schuldig, der unter dem Ganzen wohl am meisten leide. Denn eine solche Sache werde nie mehr auszulöschen sein, werde in Ewigkeit nicht vergessen, stehe schwarz auf weiß auf allen Papieren, die er einmal vorzuweisen habe.
Mehrmals habe bei ihnen schon das Telephon geläutet, ohne daß jemand sich gemeldet habe; sogar der Mensch, den man den ›Müller‹ nenne und den er wohl von früher noch kennen werde, habe angerufen. Niemals habe sie zuvor mit diesem Menschen sprechen müssen. Er sei ja von allen nicht mehr beachtet worden, seit erzählt worden sei, daß er Katzenfleisch esse, die Vögel mit dem Gewehr von den Bäumen hole und sich auch in der Kirche nicht mehr sehen lasse. Der habe ihr gesagt, daß er von der Sache gehört habe, und ihm, Fermer, eine Unterkunft in der alten Mühle anbiete, wo niemand etwas von ihm erfahren werde. Höhnisch habe er hinzugesetzt, daß er zwar jeden Tag noch einige Katzen verzehre, das Fleisch von Deserteuren ihm aber immer noch zuwider sei. Da sehe er selbst, mit welch lichtscheuem Gesindel er inzwischen schon Kontakt bekomme. Darüber dürfe sie dem Vater noch nicht einmal ein Wort mitteilen, weil sie nicht wisse, wozu er in seiner trostlosen Stimmung sonst noch fähig sei.

Sie sprach die letzten Sätze leiser als zuvor, in der Leitung knackte es mehrmals; Fermer hörte andere Stimmen neben den Worten der Mutter, auch Lärm wie von zerspringendem Geschirr. Es schauerte ihn, als er sich den Vater mit dem schweren Gewehr in der Hand vorstellen mußte, das er ihm als Kind gezeigt hatte, wenn er zur Jagd aufgebrochen war. Er erinnerte sich plötzlich daran, wie selten der Vater fröhlich gewesen war und wie wenig er mit ihm gesprochen hatte. Oft aber waren sie schweigend nebeneinander über die Felder gegangen, wobei der Vater nur zuweilen einmal aufgeschaut und in die Ferne gewiesen hatte, um ihm etwas zu erklären. Den Zorn des Vaters konnte er sich weniger vorstellen als seine Traurigkeit, die geheimen Anzeichen einer Resignation, die er schon als Kind bei ihm bemerkt hatte.
Die Stimme der Mutter wurde schwächer, während die anderen Geräusche lauter wurden, ein kurzes Lachen, Rasseln wie von hin- und her sich bewegenden Ketten. Als er die Mutter nicht mehr verstand, lehnte er den Kopf erleichtert gegen die Glasscheibe, hielt aber den Hörer noch immer in der Hand. Eine Frau lief schnell über den Platz zur Telephonzelle hinüber. Fermer sah sie aus der Ferne näher kommen. Sie bewegte sich schwankend im starken Wind. Er hängte den Hörer ein und ließ die Frau herein, die sich erstaunt bedankte. Der Speicher steht unter Wasser, sagte sie, das Wasser dringt durch die schwache Decke bereits ins Schlafzimmer.
Er nickte und trat wieder hinaus. Schon nach den ersten Schritten wäre er am liebsten stehengeblieben. Gehend noch, starrte er auf das Kopfsteinpflaster; er fühlte sich schwach und krümmte den Körper zusammen. Die Gedanken ordneten sich nicht mehr, er verlor für einen Moment den Überblick; ihm schwindelte, und auch die Lust zur Anstrengung war längst verschwunden. Der Tod erschien ihm wie eine letzte, längst lächerlich gewordene Anstren-

gung, die ebenso zu verachten war wie alle die anderen, gefühllos gewordenen Bewegungen. Warum stand er mit den Füßen noch auf dem Boden, während der Himmel sich eindrückte in die Häuser und die Wolken sich hoben und senkten?
Er blieb stehen. Als der Regen ihm fest ins Gesicht fiel, kauerte er sich in einen Hauseingang. Am Rücken stieg es kalt hinauf. Er hielt sich an einer Stufe fest und zitterte vor Kälte. Die Hände waren steif geworden, die Haare ganz durchnäßt.
Er schloß die Augen und glaubte plötzlich, den Vater durch den Wald gehen zu sehen. Die Buchenstämme knarrten, und doch schaute der Vater immer geradeaus, als höre er nichts. Dann fiel alles wieder zusammen, und er bemerkte die schwache Stimme der Mutter, die nur noch stammelte. Er begann, um sich zu ordnen, leise zu zählen. Eine Hundemeute streunte durch den Wald. Bei jeder Zahl übersprangen die Tiere fast zugleich ein Hindernis. Dann glaubte er das Haus des Müllers zu sehen, der früher einsam und ohne sich um die anderen zu kümmern, durch das Dorf gegangen war. Lange zuvor hatte er einigen Leuten noch die Haare geschnitten, bis ihm niemand mehr vertraut hatte und er auch die letzten, jetzt ängstlichen Kunden losgeworden war.
Er öffnete die Augen und sah den unablässig schwer fallenden Regen auf dem Bürgersteig. Als er bemerkte, wie hilflos er vor der Tür kauerte, zog ihn die Scham langsam empor. Er drehte den Kopf unmutig hin und her; bei jeder Bewegung schwankten die Häuser.
Durch ein Tor trat der Vater in den Hof und betrachtete die erlegten Tiere, die auf einer Bank lagen. Dann wieder meinte er, den Onkel zu sehen auf der hohen Kanzel, immer größer werdend.
Aus der Tasche des Mantels zog er den Zettel, den Anna ihm gegeben hatte. Die Schrift verschwamm vor seinen Augen und er mußte, um lesen zu können, den Zettel näher

ans Gesicht halten. Er nahm sich laut vor, an nichts mehr zu denken, und ging die Straße hinab. Der Weg zum Teehaus war nicht mehr weit. Er glaubte, den Vater kurze Befehle geben zu hören; die Tiere wurden von der Bank genommen und auf den Boden gelegt. Mit der Hand schlug er sich gegen die Stirn, um die immer aufdringlicher werdenden Bilder zu vertreiben. Er würgte, weil er den Geschmack von Blut im Mund spürte. Die Schritte wurden schneller. Der Regen fiel ihm entgegen und ließ ihn nicht los.
Im leisen Trommelwirbel meinte er wieder Stimmen zu hören und drehte sich um. Ein Wagen stand quer auf der Straße und rutschte, als sei der Boden eisglatt, zur Seite. Ein Fahnenmast war gebrochen und in den Rinnstein gekollert. Er versuchte, fest aufzusetzen bei jedem Schritt. Er machte sich vor, von einer langen Expedition nach Hause zurückzukommen. Die letzten Meter des einsamen eisigen Geländes mußte er noch hinter sich bringen. Wo waren die Hunde geblieben? Waren auch die Freunde längst im Treibeis steckengeblieben?
Erschöpft kam er endlich am Teehaus an, das von der Straße kaum zu sehen war. Es war dunkel geworden, doch die Straßenlampen leuchteten noch nicht. Hinter einer hohen Hecke begann ein breiter Treppenaufgang, der in Serpentinen den Hang hinaufführte. Er zählte, wie um das Weitergehen nicht zu vergessen, die Stufen. Vor einem Laubengang hörten sie auf. Die Glastür war geschlossen. Sie öffnete sich auf seinen leichten Druck, und erleichtert trat er in den gläsernen Vorbau des Hauses. Während er den nassen Mantel auszog, tickte es im Kopf unaufhörlich. An den Wänden des Vorbaus, auf dessen gläsernes Dach der Regen prasselte, rankten sich Pflanzen wild an den hohen Scheiben empor. Der Geruch der feuchten Pflanzenerde erinnerte ihn für einen Moment an die schon wie unendlich lang zurückliegenden Nächte in den Gewächshäusern. Die Dunkelheit erschreckte ihn wieder mehr; zur Rechten führte eine Stiege

nach oben. Auf der anderen Seite ging es in den Keller. Von dort drang Musik nach oben, so daß er langsam die Stufen hinabging. Er war froh, wieder etwas anderes zu hören als das aufdringliche Geräusch des Regens. Am Ende der dunklen Treppe trennte ihn ein roter, schwerer Samtvorhang von den dahinterliegenden Räumen. Er schob sich durch den schmalen, offenen Spalt hindurch und stand in einem großen Raum, der an den Seiten durch Bambusstangen, die bis an die Decke reichten, in kleine Nischen aufgeteilt war. Auf den kniehohen Tischen brannten Kerzen und beleuchteten den Raum nur schwach, dessen Mitte eine große Tanzfläche ausfüllte, auf der sich die Tanzenden langsam im Rhythmus der lauten Musik bewegten.

Er merkte, daß er, um nicht aufzufallen, nicht am Eingang stehenbleiben durfte, und bemühte sich, unauffällig durch den Raum zu gehen, um in einer Nische Platz zu finden. Die Lautstärke der Musik reizte ihn, doch er setzte sich, matt geworden und gleichgültig, auf eines der Kissen, die auf dem Boden lagen, und lehnte sich gegen die Wand. Auf dem niedrigen Tisch vor ihm stand eine Teekanne, bunt bemalt, auch kleine Tassen und Löffel daneben bei einer zierlichen Zuckerdose. Die Wände waren bemalt mit chinesischen Motiven, und er musterte noch erstaunt die Bilder, als er gefragt wurde, ob er einen Tee trinken wolle. Er nickte nur, und wenig später wurde die Kanne herbeigebracht und auf den Tisch gestellt. Er trank langsam den starken Tee und fühlte, wie er ihn belebte.

Die Tanzenden bewegten sich wie in Trance, während die Lichtorgel flackerte und die Körper bald verschwinden, bald in grellen Farben aus dem Dunkel auftauchen ließ. Seine Augen gewöhnten sich nicht an die Lichtblitze, dazu beunruhigte ihn die Musik, die im Rhythmus mit den grellen Zuckungen dröhnte. Aber er hielt die Tasse noch immer in der Hand und führte sie in kurzen Abständen beinahe regelmäßig zum Mund, als müsse er eine Medizin trinken.

Nach den ekstatischen Tänzen zogen die Tänzer sich meist stumm und wie nach einer Niederlage in die Nischen zurück, wo sie eine Weile regungslos verharrten, bis sie sich an ihre vergessenen Regungen erinnerten, eine Zigarette anzündeten oder zu einer Tasse griffen.
Es war allmählich voller geworden, und da es keine Plätze mehr an den Tischen gab, standen einige schon um die Tanzfläche und schauten den Tanzenden stumm und wie sehnsüchtig zu. Fermer neigte sich vor, um die Umgebung besser zu erkennen und sah einen dunkelhaarigen Burschen, der sich ununterbrochen umschaute und die Bewegungen um die Tanzfläche aufmerksam verfolgte. Nach einer Weile schien er das Passende gefunden zu haben, schlenderte langsam, wie um nicht aufzufallen, zu einer Nische, neigte den Kopf zu einem Mädchen, das an ihm vorbeischaute, nach den ersten Worten jedoch den Zigarettenstummel vorsichtig ausdrückte, aufstand und verhalten, als koste jeder Schritt unendliche Mühe, zur Tanzfläche folgte. Dort begannen beide sofort, ohne sich anzuschauen, mit den Bewegungen und drehten sich schon nach wenigen Augenblicken heftig auf der Stelle.
Schon wenig später neigte sich der Tänzer zu seiner Partnerin vor und flüsterte ihr einige Worte ins Ohr, die sie mit einem Lächeln, immer noch an ihm vorbeischauend, erwiderte. Es war nicht sicher, ob sie die Worte verstanden hatte, denn ihr Partner deutete mit den Händen zu den aufflakkernden Lampen, als wolle er ihr zeigen, was sie noch nicht bemerkt hatte. Sie antwortete wieder sofort mit einem kurzen Nicken, das die Unlust, die Unterhaltung fortzusetzen, unmißverständlich zeigte. Beide verstärkten wieder ihre unterbrochenen Bewegungen, schauten aber länger als zuvor in die Umgebung der Tanzfläche, wo das Lager der Beobachter wartete, dem nichts entging. Der Versuch des Kontaktes wurde bald erneuert. Mehrmals mußte der immer häufiger Worte beim leeren Blick an die Decke suchen-

de Tänzer sich nach vorne neigen, mehrmals wiederholte sich das fast schon im Rhythmus aufbrechende Lächeln, bis sich die Partnerin besonnen hatte, sich ebenso nach vorne beugte und ihr Gegenüber sofort zu verstehen schien, was gemeint war, indem er sie mit der Rechten kurz nur am Ellenbogen festhielt, während sie sich schon wieder zurückschob. Fermer schaute den beiden zu, und der Mechanismus der Annäherung unterhielt ihn. Für einen Moment fühlte er sich überlegen, und seine Einsamkeit kam ihm vor wie ein Verdienst. Es dauerte noch lange, bis das Paar von der Tanzfläche zwischen den Wartenden hindurch in eine der Nischen verschwand, wo man erst näher aneinander rückte, bis der dunkelhaarige Bursche den Arm um die Schulter des wie plötzlich kleiner gewordenen und in sich zusammengesunkenen Mädchens legte und beide erstarrt sitzenblieben. Fermer konnte nicht mehr länger hinschauen. Er kniff die Augen zusammen, und die Bilder verschwammen, hoben und senkten sich im Rhythmus der Musik. Darein schien der Wind zu pfeifen und das Tosen des Sturmes die schwach gewordenen Körper zu schütteln: Mädchen in langen Kleidern, die manchmal dunkel gefärbten Fingernägel am Gürtel, von Schminke verzeichnete Lippen, der Gang wie auf Zehenspitzen zwischen den Nischen, als sollten sie unerreichbar bleiben, im Dunkel wieder verschwindend. Dazwischen die stummen, in sich zusammengefallenen Jungen, die Arme verschränkt vor der Brust, eckig und langsamer in den Bewegungen. In den großen Spiegeln an den Wänden trafen die Blicke aufeinander, schob es sich hin und her, als habe eine Panik alle ergriffen, wurden Andeutungen von Gesten erraten. Die zum Tanz aufforderten und zurückgewiesen wurden, gingen meist einen Schritt zurück vom Tisch der Angesprochenen, aus dem Flackern des Kerzenlichts in die Nähe der Lichtblitze, versuchten, sich schnell umzudrehen und vorwärts zu schlendern; sie lehnten sich an eine Wand, blickten starr auf die Tanzfläche, die ihre hypno-

tische Wirkung stärker als zuvor entfaltete, und versuchten ihre Unruhe in Gleichgültigkeit zu verbergen.
Die abgebrochenen Unterhaltungen, die nur angedeuteten Begrüßungen hinterließen eine Starrheit, die auch im heftigsten Tanz aus den Körpern nicht zu lösen war. Der Kreis der Zuschauer um die Tanzfläche war noch dichter geworden; Fermer fehlte die Luft zum Atmen, alles war eng und beschränkt geworden. Als er aufstehen wollte, merkte er, daß der Körper noch schwach war, und er fiel auf das Kissen zurück. Am Eingang erkannte er Anna, die ihn zu suchen schien und mit hochgerecktem Kopf durch die Herumstehenden drängte, bis sie ihn gesehen hatte.
Beinahe habe ich geahnt, daß du dich hierher verlaufen hast, sagte sie; nicht nach unten in den Keller, sondern nach oben hättest du gehen müssen. Machen wir schnell, daß wir aus der Kontakthöhle herauskommen.
Er legte etwas Geld auf den Tisch und stand auf. Es ging besser als zuvor, und Anna ging ihm voran und öffnete den Weg zum Eingang, die dunkle Treppe hinauf in den gläsernen Vorbau; sie wollten schnell weiter, die Stiege zu den Zimmern der oberen Stockwerke nehmen, als sie an einem Mädchen vorbeimußten, das auf den schmalen Stufen saß und in den Glasbau hinunterschaute, an dessen Scheiben der Regen verströmte. Anna war schon an ihr vorbei, Fermer dicht hinter ihr, als er an der Hose festgehalten wurde und sich umschaute.
Lachend blickte das Mädchen zu ihm auf und fragte, ob er sie denn nicht wiedererkenne. In der Dunkelheit sah Fermer nur die weiße, weit geöffnete Bluse und ein kleines silbernes Amulett, das wie ein Sonnenzeichen an der dünnen Kette glänzte; darüber die dunklen Locken, an einer Seite von einer Spange hinter das Ohr gedrängt. Er erinnerte sich nicht, und als sie sein ungläubiges Gesicht sah, lachte sie wieder und zog stärker als zuvor an seiner Hose, so daß er sich neben sie setzte.

Anna aber ging weiter die Treppe hinauf; hast du Lotta nicht an jenem schönen Sonnentag in der Weinschenke getroffen, rief sie; du hast wohl schon alles vergessen?
Als sie fragte, erinnerte er sich, und in der Erinnerung hatte sich der beinahe schon vergessene Tag nach der Flucht zu einer Zeit der Ruhe verklärt. An jenem Abend war die Dunkelheit in den Garten so allmählich eingefallen, daß die Stunden mühelos vergangen waren. Beinahe gerührt von der Erinnerung, saß er neben Lotta auf der Treppe und schaute sie, die mit den Augen zwinkerte und noch immer lachte, an. In den letzten Tagen habe ich dich schon mehrmals durch die Stadt laufen sehen; deine Hast ist ja fast unheimlich. Wer ist dir denn auf den Fersen?
Das ist eine umständliche Geschichte, wich Fermer aus, während Lotta wieder lachte und ihm einen Finger auf die Nase drückte; ach, die Geschichte kenne ich längst, aber auf die Fortsetzung bin ich gespannt. Das mußt du mir genau erzählen, ich bin eine gute Zuhörerin.
Dabei sprang sie auch schon auf und die Stufen schnell empor, so daß er Mühe hatte, hinter ihr herzukommen.
In den schmalen Flur, den sie erreichten, drang es laut aus den offenen Zimmern; er hörte das Klappern von Pfannen und Geschirr, dazwischen Gitarrenspiel. Irgendwo wurde etwas vorgelesen, und auf jeden Satz antwortete das Lachen der Zuhörer. Lotta stand am Eingang des Flurs und blickte durch ein Fenster nach draußen. Jetzt würde ich gerne im Regen tanzen, flüsterte sie; so schwer wird es lange nicht mehr vom Himmel herunterkommen. Wie wird es erst Stunden nach dem Gewitter aussehen, wenn alles wieder verdampft?
Von oben war Klaviermusik zu hören. Lotta faßte ihn an der Hand, und sie gingen schnell hinauf. Die Tür des Dachzimmers war weit geöffnet; der Flügel stand vor der großen Fensterfront, durch die man auf die Stadt sah, die in der Dunkelheit zwischen den schwarzen Wäldern flimmerte.

Als sie hereinkamen, schaute Roland nicht weiter vom Spiel auf; er hörte sich zu, den schräg gewandten und auf die Stadt blickenden Kopf über die Tastatur gebeugt. Sie setzten sich auf den Boden, Lotta schob die Papiere und Noten, die auf dem Boden verstreut lagen, beiseite.

Der Regen war nicht mehr so heftig wie zuvor. In der Dunkelheit zogen die Straßenlaternen helle Schneisen zum Fluß; das Gelände einer Fabrik am Flußufer war erleuchtet. Der Blick ging noch weit über die Ebene, und für einen Augenblick wünschte sich Fermer hinaus. Doch hörte er die Klänge wie Aufforderungen, sich zu erinnern, und je länger er zuhörte, desto übersichtlicher formten sich die Überlegungen.

Das Wissen um eine kaum begrenzte und durch das Erleben einzuholende Weite, das ihn in den ersten Tagen der Flucht gestärkt hatte, war immer schwächer geworden. Alles um ihn hatte sich verkleinert, hatte ihn eingeschnürt und immer regungsloser zurückgelassen. Je schwächer der Körper geworden war, um so mehr war die Euphorie der ersten Tage in Vergessenheit geraten. Nicht wie früher hielt seine Sehnsucht alle Störungen von ihm ab, sondern alles drängte sich ihm auf, wie um ihn zu vernichten. In sich zusammengefallen, zog ihn nichts mehr nach außen. War sein Blick nicht schwächer geworden, der Gang nicht langsamer? Er spürte, wieviel Mühe es kostete, die langsam verrinnende Zeit hinter sich zu bringen; schon gingen die Tage unterschiedslos ineinander über.

Das Empfinden, an ein Ende gekommen zu sein, war oft kaum noch zu beschwichtigen. Manchmal sehnte er sich schon nach einer Ordnung, die ihm jemand auftragen sollte. Er versuchte, der Musik konzentrierter zuzuhören, die ihn beruhigte. Lotta saß still am Fenster und schaute unbeweglich hinaus. Die Musik ebnete alle Aufregung allmählich ein, gab der Zeit einen Halt und zählte in ihrer Leere die Einheiten.

Doch die Schwäche ließ sich nicht auffangen; der Körper erwärmte sich immer mehr. Die Hände lagen schwer auf

dem Boden, er fühlte die Schmerzen in den Gliedern und hielt doch aus.
Anna war auch inzwischen heraufgekommen. Sie lehnte in der Tür und hörte Roland zu, der immer ruhiger spielte und endlich wie erschöpft abbrach und den Deckel des Flügels schloß. Anna lud zum Essen ein, und Lotta sprang auch schon auf, als wolle sie der Stille und dem sie begleitenden Ernst ausweichen. Roland kam mit herab. Er kümmerte sich wenig um seine Umgebung und kramte in den Hosentaschen, als suche er etwas.
Unten übersah Fermer die Zahl der Personen nicht auf den ersten Blick, die im Eßzimmer hin- und herliefen. Ein langer Tisch war auf beiden Seiten gedeckt, und noch wurden aus der Küche Schüsseln, Teller und Gläser herbeigebracht. Dazwischen noch immer Gitarrenmusik, der Raum nicht stark beleuchtet, Kerzen auf dem Tisch und darüber der schwache Schein des Deckenlichts. Die Unterhaltungen wurden leiser, als man mit der Mahlzeit begann. Nur Lotta, die zwischen Roland und Fermer Platz genommen hatte, kam nicht zur Ruhe. Sie forderte die beiden immer wieder zum Trinken auf und stieß Fermer in die Seite, indem sie auf Roland deutete; der, sagte sie, läßt sich durch nichts beirren. Er ist mit seinem Flügel so verwachsen, daß nichts die beiden trennen kann. Roland lachte: Es hat doch keinen Sinn, nur kurze Zeit am Tag zu üben; wer sich für so ein Handwerk entscheidet, muß die Sache schon ernst nehmen. Da hast du sein ganzes Glaubensbekenntnis, sagte Lotta zu Fermer; Entscheidung und Ernst – wie kann ein so musikalischer Mensch derart verkümmern? Bist du denn noch fähig, dich in etwas anderes zu verlieben als in Noten, Pausen und Taktstriche?
Roland schüttelte den Kopf; nichts hast du begriffen. Ich habe mich doch längst verliebt und leidenschaftlich genug. Es ist sogar eine Liebe besonderer Art, denn sie wird stärker von Tag zu Tag.

Nein, antwortete Lotta schnell, so lasse ich mich nicht zufriedenstellen. Du weichst mir aus. Nimm dir nur an Fermer ein Beispiel. Der hat nicht diese künstliche Verliebtheit, der will gar nichts wissen von Entscheidung und Ernst.
Sie aßen eine Weile still weiter, und Fermer war es unangenehm, so ins Gespräch gezogen zu werden. Die Unterhaltungen am Tisch wurden leise geführt, schwach übertönt vom Klappern der Messer und Gabeln. Als niemand weitersprach, setzte er an, wie um Roland zu verteidigen; wahrscheinlich suche auch er, Fermer, nichts mehr als eine Entscheidung, eine Sache, der man sich mit Haut und Haaren verschreiben könne. Ja, er sehne sich geradezu nach der Ruhe, die vielleicht in einer solchen Leidenschaft zu finden sei, nach einer Weise, sich von der Welt entfernen zu können, um sie in viel vollständigerer und eigener Weise zu besitzen. Aber es sei nichts schwerer, als diesen Zustand zu erreichen, diese fromme Begeisterung für eine Sache. Denn Leidenschaften gebe es auch aus dunkleren Motiven, Leidenschaften als Vorwand. In ihnen bleibe aber ein Rest der ungeliebten Welt zurück, diktiere geradezu die Leidenschaft und diese werde zur Sklaverei.
Roland hatte – wacher geworden – aufmerksam zugehört und wandte sich, beinahe als übersehe er Lotta, zu Fermer: Ja, diese Leidenschaft aus Verletztheit, die kann an den Wahnsinn grenzen. Sie ist ein Rückzug aus der Welt und rächt sich um so stärker an dem, der sie ausübt, je weniger rein sie ist. Warum aber soll es denn nicht auch die andere, die unbekümmerte Leidenschaft geben? Alle Gefühle, die man sonst für Menschen und Dinge empfindet, sind in ihr aufgehoben. Das will ich erreichen; die Freude, der Schmerz sollen Gestalten der Töne sein, nicht durch die Töne erst wachgerufene Gefühle, die doch nur schwache Erinnerungen sind. Die Tongestalten aber sollen Gestalten sein, die an nichts mehr erinnern.
Und Roland sprach wirklich so begeistert, daß Fermer sich

freute, noch einmal so reden zu können, wie er es wollte: Ja, er verstehe, was Roland meine. Die Musik sei freilich für diese Leidenschaft auch besonders gut geeignet. Sie provoziere die Empfindungen, ohne sie zu verfälschen. Sie sei wie eine ideale Geliebte: Empfindungen ohne Verhängnis, in einen Zusammenhang verstrickt zu sein, ohne von ihm gefangen zu werden.

Die Mahlzeit ging dem Ende zu; schon wurde etwas Geschirr wieder in die Küche getragen. Einige blieben noch rauchend am Tisch sitzen, andere halfen bei der Arbeit in der Küche. Jemand kam mit einer Gitarre zurück und spielte, in einer beinahe völlig dunklen Ecke des Zimmers verborgen. Zwei Mädchen hatten ein Schachbrett herbeigeholt und stellten die kleinen Figuren auf. Lotta nahm eine Flasche und forderte die beiden auf, ihre Gläser mitzunehmen. Man könne sich in einem der Zimmer besser ungestört unterhalten.

Sie durchquerten den Flur und gingen in einen Raum, dessen Fenster weit geöffnet stand. Der Regen hatte aufgehört, und Lotta deutete hinaus, als sie das Fenster schloß. Dünne Nebel breiteten sich über die Erde und schwankten in Schichten zwischen den Baumstämmen empor. Die Sicht in die Ferne war längst versperrt. Sie setzten sich auf den Boden, Fermer war es wohler nach der Mahlzeit; er lehnte sich zurück und trank aus dem vollgeschenkten Glas.

Diese ideale Liebe, begann Lotta wieder, von der du gesprochen hast, ist doch arg blutlos. Sie hat eigentlich nichts mit der Liebe, die man zu Menschen empfinden kann, zu tun. Ihr fehlt es an Verwirrung, ja vielleicht ist sie sogar eine Art Feigheit, denn sie ist ohne Verantwortung. Sich aber in Menschen zu verlieben, das heißt eben, sich in etwas verstricken, das man nicht übersieht.

Roland wollte ihr entgegnen, als es auf dem Flur lauter wurde. Man hörte Stimmen, ein immer wiederkehrendes Pochen, als schlage jemand mit Kraft gegen die Wand, Rufe

dazwischen; Lotta stand auf und schaute hinaus. Als sie sich wieder umwandte, sah Fermer, wie erschrocken sie war. Heinrich ist gekommen, sagte sie; er ist völlig betrunken.
Fermer hielt es nicht auf seinem Platz. Er wollte zur Tür hinaus, als er mit dem sich an der Wand des Flurs entlangtastenden Heinrich beinahe zusammenstieß. Er tat einen Schritt wieder zurück ins Zimmer, und Heinrich folgte ihm mit ausgebreiteten Armen; dich habe ich hier nicht vermutet, rief er Fermer zu, aber schön, daß ich dich hier finde.
Fermer spürte, daß Heinrich fähig war, alles zu zerstören, all die Ruhe und Gefaßtheit, durch die ihre Unterhaltung erst möglich geworden war. Durch die Trunkenheit hing sein Oberkörper schwer nach vorne, die Arme griffen in die Luft, als sei dort etwas zu fassen, die Beine folgten den Anstrengungen nicht mehr. Matt ließ er sich fallen und forderte etwas zu trinken.
Lotta verschwand in der Küche, um einen Kaffee zu machen.
Heinrich, der sich mit den Händen immer wieder durch die wirren Haare fuhr und dabei vor sich hinstarrte, beängstigte Fermer so, daß er versuchte, die Unterhaltung fortzusetzen, als sei nichts geschehen. Er fand aber die passenden Worte nicht und blieb in seinen Gedanken immer wieder hängen, zum Fenster hinausschauend, ohne doch etwas wahrzunehmen.
Heinrich aber wartete nicht länger, sondern begann zu reden, als ahne er, was er angerichtet hatte; jetzt sei er so ungehobelt und dumm in ihre Unterhaltung geplatzt; den ganzen Tag schon habe er getrunken und sei sich allmählich selbst zuwider. Er wolle auch nicht lang bleiben, sondern bald schon, ja am besten sofort wieder gehen, um nicht unnötig zu stören.
Er versuchte, sich zu erheben, fiel jedoch immer wieder zurück, während Roland leise sprach, als habe er nicht gehört, was Heinrich gesagt hatte; Lotta habe ihn angegrif-

fen. Sie habe ihm Lieblosigkeit vorgeworfen, und weiter, daß er sich mit seiner Musikleidenschaft allzusehr zurückziehe, aus Feigheit oder aus Hilflosigkeit.
Heinrich schaute noch immer starr vor sich hin. Seine Augen hatten sich geweitet, der Kopf hing fast auf der Brust. Er schlang, wie um sich vor Kälte zu schützen, die Arme eng um den Körper. Fast gleichzeitig hoben Roland und Fermer den Kopf, als er unerwartet zu sprechen begann, leise und langsam zwar, aber so deutlich, daß man ihn kaum noch für einen Betrunkenen halten mochte.
Immerhin magst du dich noch aufgehoben fühlen in deiner Liebe; mir geht es da ganz anders. Nichts ist geblieben als die Angst, plötzlich wieder zum Kind geworden zu sein und nichts mit sich anzufangen zu wissen. Aber man kann nicht mehr wie ein Kind jeden Tag wieder von vorne anfangen. Wie lange halte ich jetzt schon still, um was denn wieder zu erhalten?
Als er Lotta mit der Tasse Kaffee in der Hand in der Tür stehen sah, ließ er den während des Sprechens langsam aufgerichteten Kopf wieder fallen. Fermer wagte nichts zu sagen. Auch Lotta stand dann still vor dem Fenster, als Heinrich den Kaffee trank. Ohne noch ein Wort zu reden, blieben sie lange so. Vor dem Fenster tanzten noch die dünnen Nebel und zerrissen zwischen den Bäumen. Am Horizont traten die Hügelketten undeutlich hervor. Aus einem Zimmer drang noch immer Gitarrenmusik herüber. Heinrich hatte die Augen geschlossen.
Später ging Roland hinaus. Sie hörten ihn noch leise spielen. Lotta löschte das Licht. Von draußen fiel ein schwacher Schein ins Zimmer. Fermer empfand eine schwache Spannung in der Brust; die Musik beruhigte ihn weniger als zuvor. Sie ängstigte ihn nach den vergangenen Erlebnissen beinahe, und er konnte nicht mehr verstehen, wovon sie handelte.
Dann, als die Nebel verschwunden waren, breitete sich eine

schwache Röte in der Ferne aus. Auch im Vordergrund wurde es heller und die tropfenden Baumgruppen waren zu erkennen.
Schließlich erhob sich Heinrich, unwillig den Kopf schüttelnd. Fermer wußte, daß er ihn begleiten würde. Auch Lotta zog einen Mantel über.
Der Morgen war zu ahnen, als sie das Haus verließen. Nur in Rolands Zimmer brannte noch Licht, und die leise Nachtmusik klang auf der heller werdenden Straße schon unwirklich und weit entfernt.
Lotta ging zwischen den beiden und hakte sich ein. Sie gingen langsam, während die Vögel schon laut dazwischenpfiffen. Überall verstreut lagen die vom Sturm abgerissenen Äste der Bäume, das Wasser sprudelte noch hoch in den Rinnsteinen. Im Park war ein mächtiger Baum entwurzelt und quer über den Teich gefallen. Lotta löste sich und tänzelte über den Stamm. Die am Rand aufgescheuchten Enten sträubten das Gefieder und flohen ins Wasser. Durch die nahe Straße fuhr ein Streifenwagen mit sich drehendem Blaulicht. Für einen Moment zuckte die Angst in Fermer auf und drückte auf den Magen. Heinrich schaute zu ihm hinüber und schüttelte, um ihn zu beruhigen, den Kopf.
Ein schwacher Wind kam auf und trieb das Wasser aus den Baumkronen, das im Teich versprühte. Lotta hatte das Ufer wieder erreicht, lief aber schnell weiter und überquerte eine kleine, gewölbte Brücke so, als gehe sie noch immer auf dem unsicheren Stamm.
Die beiden brachten sie nach Hause. Bevor sie in dem alten Gebäude verschwand, aus dessen geöffneter Tür zwei Katzen ins Freie flüchteten, gerade auf die Tauben zu, die sich in der engen Gasse verfolgten, drehte sie sich noch einmal um. Als wolle er ihr zuvorkommen, sagte Heinrich, indem er den Kopf zum Himmel hob, es ist alles wieder vorüber. Lotta aber schaute noch unruhig zurück, als die Tür ins Schloß fiel.

Das Wasser des Flusses hatte sich noch weiter in die Stadt vorgeschoben. Sie mußten hindurch, um Heinrichs Wohnung zu erreichen. Mit nassen Füßen kamen sie in den schon hellen Zimmern an. Als sie sich beide fast zugleich abtrockneten, lachten sie wie nach einem eben bestandenen Abenteuer.

5

Am nächsten Tag war das Fieber hoch. Aufwachend spürte Fermer eine tiefe Mattigkeit. Er regte sich fast den ganzen Tag nicht, der Hunger war gering, um so größer der Durst. Im Blick der geröteten und entzündeten Augen blieben nur die Risse in der Decke, die sich zu Bildern verformten und wieder zerbrachen. Die Helligkeit schmerzte, und lange verkroch er sich unter die Decke. Er verlor allmählich die Erinnerung an die vergangene Nacht, und auch Heinrich sprach nicht weiter darüber, las ihm einmal etwas vor und schaffte am Nachmittag Getränke herbei. Am Abend kam Lotta; über dem Bett stehend, erschien sie ihm unendlich groß. Er mochte ihr nicht zuhören und duckte sich in das Bett. Dann schlief er ein, erwachte mitten in der Nacht, als Heinrich noch in der Küche saß und unter einer schwachen Lampe in einem Buch blätterte.

So vergingen auch die folgenden Tage. Das Fieber stieg, er lag, als sei er gefesselt. Der verschwitzte Körper war ihm lästig, er wälzte sich hin und her und fand doch kaum noch eine ruhige Lage. Die Bilder der Phantasie drängten sich auf: immer wieder der Vater, ernst den Wuchs der jungen Tannen prüfend, Torf streuend zwischen den verwachsenen Büschen, die morschen Bäume im Wald schlagend. Dann auch das Bild des Onkels, der in der leeren Kirche vor dem Kruzifix hin- und herging und den Faden der Predigt verloren hatte. Schlimmer aber noch stieg die Erinnerung an Lotta auf. Auf einem Seil tanzend, bewegte sie sich durch

die Luft und schien jeden Moment abzustürzen, bis sie lachend heruntersprang und im tiefen Wasser landete. Dann sah er sie auch durch die Straßen laufen, während er nicht zu folgen vermochte, an einer Straßenecke stehenblieb und sie, immer kleiner werdend, in der Ferne verschwand. In der Hitze der still durchlegenen Tage war sie der einzige immer wiederkehrende Gedanke, an dem er festhielt, um einen Zusammenhang nicht zu verlieren. Schon fürchtete er sich davor, sie wiedersehen zu müssen, weil er ihr seine Gedanken hätte vorenthalten müssen und diese doch als Last spürte, von der er sich befreien wollte. Er bildete sich ein, sie gut zu kennen, und verlor dabei allmählich die Erinnerung an ihre wirkliche Gestalt. Manchmal stellte er sich vor, lange mit ihr zusammen zu sein, und erschrak doch auch vor der Dreistigkeit jenes Wunsches, der immer wiederkehrte.
Das Zimmer wurde ihm zu eng. Still liegend, spürte er die Veränderungen, störte ihn jedes Buch, das Heinrich in die hohen Stapel einordnete, auf denen sich der Staub sammelte. An den Schläfen wurde ihm manchmal kühler vor Angst, immer so liegen zu müssen. Er berührte die Dinge nicht mehr, wollte nichts sehen, nur manchmal Heinrichs Stimme hören, der ihm etwas vorlas.
Schließlich fand er sich kaum noch zurecht. Die nicht enden wollende Krankheit ließ den Phantasien, die durch kein Geschehen unterbrochen wurden, so freien Lauf, daß er sprechen wollte, um sie loszuwerden und wieder ruhiger zu liegen. Er rief nach Heinrich und erzählte ihm von seiner Unsicherheit: er glaube, sich in Lotta verliebt zu haben und müsse fast ohne Unterbrechung an sie denken. Dabei sei er sich seiner Gefühle aber nicht ganz sicher, wisse nicht, wodurch sie überhaupt hervorgerufen worden seien, durch seine Phantasien oder die Wirklichkeit. – Du kennst Lotta ja kaum, sagte Heinrich und setzte sich neben das Bett; nach einer Weile ruhiger Unterhaltung begann er zu erzählen: In einer Herbstnacht bin ich in die Nähe des Bahnhofs vertrie-

ben worden. Ich wollte den letzten Bus nehmen, und wie immer um diese Zeit war es unruhig in der Gegend. Die amerikanischen Soldaten warteten in der Nähe der Imbißstube auf den Bus, vor dem Bahnhof waren die Betrunkenen versammelt. Ich habe gewartet und erst spät ganz in meiner Nähe, in der Dunkelheit einer Ecke des Bahnhofsgebäudes, ein Mädchen bemerkt. Als ich länger zu ihr hinüberschaute, zwinkerte sie mir mit den Augen plötzlich zu, als habe sie mich schon einmal gesehen; ich wußte nicht einmal, ob sie mich auf den Arm nehmen wollte. Ich bin zu ihr gegangen, und sie sagte mir, daß sie mich aus dem Teehaus kenne und dort schon oft gesehen habe. Wir nahmen später zusammen denselben Bus, ich bin schon viel früher als sie ausgestiegen, doch wir verabredeten uns für einen der folgenden Tage.

Diese erste Begegnung hat mich an den nächsten Tagen, gerade wie es jetzt bei dir ist, dauernd beschäftigt. Alles ergab sich so einfach, ohne die üblichen Anreden und Umwege; wir konnten vom ersten Moment so miteinander reden, als kennten wir uns seit langer Zeit. Das habe ich damals gemocht, und je länger ich sie gekannt habe, um so unehrlicher sind mir die anderen Beziehungen vorgekommen, bei denen die mühsamen Gespräche meist nur ein Anlaß waren, die Zeit zu vertreiben. Lotta aber hat immer Bewegung und Begeisterung gesucht, weil sie selbst voll davon war; tief in der Nacht habe ich ihr Blumensträuße gepflückt wie ein toll gewordener Narr; wir sind hinunter zum Fluß gelaufen und haben uns wie die Kinder fast eine ganze Nacht auf einem der weißen Schiffe versteckt, das die Nacht über, hell beleuchtet, am Ufer festgemacht hatte. Die Tische des Speisesaales waren schon für die Gäste des nächsten Morgens gedeckt, und feucht war das abgespritzte Deck. In der Pause der Theatervorstellung sind wir unter die Besucher geschlüpft, haben uns verborgen gehalten bis zum Spielbeginn und sind dann hinauf bis zur Dachterrasse

des Theaters gestiegen, wo man weit über die Dächer der Stadt sehen konnte.
So war damals die Langeweile der Tage zu ertragen. Während die anderen die Nacht in den kleinen Kneipen der Altstadt versaßen, und der Alkohol immer wichtiger für sie wurde, habe ich nichts mehr davon wissen wollen. Und auch Lotta hat sich nur über die schmalen, unterhalb der Bürgersteige liegenden Fenster der Lokale gebeugt und den Trinkenden die Zunge herausgestreckt.
In den Buchhandlungen versteckte sie Bücher in ihrem weiten Mantel und las manchmal eine Stelle vor, eine kurze Passage nur, um vielleicht Zustimmung zu erhalten. Wenn ich aber anfing, länger über eine derartige Stelle zu reden, hat sie mir nur mit dem Buch auf den Kopf geschlagen und war mir schon wieder weit vorausgelaufen. Die schönsten Gärten kannte sie in der Stadt, und oft hat sie mich verführt, über einen Zaun zu steigen und alles genauer anzusehen, unter den tief hängenden Ästen der Weiden versteckt oder verborgen zwischen den Buchsbaumhecken. Die Nächte wurden zu Festen, manchmal durchtanzt in der Dunkelheit, wenn man aus den hohen beleuchteten Räumen des alten Schlosses Musik hören konnte, manchmal auch durchschwommen, wenn wir tief in der Nacht in das Gelände des Freibades kletterten – Lotta kannte die brüchige Stelle im hohen Zaun – und lange Zeit im Wasser verbrachten, leise dazu, da das Haus des Aufsehers nicht weit war. Ihr ist immer etwas Neues eingefallen, und so wurde die Stadt, wie Lotta sagte, unterwandert.
Doch trotz allem ist der Abstand zwischen uns nicht kleiner geworden. Nie hat sich die Beziehung über die freundliche Nähe hinaus entwickelt, die schon am ersten Abend da war. Auch unterbrach Lotta die Gespräche immer wieder, wenn sie sich auf die Beziehung selbst richteten. Ich habe mir nicht einmal vorstellen können, sie zu berühren, und ich war sicher, sie hätte es nicht zugelassen. Immer brauchte sie

einen großen, freien Raum um sich, und alles, was sich ungebeten hereindrängte, wurde hart, durch Mißachtung, bestraft. Wenn sie mir manchmal etwas erzählte, dann von den Eltern und den Geschwistern, dem großen Haus, das versteckt zwischen den Weinbergen in der Nähe des Gebirges liegt. Es war mir aber klar, daß sie etwas verbarg, etwas Unheimliches nicht zu Wort kommen ließ; sie hat mir immer dieselben Geschichten erzählt, ja beinahe aufgesagt. In diesen Berichten hatte sie sich ein Bild geschaffen, das niemand zerstören durfte. Vom Haus erzählte sie, den großen Zimmern, der Einrichtung, dem nahen Wald, in dem sie als Kind gespielt hat. Von der Terrasse des Hauses konnte man die Weinernte im Herbst verfolgen, und mit den Geschwistern ist sie hinunter zu den Winzern gelaufen, neugierig auf Gespräche und die geschenkten Trauben. Aber immer habe ich in diesen Erzählungen, die sie zu ihrer Beruhigung brauchte, etwas Fremdes geahnt, das sie mir verschwieg. Ihr ganzes Verhalten, ihre Unruhe, ihr Drang zu den Neuigkeiten und Überraschungen – das hatte etwas mit jenem Geheimnis zu tun, das ich in den Erzählungen vom Elternhaus spürte.
Einmal habe ich ihr offen gesagt, daß sie mir etwas Wichtiges verschweige, in den Berichten alle Unannehmlichkeiten auslasse. Sie hat mich enttäuscht gefragt, warum es denn nicht auch Schönheiten ohne Unannehmlichkeiten geben dürfe. Doch nach diesem Gespräch wurden die Unternehmungen noch heftiger und die Unruhe noch stärker. – Du hast sie nie gefragt, sagte Fermer. – Ich habe mich nicht getraut, antwortete Heinrich. Aber an einem Abend hat sie mich – wir waren beide schon etwas betrunken – zu einem Auto geführt und, ohne mich zu fragen, bestimmt, daß es jetzt hinausgehen müsse; sie sagte, sie halte es nicht mehr aus, die Stadt sei längst zu eng geworden. So sind wir an diesem Wochenende losgefahren – wie genau ich mich noch an diese Nacht erinnere: an die dunklen, leeren Autobahnen,

die hellen vorbeifliegenden Schilder der Tankstellen und Raststätten; als wir die französische Grenze erreichten, haben wir vor Freude gesungen; wir sind unkontrolliert durchgelassen worden, und plötzlich war die nicht mehr begrenzte Möglichkeit da, sich von allem unlieb Gewordenen zu entfernen. Wir sind die ganze Nacht gefahren und haben nur einmal in einer menschenleeren Raststätte angehalten, um einen Kaffee zu trinken. In der tiefen Dunkelheit habe ich mich geborgen gefühlt wie selten zuvor. An den Städten sind wir vorbeigeflogen, nichts wollten wir wahrnehmen, nur uns immer tiefer in die Dunkelheit, die das fremde Land bezeichnete, vergraben.
Im Dämmern des Morgens erreichten wir Paris, die mehrspurigen Einfahrstraßen waren noch leer, dann die hohen Häuserblocks an der Peripherie; wir sind, ohne anhalten zu müssen, in ziemlich hohem Tempo durch die von sirrendem gelbem Licht erleuchteten Tiefstraßen bis zur Seine gefahren, wo die Fahrt erst langsamer wurde. Auch die breiten Uferstraßen waren zu dieser Zeit noch leer; wir haben den Wagen irgendwo abgestellt und sind erst in einem eben geöffneten Café zur Ruhe gekommen. Hier hat Lotta zum ersten Mal den Arm auf mich gelehnt, wie um sich zu halten, und doch kam mir das wie eine Unsicherheit vor, für die sie sich letztlich schämte.
In der großen Stadt wurde sie, endlich nicht mehr gedrängt, etwas unternehmen zu müssen, allmählich ruhiger; selbst die Spaziergänge waren hier ja schon Unternehmungen. Als sie so der Stadt ausgesetzt war, hat sie sich enger an mich gehalten und ein beinahe rührendes Zutrauen entwickelt. Diese Wärme aber konnte sie mir nur zeigen, indem sie sich besorgt stellte. So begann sie, mit mir wie mit einem Kind, das dies oder jenes nicht tun dürfe, zu reden. Es war ihr nicht möglich – selbst in dieser Einsamkeit nicht –, jene merkwürdige Distanz zu überwinden, die mich immer so gestört hat. Vielmehr geriet sie von einer Spielebene in die

andere und machte mich zum hilfsbedürftigen Kind, ohne es vielleich zu merken. – Vielleicht war sie zu jung, sagte Fermer, vielleicht hättest du das verstehen müssen. – Ich war ein Esel, sagte Heinrich, ich konnte überhaupt nichts verstehen. Ich erinnere mich noch an die Nacht, wo mir plötzlich unser gemeinsamer Zustand so aufgefallen ist, daß es mich erschreckte. Wir warteten in einer langen Schlange, wie sie sich am Abend auf den großen Boulevards vor den Kinoeingängen bilden; der Verkehr war sehr laut, man konnte sich nicht unterhalten. Als ich die still vor uns wartenden Paare sah, kam mir dieses Warten plötzlich so unbefriedigend vor, daß ich Lotta am Arm nahm und sie aus der Reihe zog. Ohne mich zu besinnen, lief ich los, zerrte Lotta am Arm hinter mir her und merkte schon, daß sie leisen Widerstand leistete. Laufend überquerten wir die Brücke zur Ile Saint-Louis, und ganz an der Spitze der Insel, wo das Laternenlicht nicht mehr hinreichte und der Blick weit in die Stadt ging, die Seine entlang, dort erst fanden wir Ruhe. Ich konnte mich nun nicht mehr gedulden, sondern ich mußte sie sofort fragen: was denn zwischen uns sei, warum denn diese Distanz immer noch bestehe, wovor sie denn Angst habe. – Sie hat dir nicht geantwortet, oder? sagte Fermer. –

Die Antwort ist mir nie mehr aus dem Kopf gegangen; sie sagte nämlich, daß nun auch ich mich nicht habe gedulden können. Sie sagte das beinahe niedergeschlagen und vorwurfsvoll; eine tiefere Vertraulichkeit setze voraus, daß man sich in den verschiedensten Situationen kennengelernt habe. Nichts schade mehr als unnötige und nur zu Verletzungen führende Eile. Manche Freundschaften seien gerade an dieser Eile zerbrochen, weil ein Verständnis nicht entwickelt, sondern vorausgesetzt worden sei. Solle sich eine nicht von jedem Umstand umzuwerfende Verständigung herstellen, müsse erst eine Beziehung gebildet werden, die in Worten und Gesten keine Erinnerung an die überall vorgeführten

Worte und Gesten zulasse. Nichts sei doch einfacher und wiederholbarer als jene Öffentlichkeitsgesten, durch die viele sich ihres Liebesanspruches versicherten; man müsse aber für alles erst ein eigenes Verständnis, eine eigene Sicherheit und Bedeutung finden. Man dürfe nicht in sie hineinschlüpfen und den Schein ihrer Selbstverständlichkeit wiederholen.
Aber nun habe er das alles unmöglich gemacht, weil man nicht in dem Wissen miteinander leben könne, auf den Gang der Ereignisse zu warten. Das setze gerade ein unbewußtes Einverständnis voraus.
Du kannst dir vielleicht nicht vorstellen, wie verändert sie mir in diesem ungewohnten Ernst und dieser Bestimmtheit erschien. Und doch kam es mir vor, als sei die Luft klarer geworden und als sei alles jetzt einfacher. Ich konnte sie auch ohne Zögern umarmen und habe gar nicht bemerkt, daß sie weinte. Das spielte eben merkwürdig aneinander vorbei: meine Erleichterung und ihre Enttäuschung. – Du hättest es ihr erklären können, sagte Fermer, vielleicht hast du dich nicht genug angestrengt. – Damals fiel mir nichts ein, sagte Heinrich, ich glaube, ich habe sie auch gar nicht begriffen. Die Erinnerung an dieses Gespräch aber konnte ich nicht loswerden; ich fühlte mich zwar erleichterter, Lotta aber war doch verändert.
In der Nacht habe ich, als wir in dem großen Bett des schmalen Hotelzimmers lagen und die Geräusche von draußen hereindrangen durch das geöffnete Fenster, und der schon geschlossene Vorhang sich weit ins Zimmer wölbte unter den Windstößen, noch einmal mit ihr darüber zu sprechen versucht. Da machte es ihr nichts mehr aus, und sie hat viel von dem erzählt, worüber sie vorher nie reden wollte. Ich möchte dir davon nichts sagen, alles war wie ein tiefer, unheimlicher Fall in eine Dunkelheit, in der ich mich nicht auskannte.
Von da an entfernten wir uns immer weiter voneinander,

und während wir noch mit den Köpfen starr zur Decke lagen und es draußen hell wurde, habe ich nichts mehr begriffen. Doch damals habe ich es noch nicht zugeben wollen; anfänglich habe ich versucht, diese Fremdheit nicht zu beachten. Als das Frühstück auf einem Tablett wie ein neuer Anfang vor der Tür stand, war ich hin und her gerissen und konnte doch vor Müdigkeit keine Klarheit mehr in den Kopf bringen.
Auf der Rückfahrt aber wurde der Bruch mir klar; beinahe Respekt habe ich vor Lotta empfunden, ohne es mir erklären zu können. Nach der Rückkehr war sie schnell und hastig verschwunden. Dann habe ich sie lange nicht mehr gesehen. Alles ist unwirklich geworden, wie eine nicht mehr zu begreifende Geschichte. Ich habe mich auch damals gar nicht mehr getraut, zu ihr zu gehen. Anstatt mit ihr zu reden, habe ich alles nicht wieder aufrühren wollen. –
Fermer war durch diese Erzählung neugieriger geworden. Er glaubte, besonders bevorzugt zu sein, Lotta zu verstehen, und geriet über diesem Gedanken immer mehr in eine Begeisterung, die er nur schwer unterdrücken konnte. Mit vom Fieber weit geöffneten Augen lag er im Bett; die Bilder wiederholten sich, doch spürte er ihre Wiederholung nicht so sehr wie die unablässigen Veränderungen der Worte. Da er nicht lesen wollte, auch nichts mehr sehen durch die zum Himmel gewinkelten Dachfenster, die Heinrich hatte zuhängen müssen, grub die Krankheit ihn ganz in jene wahnhaften Ketten von Wünschen und Vorstellungen, denen er bald ganz verfallen war. Größer aber wurde noch von Tag zu Tag seine Hoffnung, und alles, was er sich früher unter einem unzerstörbaren Leben vorgestellt hatte, richtete sich nun auf Lotta und eine Freundschaft, von der er viel erwartete. –
Draußen war es indessen wärmer geworden. Mit den letzten Regenstürmen war der Winter ans Ende gekommen. Eine noch milde Sonne stand auf den Dächern und war von

Fermer nur noch durch einige dunkle Tücher entfernt, die das Licht von ihm abhielten, auf das er so lange gewartet hatte. –

6

Als das Fieber fast ganz gesunken war, wurde die Sehnsucht nach Verwirklichung seiner Träume allmählich so heftig, daß er nicht mehr zögern wollte. Er hatte eine Nacht beinahe ungestört geschlafen und war erst gegen Mittag aufgewacht. Als er sich im Bett aufrichtete, wußte er, daß er nun das Haus verlassen konnte. Er kleidete sich umständlich und langsam an und erschrak, als er im Spiegel sein bleiches Gesicht und das Dunkel in den Augenhöhlen erkannte. Aber er faßte sich und ging hinaus, als er schon in der Haustür stehenblieb, nicht im ersten Augenblick verstehend, was er sah.

Vor dem Haus drehte sich ein Riesenrad, und die Musik drang laut wie aus einer übergroßen Drehorgel zu ihm herüber. Bunte Sträuße von Luftballons stiegen in den fast wolkenlosen Himmel, über den kleinen Bretterbuden sammelte sich der Dampf von gebratenen Würsten und Fleisch. Davor drängten sich die Menschen eng aneinander vorbei; die Losverkäufer versuchten, die Musik zu übertönen, und hielten den Menschenstrom auf, indem sie sich mit kleinen Eimern, die Lose schüttelnd, in den Weg stellten. Fermer blickte unwillkürlich an sich herunter, als er die verkleideten Kinder sah, auch Gestalten mit großen Pappköpfen, die, eine Rassel schwingend, in den kleinen Straßen verschwanden. Eine alte Frau, die den Rock weit emporgezogen hatte und die Beine zur Musik schwang, blickte ihn an, und er ekelte sich, als er ihre übermalten Lippen, die schwarzen Strümpfe und das blau gefärbte Haar sah. Er wollte zurück, als er an die stickigen Zimmer dachte; den Blick auf den Boden gerichtet, der schon von

Glassplittern und Papierfetzen übersät war, ging er los, um Lotta zu suchen. Er glaubte den Weg zu ihrem Zimmer noch zu wissen, und er ging schnell, um so wenig sehen und hören zu müssen wie möglich.
Aber von allen Seiten drängte man sich in seinen Gang; immer wieder wurde er aufgehalten, mußte vom versperrten Weg ab, still stehen zwischen den schreienden Burschen, die sich vor den Auto-Scootern drängelten und schon betrunken ihre Weinflaschen schwangen. Dann, aufgefangen von einer laufenden Menschenschlange, dicht an eine Häuserwand geschoben, sah er den Zug der Verkleideten zwischen den Menschenmassen – Tiergestalten hinter den bunt ausgestatteten Wagen, dazwischen die aufgeregten Pferde, radschlagende Kinder vor den Clownsgestalten, die die Zunge herausstreckten. Weiter gehend, rempelte er einen Mann, dessen Zylinder herunterfiel und der ihm grob nachfluchte, während die Kinder sich auf den Boden bückten, um die überall verstreuten Süßigkeiten aufzuheben.
Für einen Moment kam sein Ernst ihm lächerlich vor, als er die bunten Gestalten sah, die jetzt auf der Stelle tanzten, weil der Zug ins Stocken geraten war. Die Trompetentöne klangen lauter als zuvor, dazwischen das Klatschen der geschwungenen Fahnen, die von Schminke übermalten Gesichter, die nackten Beine der noch frierenden Tänzerinnen, Blumen wurden über die Köpfe der Zuschauer hinausgeworfen, und eine Papiernelke fiel nicht weit von ihm auf das Pflaster. Er hob sie auf und ging, beruhigt, etwas in der Hand zu halten, weiter, als er einen Mann sah, der mit dem Kopf noch an einer Häuserwand lehnte, über das eben Erbrochene gebeugt. In einem Zelt, auf dem ein rotes Kreuz aufgestickt war, lag eine Frau, von zwei weiß bekleideten Sanitätern gehalten, auf einer Bahre und schlug noch wild um sich, während ein Arzt die blutende Kopfwunde eines Mädchens untersuchte.
Fermer spürte einen schwachen Druck im Magen und ver-

suchte, in die kleineren Straßen auszuweichen. Die Kneipentüren waren ausgehängt worden, an den Theken hielten sich die Betrunkenen im Dunst der kleinen Stuben fest, schrien zu ihm hinaus, als sie ihn sahen, während er schneller weiterging, an einem Paar vorbei, das in einem Hauseingang stehengeblieben war, die Körper stumm aneinandergepreßt. In einem kleinen Innenhof wurden warme Suppen an die Teilnehmer des Zuges verteilt, die erschöpft auf Holzbänken saßen; manche hatten die Maskerade schon teilweise abgelegt, und Fermer sah müde Gesichter über den grellen Anzügen, zusammengeflickt aus bunten Stofflappen. Eine Schar von Kindern zog an ihm vorüber, und er roch das Pulver der Pistolen, die sie schreiend nach ihm abgedrückt hatten. Er blieb in einem Gewirr von Luftschlangen hängen, das aus den Fenstern eines Hauses geworfen worden war, und bemerkte im Weitergehen, aus dem Papier gelöst, daß er den Weg verloren hatte. Der Lärm drang noch schwach zu ihm herüber, und er drehte sich um und ging denselben Weg zurück, den er gekommen war.

Der Zug war beendet, und die Zuschauer hatten die Straßen in Besitz genommen und zogen in langen Reihen, ineinander verhakt, singend an ihm vorüber. Eine Frau fing ihn auf, als er einen Moment unaufmerksam war und zog ihn mit in das Gewimmel. Jemand hielt ihm eine Flasche Wein hin, und er trank daraus. Der Wein war sauer, und doch trank er ein zweites Mal. Aus den Fenstern winkten die Menschen herunter, auf einem Balkon tanzte ein Paar zu der laut aus dem Zimmer bis auf die Straße dröhnenden Musik. Er löste sich von seiner Begleitung und gab vor weiterzumüssen. Schnell nahm er, in kurzen Sprüngen die Lücken nutzend, einen Weg aus der Menge und verschwand endlich, schon wieder nahe des Flusses, im großen Park, wo die Verkleideten auf dem Rasen lagen, die Kinder zwischen den eben frisch gesetzten Blumen sich hinter den Bäumen versteckten und als Könige oder Indianer schreiend hervorkamen, um ihn zu erschrecken. Er wußte,

daß es keinen Sinn hatte, sich zu setzen, und ging, während es ihm längst leid tat, das Haus verlassen zu haben, weiter. In der Nähe explodierten einige Knallkörper, und die Hunde heulten auf, kaum noch an der Leine zu halten.
Er verließ den Park wieder und versuchte, den Weg entlang des Flusses zu nehmen. Doch hier waren die Schaubuden aufgebaut. Vor der Geisterbahn tanzte ein großer Affe und versuchte, ihn zur Fahrt zu überreden. Aus der dunklen Öffnung der Bahn kollerte ein Wagen heraus, und zwei Mädchen stiegen lachend aus und verschwanden zwischen den Buden, wo die amerikanischen Soldaten, längst betrunken, hinter ihnen herschrien und lachend den Reißverschluß der Hose auf- und zuzogen.
Ein dicker Mann mit nacktem Bauch, einen Efeukranz auf dem Kopf, kam, aus einer Flasche trinkend, an ihm vorbei und rülpste laut, als er sein ermüdetes Gesicht sah. Vor ihm hoben gerade die schmalen Raketen einer sich immer schneller drehenden Bahn von der Erde ab, und die Insassen kreischten laut auf. Daneben ritten die Kinder auf den sanft auf- und abschwingenden Tieren eines Karussells; er wollte nichts mehr sehen und sehnte sich beinahe schon nach der Ruhe der Zeit, die er krank verbracht hatte. Er setzte sich auf die Treppenstufen, die zum Fluß führten; die Möwen kreisten über dem Wasser, alles war verändert, und der sonst so heilsame Blick auf den breiten, ruhig fließenden Strom stellte sich nicht ein; über das Ufer hinaus flogen die Sitze der Kettenschaukeln, weiter unten hatte ein Zirkus sein Zelt aufgeschlagen, und aus den ganz in der Nähe stehenden Käfigen wurden die Tiere in die Manege geführt, wo ein Tusch sie begrüßte.
Die Stadt war längst besetzt von den Betrunkenen und denen, die ihrer Trunkenheit noch hinterherliefen. Er ging am überfüllten Ufer entlang, später auch durch die leerer gewordene Innenstadt, wo die Kneipen jetzt überlaufen waren und schon früh die Lichter eingeschaltet wurden. Er

bog in die schmale Straße ein, in der Heinrich wohnte und ging die Stiegen des alten Treppenhauses langsam hinauf.
In der Wohnungstür stand Anna weinend und legte die Arme um seinen Hals. Heinrich sei in die Klinik gebracht worden; die Nachbarn hätten den Gasgeruch gerade noch rechtzeitig bemerkt.
Die Fenster waren weit geöffnet. Auf dem Bett saß Lotta und schaute zu ihm auf. Du kannst jetzt nicht mehr hierbleiben, sagte sie, sie haben wohl auch die Polizei benachrichtigt. Am besten kommst du mit mir, wenn du willst; wir können hinaus zu den Eltern fahren, und das wäre vielleicht auch das Beste für mich. –
Bestimmt wäre es das Beste, sagte Anna; ich werde mich schon um Heinrich kümmern; wir müssen jetzt sehr vorsichtig sein mit ihm. – Fermer nahm den alten Seesack und packte seine Sachen ein.
Jetzt, sagte Lotta, bleibt nichts mehr als das Dringendste; hat er mit dir gesprochen, weißt du, warum er das getan hat? – Fermer schüttelte den Kopf; wir haben nicht viel miteinander gesprochen, er hat mir einiges erzählt, aber davon habe ich nichts geahnt. Er verabschiedete sich von Anna; laß etwas von dir hören, sagte sie, daß wir uns bald wiedersehen.
Ihm schwindelte, als er mit Lotta die Treppe hinunterging, und er rutschte mehrmals aus. Draußen dämmerte es, und die bunten Glühbirnen des Riesenrades blinkten zur schwächer gewordenen Musik. Lotta drehte sich zu ihm um.
Auf den Bänken saßen die Übermüdeten, noch verkleidet, stumm geworden, zwischen den auf dem Boden kollernden Weinflaschen. Die Bewegungen waren langsamer geworden. Die aufzuckenden Neonleuchten störten den Blick. Vor einem Brunnen tanzte ein alter Mann auf der Stelle. Noch standen überall Menschen herum, und doch erschien die Stadt schon wie ausgestorben.
Fermer aber machte einige schnellere Schritte und schloß zu Lotta auf.

3
Die Anteilnahme

I

Am Abend verließen sie mit dem kleinen Zug, dessen Weg entlang des Flusses zu den blaß grünen Hügeln führte, die Stadt: Lotta, am offenen Fenster stehend, und Fermer, noch befangen von der Erinnerung an die letzten Stunden, die nur langsam schwächer wurde, als der Lärm nicht mehr zu hören war und die ruhige Landschaft Besitz von ihm ergriff. Während der Zug langsam höher fuhr, blickten sie in das weite, vom verblassenden Sonnenlicht erleuchtete Flußtal, wo Segelboote auf dem Wasser kreuzten; davor die Weinberge, die Rebstöcke noch mit schwachem Grün, die rote Erde hier und da aufgebrochen, die schmalen Wege für die Fahrzeuge der Winzer, die Bildstöcke an den Kreuzungen, die kleinen Hütten für die Arbeitsgeräte.
Lange hatte Fermer nicht mehr so weit gesehen, und er spürte, wie verkommen sein Blick geworden war; die ausgetönten Wolken, von der schwächer werdenden Sonne gefaßt, zogen hoch über der flachen, sanft erst zu den Hügeln ansteigenden Ebene. Langsam schienen die Telephondrähte zwischen den Masten auf- und niederzuschwingen, die Büsche schon dunkel dazwischen, dann die abfallenden Wiesen mit den Obstbäumen, die dunkel säumenden Wälder und vor all dem noch in der ausgestrahlten Ferne der Strom, wo eben eine Fähre am Ufer anlegte und die Fahrzeuge an Land rollten.
Lotta erzählte von den Orten, die am Fluß lagen und den Erlebnissen der Kindheit, die alles ausgezeichnet hatten, was zu sehen war, und deren Bild sich einstellte, als sei es zur Beruhigung zitiert. Bis zur Kapelle, die man auf jener Anhöhe sehe, seien die Pilgerzüge im Mittelalter gezogen; dort hätten die Kranken, besonders die von der Fallsucht Betroffenen sich Heilung versprochen; noch heute könne man im Inneren die alten Kirchenbänke sehen, auch die

Geschenke der Pilger an die Madonna, deren durch ihren großen Kopf erschreckende Gestalt im Chor zu finden sei, gleich neben der alten Orgel; unten aber, neben dem schloßähnlichen Bau, wo die Alleen der Pappeln am Ufer entlangliefen, sei die Ruine der alten Burg mit dem zerschütteten Bergfried versteckt, in dem sie sich noch als Kind einmal verlaufen und in der großen Dunkelheit nicht mehr zurechtgefunden habe; dort, wo keine Bäume mehr zu sehen seien, könne man einen Teil des alten Uferpfades erkennen, von dem aus die Schiffer früher ihre Schiffe mit Hilfe der Zugpferde gezogen hätten; und beim Blick in den kleinen, vorüberfliegenden Ort mit der hoch über den Häusern liegenden Kirche könne man noch das alte Weingut mit der Mauer sehen, an dem das Wappen des Erzbistums in regelmäßigen Abständen zu finden sei.
Das alles erzählte sie hastig und kam so mit ihren Berichten kaum hinter den Dingen her, die vor Fermer auftauchten, als gehörten sie noch immer – so eng wie in Lottas Sätzen – zusammen und hielten sich nur aus Scheu verborgen zwischen den vor dem Zugfenster auftauchenden Wäldern. Der Zug fuhr so langsam, daß sie für die kurze Strecke lange brauchten. Er hielt an den kleinen Bahnstationen, wo der Vorsteher mit einer roten Mütze heraustrat und wartete, bis der Zug wieder abgefahren war. In den kleinen Häusern neben den Bahnschranken saßen die Schrankenwärter und hoben die Hand, wenn der Zug vorbeifuhr. Die Bäume am Streckenrand wurden zahlreicher und versperrten immer mehr die Aussicht. Auch im Zug wurde es dunkler, weil die Deckenbeleuchtung nicht eingeschaltet war. Lotta hatte sich in die Polster zurückgelehnt. Der Geruch von geschnittenem Gras und der Feuchtigkeit des Waldes drang herein. Im Abteil waren keine Stimmen mehr zu hören, nur an den Stationen die leise geführten Unterhaltungen und Begrüßungen. An diesem Abend, sagte Lotta, als sie schon eine Weile gefahren waren, werden wir das Haus der Eltern nicht

mehr erreichen; es liegt noch einige Stunden von der Station entfernt; man muß zu Fuß dorthin, aber ich kenne genug Verstecke in den Wäldern, wo man die Nacht verbringen kann. – Und wenn wir uns beeilen, fragte Fermer, könnten wir es dann noch schaffen? – Sicher, antwortete Lotta; aber willst du heute nacht noch ankommen und erzählen, was passiert ist, und doch keine Ruhe mehr finden? – Fermer schüttelte den Kopf. –

In einem Dorf oberhalb des Flusses stiegen sie aus. Als sie den kleinen Bahnhof hinter sich gelassen hatten, kehrten sie am Ende der Straße, wo kurz vor dem Waldstück auch die letzten Straßenlampen standen, in einer Wirtschaft ein. An der Theke saßen zwei Männer und würfelten. Für einen Moment wurde es still, als sie hereintraten, bis die Männer mit dem Würfeln weitermachten, die Mopedfahrer, deren Maschinen vor der Tür standen, sich wieder über die Spielautomaten beugten und die anderen Gäste den Kopf zum Fernseher hoben, der hoch in einer Ecke stand.

Sie bestellten einige Brote und etwas Wein und hörten zu, als die Nachrichten mitgeteilt wurden. Wenn jemand aufstand, scharrte der Stuhl über den Holzboden, und die anderen drehten sich um.

Sie blieben nicht lange. Draußen sahen sie die ganze Straße hinunter nichts Helles, nur in der Nähe des Bahnhofes das Hotel mit den Neonlichtern, vor dem einige Fahrzeuge parkten. Noch nahe am Wald war ein Bach gestaut. Als sie über die kleine Brücke gingen, hörten sie das abstürzende Wasser. Dann wurde es plötzlich in der tiefen Dunkelheit des Waldes noch stiller. Als Fermer sich einmal umdrehte, lagen die Lichter des Dorfes schon weit hinter ihm in der entrückten Ferne.

Schließlich öffnete sich das schmale Waldstück zu einer Lichtung, die Tür einer Hütte stand einen Spalt offen. Lotta steckte den Kopf herein und bedeutete, daß man hineingehen könne. Auf dem Boden lagen Strohmatten, die sie

gleichmäßig verteilte; durch das kleine, von außen vergitterte Fenster fiel das schwache Mondlicht hinein, auch die schwankenden Schatten der Äste. Sie machten es sich bequem, und Lotta schob den Riegel vor die Tür. Später hörten sie das Bellen eines Hundes, sahen auch durch das Fenster einen Mann, der in dem dunklen Waldstück verschwand, aus dem noch einige Male der Hund heraus auf die weite Wiese sprang. Zuerst achtete Fermer noch auf die nahen Geräusche, das Knarren der Bäume, das stärker werdende Pfeifen des Windes; dann jedoch blieb auch das zurück, und im Dunkel hörte er nichts mehr als Lottas leise Stimme. Wie froh bin ich, daß wir jetzt hier sind; beinahe bin ich mit dieser Gegend ja verwandt, so gut kenne ich mich aus; du wirst Überraschungen erleben; es dauert lange, bis man all die Verstecke und sonderbaren Plätze kennengelernt hat.
Sie unterhielten sich noch eine Weile und schliefen unruhig bis zum Morgengrauen; schon bevor es ganz hell geworden war, lärmten die Vögel laut; sie standen auf, als die ersten Sonnenstrahlen hereinfielen und es zu warm wurde.
Draußen erkannte Fermer ganz in der Nähe, aber hinter dem noch schwachen Dunst die Silhouette eines Schlosses, einen hohen Turm mit einer still stehenden Uhr, graue, unebene Mauern ringsherum, die kleine Einfahrt und den engen Torbogen.
Gestern hast du in der Nacht wohl den Aufseher der Pferde gesehen, der noch spät mit dem Hund ins Dorf gegangen ist, weil der Durst ihn plagte, sagte Lotta. Sie gingen an der niedrigen Mauer entlang. Dahinter lag ein verwilderter Garten; die Rosensträucher rankten sich vom Rand bis zur Mitte, wo über einem Brunnen ein rostiges Gitter klapperte. Daneben die bemoosten Stufen zum Herrenhaus, ein trüber Weiher, auf dem sich zwei Schwäne treiben ließen.
Zum Besitz des Schlosses gehören die Weinberge, aber auch der Wald und die Wiesen, sagte Lotta. Beinahe jeder, der in

diese abgelegene Gegend kommt, wundert sich, hier im Tal noch ein solches Gebäude zu finden; man darf aber nicht hinein. – Das Grün der Wiesen mit den Obstbäumen, dahinter der Wald, unten die Weinberge, das gehört noch so zusammen, als seien nie Eindringlinge hierhergekommen, antwortete Fermer. –
Aus dem Schloßhof stieg Rauch nach oben, man hörte das Klappern von Pferdehufen auf dem unebenen Pflaster. Vogelschwärme lösten sich aus den Pappeln vor der Einfahrt. Sofort schlugen die Hunde im Hof an und rasselten mit der Kette. Die Wege wurden schmaler. Überall waren Schießstände zu sehen, spitzeckige Holzflechten, hinter Kiefernzweigen versteckt. Als sie sich wenig später umdrehten, sahen sie nur noch den hellen Stein der Schloßmauern; ein Turmfenster stand jetzt offen.
Weiter in den Wald eingedrungen, wurde der Grund felsiger. An beiden Seiten des Hohlweges hingen die Baumwurzeln über den Rand, bis plötzlich ein weiter, beinahe baumloser und heller Platz vor ihnen lag. Ein Bach rauschte in der Nähe; in den felsigen Abhang zur Linken waren Höhlen gebrochen; dort standen Wohnwagen, dazwischen die angekoppelten Pferde. Um eine kleine Feuerstelle saß eine Gruppe bunt gekleideter Menschen; zwischen den Bäumen waren Wäscheleinen gespannt, und um den Platz liefen die Hunde. Als man sie erkannte, stand einer der Sitzenden auf und kam auf sie zu. Er fragte, ob sie aus der Richtung des Schlosses kämen. Als Fermer nickte, wollte er wissen, ob sie den Aufseher gesehen hätten; er sei schon seit Tagen hinter ihnen her.
Ich habe ihn gestern nacht auf dem Weg ins Dorf gesehen, antwortete Fermer. Für heute ist es wohl noch zu früh.
Schon während der letzten Tage mußten wir uns vor ihm in acht nehmen, sagte der Mann; sie haben uns keine Genehmigung erteilt, in der Gegend zu lagern; doch darauf können wir wegen des Wassers nicht verzichten.

Er ging ihnen voraus bis zum Feuerplatz. – Sie sind ungefährlich, sagte er zu den anderen, sie haben nichts mit dem Schloß zu tun. –
Fermer deutete auf das Feuer: Bestimmt ist der Rauch weit zu sehen.
Gleich nach dem Kaffee werden wir verschwinden, antwortete der Mann.
Fermer setzte sich, und Lotta ging zwischen den Wohnwagen umher und blickte ohne Scheu durch die Fenster. Als der Kaffee fertig war, erhielten sie beide eine Tasse, auch etwas Brot, und sie aßen zusammen, während zwei Frauen schon die Wäscheleinen einrollten, die Pferde gestriegelt wurden und der schwache Rauch des Feuers ungehindert in die Luft stieg. Später schüttete jemand einige Eimer Wasser auf die Glut; sie saßen noch eine Weile und unterhielten sich: Wo wollt ihr hin? fragte der Mann. Es ist nicht mehr weit, antwortete Lotta; meine Eltern wohnen in der Nähe. Und ihr? – Wir kommen aus Schweden, sagte der Mann; wir wollen noch viel weiter, bis nach Italien, wenn es geht. Aber wir kommen nur langsam vorwärts, und die Pferde brauchen viel Ruhe. – Ihr lebt alle in Schweden? fragte Fermer. – Ja, sagte der Mann. Ich bin in Deutschland geboren, dann aber während der Nazizeit mit den Eltern nach Schweden geflohen. Heute bin ich Deutschlehrer in Göteborg; seit fast 20 Jahren bin ich nicht mehr hier gewesen. Jetzt scheint alles verändert, doch wir werden dauernd aufgefordert, uns andere Lagerplätze zu suchen. Viele sind mißtrauisch uns gegenüber. –
Als die Sonne schon hoch über den Baumwipfeln stand, brachen Lotta und Fermer auf. Im Wald war es noch angenehm kühl, die Laubbäume schon grün.
Kurz bevor sie den Waldweg verließen, um in eine Kiefernschonung einzubiegen, sahen sie den Aufseher gerade auf sie zukommen. Er sprach sofort, ohne sie zu begrüßen, so laut, daß Fermer im ersten Augenblick erschrak. Was falle ihnen

denn ein – es sei viel zu gefährlich, im Wald ein Feuer zu machen. Er werde sie beim Forstamt anzeigen, sie hätten sich strafbar gemacht.
Dieser Morgen ist wahrhaftig schön, antwortete Lotta. Die Luft ist so rein nach den schweren Regenfällen der letzten Wochen; warum freuen Sie sich nicht auch über den Tag, anstatt aufgeregt durch den Wald zu rennen?
Der Aufseher wollte etwas entgegnen, aber Lotta und Fermer waren schon an ihm vorbei; Fermer grüßte noch übermütig mit der Hand, während der Aufseher fluchte.
Sie durchquerten die Kiefernschonung und gingen fast bis zum Mittag auf den bewaldeten Höhen über dem Fluß; in den großen Waldstücken arbeiteten die Holzfäller und schlugen die vom Sturm gefällten Bäume heraus. Der schmale Weg war von Gras überwachsen, in das sich die Spuren der Traktoren gedrückt hatten. Fermer wäre am liebsten noch lange so weiter gegangen; schließlich aber endete der Wald.
Zur Linken fiel ein felsiger Abhang zum Fluß hinab, der nah im Schatten weit unter ihnen strömte, zur Rechten zogen sich Weinberge den Hang hinauf. Sie konnten die schmale Uferstraße am Fluß sehen, wo sich der Zug der Wohnwagen in die Richtung der Stadt bewegte, zwei Männer die Pferde kutschierend, mit den Leinen schlagend, die anderen versteckt.
Das bunte Bild der ruhig ziehenden Wagen, die am Abend in der Stadt sein mochten, erschien Fermer plötzlich so, als gehöre es zu seinem Leben, und die schwache Vorstellung, die er von ihm hatte, belebte sich wie lange nicht mehr.
Lotta deutete zu dem großen Holzhaus, das, von einem Zaun umgeben, auf der Höhe lag. Das ist das Haus, rief sie Fermer zu.
Fermer schaute noch kurz in die Tiefe, wo auf dem Strom die Lastschiffe langsam zwischen den hohen felsigen Abhängen fuhren. Ein Segelflugzeug flog dicht über den weiten

Wiesen der Höhen des anderen Ufers. Dann wandte er sich um und lief hinter Lotta den Hang zum Haus hinauf.

2

Das Gartentor stand weit geöffnet, als sie ankamen; auch einige Fenster des Hauses waren offen. Die Obstbäume auf dem weiten Rasenstück schwankten im Wind. Das Haus war vom wilden Wein umwuchert, der aber sorgfältig geschnitten war und die ersten Triebe zeigte. Kleine Treppen führten vom Garten zum höher gelegenen Haus. Weiße Gartenstühle standen vor der schmalen Tür, die hinausführte; zwischen ihnen ein Tisch aus einem einzigen großen Stein.
Fermer setzte sich, und Lotta verschwand durch die Tür ins Haus. Von drinnen hörte man nichts als das Ticken der Uhr; eine Katze durchquerte den Garten, legte sich auf eine Steinplatte und streckte den Körper der Sonne entgegen. Später ging eine Frau, mit dunklem Kopftuch und schwarzem Kittel bekleidet, zu dem kleinen Brunnen am Rand des Gartens, füllte einen Eimer mit Wasser und begann, die Blumen zu begießen. Bald sah Fermer aber auch sie nicht mehr; als er sich auf dem Stuhl ausstreckte, schloß er die Augen. Die Sonne schien ihm gerade ins Gesicht.
Er hörte in der Ferne das Dröhnen der Schiffshupen und spürte den warmen Wind. Als er so, zur Ruhe gekommen, in der Sonne saß, ahnte er, daß er nun gleichsam einen Strich in sein Leben gezogen hatte; zwar war die Stadt, in der er lange gelebt hatte, nicht allzu weit entfernt, doch die Vorstellung, bald wieder in sie zurückzukehren, hatte er weit von sich gestoßen. Aber die neue Umgebung verstand er noch nicht; in den großen Wäldern jedoch, die von den hellen Lichtungen durchbrochen waren, fühlte er sich freier und sicherer als zuvor in der Stadt. Das einsam auf der Höhe

liegende Haus, von dem der Blick so weit in die aufgerissene Landschaft ging, erschien ihm als ein Halt, und obwohl er sich die Zukunft nur als die schmale Spanne der nächsten Tage vorstellen konnte, störte ihn der Gedanke an sie nicht mehr, und er hatte mehr als früher die Hoffnung, ruhiger und entschiedener zu werden.
Doch in der Erinnerung an die Stadt klang auch die Erinnerung an Heinrich mit; ohne daß er genauer darüber nachdenken mochte, blieb etwas Fernes und Erschreckendes. Die letzten Bilder der Stadt, in denen sich die Umgebung zu einem einzigen häßlichen Ungeheuer vereinigt hatte, durchzuckten die noch frische Erinnerung an die letzte Nacht, in der alles vorübergeglitten war wie im Traum.
Die ihn schon so lange beschäftigende Frage nach dem Sinn und Ziel seiner Unruhe war ihm auch jetzt noch nicht deutlicher geworden; aber in Lottas Gefolgschaft und seiner heimlichen Liebe zu ihr erledigte sie sich vorerst und war aufgeschoben für eine spätere Antwort.
Als er die Augen wieder öffnete – das Sonnenlicht schien schwächer geworden zu sein –, sah er Lotta in der Nähe des Brunnens sitzen, über dessen Rand sich ein Junge in die Tiefe beugte. Fermer stand auf, ging die Stufen hinab und durchquerte den Garten. Nach den Seiten war die Aussicht durch hohe Hecken versperrt; um so weiter aber sah man von der Front des Hauses.
Die Eltern sind bis zum Abend in der Stadt, sagte Lotta; nur Ferdinand, der Bruder, und die Haushilfe sind hier. Wir wollen etwas die Umgebung erkunden, damit du dich bald besser auskennst.
Der Bruder verließ seine Stellung nicht und schaute nur einmal flüchtig auf. Er war jünger als Lotta; an einer langen Stange hatte er einen Köcher befestigt und angelte mit langsamen Bewegungen Insekten aus dem Wasser, die er auf dem Brunnenrand absetzte.
Lotta verschwand noch einmal kurz im Haus, um etwas

Kuchen zu holen; Fermer ging an den Brunnen und schaute zu, wie der Bruder den Köcher durch das Waser gleiten ließ. Er fragte ihn, wie alt er sei, doch der Bruder antwortete nicht, seufzte nur, als ihm ein Käfer mit hastigen Bewegungen entglitt und, am Brunnenrand entlangrudernd, in die Tiefe sank.

Bald kam Lotta zurück, und sie gingen, während die Sonne schon längst ihren höchsten Stand erreicht hatte und sich wieder dem Horizont näherte, den Waldweg, dann zwischen den Weinbergen hindurch bis zu einem Hügel, den sie langsam überquerten.

Grün verhangen wie jetzt, sagte Lotta, ist diese Gegend schon immer für mich gewesen. Als ich geboren wurde, wohnten wir zwar noch in der Stadt; dort besaß der Vater einen kleinen Verlag. Doch schon wenig später ist die Familie in das neue Haus umgezogen; damals war es ein altes Forsthaus, unbequem und klein, aber mit dem großen Garten für wenig Geld zu haben. Der Vater muß nur an einigen Wochentagen in die Stadt. Nach dem Aufenthalt in der für die große Familie viel zu engen Mietwohnung in der Stadt war das Leben hier draußen viel angenehmer und freier.

Später dann bin ich an jedem Morgen mit den Geschwistern den Weg in die kleine Dorfschule am Fluß gegangen; auf den langen, in der Frühe oft noch dunklen Wegen habe ich ein Auge für die Umgebung bekommen. Denn anders als die Kinder in der Stadt habe ich mich lange nicht an die Umgebung gewöhnt, weil diese sich immer wieder veränderte und nicht so zu begreifen war, wie man Straßen oder Häuser, Autos und Straßenbahnen begreift. Vielmehr stand noch lange alles um mich wie eine grüne Wand, durch die es keine Tür ins Freie gibt. Lange habe ich kein Gefühl für die Größe eines Waldes gehabt, da die unendliche Zahl der Bäume so verwirrend war, ein Labyrinth sich fortsetzender Stangen. Nur an wenigen Stellen schloß sich die Natur zu

einem Ort der Geborgenheit; sonst hatte ich fast immer das Empfinden, in einer grenzenlosen, wuchernden Wildnis zu sitzen. Die Wiesen, auf denen ich mit den Geschwistern spielte, hatten keine natürlichen Grenzen, und auch Zäune und Hecken, die man jetzt oft sieht, fehlten damals noch ganz. So glaubte ich, nichts von der Umgebung in Besitz nehmen zu können, ja manchmal kam es mir vor, die Wälder und Wiesen würden mir davonlaufen, so sehr ich mich auch in sie einzuschmiegen versuchte. Auch die zum Teil viel älteren Geschwister fanden sich lange nicht zurecht und unterschätzten die Entfernungen zum Elternhaus, so daß man oft am Abend in der Dunkelheit mit großer Verspätung zurückkam, nachdem die aufgeregte Mutter schon Windlichter in die Fenster gestellt hatte.
Immer wieder erlebte ich, daß mit dem Verlassen des Gartens meine Unsicherheit begann, daß der schmale Weg vor dem Haus schon – wie ›draußen‹ – weit entfernt lag und ihn etwas von Gefahr umgab. So habe ich mich auch lange nicht an die nur selten auftauchenden fremden Menschen gewöhnt. Als Kind glaubte ich fest, die Holzfäller seien Gesandte eines fernen Königs, beauftragt, die Erde zu entwurzeln, der Förster mit dem Gewehr an der Seite und dem ungeduldig vorwärtsdrängenden Hund an der Leine ein Fürst, der alle Ungerechtigkeiten bestrafe; erst nachdem er später einmal vom Vater eingeladen wurde und ich ihn aus der Nähe gesehen habe, verschwand allmählich die Furcht. Doch noch am Abend desselben Tages stellte der Vater, nachdem der Förster schon gegangen war, das alte Mißtrauen wieder her, als er zu der Mutter sagte, mit solchen Leuten, denen die Spuren der braunen Politik noch anzumerken seien, verkehre man besser nicht mehr. Von da an glaubte ich, der Förster verstecke böse Gifte im Mund, die er zwischen den Zähnen hervorschießen lasse; als ich ihn einmal allein mit Ferdinand im Wald getroffen habe, bin ich auf seine freundliche Anrede hin davongelaufen.

So blieb die Umgebung lange verschlossen und war ein kaum zu entzifferndes Geheimnis aus unübersehbar hohen Baumstangen und zwischen ihnen hervortretenden unbekannten Gestalten. Ich erinnere mich noch genau an all die meist erschreckenden Erlebnisse in der Kindheit, das angstvolle Besteigen des Hochsitzes, das Blumenpflücken auf den Lichtungen und das Versteckspiel in den hoch aufragenden Wurzeln. Die Kindheit war kein graues Einerlei, sondern die Zeit des Sich-Verlaufens und Sich-Versteckens, immer getrieben von den Waldgestalten, die noch in den Lesebüchern hinter den Buchstaben hervorlugten und alle Ruhe unterbrachen. – Dann hast du dich als Kind nie sicher gefühlt? fragte Fermer. – Selten, antwortete Lotta. Langsamer als etwa die Kinder in der Stadt habe ich alles begriffen; das Begreifen folgte immer erst dem Erschrecken und prägte sich dadurch der Erinnerung ein. Ja noch heute glaube ich manchmal, daß ich von vielen Geheimnissen umgeben bin, die richtige Spur verfehle und gleichsam nicht weiß, woran ich mich halten soll.
Der Weg war gleichmäßig begradigt, wie schon seit langen Zeiten begangen. Fermer konnte sich vorstellen, wie es sein mochte, sich in diesen Wäldern zu verirren; die Geräusche waren versteckt. Er hörte, daß irgendwo Holz geschnitten wurde, und glaubte auch das Krachen von Baumstämmen zu hören, ohne daß er deutlich die Richtung hätte angeben können, aus der der ferne Lärm kam.
Auf einer Anhöhe setzten sie sich. Als sie eine Weile nebeneinander saßen, glaubte Fermer – wie schon früher nicht selten – sich an etwas erinnern zu müssen. Es war etwas in ihm, das nie zur Sprache kam und von dem er, wenn er es hätte treffen können, lange gesprochen hätte. Aber es gab keinen Anfang, um in dieses Dunkel hinein zu kommen, und die Worte schienen irgendwo versteckt im seltsam beschränkten Kopf; er wußte keinen Ausweg als den, die Gedanken zu sammeln, sich an Lottas Sätze zu erinnern und

so von vorne zu überlegen, wo in ihnen eine Lücke wäre, in die auch seine Gedanken gepaßt hätten.
Ich kann mir vorstellen, sagte Fermer, während er versuchte, den ausgepackten Kuchen gleichgültig weiter zu essen, daß du dich, immer wenn du in diese Gegend kommst, an deine Kindheit genau erinnerst; auch ich habe lange Zeit nicht in einer größeren Stadt, sondern in einer ländlichen, aber viel engeren Gegend gewohnt. Doch habe ich mich selten daran erinnert; ich habe den Erinnerungen daran noch nie allzu große Bedeutung gegeben. Das kommt wohl vor allem daher, daß ich während der Schulzeit von den täglichen Wiederholungen so vereinnahmt wurde, daß nichts mich auf mein eigenes Leben zurückführte. Was mich beschäftigte, das waren vielmehr die Zukunftsangelegenheiten, die Hoffnungen auf ein ganz anderes Leben, das mit allem Vergangenen nichts mehr zu tun habe. Ich habe immer wie mit großer Anstrengung an diese Zukunft gedacht, und an dem Tag, an dem ich nicht mehr in die Kaserne zurückkehrte, wurde etwas von diesen Gedanken wirklich.
Er ahnte, daß er lange hätte so weiterreden müssen, um auch nur einen Satz zu treffen, nach dem er hätte abbrechen können. Aber er wußte auch, daß ihn nur die Verlegenheit so weit hätte treiben können, und brach statt dessen ab. Lotta hatte sich ins Gras zurückgelegt. Für einen Augenblick glaubte er, daß sie von ihm, indem sie ihn noch anschaute, einen Kuß oder ein anderes Zeichen der Zuneigung erwarte. Doch er vertrieb den Gedanken, weil eine solche Geste alles Gesagte hätte verscheuchen oder in Lotta gar die Vermutung hätte aufkommen lassen können, er habe in zaghaften Worten von seiner Liebe gesprochen.
An diese Liebe aber, deren er sich nicht gewiß war, wollte er nicht denken, weil er sie nicht als Ausgleich für seine Unsicherheiten gebrauchen wollte. Noch war es ihm recht so, denn noch glaubte er warten zu müssen. Aber manchmal

reizte ihn Lottas Betragen; sie schien dann wie mit gespielter Nachlässigkeit mit ihm umzugehen.
Als Lotta den Kopf hob, legte er die Hand auf ihre Schulter. Sie hielt einen Augenblick still und schaute in die Ferne. Er stand auf und zog sie am Arm mit hoch. Als sie weiter den Weg entlanggingen, empfand er mehr als zuvor die Weite der Landschaft, so daß er glaubte, nie auf den Gedanken kommen zu können, sich in ihr zu verstecken. Diese Weite machte ihn übermütig und glücklich; in diesem Empfinden konnte er sich an nichts stoßen, und alles um ihn war dann wie ausgerollt, geschaffen, um zu vergessen.
Vor ihnen tauchte eine Wiese auf; gerade als sie aus dem Wald ins Freie hinaustraten, flog ein Bumerang hoch empor und in langsamem Flug zur anderen Seite der Wiese zurück. Sie erkannten Ferdinand, der das Wurfgerät aufhob und zu ihnen kam. Er war nicht mehr weit von ihnen entfernt, als er nicht mehr zu sehen war. Wenig später erreichten sie die Stelle und schauten in eine Vertiefung, in der sich etwas Wasser gesammelt hatte. Ferdinand lag am Rand des Weihers und schaute zu ihnen hinauf: er sei eben auf der Burg gewesen; der Blick vom Bergfried sei heute besonders gut. Ob sie nicht hingehen wollten?
Lotta war sofort einverstanden und erzählte von der Burg: Noch nie habe ich dort einen Menschen gesehen. Vom Haus ist sie auf noch kürzerem Weg zu erreichen. Früher lag sie wohl frei auf der Höhe, jetzt jedoch ist das ganze Gemäuer vom Wald umgeben. Nur der Bergfried schaut noch heraus. Sie ist zerfallener als die anderen Burgen in der Nähe des Flusses, aber eben deshalb wird sie auch nicht von Neugierigen aufgesucht.
Sie gingen die Anhöhe hinauf, und bald sah Fermer die Spitze des Bergfrieds, die aus den Bäumen an der Erhebung ragte. Ferdinand blieb zurück und war, als sie sich umdrehten, verschwunden; der Wald war beinahe ganz in die alten Mauern hineingewachsen, die hohe Außenmauer zusam-

mengebrochen. Die Steinhaufen waren von Moos und Farnen überwachsen; über den großen Innenhof konnte man nur schlecht gehen, ohne Geröllhaufen und Bäumen auszuweichen. Doch die Stufen zum Rittersaal lagen noch frei, und der groß, nach oben geöffnete Raum war hell, der Boden eben und grün. Das Tor des Bergfrieds stand offen, und sie gingen die dunkle, schmale Wendeltreppe hinauf. Als sie in der Höhe des Turms unter dem hölzernen Dach hinaustraten, lehnte Ferdinand schon über der Brüstung und schaute in die Tiefe. Als Lotta ihn fragte, wie er so schnell hinaufgekommen sei, winkte er ab und fuhr mit der Hand durch die Luft, als wolle er die Flugbahn des Bumerangs beschreiben.

Die Hügel ringsum standen schon in hellem Grün; die Sicht war klar und ging bis weit über den Fluß, wo die Landschaft flacher geworden und am anderen Ufer durch einen Nebenfluß eine Schneise in die Erhebungen gebrochen war. Die Sonne ließ die Farben klar aufleuchten, und sie unterhielten sich, während sie in die Tiefe schauten.

3

Hier war früher der Platz, wo ich mich sicher fühlte, sagte Lotta; zu Hause war es ja oft viel zu eng geworden. An der Stille des Waldes bin ich vorbei bis hierher gelaufen und habe manchmal einen halben Tag bis zur Dunkelheit hier zugebracht. Dann erst stellte sich das richtige Nestgefühl ein, unerreichbar und doch geborgen zu sein. Von den Geschwistern durfte niemand etwas wissen, nur Ferdinand habe ich später eingeweiht. Den Platz hier habe ich mir sorgfältig eingerichtet. Damals begann ich auch mit dem Zeichnen. Wenn man sich auf der Holzbank zurücklehnt und die Füße auf die Brüstung setzt, kann man leicht einen Zeichenblock auf die Knie nehmen.

Nach und nach habe ich die ganze Umgebung gezeichnet und geübt, das Gesehene in Perspektiven zu ordnen, erst die großen Linien in der Landschaft, die Linie des Stromes, die der Hügel am anderen Ufer, die schwächer werden in der Ferne, dann das Gehänge der Weinberge. Anfangs habe ich von Häusern und Kirchen nichts wissen wollen. Auf dem Blatt wurde die Landschaft ein Netz aus Linien, die ich mit schwachen Farben betonte.
Dann habe ich mich an der Kapelle versucht, die du oben am Berg auf der anderen Flußseite erkennen kannst; sie hat mir von hier aus wenig gefallen; die Fenster der Seitenfront sind viel zu hoch und erst in späteren Zeiten eingebrochen worden, um das Schiff heller zu machen. Der Turm hängt so steil neben dem schmalen Bau, daß ein maßvolles Verhältnis nicht herauskommt. So habe ich auf der Zeichnung den Bau umgedreht, den Turm ans Ende des nun auf ihn zulaufenden Schiffes verlegt und ein schönes Tor in die alte Fassade gesetzt.
Später hat der Vater durch Zufall die Zeichnung gesehen; da habe sie sich übel am Tatsächlichen vergriffen, habe er lachend gesagt. Hätte der Turm immer so gestanden, hätte niemand ihn vom Fluß aus sehen können; er stehe aber gerade auf der höchsten Erhebung des Berges, kurz vor dem steilen Hang. Die Fenster habe sie auch in die falsche Richtung gesetzt. So könne niemand die drei großen Fensterrosen sehen, für die man früher noch Namen gewußt habe, so daß man sich von ihnen wie von drei wohltätigen Frauen habe erzählen können. Die Kapelle sei so, wie sie jetzt stehe, für die über den Strom kommenden Pilger ein Zeichen gewesen; da könne sie nicht mit ihrem Stift daherkommen und die Geschichte mit wenigen Strichen auf den Kopf stellen.
Das, sagte Lotta und klopfte mit der Hand auf die Bank, das hat mir die Augen geöffnet. Von nun an habe ich die Landschaft nicht mehr gesehen wie ein Netz aus Linien und Flechten, in denen die Farben den Halt verloren, sondern als einen Zusam-

menhang menschlicher Absichten. Das habe ich so übertrieben, daß ich mich immerzu fragte: warum denn das Dorf dort – du siehst es gleich unterhalb des kleinen Waldes – entstanden ist, warum nicht näher am Fluß, warum auch die außen liegenden älteren Häuser heute noch einen Kreis bilden. Da habe ich nicht mehr das Ganze zeichnen wollen, sondern den Block mit kleinen Skizzen eines Tales, eines Hauses oder eines Weges gefüllt. Ich habe nicht mehr wie zuvor die Natur auf dem Blatt erstrahlen lassen, sondern sie mit dem Köcher eingefangen und auf dem Papier verstreut, um ihr so die eigenen Bilder abzugewinnen.

Durch das Zeichnen aber habe ich mich immer mehr zu genauen Beobachtungen anhalten lassen. Ich wurde mit den Gegenständen vertrauter und bin nicht mehr wie zuvor an allem vorbeigerannt. Fast in eins mit dieser Veränderung habe ich größere Lust bekommen, etwas Praktisches zu tun, im Garten zu helfen, später auch bei der Weinlese. Ich mußte mir Gedanken machen über die Einzelheiten und erschrak auch immer seltener. Mit jeder neuen Zeichnung lernte ich, mich an ein Stück dieser Welt zu erinnern. Vielleicht verstehst du, was ich meine: die langen Zeichenübungen halfen mir, genauer zu werden; auch meine Wünsche und Träume hatten nicht mehr soviel Gewalt über mich. Allmählich hörte ich auf, zwischen Wichtigem und Unwichtigem zu trennen. Und manchmal gab es beim Zeichnen Augenblikke, nach denen man wenigstens für Stunden ganz verwandelt war, als habe man in einen sonst verborgenen Zusammenhang gesehen. – Das kenn ich auch, sagte Fermer. Es ist, als stehe man endlich ganz auf eigenen Füßen und als könne man ganz ruhig sein. –

Ja, vielleicht, antwortete Lotta, jedenfalls hat sich mein Empfinden ausgeglichen. Ich wurde wacher und mutiger; es war, als habe das Zeichnen mir die Möglichkeit gegeben, mich gegen alles Feindliche zu wehren, als werde mein Selbstvertrauen dadurch gefestigt. –

Fermer lehnte sich vor, und sie sahen Ferdinand die große Wiese durchqueren und wenig später im Waldstück verschwinden. Und bei den Geschwistern – wie war es bei denen, fragte Fermer. – Das war etwas anderes, sagte Lotta; Ferdinand hat viel früher als ich diese Ruhe und Sicherheit erreicht; er hat sich der Umgebung ganz anders genähert. In seinem Zimmer gibt es kleine Sammlungen von Steinen und Insekten, auch getrocknete Blumen und Blätter, die er gepreßt und auf besonderem Papier aufgeklebt hat. Er hat die Landschaft in seinem Zimmer noch einmal zusammengesetzt.

Ich kann mir kaum vorstellen, antwortete Fermer, wie das sein soll, wenn die Jugend vorbei ist; vielleicht ist es ein Gefühl für Ordnungen, und man denkt, jetzt mußt du dies tun und später das. Ich habe mich immer gewundert, wie leicht diese Ordnungen angenommen werden. Ich erinnere mich noch genau, daß ich in den ersten Schuljahren jene Schüler beinahe mit Neid betrachtete, deren Schrift bald einen eigenen und unverwechselbaren Charakter angenommen hatte, die Buchstaben immer sacht nach links geneigt oder weit auseinandergezogen, so daß auf dem Blatt ein einheitliches Bild entstand. Ich habe mich immer angestrengt, derartige Ordnungen nachzuahmen, aber schon nach kurzer Zeit stellten sie sich als Spielereien heraus, und ich verlor das Interesse an ihnen, weil ich – das hört sich vielleicht merkwürdig an – inzwischen längst ein anderer geworden war. Das Eindeutige und Fertige dieser Ordnungen kam mir immer verdächtig vor; ich brauchte immer das Empfinden, daß nichts mich beengt, selbst nicht die Annehmlichkeit dieser winzigen Ordnungen. Wie aber erklärst du dir diese Sucht, zur Ruhe zu kommen und regelmäßig zu leben? Ich denke, wenn ich mir auch manchmal wünsche, so geordnet zu leben, daß ich mich dann nur anstrenge, meine Sehnsucht zu vergessen. –

Vielleicht haben nicht alle diese Sehnsucht, antwortete

Lotta. Bei mir war es die Abgeschiedenheit des Hauses und das Vorbild der Eltern, deren Leben, seit ich mich erinnern kann, so ruhig verlief. Dafür war das Haus auf der Höhe der passende Ort; im Winter hat man überhaupt keine Lust mehr, es zu verlassen, so geborgen ist man in der kahlen, ganz zugeschneiten und abweisenden Landschaft. Aber auch sonst sorgen die langen Abende schon dafür, daß man gezwungen wird, sich mit sich zu beschäftigen.
Nach dem Krieg hat sich der Vater mit der Gründung des Verlages unabhängig und selbständig gemacht. Im Lauf der Zeit entstand die jetzt schon beinahe unübersichtliche Bibliothek. Dafür müsse gesorgt sein, sagte der Vater oft, damit man nicht wegen jedes Buches in die Stadt laufen müsse. Allmählich merkte ich, daß sich die Eltern von fremden Einflüssen möglichst fern halten wollten. Aber viel darüber zu reden erübrigt sich; wenn du einmal einige Tage im Haus zubringst, wirst du schon merken, wie man dort allmählich in eine Abgeschiedenheit gerät, die verführerisch ist; manchmal ist es wie im Traum, und doch ist es auch wieder nicht so. – Fermer schaute Lotta an und wollte sie fragen, was sie meinte; aber er merkte, daß sie etwas verschwieg und sprach vorsichtig weiter: Ich weiß noch nicht, ob ich die Einladung annehmen soll; vielleicht kann ich mich hier gar nicht beschäftigen.
Aber als wolle sie seine Bedenken mit einem Mal verscheuchen, drehte Lotta sich zu ihm herum und fuhr ihm mit der Hand durchs Haar. Einwände gibt es jetzt nicht; du kannst mir im Garten helfen, da ist jetzt viel zu tun.
Sie schob ihn zur Treppe und lief die Stufen schnell hinunter. Während Fermer ihr folgte, schlug sein Herz schneller. Daß sie ihn so gern in ihrer Nähe haben wollte, machte ihn für einen Moment glücklich. Gerne hätte er es gesagt, doch statt dessen schlug er, während sie die dunkle Treppe hinunterliefen, mit der Hand gegen die feuchten Mauern. Durch die schmalen Schießscharten fiel die Sonne nur schwach ins Dunkel.

Unten war es viel wärmer. Die Waldluft strich an der offenen Seite der Burg herein und bewegte die hohen Farne. Sie kletterten über eine kleine Mauer nach draußen und gingen weiter in den Wald hinein.

Ja, fuhr Fermer fort, ich werde mich gern überraschen lassen; aber mein Mißtrauen, das kann ich dir doch nicht ganz verschweigen. Ein wenig fürchte ich mich vor all der stillen Genügsamkeit wie vor einer unnötigen Beschränkung. Dein Zeichnen und Ferdinands Sammeln – das kommt mir fremd vor; vielleicht fehlt mir die Ruhe für so etwas, vielleicht aber habe ich auch noch die kindliche Vorstellung, daß man erst gar nicht zur Ruhe kommen darf, daß immerzu etwas geschehen muß, daß, wie soll ich sagen, der Enthusiasmus bei nichts haltmachen soll. Jeder Gedanke daran, etwas zu besitzen, um sich an ihm festzuhalten, macht mich unzufrieden. Die Bücher sind wie die Musik nur das Feuer des Enthusiasmus; wie es aber zu erhalten ist und wie es zustande kommt, das kann ich nicht sagen. Das Lernen jedenfalls kommt mir wie ein Wiederholen vor, und ich kann mich ganz und gar nicht an den Gedanken gewöhnen, die Tage in irgendeinem kümmerlichen Fleiß zu verbringen. Da sehe ich am Ende schon den bürgerlichen Tod, das Denken an Luftfilter und Gefrierautomaten. Dann aber ist alles Leben schon gestorben, Fest- und Werktage getrennt.

Fermer war beinahe erstaunt, so lange über sich reden zu können; Lotta mochte ihn dazu verführt haben. Aber er wunderte sich um so mehr, als sie ihn plötzlich unterbrach: Das sind wohl noch kindliche Ansichten; das läßt sich ja alles nicht verwirklichen; du träumst ja mit geschlossenen Augen in die Welt hinein; und – wie stellst du dir denn das vor – du kannst doch nicht ein Leben lang vor Feldjägern und Polizisten auf der Flucht sein; schließlich wird irgendwann der Augenblick kommen, in dem auch du vernünftig werden mußt.

Während sie weitergingen, wußte er, daß sie nichts verstanden hatte; gerade von ihr aber hatte er eine solche Antwort nicht erwartet. Nein, antwortete er schnell, ein ganzes Leben lang kann ich nicht auf der Flucht sein, aber jetzt, zu diesem Zeitpunkt muß ich es; das ist mein Leben, und die Gesetze des öffentlichen Lebens sind nicht die Gesetze meiner Existenz; schon während der Schulzeit habe ich mich nur gedulden und ducken müssen. Jetzt aber weiß ich, was für mich an der Zeit ist; nur dieses Leben gibt es, und da kann niemand mir dreinreden, das tobe ich so aus, wie ich es für richtig halte, und das, das ist vielleicht meine Radikalität und meine Anarchie. Die Freunde aus der Schule dagegen mögen längst mit ihrem Leben abgeschlossen haben; sie werden alles von vornherein, ohne Überlegung, anerkannt haben. In wenigen Jahren aber schon wird sich bei ihnen jene Unzufriedenheit einstellen, die dann in den Haß auf das Nächste umschlägt, auf Ehefrauen, Kinder und die zwischen den Beinen herumlaufenden Haustiere, Ausgeburten einer fehlgeleiteten Liebe zur Welt. So aber, in dieser Resignation, will ich nicht enden; auch ich kann mir vorstellen, warum denn nicht, einmal einen Beruf auszuüben, wie man so sagt, sich in eine Wohnung zu verschanzen und die Blumen zu begießen; das aber wird zu einer anderen Zeit sein, zur richtigen, zu meiner richtigen Zeit.
Er hatte, während sie weitergegangen waren, heftig gesprochen, weil er glaubte, daß sie ihn nicht verstanden hatte. Er wußte, daß sie in diesen Augenblicken ein Zeichen seiner Überzeugungen brauchte, um ihn besser zu verstehen, und er versuchte, es kurz zu machen, weil er jene Gespräche haßte und die Verständigung über sein Leben kaum zuließ, sich eher in sich verbarg. Während sie still gingen, dachte er auch daran, wieder aufzubrechen; das Bild seiner selbst als des Einzelnen, der niemandem mehr Vertrauen schenkte und sein Wissen nicht preisgab, tat ihm für einen Moment sogar wohl. Zugleich aber bemerkte er auch schon, daß er

bereit war, in einen immer tieferen Trotz zu verfallen, den die versteckte Angst ihm diktierte. Er schaute Lotta noch von der Seite an, als sie weitersprach. Ach, nimm nicht alles so ernst und schwer, vielleicht bin ich nur ungeduldig mit dir; du weißt schon am besten, was zu tun ist.
Ja, antwortete er, ich bin nicht ungeduldig, das nicht; gerade meine Geduld macht mich so selbstvergnügt.
Oft blieben sie dann stehen, weil er erstaunt war über die Landschaft. Sie gerieten aus dem Wald in ein schmales Tal und sahen in der Tiefe ein Kloster, einen langgestreckten hohen Bau, an den sich eine kleine Kapelle anschloß. Eine stark abschüssige Wiese gehörte zum Bezirk des Klosters. Weiter unten war Gemüse angebaut worden, die Beete waren frisch geharkt. Die kleine Glocke des spitzen Turmes, der aus dem langen Bau hervorragte, schlug einige Male. Die Wiese wurde früher ›Nonnenwiese‹ genannt, sagte Lotta; im Winter konnte man vom Wald aus die Nonnen beim Schlittenfahren beobachten; das mußt du dir vorstellen: die schwarz gekleideten Nonnen wie fröhliche junge Kinder lachend und schreiend auf großen, schönen Schlitten, den Hang herunterfahrend. Manchmal war es wie ein Schauspiel, zu dem man nicht eingeladen worden war; mit den Geschwistern bin ich auch, ins Tal kommend, näher herangegangen; man hat uns bemerkt und schon wenig später war alles verschwunden wie ein Spuk. An Sonntagen bin ich hierher manchmal mit den Eltern zur Kirche gegangen, auch am Weihnachtsabend gingen wir durch die tiefe Dunkelheit hierher. Selbst in der Kirche waren die Nonnen noch verborgen auf dem hohen Chor, nur die Stimmen hörte man.
Sie erreichten einen ruhig fließenden Bach, der zum Kloster zu laufen schien, und Lotta sprang hinüber. Dann wurde der am Hang verlaufende Weg steiniger. Sie wählten einen Pfad, der wieder zum Waldrand führte. Vom Wald aus gesehen, schloß sich das Tal wieder. Das Kloster war nicht mehr zu

sehen, doch ein schwacher Rauch stieg aus der Tiefe auf. Später hörten sie im Wald noch einmal das Läuten der Glocke. Sie gingen schneller, als sie das Rot der Sonne am Horizont zwischen den Bäumen sahen. An einer Jagdhütte kamen sie vorbei; die grünen Fensterläden waren geschlossen. Auf der schmalen überdachten Holzveranda stand ein Stuhl im Abendlicht. Der Weg nahm jetzt eine beinahe rötliche Farbe an, wurde dann breiter zwischen den Tannenschonungen; in der Ferne bellten einige Hunde, und über einen sacht abfallenden Waldweg erreichten sie wieder das Haus, kamen aber von hinten heran und überstiegen den Zaun. Einige Zimmer waren erleuchtet, und ein Wagen stand vor dem geöffneten Gartentor. Ferdinand trug eine schwere Tasche hinein, Lotta verschwand in der Küche.

Fermer setzte sich auf die Treppenstufen und schaute in die Ferne, wo es allmählich dunkler wurde und die Straßenlampen jetzt eingeschaltet waren. Später saß er im großen Eßraum neben Lotta am sorgfältig gedeckten und von Kerzen erleuchteten Tisch. Lottas Vater erzählte von der Stadt, und sie unterhielten sich, ohne etwas von Heinrich zu erwähnen. Ferdinand schwieg während des Essens und verschwand bald.

Dann führte Lotta Fermer auf sein Zimmer. Er blickte, allein gelassen, noch lange in den dunklen Garten, wo ein mächtiger Kirschbaum die Zweige in den Himmel reckte. Vor dem von Hügeln umgrenzten Horizont war der breite Strom zu ahnen. Fermer schlief in dieser Nacht sehr tief, und zum ersten Mal seit langem wachte er nicht von den Träumen auf.

4

Das Zimmer konnte er als sein Reich betrachten, aus dem niemand ihn vertreiben wollte. Von den beiden Fenstern aus sah er in den Garten; ein hoher, alter Schrank, ein kleiner

Tisch, ein Sessel und eine bequeme Liege genügten ihm. Die Bücher konnte er sich aus der Bibliothek holen, und niemand achtete weiter darauf. An den oft stillen Abenden saß er gern allein im Zimmer, hörte in den benachbarten Räumen die Stimmen, Lottas Lachen und Ferdinands Fragen.
Anfangs war ihm das recht so; Lottas Eltern waren nachsichtig und aufmerksam. Gern ging er nach dem Frühstück hinaus; der Boden war meist noch feucht. Er holte die Geräte aus dem Haus und begann zu arbeiten; manchmal stand Lotta in hohen, umständlich verschnürten Stiefeln dabei, wollte auch hier und da mit der Arbeit beginnen, ließ jedoch schon bald alles fallen und schüttelte über seinen Eifer den Kopf. Später schaute sie oft aus dem Fenster ihres Zimmers in den Garten, unterbrach ihn bei der Arbeit, warf Papiere mit Nachrichten heraus, über die er lachen mußte. Er verschwieg, warum ihm die Arbeit gefiel; er betrachtete sie als ein dauerndes Aufräumen. Allmählich ordnete sich der im Winter wie durch einen Erdstoß zusammengefallene Garten wieder. Er lichtete die Sträucher aus und schnitt die Sommerblüher zurück. Die am Rand gepflanzten Rhododendronsträucher mußten gewässert werden. Es war wärmer geworden, und so konnten allmählich auch die Schutzdecken für die früh blühenden Pflanzen entfernt werden.
Er nahm sich nie zuviel vor und fragte Lottas Vater, der genau Bescheid wußte und ihm vieles erklärte; manchmal erschien Fermer der kleine abgegrenzte Bezirk wie eine gültige Ordnung von Dingen, an der er sich beteiligen durfte.
Die alten Zweifel und Fragen wurden schwächer; indem er arbeitete, glaubte er im Garten eine Verbindung wahrzunehmen, an der er Anteil hatte und die ihn, je mehr er sich geduldig vertiefte, beruhigte. So blickte er am Nachmittag aus seinem Zimmer oft in den Garten, wo er die am Tag verrichtete Arbeit übersehen konnte. Den zuvor noch verschlossen erscheinenden Boden hatte er an vielen Stellen

schon umgegraben, dort war die Erde dunkler. Inzwischen hatte er auch begonnen, Torf zwischen die Pflanzen zu streuen. In der Nähe des Gartentores pflanzte er Rosen mit Lottas Vater, wenn das Wetter es zuließ. Das Gras wurde geschnitten, und vom offenen Fenster nahm er den stärker werdenden Geruch der Erde wahr, durch den der Garten neu zu leben begann.

Er fragte sich aber auch, was seine Ruhe zu bedeuten hatte, und womit sie zusammenhing. Zuerst meinte er, daß die Regelmäßigkeit der Tätigkeiten ihn anhalte; auch wurde er nie gestört oder aufgeschreckt. So hatte er es sich oft gewünscht; er konnte sich für Stunden ganz in sich zurückziehen, ohne doch dadurch sich selbst oder anderen merkwürdig zu werden. Manchmal glaubte er auch in seiner Umgebung ein ähnliches Verhalten zu bemerken. Noch nie hatte er Ferdinands Zimmer betreten, das eng an das seine grenzte; Lotta schaute er manchmal beim Zeichnen zu. Dort war sie so geduldig, daß sie eine begonnene und längst mißratene Zeichnung nicht abzubrechen bereit war, sondern immer von neuem radierte und verbesserte.

Zu seiner Freiheit gehörte, daß er unbehelligt seinen Vorstellungen folgen konnte, ohne daß alles in einer Langeweile endete, die wie eine Gefahr hinter den sich wiederholenden Tätigkeiten verborgen war. Gegen sie gab es nur wenige Mittel, Beobachtungen etwa darüber, wie sich der Garten veränderte, seine Gestaltung zunahm und dadurch die Zeit wieder Konturen und gleichsam Sinn erhielt.

Er jedoch wußte, daß dies alles noch nicht genügt hätte, um ihn hier zu halten. Und je mehr er nach den verborgensten Ursachen seines angenehmen Empfindens fragte, um so mehr mußte er sich schließlich eingestehen, daß, wenn man auch alle Gründe zusammenfaßte, die er sich genannt hatte, keiner ganz auszureichen schien. Er gestand sich, daß all diesen Vermutungen die Angst anzumerken war, etwas zu entdecken, vor dem er sich fürchtete. Er beobachtete sich

genauer. Endlich gab er sich zu, wie oft er an Lotta denken mußte und wie oft er sich vorstellte, ob auch sie ihn beobachtete.
Bei diesen Gedanken wurde er aufgeregter; ihr Bild ließ ihn bald nicht mehr los, und er setzte es in seiner Vorstellung immer wieder zusammen. Dann empfand er manchmal einen heimlichen Schauder, wie von einer plötzlichen Kälte. Eine unerklärbare Freude rüttelte ihn; unruhig geworden, nahm er ein Buch in die Hand oder ging schneller bei den einsamen Spaziergängen, die er sich verordnete, um Abstand von ihr zu gewinnen. Aber so sehr er sich auch wehrte, die Erinnerung an das, was sie kurz zuvor noch gesagt oder getan hatte, wurde er nicht los; er beobachtete sie viel genauer als zuvor und suchte insgeheim nach Spuren der Zuneigung. Doch hütete er sich, sich etwas anmerken zu lassen; er hatte die Vorstellung, nicht nachgeben zu dürfen und wußte doch nicht, was es zu halten oder zu behüten galt. Oft wurde ihm die Luft knapp, wenn er beim Essen neben ihr saß, der Vater etwas fragte und Fermer ihren Blick spürte; auch streifte ihr Arm bei den Mahlzeiten nicht selten den seinen. Er zuckte zusammen und hatte Furcht, sich zu verraten; dann versuchte er, gelassen und langsam zu sprechen, und achtete darauf, ob Ferdinand etwas bemerkte. Wenn der nicht aufschaute und still weiteraß, war das ein gutes Zeichen; aber es war auch schon vorgekommen, daß er ihm gerade ins Gesicht geblickt hatte. Dann sprach er so lange weiter, bis die Worte ruhiger wurden und auch sein Herz nicht mehr allzu heftig klopfte. Allmählich wurde ihm seine Aufregung zur Last; er faßte den Vorsatz, seinen Zustand zu beschreiben, wußte aber nicht, wo er das Papier aufbewahren sollte und ließ, erregt schon vor Scham, entdeckt zu werden, alles wieder fallen. Auch hoffte er manchmal, mit Ferdinand sprechen zu können; doch er wußte, daß er den Anfang nicht finden werde und erst eine tiefere Vertrautheit nötig sei.

Wie um sich gegen die wachsende Unruhe zu wehren, folgte er mit Anstrengung dem Geschehen im Haus. Die Tage verliefen mit einer nur selten unterbrochenen Regelmäßigkeit. Stets wurden die Mahlzeiten gemeinsam im großen Speiseraum eingenommen, draußen war es noch nicht warm genug. Um den langen Tisch blieben einige Stühle immer leer, doch er fragte Lotta nicht weiter nach den Geschwistern. Etwas hielt ihn ab, davon zu sprechen, und als zufällig darauf einmal die Rede kam, brach Lotta das Gespräch ab. Mittags saß man oft nach dem Essen zusammen im Wohnzimmer; hier wurde, während Ferdinand meist aus der Zeitung vorlas, aus kleinen Tassen der Mokka getrunken. Niemand aber spielte auf dem großen, schwarzen Flügel, der in einer Ecke des Raumes stand; eine Vase, gefüllt mit Blumen, war auf den geschlossenen Deckel gerückt; manchmal lag die Katze still daneben, wenn die Sonne gerade hereinfiel.

Früh am Morgen, wenn alle im Haus noch schliefen, kam eine Frau aus dem Dorf am Fluß herauf; durch den Keller konnte sie hereinkommen. Fermer sprach niemals mit ihr, und doch bemerkte er einmal, daß sie ihn beobachtete, als er im Garten auf das Haus zuging und im Spiegel des Fensterglases ihren Kopf mit dem dunklen Kopftuch hinter einem Oleanderstrauch hervorschauen sah. Sie sprach überhaupt nur wenig, galt als schwerhörig und übernahm wie selbstverständlich die Arbeiten im Haus, ohne lange auf Anweisungen zu warten. Immer schien sie zu wissen, was zu tun sei; und fand Arbeit bei allen Gelegenheiten. Als es draußen noch dunkel war, hatte Fermer, früher wach geworden als sonst, sie einmal leise singen hören; erst hatte er es nicht glauben können und war zum Fenster geschlichen. Dann aber hatte er gesehen, wie sie vorsichtig das Gartentor hinter sich schloß und dann den Garten durchquerte; den Text des Liedes hatte er nicht verstanden, wohl aber bemerkt, daß sie es in einer fremden Sprache gesungen hatte. Erst wenige

Schritte vor dem Haus war sie still geworden, hatte die Kellertür geöffnet und war wenig später mit einem Kittel schon wieder im Garten erschienen, wo sie, einen Korb in den Händen, hinter den Eibenhecken verschwunden war.
Später bemerkte er auch, daß sie manchmal das Essen zubereitete. Die Speisen waren dann fast immer stärker gewürzt und zerkochter als sonst; schon nach wenigen Bissen ließ der Hunger nach. Fermer fragte Lotta nach ihr, doch erhielt er nur eine kurze Auskunft: Sie arbeitet schon seit Jahren im Haus, hat schon erwachsene Kinder und ist vor langem aus Siebenbürgen nach Deutschland gekommen, wo sie sich in den Städten nicht zurechtgefunden und sich immer wieder verlaufen hat; sie war auch nur an die Arbeit auf dem Feld gewöhnt.
Fermer fragte nicht weiter und vergaß auch oft, daß sie im Haus war, so unsichtbar blieb sie. Einmal aber war er in den Keller geschickt worden, um Früchte zu holen. Als er Äpfel und Apfelsinen in einen Korb sortierte, sah er das Licht am Ende des Kellers brennen. Er stellte den Korb ab und ging hinüber, um das Licht auszuschalten. Als es dunkel war, war sie ihm in dem engen Gang plötzlich entgegengetreten und hatte gefragt, was er denn hier suche; im ersten Augenblick war er erschrocken und hatte schließlich, indem er auf ihre Schwerhörigkeit rechnete, viel zu laut geantwortet: er wolle etwas Obst heraufholen und habe geglaubt, daß jemand vergessen habe, das Licht auszuschalten. Dann, fragte sie noch einmal, habe er nichts gesucht? Nichts, hatte Fermer wieder laut entgegnet, ohne zu wissen, ob sie ihn verstand. Hier gebe es auch keine Geheimnisse, hatte sie noch hinter ihm hergerufen, als er mit dem Korb wieder nach oben gegangen war.
Das ließ er sich gesagt sein und gewöhnte es sich ab zu fragen. Er hatte erkannt, daß er auf diese Weise nichts über Lotta herausbekam; er hörte an den Abenden genauer zu, wenn sie nach dem Essen noch zusammensaßen und sich

unterhielten. Oft holte Lotta eine Flasche Wein aus dem Keller, und wenn er getrunken hatte, fiel ihm das Reden leichter, und er erzählte, auch ohne gefragt zu sein, als gebe er einem geheimen Druck nach. Einmal war er nach dem Vater gefragt worden: Der Vater ist Geodät, hatte er geantwortet; die Eltern leben jetzt in ihrer Heimat, wo sie sich auch kennengelernt haben und wohin sie nach vielen Umzügen zurückgekehrt sind. Sie haben sich dort ein Haus gebaut. Es ist eine recht windige und einsame Gegend, eine Natur aus Stein, ohne Flüsse und Seen, karge Wälder, aber schluchtenreich; ich habe mich in der Kindheit viel dort aufgehalten, die Gegend aber eigentlich nie recht geliebt. Mehr hatte er nicht erzählen wollen. Die Zeit verging an den Abenden langsam; Lotta hatte begonnen zu stricken, die Mutter verschwand meist schon früh, während der Vater unermüdlich in den Büchern blätterte, etwas vorlas und manchmal still vor sich hinlächelte. Dann kam es Fermer vor, als müsse er noch einmal in die Dunkelheit hinaus. Er verabschiedete sich früh und ging auf sein Zimmer. Nicht selten ging Lotta mit; sie unterhielten sich eine Weile, bevor sie sich in ihr Zimmer verschloß. Manchmal aber blieb sie auch unten zurück. Dann hörte er, vor dem Fenster stehend und endlich aufs Bett gesunken, die Stimmen noch lange.

5

An einem Morgen erwachte er früh; selbst durch die vorgezogenen Vorhänge fiel das Licht herein, der Raum war ganz hell. Er stand auf, zog die Vorhänge zur Seite und sah den Nebel, der das Haus von der Umgebung trennte. Tief lagen die Nebelbänke am Boden, die Aussicht in die Ferne war versperrt, selbst den Zaun des Gartens konnte er nicht mehr sehen. Doch war alles heller als sonst, die Sonne aber noch

versteckt hinter den zerflorten Wolken. Er ging ins Bad, kleidete sich dann an und ging hinunter. Der kleine Tisch im Speisezimmer war gedeckt. Er setzte sich, als Lottas Mutter ins Zimmer kam. Sie begrüßte ihn freundlich; Lotta sei heute morgen schon sehr früh in die Stadt gefahren, sie habe einige Erledigungen zu machen.
Für einen Augenblick war er verwirrt; warum hatte sie ihm nicht etwas gesagt? Aber dann versuchte er, sich freundlich zu unterhalten. Lottas Mutter war auch so ruhig, als sei nichts Besonderes geschehen, und rückte ihm alles zur Hand, daß er nur zu nehmen brauchte. Sie fragte ihn, was er denn heute vorhabe. Er brauchte nicht zu überlegen und beugte sich über den Tisch: Ich werde einen weiten Spaziergang machen, gerade in den Nebel hinein; Sie brauchen sich nicht um mich zu kümmern, am Abend werde ich zurück sein.
Er frühstückte langsam und lange, zog sich dann wärmer an als sonst und war plötzlich froh, aus dem Haus zu sein, ohne noch jemanden gesprochen zu haben. Den Weg in den dichten Wald nahm er nicht, sondern ging geradewegs den etwas abschüssigen Pfad hinab, der zum Fluß führen mußte. Aber er konnte nicht allzuweit sehen, so dicht stand der Nebel. Einmal vermutete er das Schloß in der Nähe, doch als er weiterging, fielen die Nebelspitzen plötzlich zusammen, und er sah nur die hohen dunklen Tannen, die sich sacht im Wind bewegten.
Dann wurde es allmählich kühler, und er geriet in die Weinberge. Er konnte nicht mehr entscheiden, in welcher Richtung der Fluß lag; auch war er vom Weg abgekommen und ging jetzt gerade zwischen den Weinbergen. Der Boden war feucht; er hörte Stimmen und das Bellen eines Hundes; dann sah er ganz in der Nähe den Aufseher des Schlosses den Berg hinabkommen; ohne zu wissen warum, kauerte er sich auf den Boden. Der Aufseher ging an ihm vorbei, ohne ihn zu bemerken. Er glaubte nun, daß der Fluß gleich zur

Linken liege und hielt sich an die Richtung. Doch der schmale Weg führte allmählich wieder nach oben. Er verlor sich aus den Weinbergen an einen felsigen Hang; ein Pfad war in der Höhe durch ein Holzgeländer geschützt. Als er die Schiffshupen zur Linken im noch dichten Nebel hörte, wußte er, daß er inzwischen hoch über dem Fluß war. Doch er nahm weiter den Weg; das Geländer war an einigen Stellen schon gebrochen. Obwohl er nicht ahnte, wohin der Weg ihn führte und ob es gefährlich war, weiterzugehen, ging er doch in guter Laune, denn die Gedanken ordneten sich. Nun glaubte er auch zu verstehen, was Lotta gemeint haben konnte, als sie von dem besonderen Leben im Haus gesprochen hatte. Bedachte er jetzt nicht viel länger, was er tun wollte und wie es am besten zu tun sei? Ungestört konnte er sich einrichten und an einem ihm doch fremdbleibenden Leben teilnehmen, das ihn stärkte, ohne ihm Vorschriften zu machen. Gleichzeitig jedoch war er argwöhnisch gegen jene Ruhe und Zufriedenheit geblieben; er wußte, daß er nur eine begrenzte Zeit hier verbringen werde; das aber hielt ihn ebenso frei wie der häufige Blick in die Ferne, von der Höhe hinab ins Tal und weiter zum Fluß, zu dem er sich jetzt wieder aufmachte, als könne er davon nicht lassen.
Während er weiter den allmählich wieder in die Höhe führenden Pfad nahm und der Nebel ihm zur Seite in die kühle Tiefe sank, dachte er an die letzten Tage zurück. Mißtrauisch war er geblieben gegen das bescheidene Glück, die stille Zufriedenheit, die in der Wiege der Zeitlosigkeit gut gedeihen konnte. Der unermüdliche Umgang mit den Gegenständen lenkte die Besinnung auf das Nächste; auch die Gedanken am Abend durften nicht zu weit führen. An den letzten Tagen hatte er die Kellerräume geleert, die Zeitungen zu Stößen verpackt, angestrichene Artikel ausgeschnitten und in einer Mappe gesammelt. Dann waren die Räume gestrichen worden; im Weinkeller hatte er das Holz-

gestell verbreitert. Die Teppiche waren hinausgeschafft und gesäubert worden.
Der Weg verbreiterte sich; er war in der Höhe angekommen; zur Rechten sah er große Wiesen, voll mit Ginsterbüschen. Er konnte jetzt schneller weitergehen, da er weniger auf den Weg achten mußte. So hatte er also die Tage in dauernder Beschäftigung verbracht; beinahe wie die Menschen brauchten die Gegenstände im Haus ihren Schutz. Beobachtet und behandelt wie hilflose Lebewesen, mußten sie zugrunde gehen, wenn man sich nicht um sie kümmerte. Wie wichtig aber mußte einem jedes Ding vorkommen, welcher Gleichmut gehörte zu all diesen Anstrengungen, wollte man sie nicht als lästig empfinden! Nie durfte man sich fragen, warum etwas zu geschehen habe – man wäre hinter dem Leben der Gegenstände, ja hinter den Jahreszeiten zurückgeblieben; so aber diente alle Tätigkeit der Aufgabe, der Zeit und ihrem Verlauf Geltung zu geben. Schon standen Haselzweige in den dicken Vasen, von den früh blühenden Pflanzen war bei den Mahlzeiten oft die Rede gewesen. Die im Winter im Keller aufbewahrten schweren Töpfe mit Oleander- und Lorbeerbäumen, auch die mit den stachligen Agaven waren längst, als stehe der Frühling wie selbstverständlich vor der Tür, in den Garten gebracht worden. Ob der Kirschbaum soviel Früchte bringen würde wie im vergangenen Jahr? Was würde aus den Apfelbäumen? Aber was ging denn aus all der Emsigkeit hervor? – Er schüttelte den Kopf, als falle es ihm schwer, darüber weiter nachzudenken; er nahm sich vor, Lotta einmal zu fragen, und gerade bei diesem Gedanken war die Erinnerung an das Haus schon gleichsam im Sonnenlicht verblichen.
Er legte sich, ganz auf der Höhe angekommen, auf den Boden und stützte den Kopf auf den angewinkelten Arm. Mit einem Schlag war alles noch heller geworden; er konnte schon zum anderen Ufer schauen. Haltlos wie der Blick erschien auch alles um ihn; es war, als werde alles nach oben

gezogen, als stehe die Erde seit diesem Morgen auf dem Kopf, nur um der Sonne näher zu sein. Wie rückte die Ferne da näher! Die Umgebung des Flusses war aufgerissen vom Licht, und der Nebel schien im schnell strömenden Wasser zu versinken. Kleine Inseln waren zu erkennen; am anderen Ufer, wo der Strom zu einem großen Bogen ansetzte, sah er die Kirchen eines Dorfes. Nichts stand mehr störend neben ihm, alles an freiem, luftigem Platz. Er glaubte sich beweglicher als zuvor, vom Träumen wie von schweren Gedanken erlöst. Er stand auf und blickte in die Tiefe. Ein Zug fuhr am Fluß entlang; er schaute den roten Wagen nach, bis sie in einem Tunnel verschwanden. Vor den geschlossenen Schranken warteten die Autos; die schmalen Straßen des Dorfes, das gerade vor ihm lag, glänzten feucht. Dunkel war es noch in der Tiefe; aber das gegenüberliegende, steil ansteigende Ufer war schon zur Hälfte von Sonnenlicht überzogen. Als er die spitzen, gegen den Berg fallenden Dächer sah, faßte er den Entschluß, zum Dorf hinunterzugehen. Ein Boot legte gerade vom Ufer ab und brachte den Lotsen zu einem Lastschiff, das nahe wartete. Er zögerte nicht länger, nahm den Weg zurück, bog nach einer Weile ab und lief, stolpernd und manchmal rutschend, zwischen zwei Weinstockreihen den Berg hinab. Klatschend sprang er auf die tiefer liegende Straße; dann ging es weiter; in sachten Bögen verlief der Weg am Fluß entlang gerade ins Dorf. Kurz bevor er die ersten Häuser erreicht hatte, erkannte er plötzlich hinter den hohen Schilfgarben ein langes, dunkelgrünes Militärschiff. Ein Patrouillenboot, dachte er und duckte sich auf den Boden. Mit langen Stangen standen Soldaten auf dem Deck und stocherten manchmal damit im Wasser. Befehle waren zu hören; die schwarzrotgoldene Flagge wehte am Mast. Das Boot fuhr langsam vorbei, und Fermers Aufregung legte sich. Suchten sie nach ihm? Hatte ihn am Abend der Flucht vielleicht jemand am Wasser gesehen? Er stand auf und ging weiter.

Die schmalen Straßen fielen zum Dorf hin ab; zwischen den dicht gedrängten Fachwerkhäusern öffnete sich die Helligkeit eines Platzes vor ihm. Um einen Brunnen spielten Kinder mit einem Ball; sonst war es merkwürdig still. Die Turmuhr der sandsteinroten Kirche schlug einmal, so laut, als solle der Klang für einen Augenblick noch mehr Ruhe bringen. Er schaute zur Uhr hinauf und sah die Sonne beinahe über sich stehen. Ein Wagen rollte langsam auf den Platz und blieb vor dem Brunnen stehen; er ging weiter durch das Dorf und setzte sich später ans Ufer. Hier war es kühler; sein Kopf war seltsam schwer geworden, und er ließ mit seinem Blick die Strömung des Wassers nicht los.

Nach einer Weile wurde er müde und legte sich zurück; das Sonnenlicht sprang jetzt auf dem zuvor noch dunklen Fluß auf und ab. Hinter ihm huschten die Wagen auf der Uferstraße in beinahe gleichmäßigen Abständen vorbei. Als er eine Bewegung in der Nähe wahrnahm und ein Schatten ihn streifte, öffnete er sofort die Augen und erkannte Ferdinand, der sich neben ihn gesetzt hatte und ihm zunickte. Er nahm eine Flasche aus einer Ledertasche, die er um die Schulter trug, und reichte sie Fermer herüber. Willst du etwas trinken? – Das Zeug schmeckt gut, woher hast du es? fragte Fermer. – Ich fülle den Whisky im Keller der Eltern ab, wenn ich etwas brauche. Für das Schloß des Gestells, in dem die Flaschen gelagert sind, habe ich mir einen Kleiderbügel zurechtgebogen.

Fermer trank; er spürte den Alkohol wie einen Stoß, der in den matt gewordenen Körper fuhr. Er nahm noch einen Schluck und gab die Flasche zurück; hast du noch mehr solcher Geheimnisse?

Mehr? Ferdinand lachte und hantierte an einer Angel, die er über die Knie gelegt hatte. Wie kann man denn sonst leben, dort oben auf der einsamen Höhe?

Fermer erinnerte sich an die Gedanken, die ihn während der

letzten Stunden überfallen hatten. Also fühlst du dich nicht wohl dort oben?
Doch, antwortete Ferdinand; nur ist alles mit Verboten und Regeln belegt. Inzwischen aber habe ich heraus, wie man das übergehen kann.
Seltsam, sagte Fermer, ich habe gerade an diesem Morgen daran denken müssen, wie es zu anderen Jahreszeiten dort oben wohl aussieht, was getan wird, das ganze Jahr lang.
Das ist schnell gesagt; Ferdinand legte die Angel zusammen und prüfte die Leine, indem er mit dem Finger daran entlangfuhr. Die Tage, an denen man sich im Garten aufhalten kann, sind ja nicht mehr weit. Wenn der Kirschbaum dann ganz aufblüht, wird draußen gegessen. Allmählich verlagert alles sich in den Garten, mit Sonnenschirmen am Tag und Windlichtern am Abend. Zu dieser Zeit kommt auch recht viel Besuch ins Haus, der sich im Winter kaum auf die schneebedeckte Höhe traut. Im Mai findet eine Verlegertagung statt; das Haus ist dann schon Tage zuvor in eine ganz andere Ordnung gebracht worden. Der Direktor des städtischen Museums kommt häufiger als sonst, um sich mit dem Vater über geplante Ausstellungen zu unterhalten. Roland läßt sich auch zu dieser Zeit immer einmal sehen, um den Flügel am Leben zu halten.
Roland? Fermer tat, als müsse er sich erinnern.
Aber hast du Roland denn nicht in der Stadt kennengelernt, sagte Ferdinand; es klang wie ein Vorwurf. Hat Lotta dir nichts von ihm erzählt? –
Erzählt? Worüber? –
Ach, über Roland gibt es da einiges zu erzählen; aber jetzt tut das nichts zur Sache. – Ja, dann ist wohl schon die Zeit gekommen, wo man die dunkelroten Kirschen vom Baum holen muß, später auch die Aprikosen und Äpfel. Die ganze Familie klettert an diesen Tagen in den Bäumen herum und fällt am Abend mit verklebten Fingern und zerrissener Kleidung aus den Ästen. Danach sind die Eltern meist für

einen Monat oder länger irgendwohin verschwunden, ich bekomme Postkarten und habe Gelegenheiten genug, meine Vorräte aufzubessern. Er griff wieder zur Flasche, prostete Fermer zu, trank und stand dann auf. Hast du Lust, mit zum Angeln zu gehen? Man muß ein ganzes Stück steigen, bis zu den Schloßteichen hinauf.

Fermer war sofort einverstanden, und sie gingen los. Ich habe nicht gesagt, daß es mir schlecht geht, sagte Ferdinand, während er die Angel über die Schulter legte und sie noch am Ufer entlanggingen. Aber es gibt Hindernisse dort oben; es gibt Kleinigkeiten, die in der Abgeschiedenheit des Hauses ungeahnte Bedeutung erhalten. Für die Eltern besteht die ›Welt‹ aus dem Haus und dem Garten, drum herum abfallendes Gelände. Da kann es nicht verwundern, wenn sich in den Köpfen Eigenheiten türmen.

Als sie die letzten Häuser des Dorfes erreicht hatten, begann ein schmaler Weg, der aber plötzlich, vor einem steilen Waldstück endete. Ferdinand schwang sich hinauf und zog sich von Baum zu Baum höher. Fermer folgte langsamer. Schon nach kurzer Zeit erreichten sie zwei große Teiche, eingebettet in einen dichten Schilfgürtel. Die Bäume standen an manchen Stellen nahe am Wasser, und die Zweige reichten weit über das Ufer.

Das Schloß kann man von hier nicht sehen, aber es liegt nahe genug, sagte Ferdinand. In den Teichen gibt es gute Forellen, aber man muß sich in acht nehmen. Er legte die Angel auf den Boden, holte, was er brauchte, aus der Ledertasche, prüfte Haken und Köder, preßte dann die Angel dicht an den Körper und schwang sich auf den starken Ast einer Erle, während Fermer sich im Schatten an den Stamm legte. Er hätte nicht entscheiden können, wie alt Ferdinand sein mochte; seine Worte paßten so wenig zu seinen manchmal unbeholfenen Gesten. Er schloß die Augen, wenn er aus der Flasche trank und riß sie nach einem Schluck beinahe erschrocken wieder auf; er trug die Tasche wie ein Jäger, und doch war sie ihm viel zu groß und baumelte neben den kurzen Beinen. Er kannte sicherlich hier jeden Pfad, das merkte man ihm an, wenn er sich einen Abhang hinaufschwang oder eine Abkürzung einschlug. Eben noch war er plötzlich zwischen zwei dicht stehenden nur mannshohen Tannen verschwunden; diesen Weg zu den Teichen mochten sich Tiere gebahnt haben, Ferdinand kannte ihn. Aber trug er nicht einen Kinderanorak mit einer fast lächerlich kleinen Kapuze?

Fermer wollte ihn nicht fragen und blieb im Schatten liegen, während Ferdinand zu ihm herüberzischte, wenn er etwas gefangen hatte. Er griff die silbrig glänzenden Tiere fest mit der rechten Hand, löste sie vom Haken und versteckte sie ohne Umschweife in der Tasche. Fermer wußte, daß sie nicht sprechen durften und blieb still liegen. Die beiden Teiche, nur durch ein leise rauschendes Wehr voneinander getrennt, waren recht groß; er konnte das Ufer nicht vollständig übersehen, zumal an manchen Stellen ein schwacher Nebel die dicht stehenden Bäume verdeckte. Er lehnte den Kopf gegen den Baum und schaute Ferdinand zu, der die Angel nur wenig bewegte, die Beine über das Wasser hängen ließ und sich manchmal umschaute, indem er den Kopf in die Höhe reckte, als höre er so besonders gut.

Er mochte drei oder vier Tiere gefangen haben, als er plötzlich die Leine einholte, sie wieder an den Körper legte und mit einem Satz vom Ast herunter war. Fermer war, als drohe Gefahr, ebenfalls aufgesprungen. Was ist denn geschehen? –

Ferdinand lächelte und versteckte die Angel mit wenigen Griffen im hohlen Stamm. Dann drückte er Fermer sacht auf den Boden und setzte sich neben ihn; Fermer hörte ein gleichmäßiges Geräusch, als werde das Wasser geschaufelt. Der Nebel lag auf der Mitte des Teiches; allmählich aber sah man ein Boot näher kommen, ein Mann ruderte auf sie zu. Dann erkannte er den Aufseher und den Hund, der ihm hechelnd gegenübersaß. Das Boot trieb an ihnen vorbei, der Aufseher schaute zu ihnen hinüber, und Ferdinand hob die Hand. Der Hund beugte sich vor, und das Boot schwankte sacht, während der Aufseher das Tier anherrschte. Dann glitt das Boot in die Richtung, in der man das Wehr vermuten konnte; der Aufseher ruderte langsam, aber gleichmäßig, als ziehe er einen Stein durchs Wasser.

Er ist gründlich und genau, sagte Ferdinand. Vor einigen Jahren hat er einen gerettet, der mit dem Boot ins Wehr getrieben und dort gekentert war. Mit Hemd, Hose und Hosenträgern ist er in den Teich gesprungen, unten, wo jetzt die Buchen stehen. Die Rettungsmedaille hat er abgelehnt; er erklärte, es sei seine Pflicht, die Gewässer sauber zu halten. Die Zeitung brachte unter der Rubrik »Lokales« sein Bild und lobte seinen Mut; auf dem Bild aber sah er aus wie ein Wilderer, denn damals trug er noch einen Bart, oft auch einen Hut mit einer schönen Fasanenfeder. Vielleicht hat das Bild ihn erschreckt, man sah ihn dann jedenfalls nie mehr mit Bart und Hut.

Das Boot war nicht mehr zu erkennen, Ferdinand holte die Angel wieder hervor. Sie entfernten sich von den Teichen, durchquerten ein kleines Waldstück und erreichten nach einiger Zeit, in der Ferdinand vom Aufseher erzählt hatte, eine Lichtung. An einem beinahe ganz von Felsen umsäumten Weg machten sie halt; Ferdinand kletterte zur Linken in die Höhe, hielt sich an den Steinen fest und schlug mit der Hand ein dichtes Gebüsch zur Seite. Dahinter wurde der Eingang zu einer Höhle sichtbar. Als er verschwunden war, schlugen die Büsche wieder zusammen, und er war nicht mehr zu sehen. Ein Pfiff forderte Fermer auf zu folgen. Als auch er die dichten Zweige zurückgeschlagen hatte, blickte er in die tief sich in den Felsen erstreckende Höhle und kletterte mit eingezogenem Kopf hinein. Ferdinand hantierte schon mit einer Taschenlampe herum. An den Wänden

und am Boden hatten Moosflechten den Stein überzogen. Fermer legte sich hin und schaute sich um.
Das, erklärte Ferdinand, ist eines meiner Quartiere, zweifellos nicht das beste. Es gibt, aber recht weit entfernt, noch ein anderes, das ich sogar mit Funkgeräten ausgestattet habe. Übrigens kann man sich an beiden Plätzen einige Tage ungestört aufhalten, ohne hinaus zu müssen. Und er deutete hinter sich und zog Fermer am Arm; auf den Knien schoben sie sich weiter ins Dunkel vor. Am beinahe kreisrunden Ende des höhlenartigen Einbruchs zeigte das schwache Licht auf Konservendosen und Flaschen; selbst kleine Gläser standen dabei. Eine Holzkiste war mit Moos gefüttert; darauf lagen Kerzen und kleine Öllampen.
Im Sommer ist es trocken genug, um hier beinahe einen Monat verbringen zu können. Ferdinand neigte sich vor: ich werde dir einmal das Netz der Quartiere erklären. Er holte eine Rolle hervor und entnahm ihr einen Pergamentplan, der mit einer dünnen Bleistiftzeichnung bedeckt war.
Mittelpunkt dieser Gegend ist das Schloß, die fast hufeisenförmige Anlage; die Wege und die Beschäftigungen laufen hier zusammen, so etwa im Herbst, wenn der Wein geerntet wird; die schwachen grünen Linien – das sind die Wege, die von den Winzern benutzt werden, um den Wein zum Schloß zu fahren. Hier, am Wald entlang, dort, vom Fluß aus. Im September und Oktober ist diese Gegend wach, so daß man sich trotz der guten Pläne nicht ungestört bewegen kann. Dann, hier – das Ausreiten der Pferde; mit roter Farbe sind die Reitwege eingezeichnet; daneben sind auch die Stunden vermerkt, an denen die Reiter zu erwarten sind; du kannst leicht sehen, daß der Haufen an dieser Höhle vorbeikommt, denn hier ist es abzulesen: an zwei Tagen in der Woche, meist am Nachmittag. Weiter – die in den Wanderkarten eingetragenen Wege, das sind die blauen Linien. Hier – da fällt einem der Idiotenkurs auf, beinahe ein Kreis, von dem kleinen Parkplatz am Rand der Straße abzweigend. Du

siehst die Notiz: am Wochenende ist hier alles voll von Waldläufern und Spaziergängern mit weit ausholenden Spazierstöcken. Die Wanderwege sind mit den üblichen Zeichen markiert. Man kann ziemlich sicher sein, daß sie selten verlassen werden; obwohl die Wälder nicht groß sind, fehlt den meisten die Orientierung, um ohne Zeichen eine halbe Stunde durch den Wald zu gehen. Doch nun – an dieser Stelle, du siehst das kleine Viereck, liegt das Forsthaus. Die schraffierten Wege markieren die Verbindungen zum Schloß, die der Aufseher mehrmals in der Woche benutzt. Hier, weiter oben – die Obstbäume sind nicht zu vergessen, im Spätsommer ein weiterer unruhiger Bezirk.
Jedes Zeichen kann ich dir nicht erklären; doch du siehst, ich habe die Gegend fest im Griff und kann kaum noch überrascht werden. Das ist die Gesamtkarte, wie ich sie nenne; es gibt noch besondere Pläne für kleinere Parzellen. Die Quartiere sind natürlich nicht eingezeichnet. Und wozu taugt das? fragte Fermer. – Man wird mich nie überrumpeln können, sagte Ferdinand; ich kann solange unsichtbar bleiben, wie ich will. –
Dabei reckte er sich auf, entnahm der Tasche ein Fernglas und bedeutete Fermer, ihm zu folgen. Sie verließen die Höhle und kletterten den steilen Hang weiter in die Höhe, bis sie auf der Spitze des mächtigen Felsens angekommen waren. Ferdinand stellte das Glas ein und gab es an Fermer weiter; in der vom Sonnenlicht umschwirrten Ferne erkannte er das Schloß. Deutlich sah er noch die Ziffern der Uhr des alten Turmes. Ferdinand nahm ihm das Glas ab und deutete in die andere Richtung; am anderen Ufer sah er die Pilgerkapelle, von der schon Lotta gesprochen hatte. Ferdinand aber hatte das Glas neu eingestellt, und als Fermer hindurchschaute, erkannte er zunächst nur eine Gruppe von Birken. Er stellte das Glas nach und sah endlich zwischen den wie in dauernder Stille stehenden Birken ein kleines steinernes Haus, das aber ganz im Schatten der Bäume lag.

Das Forsthaus –, lachte Ferdinand, als Fermer ihn erstaunt anschaute. Selbst von diesem versteckten Platz aus sind wichtige Plätze der Umgebung leicht zu überblicken, und, du mußt dir vorstellen, das ist eines der primitivsten Quartiere, ein Umschlagplatz zur Aufbesserung der Vorräte, nicht weit vom Elternhaus.
Sie stiegen wieder hinab und verschwanden im Höhleneingang. Fermer erkannte, als seine Augen sich allmählich wieder an das Dunkel gewöhnt hatten, in den Ausbuchtungen der Wände kleine Kästen mit Steinen, in winzige Fächer geteilt und genau beschriftet. Als er aufmerksamer hinschaute, beschrieb Fermer die Fundorte, Steinbrüche im höher liegenden Gebirgsteil, Geröllhalden dort, wo der Strom einen großen Bogen einschlug.
Niemand, sagte Ferdinand, ist nun so genau in meine Verstecke eingeweiht wie du; du kannst, wenn es darauf ankommt, frei über sie verfügen. Lotta hat mir ja längst alles erzählt.
Fermer war es für einen Moment peinlich, daß nun auch Ferdinand von seiner Flucht wußte; doch konnte er bei dem Gedanken, daß er sich in den dunklen Höhlen aufhalten und verstecken müsse, ein Lachen kaum unterdrücken. Er dankte aber Ferdinand, indem er ihm wie in einem plötzlichen Anflug von Übermut auf den Rücken schlug; vorläufig fühle ich mich sicher und ungestört.
Da, entgegnete Ferdinand, hast du vielleicht allzu naive Vorstellungen; vor allem dem Aufseher entgeht nichts. Zweimal schon hat er sich bei den Eltern nach dir erkundigt. Er ist mißtrauisch und neugierig; man muß sich immer vor ihm hüten und es ist besser, ihm nicht zu begegnen.
Fermer konnte sich nicht vorstellen, daß sich jemand, der ihn nicht kannte, so genau für ihn interessierte; aber er schwieg. Aus der Ferne hörten sie Stimmen, wie von einer rasch näherkommenden Gruppe. Ferdinand legte den Finger auf den Mund und zog Fermer zum Eingang. Sacht breitete

er die Sträucher etwas auseinander. Sie sahen auf Reiter hinab, die, sich laut verständigend, an ihnen vorbeizogen. Die Männer trugen bunte Kappen, dazwischen sahen sie eine Frau im dunklen Reitkostüm.
Achte darauf, wie sie mit den Stiefeln an den Gäulen herumschaben, sagte Ferdinand; die meisten haben Furcht vor den starken Tieren und gerade an diesem Hohlweg kommt es oft zu Peinlichkeiten. Einmal hat ein Pferd vor dem engen Weg gescheut und sich unversehens auf den Boden gelegt; schreiend ist die Reiterin heruntergesprungen und hat dadurch das Tier nur noch mehr beunruhigt. Die Meute besitzt oben hinter dem Schloß einen Reitplatz, wo die Tiere an Feiertagen über niedrige Hindernisse aus Birkenstämmen gehetzt werden. Sicher hast du den Aufseher an der Spitze des Zuges erkannt; für ihn ist das Ausreiten mit den ungeschickten Menschen ein dauernder Anlaß, die Welt verdrießlich zu betrachten. Aber – für die nächsten Stunden haben wir jetzt Ruhe. Ich will mich um die Fische kümmern.
Er holte die Tiere aus der Tasche und verschwand aus der Höhle; Fermer folgte ihm am Abhang entlang. Auf der anderen Seite des Felsens jedoch stieg Ferdinand wieder herab; nicht weit vom Fuß des Felsens entfernt, lag ein durch aufgeschichtete Steine gesicherter Feuerplatz. Ferdinand suchte etwas Reisig zusammen und schob Papier zwischen das Holz. Nach einer Weile ergriff die Flamme ganz die trockenen Äste, Ferdinand legte noch etwas Holz nach, und sie warteten, bis die Flammen ganz heruntergebrannt waren und nur die starke Glut noch übrigblieb. Ferdinand hatte inzwischen die Tiere ausgenommen und ihnen kleine Holzstöcke ins Maul geschoben, mit denen er sie über der Glut wendete. Nach einiger Zeit zischte kein Wasser mehr auf. Ein angenehmer Duft zog zum Wald hinüber und später am Felsen entlang. Fermer drehte die Tiere weiter über der Glut, als Ferdinand noch einmal verschwunden war, um bald wieder mit kleinen Dosen, in

denen sich Salz, Pfeffer und von ihm getrocknete Gewürze befanden, zu erscheinen. Er streute alles vorsichtig über die Tiere, in der Glut sprühte der Pfeffer auf. Sie warteten, bis alles fertig war.

Hier können wir in Ruhe essen, sagte Ferdinand, nie jedoch auf der anderen Seite des Felsens, auf die man nicht die Aufmerksamkeit ziehen darf. Sie setzten sich an eine von der Sonne noch schwach erleuchtete Stelle am Waldrand. Während sie aßen, hielt Ferdinand plötzlich ein: Ich muß dich etwas fragen; vielleicht ist es unwichtig, aber ich möchte es gern wissen. Fermer schaute ihn an, und Ferdinand aß noch einen Moment weiter, lehnte sich dann gegen einen Baumstamm zurück. Hast du dich in meine Schwester verliebt? – In Lotta? fragte Fermer und bemerkte sofort, wie ungeschickt er war. Ferdinand entgegnete auch nichts und schaute ihn immer noch an, als sei jede Regung jetzt von Bedeutung. Fermer wußte, daß er keine Ausreden benutzen durfte, und setzte aufs neue an, indem er sich einen Stoß gab: Ja, ich bin drauf und dran. Er wollte lächeln, als er Ferdinands ernsten Blick sah. Aber – du wirst Lotta davon nichts sagen? Ich kenne Lotta ja noch viel zu kurz.

Ferdinand fuhr mit der Hand durch die Luft, wie er es schon oft gemacht hatte; gut, das weiß ich nun. Du kannst auf mich rechnen, ich werde mich nicht einmischen.

Durch dieses Gespräch nun schien Ferdinand stiller geworden. Fermer wollte noch einige Mal ansetzen, um aus der Ruhe einen Ausweg zu finden. Aber nur die Flasche ging von einer Hand zur anderen, und der starke Alkohol tat gut. Fermer spürte seine Wirkung, und im stillen wurde ihm der Tag gleichsam zu einem Teil seiner Phantasie.

Als sie sich aber auf den Rückweg machten, sprachen sie schon wieder leicht miteinander. Fermer erzählte von den kahlen Hügeln seiner Heimat, wie dort die Sonne so selten durch die dunkle Wolkendecke dringe, wie alles so erscheine, als habe ein Unwetter oder ein schrecklicher Krieg die

ganze Gegend einmal entholzt, wie die Bäche sprängen und Steine mitführten und in den Schluchten das Echo zu hören sei, die Tiere in den Wäldern noch so scheu, daß man sie kaum zu Gesicht bekomme und der Regen so stark, als habe er die Dörfer in die Täler versprengt.
Nach Hause gekommen, ging jeder auf sein Zimmer. Beim Abendessen saßen sie sich wieder, als sei nichts geschehen, gegenüber, zogen sich bald auch auf ihre Zimmer zurück. Lotta aber war noch nicht zurückgekommen. Vielleicht bleibt sie ja auch einige Tage in der Stadt, sagte die Mutter. Fermer lag am Abend auf seinem Bett, noch so tief verstrickt in den Sonnenschein, daß der Kopf schmerzte.

6

Einige Tage vergingen, doch Lotta war noch nicht aus der Stadt zurückgekommen. Fermer wollte nicht fragen und mußte doch an sie denken, wenn an den Abenden die Unterhaltungen begannen.
Häufiger traf er jetzt mit Ferdinand zusammen. In sein beinahe immer verschlossenes Zimmer hatte er inzwischen Einlaß erhalten; der Raum hatte einen Zugang zur Terrasse, von der eine schmale Wendeltreppe zur ebenen Erde führte. In der Höhe saßen sie oft im Freien zusammen, wenn die Sonne es zuließ. Einmal hatte Fermer begonnen, etwas vorzulesen, und allmählich war ihm klargeworden, wie gern Ferdinand zuhörte, die Katze über die Stufen der Treppe herauflockte, sie in seinen Schoß zog und das brummende Tier streichelte. Die zweite Tür aber führte von Lottas Zimmer zur Terrasse; dort war jetzt die Sonnenblende heruntergelassen, und auch vor dem großen Fenster versperrte ein dunkler Vorhang die Einsicht.
Bei manchen Stellen der Lektüre merkte Ferdinand besonders auf, zog den Kopf ein und veränderte die Sitzlage. Auch

gab es später Augenblicke, wenn sie längst schon wieder im Zimmer saßen und von etwas ganz anderem sprachen, daß er ihn an eine besondere Stelle erinnerte, an deren ›Wahrheit‹ er zufrieden geworden war. So war es Fermer manchmal, als leuchteten manche Stellen schon während des Lesens auf; durch das Vorlesen fühlte er sich in eine neue Genauigkeit gerückt. Es war nicht mehr die Genauigkeit des Gartens, nicht die der Jahreszeiten; es war die Genauigkeit der inneren Sprache.

Im Zimmer aber saßen sie auf einem breiten Sofa, das unter ihrem Gewicht beinahe ganz zusammensackte, und versuchten Ordnung in den Inhalt einiger Kartons zu bringen, die sie im Keller gefunden hatten. In einem alten Radiokasten hielt Ferdinand den Alkohol verborgen, und es gab noch einige andere Verstecke im Zimmer.

Die Kartons, die gut verschnürt hinter dem Weinregal gestanden hatten, waren im Schrank untergebracht worden, so daß sie hinter den Kleidern kaum zu sehen waren. Sie enthielten Briefe, Tagebücher, Zeitungsausschnitte und Photographien, die Ferdinand bald als Sammlungen seines Großvaters erkannt hatte. Dieser war nach dem Krieg Arzt in einer großen Stadt weit im Süden gewesen; in seiner Jugend hatte er Gedichte veröffentlicht, auch viel gezeichnet, und inzwischen waren manche Gedichte in Anthologien zu finden und hatten seit dem Tod des Großvaters einen schwer zu deutenden Sinn erhalten, da man das Leben dieses unruhigen Mannes in den Versen nicht wiederfand und es aussah, als sei in ihnen von ganz anderen Zeiten die Rede. Ferdinand meinte einmal sogar, der Großvater habe gleichsam noch unbekannte Länder gekannt und, wie man aus den Zeitungsausschnitten erkenne, nur kuriose und seltsame Begebenheiten bemerken wollen. Jung noch war er als Sanitäter in den Ersten Weltkrieg geraten, hatte nach den Kriegsereignissen nie mehr etwas veröffentlicht, jedoch unablässig weiter geschrieben, gezeichnet und auch über all

das Hervorgebrachte die Übersicht nicht verloren. Die Hefte nämlich waren datiert und numeriert, selbst neben den kleineren, oft nur auf Rechnungen oder Quittungen angefertigten Zeichnungen war der Tag ihrer Entstehung vermerkt. Nichts aber war auf diesen Zetteln und Heften umstandslos zu verstehen; selbst die Tagebücher waren voll von dunkel bleibenden Notizen. Auf den Zeichnungen beugten sich schwarze, übergroße Wesen mit offenen Augen, in denen Feuer brannten, über die ganz auf die Erde gepreßten Städte; Pferde fielen unendlich weite Treppen vom Himmel herunter; Kirchturmspitzen waren von riesigen Händen auf die Erde gebogen; oft aber waren im Hintergrund Landschaften entstanden mit dunklen, weit voneinander entfernt stehenden Bäumen, zwischen denen Menschengruppen standen, die Köpfe zum Boden gesenkt. Dort in der, wenn auch undeutlichen Ferne, schien die Landschaft noch wohlgeordnet, man erkannte Orangenhaine, Früchte an den Bäumen, kleine Schluchten, durch die Reiter auf bunt gekleideten Pferden ritten, Helme auf dem Kopf. Fermer liebte diese Landschaft besonders; er betrachtete sie mit der Lupe so lange, bis er glaubte, einmal, vielleicht in seinen Träumen, dort gewesen zu sein, aber als ein ganz anderer.
So bargen die Kartons die schönsten Entdeckungen; Sprüche auf Pergamentrollen, winzige Glasbilder, kleine Aquarelle, auf denen mit wenigen Farben schwache Nebel gegen ein in der Ferne verborgenes Tal gesetzt waren.
Zwischen diesen Kartons jedoch hatten sie eine kleine Kiste gefunden, die beinahe ganz mit Photonegativen gefüllt war; sie konnten auf den Bildern nur wenig erkennen und rätselten lange herum, bis Ferdinand auf einem Bild die Eltern zu finden meinte, über eine Wiege gebeugt. Ein anderes Bild zeigte die Mutter unter einem mächtigen Baum, ein kleines Kind auf dem Arm. Ferdinand hatte diese Aufnahmen noch nirgendwo gesehen; die Familienbilder waren längst in gro-

ßen Alben gesammelt, die an einem besonderen Platz der Bibliothek untergebracht worden waren. Er holte sie herauf, und sie blätterten die dicken Bände, in denen die Photographien von der Mutter sorgfältig beschriftet worden waren, noch einmal durch. Ferdinand wollte sehen, ob ihm etwas entgangen war.

Solange sie aber auch suchten, die Abzüge jener Negative, die sie in der Kiste gefunden hatten, waren in den Alben nicht zu finden. Ferdinand geriet darüber in eine merkwürdige Unruhe und gestand, daß er vermute, hier auf eine dunkle Angelegenheit gestoßen zu sein. Er könne sich täuschen, sicherlich; vielleicht seien die Bilder einfach vergessen worden; er wolle jedoch niemand etwas davon verraten, bis er sich Klarheit verschafft habe, und er bitte auch Fermer, nicht über die Bilder zu sprechen.

Schon wenig später zog er ihn an einem frühen Nachmittag, als Fermer gerade mit der Arbeit im Garten begonnen hatte, in sein Zimmer, gab ihm etwas zu trinken und führte seine Entdeckungen vor.

In den Photoalben gab es mehrere Familienaufnahmen, auf denen die Kinder, zwischen den Eltern postiert, unter einem alten Bild zu sehen waren, das noch im Arbeitszimmer des Vaters hing. Hier, sagte Ferdinand, wobei er die herausgesuchten Streifen vorlegte, hier, in der alten Kiste, habe ich die Negative dieser Bilder gefunden. Fermer mußte vergleichen, und er erkannte die Übereinstimmung, ohne daß ihm etwas Besonderes aufgefallen wäre. Ferdinand aber holte eine Lupe und stellte das Licht besser ein. Dort, auf mehreren Negativen, sind deutlich Retuschen zu erkennen; eine Gestalt, die recht groß gewesen sein muß und die hier mit dem Kopf, dort beinahe mit der ganzen Gestalt zwischen den Eltern hervorragte, ist unkenntlich gemacht worden. Schnell und ohne auf Fermers Reaktion zu warten, legte er weitere Beweise vor: Hier ist die Familie deutlich vor einem alten Bauernhaus zu erkennen, wo man mehrmals die Ferien verbrachte; neben der Regentonne hat einmal eine Gestalt gestanden, man kann, wenn man genau hinschaut, sehen, daß der Rand der Tonne wohl aus Versehen ebenfalls retuschiert worden ist.

So fuhr Ferdinand fort, ohne bald an ein Ende zu kommen; erst nach einiger Zeit lehnte er sich in seinem Sitz zurück. Sie saßen stumm einander gegenüber und wagten nicht, miteinander zu reden.

Endlich stand Ferdinand auf, trat ans Fenster und drückte den Kopf gegen die Scheibe. Was das nun zu bedeuten hat, sagte er leise und fast ohne Erregung, werde ich schon herausbekommen; ich habe schon lange geahnt, daß sie mir etwas verheimlichen und daß es hier irgendwo eine dunkle Stelle gibt; aber, ich werde alles herausbekommen.

An den nächsten Tagen waren sie selten zusammen. Fermer war nachdenklicher geworden. Er verordnete sich Arbeit im Garten, doch die Gedanken ließen ihn nicht los. Wie oft hatte er schon bemerkt, daß Lotta so gut über ihre Vergangenheit Bescheid zu wissen schien. Sicher, er hatte auch noch viel im Gedächtnis; aber alles hatte er doch nur in inneren Bildern aufgehoben, in denen alles schon gesagt war. Lotta aber mochte ganz anders denken; versuchte sie nicht, ihre Vergangenheit zu verstehen und auszulegen?

Darüber dachte er nach, wenn er sich im Garten zu schaffen machte, die Erde auflockerte, das Wasser das Bassins nachfüllte, die Vogelkästen kontrollierte. Häufig führten ihn seine Erinnerungen in die Gegend, in der er seine Kindheit verbracht hatte. In ihr spielten die meisten seiner Träume, in den dunklen Schluchten, zwischen den unbewohnten Tälern, auf den weiten, abschüssigen Feldern, die auf die großen Höfe zuliefen. Eine stille Sehnsucht nach dieser Landschaft mischte sich in seine Tätigkeiten und ließ ihn oft innehalten; dabei empfand er auch deutlich, daß ihm seine Umgebung allmählich zu entgleiten schien. Fast kam es ihm vor, als sei ihre Wirkung mit Lottas Verschwinden schwä-

cher geworden. Seine Gedanken führten ihn immer häufiger über die Gegenwart hinaus, langsam zog es ihn fort. Aber er hielt noch still und wurde von Ferdinand tiefer ins Vertrauen gezogen.
An einem Nachmittag folgte er ihm in den Keller. Die Waschküche war beinahe vollständig ausgeräumt; die Fenster ganz mit dunklem Papier verdeckt. Ein mattes rotes Licht erhellte nur den Raum, in dem Ferdinand die Geräte einschaltete.
Das vergrößerte Negativ warf sein Bild auf das glänzende Photopapier; sorgfältig nahm er es nach einer von einer Uhr abgelesenen Zeit aus dem Licht und tauchte es in die Entwicklerlösung. Das Bild wurde sacht hin und her bewegt; allmählich zeichneten sich auf dem weißen Grund die dunklen Konturen eines Kopfes ab. Er tauchte das Bild in die Fixiersalzlösung, wartete etwas, dann beugten sie sich über das Positiv. Deutlich erkannten sie den Kopf eines etwa 20jährigen, ein blasses Gesicht, hochgekämmte Haare, eine Brille, die Lippen zu einem schwachen Lächeln verzogen.
Das, sagte Ferdinand, das muß mein Bruder gewesen sein; dafür habe ich jetzt Beweise.
Der Satz traf Fermer sofort. Hatte Lotta also einen weitaus älteren Bruder gehabt? Hing das mit den Geheimnissen zusammen, von denen Heinrich gesprochen hatte? Mit einem Schlag war das düstere Bild der Stadt wieder da, in der Lotta sich jetzt aufhalten mochte. Er schüttelte den Kopf und blickte stumm auf das Bild, als habe alles noch nichts zu bedeuten.
Ferdinand sagte nichts, schob statt dessen aber ein zweites Negativ in den Apparat. Das belichtete Papier legte er wieder in die Flüssigkeiten. Fermer beugte sich darüber und erkannte, wie aus dem rechteckigen Weiß die ersten Linien entstanden, eine flache Platte, Efeu überall, ein hoher Baum in der Ferne, ein Weg, nur angedeutet, auf der steinernen Grabplatte dann auch ein Name, ein Kreuz, Zahlen. Als das

Bild immer deutlicher wurde, wollte er nicht mehr hinschauen.
Nun, sagte Ferdinand, kommt es nur noch darauf an, das Grab auch zu finden. Er hob das Bild aus der Flüssigkeit und legte es zum Trocknen bereit.
Sie warteten, einander gegenüber sitzend. Der Bruder muß gestorben sein, als ich noch sehr jung war, sagte Ferdinand; ich kann mich jedenfalls nicht mehr an ihn erinnern. Aber wie ist er gestorben und warum? Was steckt dahinter? Und – Lotta muß davon wissen und hat mir nie etwas gesagt! Aber ich habe eine weitere Spur gefunden, vielleicht ein Strick, der aus dem Dunkel in die Gegenwart reicht.
Er drückte Fermer das Positiv in die Hände. Vor einem Flügel saß ein schmächtiger Junge in dunklem Anzug, neben ihm stand ein anderer, der die Gesichtszüge des Bruders hatte und lachend eine Hand auf die Schulter des Klavierspielers legte. Roland kann man leicht erkennen; er ist wohl ein Freund des Bruders gewesen, sagte Ferdinand. Wie soll man das alles verstehen?
Er schaltete das Licht aus, und sie gingen hinaus. Sie gingen schnell, und sie wußten, was sie zu tun hatten. Draußen war es kühl, aber noch hell, ein frischer Wind wehte aus der Tiefe.
Sie mußten weit hinunter durch die dunkler werdenden Wälder bis an den Rand des Dorfes; der Friedhof war von hohen Eibenhecken umgeben und lag schwarz auf der Höhe nahe den ersten Häusern. Sie stiegen über das alte Tor hinein; die Wege waren kaum noch zu erkennen, nur die Nußbäume an den Rändern hoben sich noch vom Dunkel ab und schwankten in der Stille. Auch vom Dorf her waren Stimmen zu hören, aber sie kümmerten sich nicht darum. Fermer erkannte, etwas voraneilend, den hohen Baum zuerst und zog Ferdinand heran. Sie verglichen die Umgebung mit der Photographie und mußten etwas weiter in die Höhe gehen, bis der Baum im rechten Winkel stand. Hoch ge-

wachsenes Gebüsch verdeckte erst den Weg. Seitwärts lag eine Reihe älterer Gräber. Beinahe wären sie gegen die Grabränder gestoßen, aber sie konnten den Weg noch einhalten. In der Mitte blieben sie stehen. Das Grab, ganz mit Efeu überwachsen, lag schon etwas tiefer als die anderen; eine Seite der Umrandung war bereits eingebrochen. Ferdinand schob das Gewächs zur Seite, die Grabplatte trat hervor, der Name war zu lesen, Zahlen dann und, beinahe ganz versteckt, unten am Rand, wo einige Buchstaben schon herausgefallen waren: »ertrunken und gefunden, am . . .«

Stimmen kamen näher, und sie setzten sich neben das Grab; hinter der alten Eibenhecke gingen Menschen vorbei, waren aber schon bald wieder in der Dunkelheit verschwunden.

Sie warteten noch, bis es ganz dunkel geworden war. Ferdinand schob die Efeuranken an ihren alten Platz, so daß sie die Platte beinahe wieder völlig verdeckten. Sie kletterten über das rostige Tor zurück und sprachen nicht miteinander, bis das Haus vom Waldweg aus zu sehen war.

Es lag auf der Höhe hell erleuchtet vor ihnen wie der Hort eines Geheimnisses. Die oberen Fenster waren dazu beinahe alle geöffnet, die Tür zum Garten stand offen, doch wollten sie ohne weiteres nicht hinauf. Schon nahe dem Waldrand setzte sich Fermer, und auch Ferdinand ließ sich müde auf den Boden fallen.

Jetzt ist es nicht leicht, sagte er, zum Haus hinaufschauend, mit all diesem Wissen zwischen den Oleanderbäumen hindurchzuspazieren, gerade in den Glaspalast hinein. Wie merkwürdig verändert das Haus mir jetzt erscheint! Vielleicht haben sie sich aus Angst zurückgezogen. Die Betriebsamkeit, das Ordnen, das Einrichten – das kommt mir jetzt fast wie eine Resignation vor. Dann auch die Bilder an den Wänden, die Stilleben – als sei das Leben schon so ausgedorrt wie die Früchte und erlegten Tiere.

Ja, sagte Fermer, so, genau so muß man die Zusammenhän-

ge sehen; die geheime Sprache der Menschen – das ist die Sprache ihrer Häuser und Gärten, der Bilder, Fenster und Straßen. Diese geheime Bildersprache der Gegenstände muß man verstehen und hinter das kommen, was meist verborgen bleibt. Das sind vielleicht auch die Geschichten, die es noch zu erzählen lohnt, Geschichten, in denen man mit einem Ruck bemerkt, woher alles, was zu Bildern geworden ist, herrührt und auf welche Weise man hineingezogen worden ist. Das sind die guten Geschichten, weißt du; die Rätsel ihrer Bilder werden durch ihre Menschen offenbart.
Von der Höhe klang Musik herab. Ferdinand zog für einen Moment den Kopf ein, dann aber war es schon, als richte die Musik sie wieder auf. Sie erhoben sich jedenfalls gleichzeitig und gingen weiter. Vielleicht ist Lotta zurückgekommen, sagte Ferdinand, ohne Fermer anzuschauen.
Im großen Zimmer, wo die Kerzen auf dem Tisch brannten, saß Roland am Flügel und blickte auf, als sie hereinkamen. Lotta kam hinzu und begann gleich zu erzählen, Heinrich gehe es besser, Anna lasse alle grüßen und warte auf Briefe, und Roland habe vor einigen Tagen ein Konzert gegeben, das von der Kritik gefeiert worden sei. Fermer fühlte sich sofort erleichtert; den schwarzen Lockenkopf oft lachend im Nacken, war Lotta noch schöner und begeisterter als früher. Der Abend verging auch leicht und schnell. Während des Essens sprach Lotta beinahe ohne Unterbrechung. Im Museum der Stadt war ein erst vor wenigen Wochen bei Ausgrabungsarbeiten in der Nähe des Flusses gefundener römischer Marmorkopf ausgestellt worden; zwei Tage war sie dort gewesen, um ihn zu zeichnen. Die Blätter lagen nach dem Essen zwischen den noch nicht weggeräumten Tellern; sie hatte den Kopf von mehreren Seiten porträtiert. Die Haare des noch jungen Mannes waren glatt zur Seite gekämmt, die Backenknochen traten stark hervor, der Mund war kaum verzogen. Bald hatte man auch einige Bücher zur Hand. Der Kopf wurde mit anderen Abbildun-

gen verglichen, man dachte sich Namen für die marmornen Gestalten aus, erfand Lebensläufe, und spät am Abend hatte Lottas Übermut alle gepackt, die beinahe ohne Unterbrechung lachend im großen Zimmer saßen. Nur Ferdinand war schon früh verschwunden.

Erst gegen Mitternacht ging Fermer auf sein Zimmer; er kleidete sich langsam aus, fand aber im Bett keine Ruhe. Er nahm sich vor, sofort mit Lotta zu sprechen, zog sich wieder an und trat leise auf den Flur hinaus. Von der Seite fiel das Mondlicht durch ein Fenster auf die Treppe. Er tastete sich an den Wänden entlang, als er schwache Stimmen hörte, die er genauer erst unterschied, als er an Lottas Tür angekommen war. Roland schien zu sprechen, Fermer glaubte, sein Flüstern zu hören, auch etwas wie Seufzen, dann eine ihn beunruhigende Stille.

Er zögerte nicht, tastete sich im Flur weiter und trat, ohne anzuklopfen, in Ferdinands Zimmer, das nicht verschlossen war. Sogar die Tür zur Terrasse stand offen. Fermer trat nach draußen, wo er, erschrocken schon, stehenblieb. In Lottas Zimmer brannte eine Kerze; Roland lag neben Lotta auf dem Bett. Sie richtete den Körper etwas auf, verschwand jedoch bald wieder im Dunkel, als Roland sie mit beiden Armen zu sich zog.

Der dunkle Garten, in dem Streifen des Mondlichts auf dem Wasser und zwischen den Sträuchern spielten, schien sich ganz in die Landschaft auszubreiten. In der Ferne glänzte es am Fluß, wie von aufflackernden Feuern. Mochten sich auch alle zusammentun und in den Nächten ihre Sorgen aneinander loswerden – was hatte er noch bei ihnen zu suchen? Sie zogen ihn nicht ins Vertrauen, sie verbargen sich vor ihm – gut, daß er es wußte, sie würden ihn nicht mehr zum Narren halten können. Aber mehr wollte er nicht wissen, das mußte sich ergeben, und er wollte es nicht zwingen. In seiner Liebe zu Lotta mochte er sich geirrt haben, jetzt durfte er daran nicht mehr denken, jetzt wußte er plötzlich,

was er zu tun hatte. Er zog sich am Geländer hoch, als er Ferdinand die Treppe heraufkommen sah.
Ich glaube, sagte er leise zu ihm, ich bin schon viel zu lange hier geblieben.
Ferdinand nickte; in einigen Tagen hätte ich dir sowieso von Roland erzählt.
Sie gingen an Lottas Fenster vorbei, ohne sich zu verbergen, lauter sogar als nötig. Ferdinand tat, als bemerke er nichts, und blieb im Flur stehen, während Fermer seine Sachen in seinem Seesack verstaute. Es ging schneller, als er gedacht hatte. Er löschte das Licht. Ferdinand hatte die Tür aufgeschlossen; jetzt werde ich mir hier recht allein vorkommen, sagte er; vorerst will ich einmal abwarten, was geschieht.
Ja, sagte Fermer, das ist wohl das Richtige. Ich werde mich auf den Weg zu den Eltern machen.
Ferdinand hob die Hand und stieß ihn leicht, ohne etwas zu sagen, gegen die Brust.
Den Garten durchquerte Fermer schnell. Am Tor schaute er noch einmal zurück; Ferdinand stand noch in der Tür. Auch das Fenster zu Lottas Zimmer war jetzt geöffnet.
Er drehte sich jedoch, ohne zu zögern, um und ging weiter. Der Mond stand so hoch und als gehöre er zu seiner Einsamkeit über ihm, daß er Mut faßte. In den dunklen Wäldern empfand er keine Furcht. Langsam öffnete es sich wieder in ihm; er nahm den Seesack um den Nacken und ging weiter, erst noch bekannte Wege, durch die Waldschneisen, die zu den Weinbergen führten, dann weiter noch in der Höhe. Er fühlte, daß er weit weg mußte; unten sah er einmal die orangene Spur der Autobahn.
Der Himmel war klar, beinahe wolkenlos. Er rückte den Kopf unter der Last des Seesacks zurecht und ging, ohne sich zu versäumen.

4
Die Erinnerung

I

Weit und lange war er in der Nacht gegangen. Immer mehr hatte er sich vom Fluß entfernt, auch die Weinberge längst hinter sich gelassen. Das Land war hier in der Höhe beinahe flach, nur von sanften Erhebungen gebrochen; die Waldungen lagen zurück, und der Mond stand noch immer am klaren Himmel, während ein kalter Wind auf die Straßen zuwehte.
Es machte ihm nichts aus, so zu gehen; er verbarg sich in seine Gedanken und wußte, daß er alles lange nicht werde vergessen können, vorerst aber versuchen mußte, es sich so zurechtzulegen, daß er es wenigstens für einige Zeit hinter sich ließ. Warum hatte er denn nie länger mit Lotta gesprochen? Hätte er sie nicht nach dem Bruder fragen müssen und war es richtig, Ferdinand so zurückzulassen? Wie aber paßte Roland in all das hinein, warum hatte sie ihm nie von ihm erzählt?
Die Unentschiedenheit, die er in sich empfand, vermochte er nur durch das ununterbrochene Gehen zu vertreiben; wirklich wuchs ihm allmählich auch die Genugtuung zu, allein bestehen zu können. Etwas in ihm, die Spur einer Hoffnung, war zerschlagen. Doch er hielt sich fest an seinem Zutrauen zu sich selbst; der Traurigkeit wollte er nicht aufsitzen und den Erinnerungen an Lotta nicht erliegen. Er bildete sich ein, sich geirrt zu haben, und doch ahnte er, daß er viel zuwenig wußte, um sich wahrhaftig irren zu können.
Je weiter er aber ging und, anfangs ohne es zu wollen, der Spur der Autobahn folgte, um so mehr fiel er sich auf, zumal er in immer kürzeren Abständen die Lage des Seesacks wechseln mußte. Wie zögernd und beinahe unlustig ging er doch mit den anderen um! Wie zaghaft hatte er sich Anna und Lotta genähert! Er schob es auf seine Jugend; bald würde er zwanzig Jahre alt sein. Die Liebe – wie naiv er

davon noch dachte! Sicher – er hätte wissen können, daß es anders war und so oft hatte er es schon gesehen, die Liebe als eine der Möglichkeiten, sich mit dem Erwachsensein abzufinden ... Man schaute sich an, man lernte, den anderen an der Hand zu halten, allmählich wuchs man zusammen in die Welt hinein, die Liebe genügte nicht mehr, schon wurden Wohnungen gemietet, man ging gemeinsam an Schaufenstern entlang und das schon kündete das Verderben an. Man wurde duldsamer, kannte die Sprache des anderen, sie füllte schon beinahe ganz den eigenen Kopf, man brauchte Dinge, um sich abzulenken. Allmählich zog die Liebe, schwächer werdend, die Welt hinein. Möbel wurden gekauft, Zimmer eingerichtet; wie man gelernt hatte, sich in den Gedanken des anderen einzurichten, wohnte man jetzt zusammen in abschließbaren Häusern und mochte manchmal noch wie in einer Laune träumend aus den Fenstern blicken ...

Das aber wollte er vermeiden. Wie er sich weigerte, schon erwachsen zu werden! Noch immer standen ihm die Schreckbilder der Schulzeit vor Augen: die wachsende Gier nach dem Besitz, die Ohnmacht, sich noch besinnen zu können. Aber träumte er denn nicht von der Liebe und blieb ihm der Gedanke nicht oft schmerzhaft im Kopf stecken? Wenn er mit Lotta zusammen gewesen war, hatte er einiges davon geahnt, wenn sie ihn lachend aus seiner Vertiefung und Träumerei gezogen hatte, wenn sie gemeinsam schnell einen Weg herabgelaufen waren, wenn sie ihm entwischt und an einer anderen Stelle zuvorgekommen, wenn sie manchmal still in sich zusammengesunken und erst später wie aus einem tiefen Schmerz wieder aufgewacht war ... Dann hatte er sich wohl in ihrer Nähe gefühlt – mochte das die Liebe sein?

Dann mußte er, durch die Gedanken wieder vom Gehen abgelenkt, an Anna denken; sie hatte er kaum verstanden. Sie war nicht ungeduldig und neugierig wie Lotta durchs Land gelaufen. Sie versuchte, gerecht zu sein. Wie sie sich um ihn gekümmert hatte! So ruhig war sie mit ihm durch die Straßen gegangen, als pralle an einem Panzer jede Störung ab! Wie sorgfältig hatte sie die Dinge zu ordnen gewußt; so viele Jahre hätte er mit ihr reden müssen, um sie zu verstehen. Aber, wenn er sich darauf eingelassen hätte – am Ende hätte er auch sie, da war er sicher, auch sie hätte er zu lieben gelernt. Denn irgendwo, in einem fernen Punkt würde er sie verstanden haben. Und, mochte nicht die Liebe einem gegenseitigen Trost verwandt sein? Wenn man etwas davon geahnt hatte, wer der andere war, wie man ihn jetzt verstand, dann empfand man wohl auch sich selbst nicht mehr allein als schwach, dann war man zusammen schwach und verletzbar geworden.

Doch auch so konnte er sich die Liebe nicht vorstellen, so in sich gekehrt, ein geheimes Bündnis gegen alles, was einen umgab ... Die Liebe durfte doch kein Versteck sein, sie war doch eine der Freiheiten, von denen er träumte ...

Hätten sie ihn nicht alle verlacht, die heute, kaum aus den Klassenzimmern vertrieben, festsaßen im Leben, Steuerinspektoren werden wollten, Studenten mit Aussichten auf die väterliche Praxis, Gefreite, einige vielleicht schon Väter, Kindergeldbezieher, Steuernotständler – wenn sie ihn hier gesehen hätten, mitten im Dunkel, einen Seesack auf dem Rücken, so ahnungslos durchs Land gehend, von der Gegend des Stromes, aus den Weinbergen, durch versteppte Landschaft, neugierig auf die Welt seiner Kindheit, zu der er sich jetzt aufmachen wollte ...

Er ließ sich einen Abhang zu einer tiefer liegenden Straße herabrutschen, erreichte den Boden und sah die Raststätte nicht weit von sich entfernt in der Nähe der Autobahn. Er nahm den kürzesten Weg durch das Dunkel.

Die Raststätte lag vor ihm im viel zu hellen Licht; die Lastwagen standen seitwärts des Eingangs, ein Mann ging langsam an ihnen entlang und schwang sich in das Führerhaus. An der Tankstelle hielt ein Wagen, und der Tankwart kam heraus, als der Fahrer sitzenblieb. Die Neonleuchten über dem Haus flackerten, Fermer erkannte die großen, blauen Wegweiser in der Nähe, die weißen Pfeile in den Norden gerichtet. Der Lastwagen drehte vor ihm auf dem Wendeplatz und fuhr langsam davon. Den Seesack in der Hand drückte er sich ins Dunkel, und die Scheinwerfer warfen ihr Licht gerade an ihm vorbei. Er ging, als der Wagen kaum noch zu sehen war, über den Platz in den schon warmen Aufenthaltsraum der Raststätte, wo ein Mann gegen einen Kaffeeautomaten stieß und die Flüssigkeit plötzlich zischend in den Pappbecher lief. Fermer ging in die Waschräume und merkte, daß er allein war. Er stellte den Seesack beiseite und zog sich langsam aus; zuletzt warf er das Hemd auf den Sack, die Hose behielt er an. Er drehte den Wasserhahn auf und drückte den Verschluß des Beckens ein; sein Spiegelbild erkannte er schwach, wie hinter einer milchigen Wand. Er streckte die Zunge heraus und wartete, bis das Wasser eingelaufen war. Dann tauchte er den Kopf tief in das Becken und hielt die Luft an. Er bemerkte die pochenden Schläfen und das kalte Wasser, das den Kopf festhielt wie eine Zange. Er atmete langsam aus, und die Luftblasen sprangen an den Haaren entlang nach oben. Frisch und beruhigt wie nach einer langen Reise stand er endlich wieder vor dem Spiegel und lachte über sein erstauntes Gesicht.

Wieviel er noch vorhatte!

Er schöpfte das Wasser mit beiden Händen aus dem Becken und schüttete es über die nackte Brust. Er mußte noch immer über sein Spiegelbild lachen und hüpfte vor dem Spiegel hin und her, als er den Luftzug von der Tür her spürte und sich umdrehte. Der Mann, der eben noch auf den Automaten eingeschlagen hatte, stand mit dem Becher in der Hand am Eingang und schaute ihn an.

Fermer trocknete sich mit dem Hemd ab, das er dann überziehen mußte; der Mann blieb unbeweglich stehen.

Dann beugte er sich mit einer plötzlichen Bewegung vor und hielt Fermer den Becher entgegen. Der zog den Pullover über, nahm den Kaffee an und trank langsam von der heißen Flüssigkeit. Der Mann ging in den Aufenthaltsraum zurück, und Fermer kleidete sich weiter an. Er wollte sich in den kahlen Räumen nicht länger aufhalten und wünschte sich wieder hinaus.

Als er zurück in den Aufenthaltsraum kam, hatte der Mann gerade einen weiteren Pappbecher gezogen. Er trank schlürfend den Kaffee, ohne Fermer anzublicken. Diese Nacht, sagte er, hat eine verdammte Kälte mitgebracht; ich komme von der italienischen Grenze, und je länger ich jetzt schon fahre, um so kälter wird es, fast kann man wieder an Schnee denken, man stelle sich vor, Schnee, mitten im Frühling, kurz vor Ostern.

Fermer hörte die Angaben der Jahreszeit widerwillig. Er nahm sich aber zusammen und fragte den Fahrer, ob er noch in dieser Nacht weiterfahre. Der Fahrer schaute ihn an; ja, wenn ich den Kaffee getrunken habe, geht es weiter, in der Nacht komme ich am besten vorwärts. Fermer gab sich einen Stoß: können Sie mich mitnehmen, für einige Stunden? Sicher, antwortete der Fahrer, etwas Begleitung kann ich brauchen. Ich will auch gar nicht wissen, woher du kommst, aber sonderbar ist es schon, so einen wie dich hier mitten in der Nacht zu treffen. Fermer beeilte sich, ruhig zu antworten: Es hat Streit gegeben, und ich will zu Freunden in den Norden. Streit zu Hause? fragte der Fahrer noch und warf, als Fermer nickte, den leeren Pappbecher in den Papierkorb.

Sie gingen hinaus; vor der Raststätte war jetzt niemand mehr zu sehen. Der Tankwart saß, den Kopf auf der Brust, im Innern des Glashauses, vor dem die Lichter und Tafeln mit den Sonderangeboten und Benzinpreisen flackerten. Auch auf der nahen Fahrbahn war kein Wagen zu sehen; der kalte Wind wehte gegen die Strecke und die neben den

Leitplanken gepflanzten, beinahe schon völlig verdorrten Sträucher raschelten wie Papier. Sie stiegen in das Fahrerhaus, und der Fahrer schaltete das Licht ein. Fermer legte den Seesack nach hinten, wo er eine schmale Schlafkoje erkannte. Der Fahrer reckte sich und warf den Motor an. Das laute Geräusch erschien Fermer in der Dunkelheit und Stille wie eine Explosion. Der Wagen drehte und zog, schneller werdend, auf der Anfahrspur los, um sich dann auf die Fahrbahn gleiten zu lassen. Der Fahrer ließ die Arme jetzt breit auf dem Steuer liegen und probte die Scheinwerfer aus. Das Fernlicht erfaßte die Baumreihen und setzte die Straße in eine milchige Glocke.
Der Fahrer wollte wissen, ob das oft vorkomme, daß er Streit habe zu Hause und verschwinde.
Es ist nichts Seltenes, antwortete Fermer, ich habe den Eltern eine Nachricht hinterlassen, sie werden mich nicht suchen, auch bin ich alt genug, um für einige Zeit auf eigenen Füßen zu stehen.
Das glaube ich schon, sagte der Fahrer, es hat mich nur erstaunt, dich so tief in der Nacht in der Raststätte zu treffen. Denn du bist doch zu Fuß zur Raststätte gekommen?
Ja, sagte Fermer, ich bin zu Fuß gekommen, das Gehen tut mir gut, ich vergesse dann leichter, was mich gestört hat.
Fermer wußte nicht, ob der Fahrer ihm glaubte. Der hielt die Arme noch immer ruhig auf dem Steuer; an steileren Stellen stauten sich die Lastwagen. Der Fahrer setzte sofort zum Überholen an, und sie zogen langsam an den anderen Wagen vorbei, so langsam, daß Fermer in die Fahrerhäuser hineinschauen konnte, aus denen sich ihm oft ein Kopf zudrehte oder eine Hand zum kurzen Gruß gehoben wurde. Der Fahrer stellte das Autoradio ein, und die gedämpfte Musik löschte ihr Schweigen aus.
Dörfer lagen dunkel in der Ebene, hier und da ragte ein Kirchturm hervor, die Wälder drängten sich geduckt an die Hügel, manchmal erkannte er in der Ferne das zitternde

Licht eines Wagens, der durch die Landschaft glitt. Meist war jedoch der Blick nach den Seiten durch die hohen Bäume versperrt; die Fahrbahn schien sich zwischen den ansteigenden Flächen wie ein Bach durch die Tiefe zu schlängeln. Nur von den hohen mächtigen Brücken ging der Blick weiter. Der gleichmäßige Takt der Musik ließ Fermer langsam müde werden. Sein Kopf fiel immer wieder schwer nach hinten, und in immer kürzeren Abständen mischten sich Traumbilder in die Schatten der Nacht.
Da beugte sich Lotta über ihn und wischte ihm über die feuchte Stirn, auf einem Klavier wurde im Hintergrund gespielt, Ferdinand tanzte im Garten. Eine Stimme rief laut nach ihm, und er sah doch nur einen weiten, abschüssigen Weg vor sich, an dessen Ende die Wagen sich stauten. Nur kurz erwachte er für Augenblicke, hörte die schwache Musik des Radios, aber schon der Blick nach draußen in die Dunkelheit drückte ihn nieder. Die Landschaft sprang jetzt schneller an ihm vorbei, die Häuser drehten sich von ihm weg ins Dunkel, und immer häufiger hielt er den Blick gerade auf die Fahrbahn gerichtet, weil er den Schwindel, der ihn erfaßte, wenn er alles so verschwinden sah, nicht vertrug.
So fuhren sie ohne Unterbrechung die ganze Nacht. In den Augenblicken des Wachseins bemerkte er wohl, daß es allmählich heller wurde. Doch fiel er schon bald wieder in den Schlaf zurück, ließ alles unberührt und zog sich weiter zusammen. Einmal begann der Fahrer leise zu singen, er ging jetzt spielerischer mit dem Steuer um, drehte es, wenn er zum Überholen ansetzte, wie eine Kurbel und schob es, als beschreibe er einen großen Kreis, wieder in die Ausgangslage. Noch immer waren keine Wolken zu erkennen. Auch die Städte lagen klar vor ihnen, schoben sich an die Spitzen der kleinen Berge und sackten weit hinunter ins Tal, so schienen die Häuser noch in Bewegung, während der Wagen unaufhörlich weiter nach Norden vorstieß.

Am Morgen erwachte Fermer endlich, als der Fahrer den Wagen anhielt und ausstieg. Er rieb sich die Augen und schaute hinaus. Sie hatten an einer Raststätte haltgemacht, der Schnee fiel sacht und bedeckte schon die Straße, die Sicht war versperrt, die zahlreichen Wagen auf der Fahrbahn fuhren langsam mit eingeschalteten Scheinwerfern, die Scheibenwischer bewegten sich beinahe im Rhythmus der Musik. Er stieg aus und ging in die Raststätte, um sich einen Kaffee zu besorgen. Der Fahrer kam von der Toilette zurück und trat, ohne Fermer zu bemerken, in eine Telephonzelle. Er wählte nur einige Nummern und schien etwas zu erklären.

Mit einem Mal erfaßte Fermer wieder die Furcht; sie ließ ihn schwach werden und förderte doch seine Entschlußfähigkeit. Ohne sich zu besinnen, ließ er den Kaffee zurück, jemand rief hinter ihm her, er beeilte sich, zum Wagen zu kommen, riß den Seesack heraus und verschwand hinter der Raststätte, wo ein schmaler Weg zur Ausfahrstraße führte. Eben ging auch der Fahrer zum Wagen zurück, öffnete die Tür, schaute dann um sich und setzte wenig später den Wagen zurück auf den Warteplatz. Fermer nahm den Seesack auf die Schultern und lief, so schnell er konnte, bis zur Straße hinunter. Er stolperte mehrmals und erkannte, als er sich umdrehte und die im Schneegestöber versinkende Raststätte in der Ferne sah, seine Laufspur. Die Straße mündete in ein Dorf, wo überall die Lichter eingeschaltet waren und hinter den Schneeflocken hervorschauten wie Zeichen einer anderen Welt, die langsam zugeschüttet wurde. Er wartete am Ortseingang, unter dem Dach einer Bushaltestelle vor dem Schneefall geschützt. Die kalte Luft schnitt ihm ins Gesicht und beim Atmen zogen ihm die Stiche bis in die Brust.

Dann nahm er den Sack wieder auf den Rücken und ging durch das stille Dorf, auf dessen Straßen sich kaum Menschen bewegten, hinunter bis zum Kirchplatz. Von der

Höhe des Platzes aus sah er den kleinen Bahnhof unter sich liegen. Er ging hinab und besorgte sich im Bahnhof ein Kursbuch. Er war nicht weit vom Haus der Eltern entfernt, und als er mit dem Finger die Strecke absteckte, freute er sich, schon so weit vorwärts gekommen zu sein. Der Bahnbus würde in einer Stunde fahren. Er verschloß den Seesack in einem Schließfach und ging durch das im immer stärkeren Schneefall beinahe schon ganz unwirklich gewordene Dorf. Die Hoftore waren geschlossen, vor einem kleinen Haus fegte eine Frau den Schnee zur Seite.

Er besorgte sich etwas zu essen und stieg vom Dorf aus wenige Schritte bis an ein Wäldchen hinauf. Dort stand eine Bank, schon zwischen die ersten Bäume gerückt, so daß nur wenig Schnee niederfiel und er sich geschützt hinsetzen konnte. Er packte Käse und Brot aus dem Beutel, öffnete die kleine Rotweinflasche und schaute in das Dorf hinab. Hinter den Häusern stieg das Gelände sofort wieder an, er konnte nicht weit schauen, und die grauen Schieferdächer, die an manchen Stellen noch aus dem Schnee ragten, erinnerten ihn schon an die Dörfer seiner Kindheit, in denen er zehn Jahre seines Lebens verbracht hatte, bis der Umzug in die Stadt die Erinnerungen beinahe ausgelöscht und grellere Bilder an ihre Stelle gesetzt hatte.

Die Eltern aber kannten sich aus hier und nahmen selbst an den kleinsten Ereignissen teil. Der Vater war Geodät gewesen und hatte die großen Bahnstrecken entlang des Stromes und die Strecken der Stichbahnen ins Land durch seine Arbeit genau kennengelernt. Früher war er von seinen Reisen durch die Umgebung spät am Abend mit Meßlatten und Zeichnungen zurückgekommen. Fermer hatte die genauen, mit dünnen Bleistiften aufgetragenen Striche und Linien immer als geheimnisvolles Netz von Zeichen verstanden und in den Schulheften versucht, die Schönheit solcher Skizzen nachzuahmen, aber so leicht es auch aussehen mochte, es war ihm selten gelungen.

Hier war die Landschaft schon ganz hinter den Dörfern versteckt, aus denen sich kaum jemand hinaustraute. Fuhr man mit dem Auto von einer Ortschaft zur anderen, so geriet man plötzlich in tiefe Talsenken, stieg und fiel beinahe unaufhörlich. Die Wälder standen schräg gegen die Hänge, waren ausgeholzt und gaben nie die Empfindung von Größe und Sicherheit. Eher sah es so aus, als könnten sie mit jedem Augenblick von den Hängen herabrutschen, da sie nie bis zur höchsten Erhebung reichten und meist so unübersichtliche Grenzen bildeten, daß man ganz über sie hinwegsah und an ihnen nichts wahrnahm als eine graue Fläche, ähnlich der der Schieferhäuser, die jetzt unter ihm lagen.
Er trank, nachdem er in Ruhe gegessen hatte, den kräftigen Landwein und fühlte sich wohler, als er den Hang wieder herabging und später mit dem Seesack in der Hand im Bahnhof wartete.
Der Bus kam pünktlich. Die roten Türen sprangen klappernd auf, er löste eine Karte und ging weit nach hinten. Neben dem Fahrer stand ein Mann und sprach pausenlos über das Wetter. Fermer setzte sich, als der Bus im dichten Schneegestöber langsam auf die Straße rollte.

2

Wie das Land jetzt vor ihm lag, unter die dunkle Wolkendecke gepreßt, als gebe es nach keiner Seite einen Ausweg, schien es endgültig und seit allen Zeiten in die Enge gepfercht. Auch bei seinen seltenen Besuchen hatte sich dieser Eindruck immer aufs neue bestätigt. Jetzt, im Bus sitzend, der über die schmalen, noch kaum freigeschaufelten Wege fuhr und bei entgegenkommendem Verkehr anhielt oder langsam zur Seite auswich, erinnerte er sich so, daß er alles auf einmal nur dadurch, daß er es verglich, zu begreifen glaubte und mit wach gerütteltem Kopf hinausschaute.

Kleine Tannenwälder an den Abhängen der Schluchten, die Schneedecke auf den Wiesen, hohe Gräser und verwachsene Kiefernsträucher schauten noch heraus. Nebel wie Sprühregen zwischen den Tannen, dahinter schon alles im Grau. Den Frühling hatte er in dieser Gegend nie mit offenen Augen erlebt. So selten war die Sonne durch die meist tief hängenden Wolken gedrungen, hatte sich nicht befreien können, nicht vom Dunkel, nicht vom starken Wind, der über die kahlen Höhen zog. Mit der Helligkeit war diese Landschaft nicht fertig geworden; verdorrte Grasbüschel hielten mit dem lange erwarteten Grün zurück. Die vor Jahren angepflanzten Fichten erhoben sich nicht vom Boden, zeigten bald eine ganz verwachsene, mißratene Gestalt; die Stanniolstreifen klirrten noch im Wind, wenn das Wild die angewachsenen Stämme längst gefegt hatte und das Holz hell unter der abgesplitterten Rinde hervorschaute.
Fremde waren nur selten hierhergekommen; im Dorf gab es einen kleinen Gasthof, gleich neben der Kirche. Dort lagen in der Wirtsstube die einzigen Postkarten aus, die man hier wohl je gemacht hatte: das Café am Eck mit den grauen Gardinen und den Gummibäumen im Fenster, der Friedhofseingang mit den beiden Gipsengeln, das Hallenbad, unbeholfen neben die Schule gesetzt, vor der sich jetzt große Erdhügel türmten.
Beinahe so hilflos wie diese Aufnahmen wirkten aber auch die Menschen, wenn sie in den kleinen, meist in ein enges Tal versprengten Ortschaften die Straße betraten, über die Schneeberge hinwegtapsten und weitergingen, als sei die Straße ganz aus Eis. Noch im Sommer liefen manche so daher, mit geheimem Zögern, von Haus zu Haus. In den Schaufenstern der Geschäfte mochten sie sich wiedererkennen für Sekunden, um ihr Bild zu vergleichen mit dem, was über sie gesagt und im verborgenen gedacht wurde. Wie viele dieser Unterhaltungen hatte er in seiner Kindheit zu hören bekommen, die alten Ansichten, die von den Nach-

barn geschnitzt wurden, immer auf den neuesten Stand gebracht, im Kaufladen, wo es neben Lebensmitteln noch Spielzeug und Porzellan gab, Feuerwerkskörper zur Jahreswende, Zweige für den Palmsonntag.

Der Sohn des Schusters, der mit blödem Gesicht tagelang am Bahnhof stand und laut lallend die Ausgestiegenen begrüßte, der sich nur schwer vorwärts bewegen konnte, weil ihn auch eine Fußkrankheit plagte, hatte als das größte Ärgernis gegolten. Warum ließ man den am Bahnhof stehen, gab es keinen besseren Platz, ihn zu verstecken? In der Bahnhofskneipe trieb sich der Sohn des Arztes viel zu häufig herum; hatte er nicht einigen unbeholfenen Burschen, die am Abend dort auf den Bus warteten, einen ausgegeben, damit sie ihn auf die Toilette begleiteten? Wie kam der Sohn eines Arztes dazu, der Sohn eines Mannes, der regelmäßig den Gottesdienst besucht und so trotz seiner Bildung bewiesen hatte, daß er den Kopf nicht zu hoch trug, um ihn wenigstens einmal in der Woche tief zu beugen und seine Schuld zu bekennen?

Wie oft war er in der Kindheit in der alten Dorfkirche gewesen! Mit geschlossenen Augen hätte er sie finden können, hätte er in ihr jede Einzelheit wiederentdeckt! Die Frauen in grauen oder schwarzen Mänteln hatten sich sofort hingekniet, wenn sie in eine der schmalen Kirchenbänke gerutscht waren; sie mußten lange knien und eine ganze Zeit warten, bis sie auf ihrem Sitz Platz nehmen und zum ersten Mal verstohlen um sich schauen konnten, zu sehen, wer gekommen war und in welche Kleider es ihn verschlagen hatte. Die Männer aber waren schneller in den kühlen Kirchenraum gekommen; sie hatten verlegen in den Bänken geknickst und dabei nur flüchtig zum Altar aufgeschaut, um sich dann sofort zu setzen. Ihre Hüte hatten sie an kleinen, drehbaren Haken zwischen den Beinen aufgehangen, von wo diese bei allzu unvorsichtigen Bewegungen mit einem dumpfen Geräusch auf den Boden gefallen waren.

Die Gebetbücher voll von Heiligenbildern, auf deren Rückseiten die Namen der Toten standen, dazwischen die bekannten Lieder, zu jeder Jahreszeit dieselben; oft hatte er vor Langeweile die Bilder an der Kirchendecke betrachten müssen. Sie waren zu Beginn des Jahrhunderts gemalt worden, und die Großeltern hatten sich noch an den Maler erinnert, der auf einem hohen Gerüst, auf dem Rücken liegend, die Zeichnungen begonnen hatte. Adam und Eva, die Arme schamhaft vor den Leib geschlagen, neben einem verkrüppelten Baum, die Erde voller Risse, aus denen Feuer loderten; in der ausgemalten Apsis thronte der altväterliche Gott mit wehendem weißem Bart, die Rechte in der Höhe, auf einer Insel im unendlich erscheinenden Meer. Wie der Priester am Altar trug er ein Meßgewand mit dem Lamm auf der Brust, in der Linken die Erdkugel. Hinter einem Zipfel des bunten Gewandes lugte der Verführer hervor, ganz in grau, wie eine nicht zu Ende geführte Skizze. Vor dem Thron waren im grün-blauen Wasser die Wellen nur schwach angedeutet; Engel schwammen dort in alle Richtungen davon, die Körper hoch emporgerichtet, segnend, Fackeln in den Händen. Zu beiden Seiten des Thrones aber standen Scharen der in weiße Gewänder gehüllten Propheten, Apostel und Bischöfe, eine unübersichtliche Zahl, die sich bis ins Mittelschiff verlor, von Regenbogen gestützt, die bis zur Taube reichten, die man vor dem goldenen Strahlengrund über dem Triumphbogen sehen konnte. Viele mußten beim Singen, die Köpfe hebend, zur Taube hinaufschauen, und da sie es seit ihrer Kindheit getan hatten, war die Frage, was man sich unter dem ›heiligen Geist‹ vorzustellen habe, längst schon beantwortet.
In den Bänken mußte man sich still verhalten und durfte nicht zur Seite blicken. Als Kind hatte er auf den Kniebänken gestanden, um über die hohen Köpfe der Erwachsenen zum von Kerzen umleuchteten Altar zu schauen. Von dort zogen am Sonntag Weihrauchwolken durchs Kirchenschiff.

Auf der Empore mühte sich der Chor, und erschrocken drehte man sich bei den ersten Tönen des Gesangs um, blickte zur Orgel, wurde ermahnt und hielt sich wieder still. In der Kindheit war die Kirche der Ort gewesen, in dem sich die Gerechtigkeit versteckt hatte. Nicht vor das Gericht im Amt gehörten die Verbrecher; sie gehörten in die Kirchenbänke, und indem sie dort knieten, konnte man ihre Schuld erkennen. Seine Schuld zu bekennen, das war immer die erste Pflicht gewesen, und als Kind hatte er sich seiner Sünden und Verfehlungen zu erinnern versucht, jedoch nichts gefunden, war die Sündenkataloge in den Gebetbüchern durchgegangen, hatte erschrocken innegehalten, wenn er sich entdeckt glaubte. Manchmal war die Angst ihm den Rücken hinaufgekrochen, dann war er noch Stunden nach dem Kirchgang stummer als sonst gewesen, hatte die Gedanken an die Kirche aufgehoben wie ein Gut und erst am Abend, geborgen unter der Bettdecke, sich sicher gefühlt und, wie man sagte, ›erlöst‹.
Der Bus fuhr so langsam, daß er beinahe mit ihm hätte Schritt halten können. Es tat ihm gut, sich so zu erinnern, und er nahm sich vor, jene Erinnerungen aus sich hervorzulocken und sie in sich zu befestigen. Was ihm erst die große, ausgemalte Decke der alten Kirche bedeutet hatte, zu der er wie zu einem fliegenden Teppich des heiligen Lebens emporgeschaut hatte – war ihm das nicht dann der Himmel geworden, die Ränder des Blaus, die Wolken, das Licht der Sterne? Der Himmel war zur Landschaft geworden, die sich manchmal zur Erde gesenkt hatte, als könne diese in ihr verschwinden. Wie mochte man wohl früher in den Himmel geschaut haben?
Er klopfte den Seesack zurecht, stand auf und wartete an der Tür, bis der Bus hielt und er hinaus konnte. Es hatte aufgehört zu schneien, die Sonne war hinter dem gelben Wolkenschleier hervorgetreten, und auf der feuchten Straße schmolz der Schnee jetzt schneller. Die Wagenspuren waren

deutlich zu erkennen. Er ging am Rand einer Wiese entlang, zur Linken erhob sich ein steiler Waldabhang. Der kleine Bach hatte sich so stark verbreitert, daß das Wasser bis zum Weg strudelte. Die Laubbäume standen hier sehr dicht, dazwischen die zu Boden gefallenen Äste. Am Waldrand zogen sich die auf den Boden geduckten Hecken entlang, aus denen sich die hellbraune, an einen Baum gelehnte Leiter eines Hochsitzes erhob. Er schüttelte den Schnee von den Sprossen und stieg hinauf. Eine breite Schneise öffnete sich unten; die gefällten Baumstämme lagen in einer Richtung den Abhang hinunter, die hellen Stümpfe schauten noch aus dem Schnee hervor. Der Bach rauschte laut, manchmal hörte er auch das dumpfe Klopfen der aneinander stoßenden Steine. Die Wiesenzäune waren an vielen Stellen zerbrochen; am Wegrand waren Baumstämme wie zufällig gestapelt. Der Schnee, der sich auf ihnen gesammelt hatte, tropfte nun schon zu Boden.
Er saß still und schaute auf die vom Wasser durchspülte Landschaft, über die sich jetzt die Sonne breitete. Er hörte das Geräusch von Motoren und duckte sich sofort. Durch einen schmalen Spalt erkannte er drei Motorradfahrer, die den Waldweg heraufschepperten; sie trugen rote Sturzhelme, und an den Maschinen leuchteten schwarz-rot-goldene Streifen. Sie fuhren schnell an ihm vorbei, die Maschinen rutschten immer wieder zur Seite; einer glitt beinahe bis in den Bach ab, brachte jedoch die Maschine noch rechtzeitig zum Stehen und schob sie schimpfend aus der Vertiefung wieder zum Weg.
Fermer wartete noch eine Weile und ließ sich die Sonne ins Gesicht scheinen. Dann kletterte er wieder hinab. Der Bach wurde immer breiter, verschwand dann im niedrigen Gehölz und trat unvermutet dort wieder hervor, wo alte Autoreifen seinen Lauf hemmten. Große Wurzeln waren dort auch nebeneinandergetürmt, dazwischen lagen rostige Konservendosen. Ein Falke flog still über ihm, die Schwin-

gen kaum bewegend. Er ging den Weg weiter, der zu den großen Wiesen führte, auf denen im Sommer die Tiere weideten. Dort waren die Zäune schon ausgebessert; die alten, weißen Badewannen waren voll vom Regenwasser, innen schon verrostet, der Boden von Laub bedeckt. Am Unterstand der Tiere hielt er einen Augenblick; zwei Seiten waren durch Holzplanken geschützt, eine dritte mit Wellblech. Von hier schaute man ins Tal, aus dem er gekommen war; in der Ferne lag ein Bauernhof. Im Winter waren die Menschen dort manchmal für Tage eingeschneit; stand der Wind gut, konnte man das Bellen des Hundes hören.
Fermer war ruhiger geworden; hier kannte er sich aus. Wie oft war er jenen Weg schon gegangen. Am liebsten hätte er auf die Gegenstände gedeutet. Gleichzeitig jedoch empfand er das Trügerische dieser Vertrautheit. Alles schien bekannt und war doch im geheimen verändert. Mußte man nicht mit einem zweiten Blick hinschauen, um sich der Gegenwart der Gegenstände ganz zu versichern? In allem war etwas, an das seine Erinnerung nicht mehr reichte, etwas, das sich abhob von ihm und längst ein eigenes Leben begonnen hatte.
Der Weg führte zur Straße; der Falke flog plötzlich aus der Tiefe des Tales beinahe zu ihm hinauf. An einem Seitenweg standen zwei Männer in blauer Arbeitskleidung; als er an ihnen vorbeiging, schwiegen sie und murmelten erst weiter, als er sich schon weit entfernt hatte. Die Sonne stand ihm jetzt gerade entgegen, der Blick schmerzte, er schaute auf den wieder hervortretenden Asphalt. An einer großen Buche gabelte sich der Weg; in der Senke lag die alte Mühle. Hier trat auch schon seit den Zeiten, in denen er hier als Kind gespielt hatte, eine Quelle aus der Erde hervor.
Er sah noch die Tafel mit den Namen der Gefallenen, die neben der Buche an einem mächtigen Felsen angebracht war, dann ging er zur Mühle hinab. Der Weg war noch zugeschneit, doch er hatte das alte Steinhaus bald erreicht. Am Fenster bewegte sich eine Gardine, unter dem kleinen

Kreuz, das über dem Eingang hing, blieb er stehen. Die Tür öffnete sich, und der Mann, den sie im Dorf immer den ›Müller‹ genannt hatten, stand vor ihm und schaute ihn an.
Ich weiß nicht, sagte Fermer, ob Sie sich noch an mich erinnern; die Mutter hat mir gesagt, daß Sie an mich gedacht haben.
Nein, antwortete der Müller, vergessen habe ich dich nicht. Komm herein!
Er nahm ihm auch den Seesack ab, forderte ihn auf, sich erst einmal zu waschen, fragte ihn, ob er Hunger habe, und ging auf Fermers Nicken in die Küche, um, wie er sagte, etwas Eßbares zu suchen.
Dann saßen sie sich an dem schweren Eichentisch gegenüber, der gerade vor dem Fenster stand, und Fermer schnitt sich Brot ab und nahm von der Wurst.
Ich erinnere mich noch gut, sagte der Müller; als du noch ein Kind warst, hast du hier in der Nähe des Hauses gespielt. Freilich hattest du damals wohl noch Angst vor mir und trautest dich nicht bis hierher. Das Gerede im Dorf, durch das man mich ja schon seit langer Zeit zum bösen Mann gemacht hatte, war nicht ohne Wirkung geblieben. Aber auch später habe ich dich hier gesehen; auch deine Eltern kenne ich, obwohl sie den kurzen Weg zu mir nie gefunden und mich wie die anderen links liegengelassen haben. Doch das spielt jetzt keine Rolle. Es ist gut, daß du den Mut gefunden hast, zu mir zu kommen.
Früher, sagte Fermer, habe ich nie darüber nachgedacht, warum ich einen so weiten Bogen um das Haus machte. Vom ›Müller‹ wurde immer nur wie von einer schrecklichen Gestalt geredet, vor der man sich in acht nehmen mußte.
Ja, antwortete der Müller, das hat eine lange Geschichte, das werde ich dir einmal erzählen. Im Dorf wissen sie übrigens, daß du desertiert bist; die Feldjäger sind wohl schon mehrmals bei deinen Eltern aufgetaucht, vielleicht glauben sie, du

wirst dich hierher flüchten; nun bist du also drauf und dran, denen ins Netz zu laufen.
Nach Hause, sagte Fermer, will ich vorerst nicht gehen. Ich kann mir schon denken, wie man sich davor hüten muß, hier gesehen zu werden. Wahrscheinlich kommt mancher, angestachelt durch das, was ihm täglich aus Zeitungen und Fernsehen in den Kopf geschüttet wird, sich schon wie ein Jäger vor, der, koste es, was es wolle, das Tier zur Strecke bringen muß. Die Härte der Menschen hier kann mir wohl noch viel gefährlicher werden als in der Stadt, weil diese Härte im Verborgenen glimmt. Vielleicht reiben einige sich schon die Hände, im Staatsauftrag zur allgemeinen Beruhigung beitragen zu können.
Ganz unrecht hast du nicht, sagte der Müller, wenn du auch etwas übertreibst. Die Angst ist hier versteckter und deshalb auch gefährlicher als in der Stadt. Niemand kann hier vergleichen, jedes kleine Vergehen erscheint hier, vergrößert noch durch die nicht enden wollenden Gespräche und Redensarten, wie ein bedrohliches Verbrechen; da kann auch ich ein Lied von singen. Inzwischen hat man hier aber schon davon gesprochen, daß du in die Schweiz geflohen bist; die Frau des Apothekers will dich auf einer Reise in der Nähe der Grenze gesehen haben. Fermer lachte. Während er aß und von der Milch trank, die der Müller geholt hatte, erzählte er ihm das Nötigste. Der Müller hörte zu, ohne ihn zu unterbrechen, und fuhr dann fort: Du kannst hierbleiben, solange du es für richtig hältst; aber du mußt dich in der Nähe des Hauses aufhalten.
Der Müller stellte die Speisen wieder in die kleine Küche. Das alte Haus war nicht groß. Neben dem Eingang, wo die Mäntel und ein Schirm hingen, führte eine Tür in die Schlafstube. Die Fenster waren überall sehr klein und lagen tiefer als gewöhnlich. Der Geruch der schweren, dunklen Möbel erinnerte Fermer an den Weihrauchduft in der Kirche. Von den Fenstern aus sah man beinahe in alle Richtun-

gen; sogar das Tal, aus dem er gekommen war, konnte man noch erkennen.
Während der Müller mit ihm durch das Haus ging, erzählte er, als könne er so die Räume beschreiben: Die alte Mühle habe ich vom Vater geerbt, der sie zur Inflationszeit für einen sehr niedrigen Preis gekauft hat. Damals kam es in dieser Gegend zu allerlei hektischen und überraschenden Geschäften. Der große Hof im Tal etwa, den man an schönen Tagen von hier aus sehen kann, ist mit allem Grundbesitz für einen Betrag verkauft worden, der wenige Tage später nur noch für ein paar Zigarren reichte.
Niemand konnte die Geldgeschäfte damals hier überschauen, und die allgemeine Unsicherheit machte sich eine kleine Gruppe von Spekulanten zunutze. So ein übler Kerl war der Vater nun nicht; aber eine tüchtige Portion Schlitzohrigkeit steckte schon in ihm. Er war auch nicht in dieser Gegend geboren worden, sondern von der niederländischen Grenze hierhergekommen. Er war ein guter Handwerker und lernte auf der damals üblichen Wanderung seine Frau hier kennen. Mit den Jahren kamen beide auch zu Geld; die Mutter starb schon früh, und ich selbst habe sie kaum noch gekannt. Das Grundstück aber mit der Mühle hat der Vater anfangs kaum beachtet. Erst als er älter wurde, ist er mit mir hierhergezogen, ungefähr zu der Zeit, als auch in dem sonst ruhigen Dorf die nazistische Kraftmeierei ausbrach, der Bahnhofsvorsteher plötzlich in schwarzen, lackierten Stiefeln durch die Straßen flanierte und sich allmählich Gruppen im Dorf bildeten, die einen dafür, schon mit Parteiabzeichen am Arm, aufdringlich in den Wirtschaften ihre neu erworbene Geltung zur Schau stellend, die anderen schon mit verborgener Furcht, wie die streng Katholischen, die sich um den Einfluß der neuen Bewegung auf die Gläubigkeit sorgten. Dann auch die durch die Jahrzehnte reich

gewordenen Familien, die einfach Angst hatten, ihren Besitz an diesen wild gewordenen Haufen von singenden und marschierenden Menschen zu verlieren; dazwischen aber stand die weitaus größte Zahl der Ahnungslosen, deren politischer Spürsinn nicht einmal reichte, überhaupt zu einem Urteil zu kommen. Damals also zog der Vater mit mir in die Mühle und sagte, das sei der richtige Ort für diese Zeit. Ich bin da noch ins Gymnasium der Kreisstadt gegangen. Früh am Morgen schon brach ich mit dem Vater auf, bis zum Bahnhof bin ich beinahe eine Stunde gegangen. Sonst haben wir hier recht einsam gelebt, nur der Pfarrer und der Bauer vom Thälerhof besuchten uns manchmal.
Hier aber, an jenem Pfosten neben dem Bett, kannst du noch den Einschlag einer Granate erkennen, die das Haus an den letzten Kriegstagen traf. Die Amerikaner hatten damals diese Mühle schon besetzt gehalten, der Hof unten aber war noch in deutscher Hand. Der Vater mußte die weiße Flagge hissen; vielleicht hat dieses Zeichen die anderen, die ihn sowieso schon lange mißtrauisch beobachtet hatten, erst recht in Zorn gebracht. Noch heute weiß ich nicht, wer es getan hat, eine schwere Granate traf das Haus und ein Splitter fuhr dem Vater gerade in den Kopf, als er hier auf dem Rand des Bettes saß. Diesen Augenblick, da der Vater, wie von einem Streich getroffen, leblos nach vorne fiel, habe ich nie vergessen. Das habe ich unzählige Male wieder im Traum erlebt und mich in diesem Haus noch gefürchtet, als der Krieg schon Jahre vorbei war.
Da, sagte Fermer, um das Gespräch von dieser Erinnerung zu lösen, habe ich Sie später, als Kind, zum ersten Mal gesehen. Ich weiß noch genau, wie Sie am Haus der Großeltern vorbeigegangen sind, und man zu mir sagte, das ist der Müller, der zu den Leuten geht, um ihnen die Haare zu schneiden.

Ja, antwortete der Müller, das war freilich schon einige Zeit später. Aber das ist eine andere, wenn auch keine neue Geschichte.

3

Einige Tage hatte er im Haus des Müllers zugebracht, als er an einem Abend von ihm mit hinausgenommen wurde. Es war schon dunkel, und sie gingen nicht weit bis zum Waldrand, schlugen einen Bogen durch die Felder und standen schließlich auf der Höhe, wo noch Reste von Schnee lagen. Dennoch war es angenehm warm, der Wind wehte schwach. Sie setzten sich auf eine Bank und schauten in die Ferne, wo auf dem Hügel über dem im Tal versteckten Dorf ein großes Feuer brannte.
Solange ich mich erinnern kann, begann der Müller, hat es hier das Osterfeuer gegeben. Früher sind noch viele aus dem Dorf mit hinausgezogen und oben auf dem Berg hat man Lieder gesungen. Jetzt aber kann man nicht mehr sicher sein, ob alle die hellen Flammen überhaupt noch bemerken. Verborgen im Christlichen lebte das Heidnische weiter, früher sind die Feuer Reinigungs- oder Zauberfeuer gewesen. Die bösen Geister wollte man mit ihnen verscheuchen und die Götter der Fruchtbarkeit anlocken.
Auch an den Kartagen hat sich hier früher viel getan. Als Kind habe ich mich vor dieser Zeit immer gefürchtet; das Leben war an diesen Tagen bedächtiger und unheimlicher. Am Karfreitag gab es Heringe und Pellkartoffeln, auch frisches Brot, Karfreitagsbrot. An diesen Tagen konnte man auch nie die Glocken läuten hören; man sagte, die seien einen neuen Ton holen. Am Karsamstag verbrannte man in der Kirche dann den Judas; so wurde damals die Weihe des Feuers genannt. Der Judas ist ja immer der

größte Übeltäter gewesen, dem man alle Strafen ohne Zögern anlastete. Das Osterwasser ist übrigens früher von jenem Bach geholt worden, dessen Quelle neben der Mühle liegt. Man hat es ein ganzes Jahr aufbewahren können, ohne daß es trüb wurde.

Die alten Häuser, besonders die Bauernhäuser, waren früher voll von Segen bringenden Gegenständen und Zeichen. Das ist nun alles verschwunden; seit zwei Jahren gibt es am Dorfrand schon den Großmarkt mit einem Parkplatz für beinahe zweihundert Wagen. Dort läuft die Gesellschaft nun zwischen chinesischen Gewürzen, italienischem Gemüse und verbilligten Autoreifen herum.

Ich habe immer wissen wollen, sagte Fermer, wie diese Gegend, so, wie ich sie im Gedächtnis habe, zu einem Niemandsland geworden ist, zu einem Landstrich ohne Erinnerungen.

Da brauchst du nur einmal ins Tal zu schauen, antwortete der Müller. Hinter den letzten Häusern des Dorfes erhebt sich der Berg, auf den früher die kleinen Kettenwagen fuhren; durch den Bergbau ist man auch in dieser Gegend einmal reich gewesen. Schon zu Beginn des Jahrhunderts konnte man hier die großen Schornsteine der Fabrik sehen; für die Arbeiter des Werks wurde damals die Kolonie gebaut; jetzt noch siehst du die kleinen, dunkel, einander gleich gebauten Häuser am Rande des Ortes. Das war einmal der umzäunte Platz des Schreckens; dort traute sich nicht jedermann hin. Die alten Fachwerkhäuser um den hoch aufragenden Kirchturm, Handwerker und kleinere Betriebe, dazwischen das rauchende Ungeheuer der Fabrik – so mußt du dir den Ort vorstellen, zusammengehalten durch Frömmigkeit und die Angst vor allem, was sich außerhalb dieser Grenzen verborgen hielt. Auch der Aberglaube war damals fast noch ungebrochen. Das war noch eine Zeit voller Legenden und Heimlichkeiten. Das hat sich geändert. Sie glauben dort unten, jetzt

vernünftiger geworden zu sein und haben doch ihre alten Ängste nur besser verbergen gelernt. Noch immer hält das Dorf sie wie ein Bannkreis gefangen. Wer etwas klüger ist als die anderen, wird ins Gymnasium geschickt, erreicht bald die Universität, versteckt sich in der größeren Stadt in der Gruppe der Mitgereisten, kommt mit Patenten und all den Fähigkeiten, schneller reich zu werden, zurück und taucht wieder ein in die Dorfgemeinschaft, zu Stammtischen und Bürgerversammlungen.
Früher schon, sagte Fermer, ist mir aufgefallen, daß der Mut zu leben hier schon von Beginn an gebrochen war. Wie man in eine Familie gehörte und selbst zur Gründung einer Familie geschaffen war, so gehörte man in Vereine, zwischen die Kirchenbänke, dem täglichen Los, das zerbröckelnde Leben voranzuschieben, unterworfen. Das ›Leben‹, das bedeutete hier: eine unabsehbare Zahl von Reparaturen ausführen.
Ja, antwortete der Müller, eine unabsehbare Zahl von Reparaturen, eine Spielerei mit den Einzelteilen, ohne die Gebrauchsanweisungen zu kennen. Wer je einen Blick in diese Anweisungen geworfen hat, der kommt nie mehr in diese Gegend. Nach dem Krieg war das Fieber, alles wieder so herzustellen, wie es einmal gewesen war, ausgebrochen, die Reparatursucht stand vor großen Aufgaben. Da begann man, die Ruinen zusammenzusetzen. All der hektischen Tätigkeit fehlte es an Ruhe und Zurückhaltung; am Ende sollte alles noch besser und schöner dastehen. Was in den Jahren der Naziherrschaft zu einer wahren Euphorie geworden war, die Feste, die Aufmärsche, die Befehlsschreie der verkleideten Metzger und Büroangestellten, denen die unerwartete Möglichkeit zugefallen war, Macht auszuüben, sich im Zentrum der Geschichte zu fühlen, das war schnell vergessen. Das Aufbauen und Reparieren hat herhalten müssen, die Erinnerungen auszulöschen. Nun haben sie sich demokratisch gebärdet. Wohin aber ist es inzwischen mit

dieser Demokratie gekommen! Sie ist zur Möglichkeit geworden, die Kämpfe um die allmähliche Bereicherung als öffentliche Angelegenheiten auszugeben. Im Amt wird verhandelt, welches Gebiet man ›erschließen‹ will, welche abgelegene Wiese zum Bau einer Fabrik ›freizugeben‹ ist. Wenn man die richtigen Beziehungen hat, kann man alles erreichen. Du mußt dir nur einmal anschauen, wie das Dorf an allen Seiten über die natürlichen Ränder herausgeplatzt ist, wo man die Randsiedlungen angelegt hat, die kleinen, erleuchteten Wege mit den flachen Häusern, denen die Garagen angeklebt sind wie Brotkästen, die klotzigen Betonverhaue der Schulen auf der Höhe. Wie ein aufgehender Teig hat sich das Dorf in die Landschaft zersiedelt und auf dem Boden der gefällten Wälder und ›erschlossenen‹ Winkel ist gewachsen, was du jetzt siehst: die Habsucht, versteckt in Einzelheimen, mit Sparkassenhilfen erbaut, eine trübe Glocke von Licht über einer Landschaft ohne Erfahrungen und darüber, darüber das Osterfeuer.
Der Müller stand auf, und sie gingen zusammen auf der unbewaldeten Höhe entlang; noch immer schlugen die Flammen des Feuers hoch. Unten im Dorf aber schien es seltsam still zu sein.
Oft schon, fuhr der Müller fort, habe ich hier oben gesessen und den Schützenfesten im Tal zugeschaut. Das große Bierzelt steht dann auf der Wiese neben dem Sportplatz, der Schützenkönig wird mit dem Hofstaat durch das Dorf zum Zelt geleitet, und ein kleines Feuerwerk wird auf der Höhe abgebrannt. Vor ein paar Jahren aber blitzte und funkte es länger und heller als sonst. Wie ich später erfahren habe, ist damals ein ganz undurchsichtiger Mensch zu Königswürden gekommen, der versprochen hatte, das größte Feuerwerk abbrennen zu lassen, das man in dieser Gegend gesehen habe. Bis hier hinauf konnte man die Rufe der Menschen hören, die gekommen waren, den plötzlich zu Geld gekommenen Menschen zu sehen. Die einen sagten, er sei durch Waffenverkäufe reich geworden, die ande-

ren sprachen von Versicherungsgeldern. Ich habe hier auf der Höhe gesessen, und es wurde mir unheimlich, als von den Hügeln die Raketen in die Dunkelheit zischten, als ich die Böllerschüsse im Tal hörte, die Lieder und Märsche der Kapellen.
Sie gingen nicht mehr weiter, sondern machten sich, weil der Müller nicht schnell gehen konnte, schon auf den Rückweg. Im Steinhaus angekommen, holte er eine Flasche hervor und sprach weiter: Lange Zeit habe ich es in dieser Gegend nicht aushalten können. Bald nach dem Tod des Vaters bin ich verschwunden und habe mit dem Studium begonnen. Die Studien jedoch führten mich auf unmerkliche Weise wieder her. Die Geschichte hat mich nicht losgelassen, ihr Studium war vielleicht das Ergebnis des Lebens in dieser ereignisarmen Gegend. Ich wollte wissen, wo die Erinnerungen versteckt und verborgen waren. Kannst du dir vorstellen, wie ich das dann angestellt habe?
Fermer schaute, so plötzlich angesprochen, auf; vielleicht haben Sie in Archiven und Bibliotheken gesucht.
Ja, sagte der Müller, da habe ich mit der Suche begonnen. Auf diese Weise aber bin ich nicht an das in den Dickschädeln Verborgene herangekommen; dazu bedurfte es eines anderen Planes. Erinnere dich doch einmal: wo hast du mich das erste Mal gesehen?
Das weiß ich nicht mehr genau, antwortete Fermer. Im Dorf sind Sie doch früher nur aufgetaucht als der, der den Leuten die Haare schneidet.
Gut, lachte der Müller, sehr gut; das war nämlich die einfachste Methode, an die dicken Krämerschädel heranzukommen. Schon als Kind habe ich dem Vater die Haare schneiden müssen, und während meiner Studienzeit habe ich mich, um mir etwas Geld zu verdienen, auf meine Fähigkeiten besonnen. Damals gab es ja noch den Einheitsschnitt, scharfe Abstufungen, strenge Linien, den Kamm ins Wasser getaucht. Dann kam ich auf den Gedanken, es auch im Dorf zu versuchen. Für einige Groschen habe ich den

Leuten die Haare geschoren, die Köpfe wieder an die Kälte gewöhnt und für all die Mühe die schönsten Erzählungen erhalten. Aus den stillhaltenden Köpfen habe ich alles hervorzaubern können, mir manchmal sogar besondere Rasuren ausgedacht, um die Scherzeit zu verlängern. Meist aber wurde ich mit dem Gedankenabfall belohnt; von Zeit zu Zeit habe ich mir alles notiert. In den Archiven habe ich nur nach den Belegen fahnden müssen.
Sie lachten zusammen, während der Müller nachschenkte; während der letzten Stunden war er gesprächiger geworden, und das rote Gesicht mit den tiefen Falten bewegte sich heftiger hinter der Brille, die auf der Nase auf- und absank. Das, sagte Fermer, hätte ich gerne einmal gesehen, diese Kopfstudie aus Haarabfällen.
Der Müller stand auf und verschwand im Schlafzimmer. Fermer trank den Wein, ohne noch an sich zu denken; eine geheime Freude, hier zu sein, hielt ihn gefangen, und er bewegte sich kaum, um nichts zu zerstören. Mit einem Buch in der Hand kam der Müller zurück. Hier, das schenke ich dir. Pack es zu den anderen Gegenständen in den Seesack; vielleicht lohnt es sich einmal, darin zu lesen.
Fermer schlug den kleinen, aber dicken Band auf. Die Geschichte des Landstrichs und seiner Bewohner war auf vielen Seiten dargestellt, von Zeichnungen und Bildern unterbrochen.
Zunächst, erklärte der Müller, habe ich mich nur um Namen gekümmert, die ersten Kapitel sind noch während der Zeit in den Archiven entstanden. Das ist eine Ahnengeschichte der hier früher herrschenden und in dauernden Zwistigkeiten lebenden Grafschaften geworden. Durch diese Untersuchungen bin ich auf die Geschichte der Kirche aufmerksam geworden; ihren Besitz, ihren Anteil am Leben der Menschen wollte ich darstellen. Das aber führte mich zu den weltlichen und kirchlichen Erlassen, durch die mir deutlich wurde, wie man in das Leben der Menschen einge-

griffen hatte. Da gab es etwa besondere Rügetage, an denen man alles vorbringen mußte, was gegen Gesetz und Ordnung verbrochen worden war. Den Nachbarn mußte man anschwärzen, wenn er einer anderen als der christlichen Religion angehörte, wenn er Wahrsagerei oder Zauberei betrieb, wenn er während der Predigt auf dem Kirchhof herumspazierte oder sich gar in den Wirtshäusern die Zeit vertrieb. Auch die Arbeit am Feiertag, Unzucht, Verschwendung, Lügen, Fressen und Saufen mußte man anzeigen, und der Gerichtsschreiber zeichnete es auf und schickte ein Verzeichnis an die Kanzlei. Die Beklagten wurden, ihren Vergehen entsprechend, mit Geldbußen, bei wiederholten Vergehen auch mit Schlägen bestraft oder auf einen Karren gesetzt und aus dem Dorf zum Spott der Leute hinausgefahren. Die Stunden nun, in denen ich die Haare geschnitten habe, setzten die Klagen der Rügetage fort; da bekam ich alles noch einmal zu hören, noch immer die alte Sündenliste, die bösartigen Vermutungen, die Selbstgerechtigkeiten, die in den Gottesdiensten wie eh und je gestärkt wurden. Hier auf dem Land haben all diese Vorwürfe und Hirngespinste keinen Raum, um abzufließen und zu versickern. Anders als in der Stadt, wo es ein derartiges Getuschel wohl auch gibt, werden die Verdächtigungen nicht einfach durch die Ereignisse weggespült. Generationenlang bleiben sie vielmehr noch im Gedächtnis und bilden eine ununterbrochene Kette von Argwohn und Beschimpfung, die Kehrseite der christlichen Besserwisserei. Nicht nur in den menschlichen Hirnen ist es übrigens um den Abfluß schlecht bestellt; der steinige Boden hat auch lange Zeit den natürlichen Abfluß des Regenwassers behindert. Noch im vorigen Jahrhundert waren all die Sümpfe und Pfützen unübersehbar, die sich nie zu Seen verbreiterten, nie zu einem Ausdruck der Natur wurden. Noch heute wird die Erde hier nur langsam von den Sonnenstrahlen erwärmt, zuviel Energie wird bei der Verdunstung der großen Feuchtigkeitsmengen verbraucht.

Früher muß es hier auch noch riesige Basaltblöcke gegeben haben, an manchen Stellen sind selbst die Viehweiden von Hunderten größerer Steine überlagert gewesen. Dafür aber gewann man hier Eisen-, Kupfer- und Bleierze; früher gab es noch viele Gruben, wenn man nicht aufpaßt, gerät man noch heute leicht an den Rand eines verfallenen Stollens. Auch den Kampf der Menschen gegen die verschiedenen Gefahren habe ich dargestellt, sagte der Müller, im Buch blätternd. Während des 30jährigen Krieges, der dieser Gegend schlimm mitgespielt hat und in dem beinahe alle Ortschaften verwüstet wurden, sind Wölfe eingebrochen, selbst das Vieh in den Ställen war nicht mehr sicher. Die Tollwut griff immer weiter um sich, als auch die wilden Tiere davon befallen waren. Auf den Hofjagden erlegte man bis zu 400 Wölfe. Fanggeld gab es für jedes getötete Tier, an den Frühlingstagen wurden die Menschen durch Glockenschläge angetrieben, durch die Wälder zu streifen, um die Wolfsnester auszuheben.

Lange dauerte es, bis man der Eindringlinge Herr wurde. Sonst aber hat sich selten ein Fremder hier, in den dunklen Schluchten und auf den kahlen, windigen Höhen, lange aufhalten wollen. Achtlos zogen sie durch das öde Land, ließen nichts zurück, kein Geld, kein Wissen, keine Nachkommenschaft. Die Gegend hat sich verschlossen und eingeigelt. So kam es auch, daß der Glaube kaum erschüttert wurde; Zweifeln und Grübeln hatte keinen Platz, noch heute sind die Kirchen voller als anderswo. Am Licht der Sonne wie am Licht des Wissens fehlte es immer. Versteckt hielt sich der Aberglaube; hier vertraut man noch den Träumen, und hier sind die Bücher noch für so manchen die Zeichen des Bösen. Die Bücher, die benutzt werden, sind Fibeln, Glaubens- oder Wissensfibeln. In ihnen ist das Brauchbarste für den täglichen Bedarf zu finden. Meist sind es Nachschlagewerke, die man aus den verstaubten Regalen nimmt, um wiederzufinden, was man sich schon längst

zurechtgelegt hat. Hier weiß kaum einer von diesem Buch. In den Bibliotheken der Städte ist es verschwunden, und das ist mir gerade recht so. Mich rechneten sie ja zu den Feinden, zu denen also, die man früher die Zauberer, Wahrsager und Hexen nannte. Da war ich in guter Gesellschaft. Doch hungrig bin ich jetzt geworden, ich will sehen, ob wir uns nicht noch etwas zu essen bereiten können.
Sie gingen in die Küche, in der Vorratskammer lagen noch Maiskolben; sie setzten Wasser auf und warteten neben dem dampfenden Topf. Als das Wasser kochte, legte der Müller die Kolben hinein. Die Geschichte der Ernährung ist hier auch ein trauriges Kapitel; sie ist beinahe zu einer Geschichte der Kartoffel zusammengeschrumpft. Kartoffeln sind den Menschen vorbehalten, Mais gibt man dem Vieh, die Reste den Schweinen, die Knochen dem Hund, an Katzen haben sie sich nicht gewöhnt. Den Mais hier habe ich übrigens von den Feldern geklaut; er legte die Kolben in eine große Schüssel, füllte die zerlassene Butter in eine Schale, gab Fermer das Salz und trug alles dann wieder hinüber zum großen Tisch.
Verstehst du jetzt, fragte der Müller, warum den Menschen hier die Erinnerungen entfallen sind? Die Nazis haben das schon beginnende Vergessen ausgenutzt. In den Nächten leuchtete es von Fackeln in der Höhe, Umzüge hat es gegeben, Fahnenschwenken, das Jahr wie ein nicht mehr unterbrochenes Schützenfest. Allen wollte man klarmachen, daß es ein besonderes Verdienst sei, am Ende der Welt zu wohnen, nichts zu wissen und den Luxus zu verabscheuen, der immer in einem Atem mit der Unzucht genannt wurde. Eine ganze Nation machte sich ja das Dorfleben zum Vorbild, noch auf den Briefmarken sah man den kräftigen Landmann mit den gesunden Kindern. Den Menschen hier kam ihr Dasein plötzlich wie eine Erwählung vor. Hier hatte, wie du dir denken kannst, das Pathos einer mit sich selbst zufriedenen Dummheit, der alle Zivilisation zuwider

war, großen Erfolg. Das Erwachen nach dem Krieg war freilich um so schlimmer. Man beschrieb das Geschehen wie eine Katastrophe, der man mit Geschick und Glück entronnen war. Die Landschaft sank wieder in den alten Schlaf, eilig bemühte man sich, alles wieder aufzubauen. Später frischten dann die Fernsehbilder die alte Genugtuung, nicht mehr am Ende der Welt zu wohnen, wieder auf. Mit dem Stromstecker waren sie jetzt angeschlossen an die neuen Wünsche, an all den Kitsch, den sie aus den Versandhäusern anfordern. Langsam haben sie gelernt, die Geschichte zu vergessen. – Es ist zwar schon spät, aber ich will noch einmal hinaus, getrunken habe ich auch schon viel.
Dann komme ich mit, sagte Fermer. Ich spüre auch den Alkohol schon in den Beinen. Vielleicht komme ich bei so einem nächtlichen Gang noch auf gute Gedanken.

4

Damals, sagte Fermer, als das Haus der Eltern entstand, wohnte ich bei den Großeltern im Dorf. Das alte Haus mit den Fachwerkgiebeln steht noch in der Nähe der Post. An die große Küche erinnere ich mich noch gut, auch an die Speisekammer, von deren Fenster man in den Hof sehen konnte. Im Dorf bin ich ungern umhergelaufen. Immer war man nach wenigen Schritten schon wieder am alten Platz, dort konnte man sich nicht verirren. Auch die kleine Schule gefiel mir nicht; der Geruch von Butterbroten und Bohnerwachs, die engen Klassenräume, in denen meist mehrere Klassen zur gleichen Zeit unterrichtet wurden, machten die Sehnsucht nur größer, bald wieder nach draußen zu verschwinden.
Auf dem großen Grundstück der Eltern, das ja heute noch vor allem Wald und Wiese ist, wurde das Haus gebaut, und von den starken Ästen einer Buche aus konnte ich die

Planierraupen sehen, die versuchten, auf dem schrägen, abfallenden Boden eine ebene Fläche zu schaffen. Beim Ausschachten gab es schon Schwierigkeiten, denn der Boden war sehr felsig. Ich kann mich jedoch noch gut erinnern, daß ich damals an der Hand des Vaters auf einer kleinen Leiter in die ausgeschachtete Tiefe gestiegen bin. Feucht war der Boden, und an den hohen Seitenwänden traten große Steinbrocken hervor. Staunend beobachtete ich dann von der Buche aus, wie das Haus, der ›Rohbau‹, aus der Tiefe emporwuchs, um die Mauern noch die hohen Erdhügel, dann die ersten Ladungen Mutterboden, die für den kleinen Garten herbeigeschafft wurden. Heute noch steht der Wald bis nahe ans Haus, die Äste reichen gegen das Dach, im Inneren ist es oft sehr kühl. Vor der Tür des Wintergartens sind Blautannen gepflanzt worden, allmählich wurde auch der Wald durchforstet, um jeden Baum der abgeholzt wurde, tat es mir leid. Das Haus ist heute wohl ganz verschlossen von den Bäumen, deutlich kann ich es mir kaum noch vorstellen, das letzte Mal bin ich im Winter hier gewesen.

Früher war die Umgebung für mich ein großer Spielplatz. Beim Gang in den Wald habe ich immer gezögert; beinahe allen Tieren, selbst den Vögeln habe ich mißtraut und immer das Gefühl gehabt, sie könnten sich plötzlich auf mich stürzen, um mich aus der Geschlossenheit des Waldes zu vertreiben. Selbst die grasenden Rehe, die ich oft genug in einer Schonung beobachtete, stellten ein nur scheinbar friedliches Bild. Als Kind war ich sicher, daß sie mich sofort vertrieben hätten, wenn sie auf mich aufmerksam geworden wären. Die Tollwutschilder an den hohen Bäumen habe ich mit geheimem Gruseln gelesen und die Tierspuren im Schnee waren Zeichen eines Lebens, das einen bedrohte, ohne daß man Macht über es gewinnen konnte. Darüber aber konnte ich mit keinem Menschen sprechen. Der Vater etwa, der damals oft zur Jagd ging, hätte mich doch nur ausgelacht. Wie gut ich mich noch an die Tage erinnere, als der Vater, wie ein Abenteurer gekleidet, mit dem Gewehr über der Schulter am frühen Morgen verschwand. Vom Fenster des Hauses konnte man manchmal noch die Rufe der Treiber hören, auch die Stockschläge gegen Bäume und Steine. Den Wald habe ich mir dann vorgestellt wie einen Acker, der umgerodet wurde. An den Tagen nach der Jagd traute ich mich nicht in die Wälder, da ich befürchtete, dort sei alles in Unordnung geraten.

Gern aber bin ich mit dem Vater gegangen; dann war ja alles sicher. Anfangs machte der Vater mich noch auf so viel aufmerksam, auf Pflanzen und Tiere, deren Namen er gut kannte. Auch im Gespräch mit den auf den Feldern arbeitenden und vor den Höfen kehrenden Menschen fand der Vater eine Sprache, mit der man den sonst Schweigsamen viel entlocken konnte. Auf einem solchen Hof, nicht weit entfernt, war der Vater ja selbst groß geworden. Viele Geschwister hatte er gehabt, im Haus gibt es noch Photographien von den Erntetagen, als er auf dem hohen Wagen stand, Knechte und Mägde daneben mit dunklen Kappen und Kopftüchern. Zum Schwimmen gingen wir noch oft zum Hof hinab, denn in der Nähe gab es einen kleinen Fluß, unterhalb der Wiesen, auf denen das Vieh weidete. Die schwerfälligen Tiere mußte der Vater an heißen Tagen aus dem Wasser treiben, und ich bin über die Kothaufen gehüpft, um ins Wasser zu kommen. Nur an einer Seite war der Zugang leicht, Schilf und hohe Gräser säumten dort das Ufer, an der anderen Seite aber machte ein hoher Felsen es nur ganz Verwegenen möglich, von der Höhe aus ins Wasser zu springen. Dort unten habe ich das Schwimmen gelernt, und im Winter sind wir hierher zum Eislaufen gegangen.

Später einmal sagte der Vater dann, daß der Fluß jetzt zu klein geworden sei und man ans Meer fahren wolle. Nie werde ich diese ersten Tage am Meer vergessen, nicht den heißen Sand, nicht die Wellen, von deren Spitzen man ins Tiefe fiel wie in eine weiche Mulde, nicht den kleinen, grünen Strandwagen und die tief fliegenden Möwen. Noch Wochen nach der Rückkehr habe ich mich daran erinnert und oft davon geträumt. Ich wurde mutiger, entfernte mich weiter vom Haus und bin oft einen ganzen Tag lang fortgeblieben, ohne mich zurückzuwünschen. Auch ins Dorf, wo die Sonne zwischen den Häusern verschwand und man sich auch im Schatten nicht wohl fühlte, wollte ich nicht gehen. Zum Schützenhaus bin ich lieber gelaufen, wenn dort auf die fernen Zielscheiben geschossen wurde, die an dünnen Drähten nach dem abgefeuerten Schuß auf den Schützen zusurrten.

Allmählich langweilte mich die Landschaft. Die Furcht vor den Tieren hatte ich verloren, zurückgeblieben war nur die Furcht vor einigen Menschen, die man als Sonderlinge bezeichnete, weil sie den Leuten im Dorf keinen Einblick in ihr Leben gönnten. Ich habe auch kaum etwas wahrgenommen, bin meist nur unlustig durch die Landschaft gelaufen, früh schon müde, weil ich das Ziel immer schon kannte.

Dann wurde das Haus vermietet und wir sind in die Stadt gezogen. Dort erst begann alles wieder überraschend und neu: das Leben innerhalb der selbst gesteckten Grenzen, durch Freunde hinausgelockt, mutiger geworden, endlich entschlossen, alles kennenzulernen.

Sie waren nun auch zum Haus zurückgekehrt. Es war schon weit nach Mitternacht, und der Müller räumte noch die Teller und Schüsseln beiseite. Fermer machte es sich auf dem Sofa im Wohnzimmer bequem; als er sich schon ausgezogen hatte und unter der Decke lag, kam der Müller noch einmal ins Zimmer und wünschte ihm eine gute Nacht.

5

Noch blieb Fermer im alten Steinhaus und hielt sich wie in einem Versteck verborgen. Dem Müller half er bei der Zubereitung der Mahlzeiten und nahm das Buch, sooft er konnte, zur Hand. Vieles darin erschien ihm wie die Legende zu seiner eigenen Geschichte, und nicht selten hielt er ein, wenn er auf etwas gestoßen war, das seine Erinnerungen hervorlockte und längst vergessene Bilder ans Licht zog.
Nur in den Nächten traute er sich heraus, wenn niemand in der Nähe zu erwarten war und man die Lichtkegel der Fahrzeuge schon von weitem sah. Auf diesen einsamen Gängen kam ihm oft das Haus über dem Strom wieder in den Sinn und manchmal glaubte er, ein Teil seiner eigenen Geschichte sei dort zurückgeblieben und entferne sich ohne sein Zutun von ihm. Er dachte auch schon darüber nach, wie er alles wieder in den Griff bekommen, wie er, am liebsten mit einem Handstreich, die Zeit gleichsam zurückdrehen könne.
Den rettenden Einfall aber hatte der Müller, als Fermer ihm an einem Abend lange von Lotta erzählte und vorsichtig zu erkennen gab, daß er sie gerne wiedergesehen hätte, aber nicht wußte, wie er es anstellen sollte.
Warum schreibst du ihr denn nicht, fragte der Müller. Sie kann ihre Antwort doch an mich adressieren; da kommt der Postbote nicht auf dumme Gedanken.
Damit war Fermer zufrieden. Er begann den Brief mehrmals, fand jedoch zuerst nicht den passenden Anfang. Sollte er denn zugeben, was er wußte, sollte er lange und umständlich sein Verhalten erklären, sollte er Fragen stellen und auf Antwort drängen?
Erst nach ein paar Tagen war ihm klar, wie er es anfangen mußte, ohne weit auszuholen. Dann schrieb er von der Neugier, die er auf die Umgebung seiner Kindheit gehabt habe; vom Müller erzählte er und von den nächtlichen

Spaziergängen. Am Schluß aber erkundigte er sich vorsichtig danach, was Lotta nun vorhabe, gehe sie zum Studium zurück in die Stadt, bleibe sie noch bei den Eltern? Sorglos versuchte er zu schließen; stehe der Kirschbaum schon in Blüte? Hier sei die Natur noch um Monate zurück, kaum ein grüner Zweig sei zu sehen. Lange, fügte er dann noch hinzu, werde er es auch hier nicht aushalten, man werde sehen. Er vergaß nicht, Grüße an Ferdinand auszurichten, denen er nach längerem Überlegen auch Grüße an Roland hinzufügte.
Der Müller setzte sich aufs Fahrrad und versprach, den Brief zur Post zu bringen.
An den nächsten Tagen wurde das Warten auf eine Antwort manchmal unerträglich. Selbst lesen konnte er nicht mehr in Ruhe, verfiel immer wieder ins Nachdenken und stellte sich vor, wie Lotta denn auf sein Schreiben reagieren könne.
Er lag an einem Morgen noch im Bett, als es an der Tür klopfte, der Müller öffnete, sich kurz mit dem Postboten unterhielt, einen Scherz machte, sich bedankte und dann mit dem Brief hereinkam. Ich werde Kaffee aufsetzen, sagte er und verschwand in der Küche.
Als Fermer zu lesen begann und schon bei den ersten Worten bemerkte, daß Lotta ihn verstanden hatte, wurde ihm wohler. Der Brief begann mit Vorhaltungen, denen anzumerken war, daß sie nicht ernst gemeint waren. Warum habe er sich denn so sprachlos davongemacht, als der Garten kurz vor der Blüte gestanden habe? Nun könne er nicht einmal einen Blick auf das werfen, was er gepflanzt und gejätet habe! Der Kirschbaum stehe längst in Blüte, schon seit einiger Zeit sitze man draußen im mittäglichen Sonnenschein und fühle sich hier zum Tummeln wohl. Nun müsse sie es hier allein mit Ferdinand aushalten und habe niemand, mit dem sie die Pracht feiern könne. Mit Ferdinand komme sie in den letzten Wochen schwer aus; er mache sich ein Vergnügen daraus, dunkle Andeutungen zu

machen. Auch habe sie kaum eine ruhige Minute in seiner Nähe, unaufhörlich belauere er sie, komme oft ins Zimmer und sitze dann regungslos da, ohne daß sie wisse, was er von ihr wolle.
Was er, Fermer, nun berichte, klinge auch nicht eben vergnügt. In einem Steinhaus halte er sich auf, verstecke sich den ganzen Tag, blättere nur in einem Buch und rede mit einem alten Mann, der der rechte Eigenbrötler zu sein scheine?
Sie selbst habe keine Lust, zum Studium in die Stadt zurückzugehen. Vielleicht sei es möglich, den Studienplatz zu wechseln. Sie habe ja schon lange vorgehabt, einmal weiter im Norden zu wohnen und werde versuchen, sich umzumelden. Lange könne es nicht mehr dauern, bis sie Nachricht erhalte. Was meine er? Wolle er sie im Stich lassen, oder habe er Lust mitzukommen? Sie habe Roland schon aufgefordert, der aber habe abgelehnt und könne sich von seiner Musikstube unter dem Dach nicht trennen. Nun, er solle sich melden, sie warte auf seine Nachricht.
Fermer las den Brief vor, als sie zusammen am Tisch saßen und frühstückten.
Der Brief, sagte der Müller, gefällt mir; er macht einen so munteren und zielsicheren Eindruck. Da weht doch ein anderer Wind, da unten am Strom, nicht rauh wie hier.
Fermer war zufrieden. Er zögerte nicht und schrieb noch am selben Tag zurück. Die Vorfreude auf ein Wiedersehen unterdrückte er nicht.
Noch einige Tage blieb er im Haus des Müllers. Als es aber an einem Abend zu dämmern begann und die Sonne zum ersten Mal seit langem wieder hinter den dunklen Wäldern verschwand, packte er den Seesack und verabschiedete sich. Der Müller begleitete ihn noch eine Weile und wußte am Ende nicht, was er sagen sollte. Auch Fermer wußte kaum etwas zu sagen. Er schüttelte dem Müller die Hand und

versuchte sich zu bedanken. Er habe sich so viel Mühe gegeben, ihn zu verstehen, das rechne er ihm hoch an. – Nein, antwortete der Müller noch, Mühe habe ich mir nicht geben müssen; ich habe dich schon ganz gut verstanden. Laß dich nicht einschüchtern, auch von denen nicht, hinter dem Berg.

Fermer wußte, daß seine Eltern gemeint waren. Das Haus mochte etwa eine Stunde entfernt sein. Er ging schnell und entschlossen, um nicht aufzufallen. Einmal überholte ihn auf der schmalen, noch feuchten Straße ein Traktor. Der Fahrer aber drehte sich nicht um, saß regungslos auf dem hohen Sitz, und ein leerer Anhänger polterte hinter dem Fahrzeug her. Von einem Feld erhob sich ein Schwarm von Krähen und flog in einem weiten Bogen davon.

Dann sah er von der Erhebung aus die Straße, dunkel glänzend im Abendlicht, die zum Haus der Eltern führte. Er überquerte ein Feld und als er wieder auf den Asphalt der Straße sprang, spritzte der Dreck nach allen Seiten. Eine rotgestrichene Bank stand neben einem Telephonmasten; als er zum Tannenwald hinüberschaute, schienen sich die Bäume immer enger gegeneinander zu bewegen. Er spürte, daß es ihm jetzt schwerfiel weiterzugehen. Auch kam es ihm so vor, als müsse er sich alles noch einmal zurechtlegen und nach Worten suchen. Aber indem er weiterging, glich die Verlegenheit sich aus, er erreichte den Zaun des Grundstücks, das Tor stand offen, er ging geradewegs in den kleinen Wald hinein, an den noch zwischen den Bäumen gepflanzten, niedrigen Eiben vorbei, gelangte zur alten Buchengruppe, sah auch das Haus schon vor sich liegen, die Fensterläden geschlossen, zwischen den Ritzen aber schwaches Licht. Vor der kleinen Garage mit dem spitzwinkligen Dach, in dem er sich als Kind so gern aufgehalten hatte, stand noch ein Wagen, die Garagentür gekippt, daneben die Regentonne, in die noch das Wasser tröpfelte. Er blieb stehen, lehnte den Seesack gegen einen Baum und stieg auf

die größte der Buchen, von wo aus er alles gut überschauen konnte. Wie still es hier doch war! Nur die Vogelstimmen hörte man von dem kleinen Platz aus, wo im Winter die Futterstelle sein mochte. Auf der Veranda standen die weißgestrichenen Blumenkästen auf einem hellen Holzbock; Tannenäste lagen neben der Eingangstür.
Dann sah er den Vater plötzlich aus dem Haus kommen. Er trug den alten, grünen Hut, den er schon so oft an ihm gesehen hatte. Als er die Treppenstufen zur Garage heraufkam, erschien er ihm wie ein Fremder. Mit einem Mal spürte er, wieviel sich doch inzwischen verändert hatte! In wenigen Monaten war alles aus dem alten Lot gefallen! Es war, als müsse alles von vorne beginnen. Hatte mit der Flucht eine neue Zeitrechnung begonnen?
Der Vater fuhr den Wagen langsam in die Garage, schloß dann das Tor und wollte zum Haus zurückkehren, als er Fermer durch den Wald auf sich zukommen sah. Er blieb stehen und nahm, als wisse er nicht, was er tun solle, den Hut ab, den er unbeholfen zwischen den Händen drehte. Dann schien er es sich überlegt zu haben, er holte ein Taschentuch hervor und wischte sich, als habe er eben eine schwere Arbeit verrichtet, die Stirn ab. Auch Fermer war stehengeblieben. So hatte er den Vater oft im Sommer gesehen, wenn er am steilen Hang vor dem Haus mit der Sense das Gras geschnitten hatte. Auch bei großer Hitze hatte er noch den Hut getragen und der Zipfel des großen Taschentuches hatte ihm manchmal aus der Tasche geschaut.
Je länger der Vater zu ihm schaute, desto stiller schien er stehen zu müssen. Er konnte auch nicht aufschauen, wie er wollte, sondern blickte beinahe ziellos zum Haus, dann wieder zur Garage. Der Vater aber setzte den Hut wieder auf und ging auf ihn zu. Je näher er kam, desto kleiner glaubte Fermer zu werden.
Endlich hatte er ihn erreicht; er legte ihm die Hand auf die Schulter und zog ihn zu sich. Für einen Moment streifte

Fermers Kopf die Jacke seines Vaters; er bemerkte den Harzgeruch und glaubte, den Vater atmen zu hören.
Sie gingen nebeneinander den Weg zum Haus zurück, der Vater hatte den Seesack genommen, als führe er einen Gast hinein.
Im Flur wies er ihn an zu warten. Die Kiefernzweige mit den dicken Zapfen standen noch in der schweren Vase. Fermer hörte das leise Gespräch der Eltern, dann die aufgeregte Stimme der Mutter, Schritte und Geräusche, als falle etwas zu Boden. Er mochte nicht mehr stehen und setzte sich auf die Stufen der Treppe, die nach oben führte. Als die Mutter vor ihm stand, wollte er den Kopf nicht heben; jetzt erschien es ihm gleichgültig, was geschah, und sofort fiel ihm ein, daß er so nicht denken und daß er sich in acht nehmen mußte.
Als die Mutter noch hilfloser als der Vater vor ihm stehenblieb, stand er auf und gab ihr einen Kuß. Sie schien die Tränen zu unterdrücken, und als Fermer spürte, daß es ihm selbst schwerfiel zu schlucken, ging er ohne Umschweife in den Flur, zog die Jacke aus, knüpfte auch die Schuhe auf und stellte sie unter die kleine Heizung.
Warum hast du denn so lange nichts von dir hören lassen, fragte die Mutter. Wir wußten ja nicht einmal, wo du dich aufhieltst.
Er hatte keine Lust, sich zu verteidigen. Den Seesack nahm er in die Hand und trug ihn in den Keller, wo er die Wäsche heraussortierte und sie in einen Korb legte, der in der Waschküche stand. Dort stand auch das Fenster noch offen. Weiter unten erkannte er die große, zum Tal abfallende Wiese, auf der im Sommer die Margeriten blühten. Vor dem Birkenwäldchen war die Tränke für die Tiere, die von den Höfen hierher auf die Weide getrieben wurden. Hinter der Erhebung lag versteckt der Segelflughafen.
Er ging wieder hinauf und vom Flur aus sofort weiter nach oben, ließ sich ein Bad einlaufen und öffnete die Tür, die zur Veranda führte. Mit den ersten Handgriffen fiel ihm alles

leichter, nichts hier würde ihn mehr einschüchtern können. Er ging auch durch die Zimmer, ließ sich in einen Sessel fallen, streckte sich aus und merkte, wie die Anspannung von ihm wich.
Dann kam der Vater herauf und setzte sich zu ihm. Wir wollen jetzt nicht lange streiten; es ist gut, daß du zurück bist, alles ist jetzt gut. Die Mutter wird ein gutes Abendessen machen; komm einmal mit in den Keller.
Sie gingen in den Keller, und vor den Weinregalen hatte der Vater die Sprache wiedergefunden. Er nahm einige Flaschen heraus, las laut vor, was auf den Etiketten stand und schaute Fermer an, als begingen sie gemeinsam eine verbotene Tat. Jetzt trinken wir etwas besonders Gutes, vielleicht einen kräftigen Rotwein, einen Burgunder? Er nahm zwei Flaschen heraus, stellte sie auf der Treppe ab und verschloß die Tür wieder. Rehrücken hast du doch schon früher besonders gerne gegessen? In diesem Jahr haben wir vom Erjagten sowieso mehr eingefroren als sonst, sicher, so schmeckt das Zeug kaum nach etwas, doch wie auch immer, heute soll es Rehrücken geben.
Fermer fragte den Vater, ob er viel erlegt habe. Zu mehr als einigen Fasanen hat es nicht gereicht, aber wie das geschmeckt hat, antwortete der Vater. Er beugte sich vor, als müsse er sein Vergnügen unterdrücken. Fermer erinnerte sich, wie beinahe wollüstig der Vater früher die Tiere gerupft hatte. Manchmal hatte er im Keller zugeschaut, wenn die Federn im Raum umhergeflogen waren und den Boden wie einen dichten Teppich zugedeckt hatten.
Es macht mir immer weniger Vergnügen, auf die Jagd zu gehen, sagte der Vater. Plötzlich strömen hier Leute aus allen Gegenden herbei, die, weiß der Teufel wo, ihren Jagdschein gemacht haben. Die würden am liebsten mit dem Wagen auf den Hochsitz fahren. Da mache ich nicht mehr mit. Das Wild habe ich doch schon während des ganzen Jahres beobachtet. Den Wechsel der Tiere kann man

übrigens immer schwerer übersehen, seit der Wildpark in der Nähe angelegt worden ist. In dem umzäunten Bezirk tappen die Spaziergänger durch den Wald, als müßten sie den Wildschweinen Konkurrenz machen.

Sie gingen wieder hinauf. Es wird noch etwas dauern, sagte der Vater. Fermer nickte: Ich werde ein Bad nehmen und mich etwas ausruhen.

Oben stellte er das Wasser ab und nahm den Telephonapparat auf den Schoß. Er wählte Lottas Nummer und hörte erleichtert ihre Stimme. Jetzt bin ich zu Hause, sagte er. Hier wissen sie nicht, was sie mit mir anfangen sollen.

Das kann ich mir gut vorstellen, sagte Lotta. Hoffentlich weißt du, was du mit den Eltern anstellen willst. Übrigens habe ich den neuen Studienplatz bekommen. In wenigen Tagen mache ich mich schon auf den Weg. Du kommst doch mit?

Ich habe kaum noch einen Pfennig Geld, antwortete Fermer. Aber ich werde schon zusehen, daß wieder etwas in die Kasse kommt. Erst muß ich hier einmal die Wogen glätten, aber, bestimmt, in wenigen Tagen ist das geschafft.

Gut, sagte Lotta, dann ruf doch noch einmal an. Ich werde dich mit dem Wagen abholen, wenn du willst.

Er verabschiedete sich und hängte ein. Vergnügt schon ging er ins Badezimmer zurück. Er öffnete das Fenster und ließ die heiße Luft hinausströmen. Draußen war es jetzt dunkel, kein Licht war mehr zu sehen.

Er hörte die Bäume rauschen.

Der Wind war stärker geworden.

Im heißen Wasser streckte er sich aus. Wie weit die Stadt am Strom jetzt schon hinter ihm lag, die Weinberge und Obstbäume! Wie mochte es weiter im Norden ausschauen? Von der Küste war man dann nur noch wenige Stunden entfernt. Er geriet in eine immer fröhlichere Stimmung, vergaß schon beinahe die Eltern, begann zu singen, wurde immer lauter und erschrak erst, als er das Klopfen hörte, das ihn mahnen sollte, nicht zu laut zu sein. Nun mußte er bald wieder hinunter und alles erklären! Was sollte er denn sagen? Die Mutter, soviel war sicher, konnte er nicht überzeugen. Still und vorwurfsvoll würde sie ihn anschauen und keinen guten Gedanken fassen. Mit all ihren Blicken würde sie ihm ihre Enttäuschung zurückgeben. Der Vater aber war eben noch erleichtert gewesen, vielleicht konnte er ruhig mit ihm sprechen, ohne daß jene aufgeregte Stimmung entstand, die er verabscheute. Er mußte versuchen, ruhig zu bleiben; konnte er nicht zuversichtlich genug an die Zukunft denken, die sich vor ihm schon abzeichnete?

Er schloß die Augen, es wurde ihm seltsam leicht zumute. Alles in ihm sammelte sich, und der Körper lag im Wasser, als werde er sanft nach oben getragen.

Bewegte er sich nicht in einer weiten Landschaft, deren kleine Straßen sich unaufhörlich gabelten? Etwas flog an ihm vorbei, er konnte es nicht greifen. Die Wälder knickten ein und nichts blieb übrig als eine versteppte Fläche. Mit der Hand griff er zum Boden und hielt Sand in den Händen. Ein Kirchturm schwankte in der Ferne wie eine Blume, sank dann aber, je weiter er ging, desto schneller zusammen. Er hörte ein fernes Lachen, eine Tür sprang ins Schloß, dann lief ein Hund neben ihm her, verschwand jedoch ebenso schnell, wie er gekommen war, im plötzlich sich zur Seite des Weges auftürmenden Dickicht. Eine Uhr schlug laut, tickte dann weiter, und er schaute um sich, als müsse er sie an den Wänden suchen; aber dort war nichts als das Blau des Himmels, kleine Wolken stiegen im Osten auf. Schwankte nicht am Horizont ein kleines Schiff, die Segel schon gebläht, auf langsamer Fahrt? Blumen schossen aus der Erde, reckten sich zum Himmel und verschwanden im Blau. Sein Gang wurde immer schneller, langsam setzte eine eintönige Musik ein, hinter sich hörte er Lottas Lachen, dann aber Schüsse in der Ferne und die Rufe der Treiber. Ihm schwindelte schon, er versuchte sich zu setzen, aber immer hob es ihn empor, die Landschaft schien unter ihm wegzugleiten. Entschlossen hob er sich schließlich von der Erde ab. Es ging beinahe leicht; er zog die Beine an den Körper und breitete die Arme aus. Schnell geriet er in einige Höhe, und jetzt erst machte die Landschaft halt unter ihm. Kleine Seen drehten sich, von einem Sonnenstrahl bewegt. Aus dem dunklen Boden platzten Ähren hervor und zersprangen. Nun brauchte er sich nicht mehr zu bewegen. Unter ihm standen die Menschen und schauten zum Himmel, die Hände vor dem Gesicht. In einer Kirche wurde gesungen, neben dem kleinen Bau lagen die Noten verstreut und hüpften über den Kirchplatz. Über ein großes Mühlrad stieg das Wasser, als habe es Beine bekommen. Eine Stadt erschien unter ihm wie ein flacher Kreis, beinahe menschenleer. Ein Mädchen lief singend durch die Straßen, und die Fensterläden schlossen sich. Dann sah er einen hohen Zaun, der im Wind schwankte. Einige Bretter lösten sich, aber er war schon darüber hinweg. Dann sackte die Landschaft ein, als habe man ihr die Beine fortgezogen, ein Felsen trat hervor, das unübersehbare Blau des Meeres, ein großes Schiff erschien in der Ferne. Er flog weiter, konnte aber zwischen dem Blau des Himmels und dem des Meeres nicht mehr unterscheiden. Er griff mit den Händen aus, um einen Halt zu gewinnen. Allmählich aber überzog eine dichte Bläue auch seinen Körper, er schien zusammenzuschrumpfen, die Stille wurde plötzlich so groß, daß er nichts mehr wahrnahm.

Er war eingeschlafen.

Später klopfte der Vater an der Tür und forderte ihn auf, zum Essen zu kommen. Schwerfällig stieg er aus der Badewanne, setzte sich auf den Rand und öffnete das Fenster. Draußen waren nur die nächsten Bäume noch zu erkennen. Er trocknete sich langsam ab und ging hinunter.

6

Im Eßzimmer war der Tisch gedeckt, und der Vater zündete gerade die Kerzen des Leuchters an, als Fermer hereinkam. Die vorgewärmten Teller standen schon bereit. Die Tür zur Küche war geöffnet, und der Duft der Speisen zog herein. Fermer wartete, bis der Vater die Flasche entkorkt hatte; dann erst setzte er sich.
Die Mutter trug den Rehrücken auf einer großen Platte herein; sofort beugte der Vater sich über den Tisch, um das Fleisch aus der Nähe zu betrachten. Er breitete langsam die Serviette aus, noch immer auf die Speisen schauend, schob die Platte dann aber zu Fermer hinüber und forderte ihn auf zu nehmen.
Fermer bemerkte, wie langsam sich die Eltern bewegten. Ohne zu sprechen, schoben sie Schüsseln und Teller über den Tisch. Der Vater schenkte den Wein ein, und fast gleichzeitig hoben sie ihre Gläser und nickten sich zu.
Während sie still aßen, als dürfe man beim Genuß der Speisen durch kein einziges Wort gestört werden, bemerkte Fermer die Photographien an den Wänden. Neben dem Zimmereingang war eine kleine Galerie von Aufnahmen entstanden, die wohl die Großeltern zeigten. Darüber das alte, mit feinen Bleistiftstrichen auf hellen Grund gezeichnete Wappen, nur wenige Farben waren benutzt worden, um einen Schild, eine Tarnkappe, einen Köcher mit einem Pfeil hervorzuheben. Daneben hing das Erntebild, das er schon in seiner Kindheit an der Wand gesehen hatte. In einem Halbkreis standen Mägde und Knechte, die Sensen in der Hand, vor einem hohen Wagen, in der Mitte die Großmutter, mit einer weißen Schürze, eine Flasche in der Rechten, zwei Gläser zwischen den gespreizten Fingern. Vor den Erwachsenen kauerten die Kinder auf dem Boden, ängstlich heraufschauend, die Beine mit den langen Schnürstiefeln nach

vorne gestreckt. Gegen den Wagen hatte sich der Großvater mit der Pfeife gelehnt und blickte beinahe leichtfertig drein. Der älteste Sohn saß auf einem Pferd und hielt eine Kappe in der Hand. Ganz zur Rechten aber stand ein Bruder des Großvaters im dunklen Anzug auf dem Feld, auf einen eleganten Gehstock gestützt, die einzige lachende Gestalt auf dem Bild, den Schnurrbart sorgfältig geschnitten, einen Hut auf dem Kopf.

Der Vater zerschnitt das Fleisch so langsam, daß seine Bewegungen auffielen. In beinahe regelmäßigen Abständen hob er das Glas zum Mund, trank schlürfend und blickte, bevor er das Glas wieder absetzte, auf das Etikett der Flasche. Die Mutter nippte nur immer am Glas, schaute oft über den Tisch und fragte mehrmals, ob etwas fehle und wie es schmecke.

So aßen sie still, nur das Ticken der Wanduhr störte zwischen den gleichmäßigen Bewegungen. Der Vater begann schließlich wieder von der Jagd zu erzählen. Ein Treiber sei angeschossen worden, habe eine ganze Ladung Schrot abbekommen und tagelang auf dem Bauch liegen müssen. Der Vater erzählte es wie einen Scherz, schlug auch einmal mit der Hand auf den Tisch, als komme er aus dem Lachen nicht mehr heraus.

Am Ende nahm er einen Löffel und schöpfte die Sauce von der Platte. Die Mutter schaute lächelnd zu ihm herüber. Fermer spürte einen leichten Schmerz im Rücken, der auf den harten Stühlen nicht an die Lehne reichen durfte. Er bemühte sich, die Regeln des Rituals einzuhalten, um nicht jetzt schon unnötig aufzufallen; auch wollte er so tun, als gehöre er schon seit langer Zeit an diesen Tisch und beherrsche die Gesetze der familiären Tischsitten noch ohne Mühe. Die Mutter schien ihn auch besonders zu beachten. Als er zur Flasche greifen wollte und der Vater ihm mit einer ruhigen Handbewegung zuvorkam, sah er ihren flüchtigen Blick.

Das Essen zog sich in die Länge. Als die Platten und Schüsseln schon geleert waren und der Vater die Serviette auf dem Schloß zusammenfaltete, war es wieder ganz still. Sie saßen am Tisch, beinahe ohne sich zu bewegen, nur die Kerzen flackerten. Fermer überlegte, was er hätte sagen können. Er wollte etwas finden, das nichts mit seiner Flucht zu tun hatte, und bemerkte doch, daß er mit beinahe jedem Satz unweigerlich darauf angespielt und so dem Vater Gelegenheit gegeben hätte, das Gespräch auf jenes Thema zu bringen, das alle beherrschte.
Er half der Mutter beim Abräumen; der Vater nahm vorsichtig die Flasche und stellte sie mit den Gläsern ins Nebenzimmer. Als Fermer wieder aus der Küche kam, wo sich das Geschirr jetzt auf dem Tisch türmte, saß er schon vor dem großen Fenster im Stuhl und hatte sich eine Zigarre angezündet. Fermer wußte, daß die Fragen nun beginnen würden. Er setzte sich, trank aus dem wieder vollgeschenkten Glas und blickte den Vater an, um ihn aufzufordern, endlich etwas zu sagen.
Die Sache, begann der Vater auch wirklich, steht nicht zum besten, aber, was geschehen ist, ist geschehen; ich will jetzt nicht fragen und fordere auch keine langen Erklärungen. Jetzt müssen wir uns Gedanken machen, wie die Angelegenheit aus der Welt zu schaffen ist; Kontakt mit den Behörden habe ich bereits aufgenommen, du wirst dich an den Onkel erinnern, der als Richter tätig ist. Mit ihm habe ich schon das Notwendigste besprochen. Sicher wird man es dir anrechnen, wenn du dich so bald wie möglich stellst. Du mußt zwar mit einem Prozeß rechnen, kannst aber doch hoffen, glimpflich davonzukommen. Die Sache ist ein Jugendstreich, nicht mehr. Nun will ich dich nicht drängen, du sollst erst einmal zur Ruhe kommen. Dann können wir gemeinsam die nötigen Schritte einleiten.
Der Vater saß hinter den dichten Wolken des Zigarrenqualms; er drehte die Zigarre oft zwischen den Fingern und

blickte sie ähnlich wie zuvor den Wein immer wieder prüfend an. Fermer versuchte, ruhig zu antworten.
So einfach ist die ›Sache‹, wie du sie nennst, nicht. Vorerst jedenfalls werde ich mich nicht stellen. Vielleicht war es ein Fehler hierherzukommen, aber ich konnte doch um das Haus keinen Bogen machen. Daß ich hier bin, bedeutet nicht, daß ich als verlorener Sohn wieder an den Tisch zurückgekehrt bin. Eigentlich, scheint mir, wollt ihr ja auch gar nicht wissen, was geschehen ist, vielmehr habt ihr all eure Gedanken darauf gerichtet, wie alles wieder in die Vergangenheit zu versenken sei; dabei aber habt ihr euch übereilt. –
Ha, sagte der Vater, schon aufgeregter, so kannst du mit mir nicht reden. Wie oft habe ich darüber nachgedacht, warum das ausgerechnet uns passieren mußte. Was denkst du dir denn! Nichts anderes habe ich in den letzten Wochen im Kopf gehabt. Das alles kann ich nicht Tag und Nacht im Hirn herumtragen wie einen Stein. Auch ist es für dich besser, wenn man darüber so wenig Worte wie möglich macht.
Die Mutter hatte sich dazugesetzt und schaute bei den letzten Worten des Vaters zu Boden; sie schien sich immer noch zu schämen. Es ärgerte Fermer, daß sie ihre Gekränktheit noch immer nicht aufgegeben hatte. So, sagte er, wie ihr mich hier aufnehmt, gebt ihr mir nur zu erkennen, daß ihr euch nicht bemühen wollt, mich zu verstehen. Lieber wollt ihr dem Gerede der Leute wohl recht geben. Wollt ihr denn alles nur hinnehmen, immer wieder nur hinnehmen?
Was denkst du dir, antwortete der Vater, wohin du mit all deiner Empfindlichkeit noch kommen wirst?
Das, unterbrach ihn Fermer, weiß ich nicht. Den Ordnungen, die immer schon irgendwo für mich bereitet sind, werde ich jedenfalls nicht folgen.
Wie willst du denn ohne sie auskommen, fragte da die Mutter. Du wirst schon noch sehen, daß ein Leben ohne

Ordnungen nicht möglich ist, daß es Sicherheiten geben muß.
Vielleicht, antwortete Fermer, das ist möglich. Ich will aber erst noch herausbekommen, was ich zu denken und wie ich alles aufzufassen habe. Auf fremde, immer schon fertige Ordnungen will ich mich nicht verlassen. Ich spüre nur zu genau, daß ich mit ihnen nicht das geringste zu tun habe.
Der Vater schüttelte den Kopf und verließ das Zimmer. Die Mutter rückte auf ihrem Stuhl vor und sprach beinahe begütigend: In den letzten Monaten haben wir uns soviel Sorgen gemacht, das mußt du doch einsehen. Du weißt ja, der Vater hat schon immer nur wenig gesprochen und ist ein eher schweigsamer Mensch. Jetzt aber ist es noch schlimmer geworden. Ich habe oft Angst, daß er das alles nicht mehr ertragen wird.
Ach, sagte Fermer, warum kann denn der Vater nicht stolz auf mich sein? Soll ich denn glauben, daß der Vater mit seinem Leben immer zufrieden gewesen ist? Daß er sich nie einmal hinausgesehnt hat? Daß all die Bescheidenheit, die das Leben auf dem Hof ihm wohl auferlegte, nicht nur eine Tarnung war, um ein größeres Verlangen zu ersticken?
Der Vater kam wieder herein und ging jetzt im Zimmer auf und ab. Dann, sagte er, kannst du am Ende aber nicht auf mich rechnen, dann sieh zu, wie du zurechtkommst.
Laß doch die Drohungen, Vater, antwortete Fermer. Ich will, daß ihr versucht, mich zu verstehen. Nichts brauche ich mehr als die Freiheit, davon kann ich nicht lassen. In der Kaserne habe ich unmöglich leben können. Darauf war ich nicht vorbereitet, und noch habe ich nicht gelernt, mich damit abzufinden. Wenn ich mich füge, sind all meine Bewegungen nur Hohn auf meine Vorstellungen.
Der Vater blieb vor dem Fenster stehen und regte sich nicht. Fermer überlegte. Wie sollte er ihnen begreiflich machen, was sich in ihm verbarg? Wie konnte er alles so ordnen, daß er die Eltern überzeugte?

Indem er noch nachdachte, rückten ihm ihre Gestalten in eine kaum noch erreichbare Ferne. Was wußte er denn von ihnen? In welcher Heimlichkeit hatte sich doch ihr Leben vor ihm abgespielt! Hatten sie sich nicht all die Jahre vor ihm versteckt? Verborgen in die Welt der Vorfahren, hatten sie sich zurückgezogen. Die Bilder an den Wänden machten ihm plötzlich Angst. Wie eng waren die Menschen dort zusammengerückt, aufgestellt wie zu einer Mauer!
Als niemand mehr weitersprach, wußte Fermer nicht mehr, was er tun sollte, und stand auf. Niemand sagte noch ein Wort, als er das Zimmer verließ und nach oben ging.
Dort öffnete er den alten Eichenschrank und nahm die Kartons mit den Photographien heraus. Als er sie auf dem Tisch ausgebreitet hatte, empfand er eine fast vergessene Rührung. Da lachten sie ihm unbeholfen entgegen und als trübe sie keine Erinnerung! Die auf den Bildern zur Schau gestellte Sorglosigkeit beunruhigte ihn. Es war, als stehe hinter diesen lachenden Menschen schon die Gefahr und zwinge sie, die Mienen noch einmal, zum letzten Mal, zu verziehen. Da lag der Vater in der grauen Uniform auf dem Boden, eine Milchkanne in der Hand; auf anderen Bildern trug die Mutter einen langen Rock und stand vor den Mauern des Internates, in dem sie eine Zeitlang gelebt hatte, im Schnee, einen Pelz um die Schultern, wie festgefroren. Dann sah man sie auch mit den Freundinnen vor einem Boot; sie standen in einer langen Reihe und hatten alle den rechten Fuß ein wenig in die Höhe gehoben, als seien sie zum Tanzen angetreten. Daneben lagen Bilder von den Großeltern, beide vor dem Eingang des alten Hauses, der Großvater einmal mit einem Zylinder, ein Gebetbuch in der Hand.
Nacheinander nahm er all die Bilder aus den Kästen; konnte er sich denn verständlicher werden, wenn er in all die Gesichter schaute, wenn er zu verstehen suchte, wie Gedanken und Gefühle dieser Menschen in ihm wie in einem fernen Punkt zusammenliefen? Manchmal glaubte er, die Bilder biegen zu müssen, damit die Menschen lebendig aus

ihnen hervorsprängen, die aufgesetzten Hüte und angepaßten Kleidungen abschüttelten.

Er blieb den ganzen Abend allein. Wollten sie ihn strafen, indem sie nicht mehr mit ihm sprachen, oder wußten sie nicht, was sie sagen sollten? Die Aufnahmen hielt er noch lange in den Händen, aber je länger er sie betrachtete, um so mutloser wurde er.

Es war schon spät, als er sich entschloß, noch einmal Lotta anzurufen: Es hat alles keinen Sinn, die Eltern sind taub, ich kann mich nicht verständlich machen.

Wie hast du dir das auch gedacht, fragte Lotta. Du brauchst viel mehr Geduld, mit Erklärungen ist niemandem geholfen. Warum versuchst du es nicht, indem du mit ihnen lebst, als sei nichts geschehen? Vielleicht kannst du so die gegenseitige Verstocktheit aufbrechen. –

Darüber dachte er später lange nach. Sicher, um sich in Erinnerung zu bringen, mußte er sich ohne Worte begreiflich machen.

Er schlief nur kurz, erwachte schon, als es heller wurde im Zimmer und hörte, daß unten schon die Fensterläden geöffnet wurden. Er stand auf und blickte hinaus, als er den Vater erkannte, der das Haus verließ, einen Stock in der Hand, den grünen Hut auf dem Kopf.

Sich schnell entschließend, zog er sich, ohne noch zu warten, an und lief die kleine Treppe vor dem Haus herunter. In der Ferne bog der Vater gerade vom Weg ab; er lief hinter ihm her und schloß zu ihm auf, als sie an dem niedrigen Haus vorbeigingen, das in der Gegend ›Das Haus der Muttergottes‹ genannt wurde, seit zu Beginn des Jahrhunderts eine Erscheinung die Frau des Küsters dort überrascht haben sollte.

Der Vater schaute ihn nur kurz an, als er neben ihm herging; er stützte den Stock schwer auf und schien auch langsamer als früher zu gehen, als Fermer kaum mit ihm hatte Schritt halten können. Hier ist es noch feucht, so daß ich den Stock

brauche, um nicht auszugleiten, sagte der Vater wie zur Entschuldigung.
Als sie in den Tannenwald einbogen, sprachen sie schon lebhafter miteinander. Noch immer blieb der Vater manchmal stehen und deutete mit dem Stock in die Ferne, um ihm etwas zu zeigen. Dort unten, wo der kleine Bach sich durchs Tal schlängle, sei früher einmal die Grubenbahn gefahren, geradewegs bis zum Bahnhof des Dorfes. Als Kind habe er den weiten Weg vom Hof bis zum Bahnhof zu Fuß machen müssen, manchmal habe er die Grubenbahn erreicht, wenn sie in dem weiten Bogen zwischen den Birken langsamer gefahren sei. Dann habe er auf einen Wagen aufspringen und mitfahren können. Zurückgekommen sei er oft erst am späten Nachmittag, auch dann aber habe er wenig Zeit gehabt. Er habe sich doch nützlich machen müssen, beim Viehhüten, bei der Ernte und beim Auskehren des Stalles. Wo habe er die Zeit hernehmen sollen, sich zu unterrichten? Danach habe doch niemand gefragt. Noch später, noch während des Studiums, habe er an jedem Wochenende nach Hause kommen müssen, um auf dem Hof zu helfen. Mit einer Wurst und einem Brot sei er wieder auf den Weg geschickt worden, davon habe er eine Woche zehren müssen. An all den Vergnügungen habe er nur vorbeischlendern können.
Wie bist du denn auf den Gedanken gekommen, Ingenieur zu werden, fragte Fermer.
Nichts habe ich mir damals so sehr gewünscht, antwortete der Vater, als in der freien Luft arbeiten zu dürfen. Schon früher habe ich die Aufgaben für die Schule, wenn es die Jahreszeit zuließ, im Freien gemacht, beim Viehhüten oder anderswo. Ich habe mir doch nie vorstellen können, den ganzen Tag in einem geschlossenen Zimmer zu verbringen. Dann bin ich meist schon nervös geworden und habe es auf meinem Stuhl nicht mehr ausgehalten. Die Vermessungstechnik hat mich dann auch beschäftigt, weil durch die

Zeichnung Ordnung in die Landschaft kam. Schau nur einmal um dich! Gerade in dieser Gegend sind die Grundstücksgrenzen besonders schwer zu übersehen, manchen Leuten hier sind sie nicht einmal bekannt, so schief und unübersichtlich steht ein Gebiet gegen das andere. Ich habe auch einmal gedacht, daß die Zeichnungen auf dem dünnen, durchsichtigen Papier schon beinahe etwas Künstlerisches haben, und darüber mit einem viel beleseneren Freund gesprochen. Der hat mir recht gegeben; ja, sagte der, vielleicht seien diese Linien die ersten Bruchstücke der Kunst.

Ich erinnere mich, sagte Fermer, daß ich diese Zeichnungen früher beinahe andächtig betrachtet habe; ich habe mir nicht denken können, was auf ihnen dargestellt war, doch die feinen Striche, die Genauigkeit, haben mir großen Eindruck gemacht.

So, sagte der Vater und schaute ihn kurz an, als wisse er nicht, was er von der Antwort halten sollte. Er fuhr jedoch fort: du mußt dir auch vorstellen, daß ich durch die Arbeit auf dem Hof und den Feldern mit der Landschaft viel mehr verbunden war, als man es sich vielleicht überhaupt vorstellen kann. Hier habe ich doch jeden Winkel gekannt. Damals sind auch die Eltern damit zufrieden gewesen, daß ich, wie es damals hieß, Landvermesser werden wollte; jedem leuchtete ein, daß so ein Mann gebraucht werde. Dann habe ich bei größeren Vorhaben mitgewirkt; die Strecken der Bahnlinie am Strom habe ich vermessen, Tunneldurchbrüche und Brücken geplant. Das waren damals wie heute schwierige Projekte; man muß sich in den natürlichen Gegebenheiten gut auskennen, wissen, was man einer Landschaft zumuten kann, wie fest der Boden ist, welche Wirkungen das Wasser hat, wie sich das Klima verändert.

So unterhielten sie sich eine Weile ungestört, und Fermer kam es vor, als mache es auch dem Vater Vergnügen, von sich zu sprechen und sich dabei zu erinnern.

Als sie sich jedoch wieder im Haus gegenübersaßen, wuchs

die alte Befangenheit wieder. In den kleinen Räumen nahmen die meisten Bewegungen den Charakter vorsichtiger Handreichungen an, mit denen man sich nicht verletzen wollte. Hier kam man, wie Fermer bald merkte, mit Worten nicht weiter, hielt ein, räusperte sich und schwieg, als hätten die Menschen auf den Bildern ums Wort gebeten oder als habe man gerade erst die Wand bemerkt, an der die ausgestopften Vögel angebracht waren. In den höher gelegenen Zimmern waren die Tiere in beinahe unübersichtlicher Zahl zwischen kleinen Blumenbildern, die der Vater früher einmal gezeichnet und sorgfältig beschriftet hatte, zu finden. Eine Eule thronte im Treppenhaus, daneben ein Falke, unter der Holzdecke breitete sogar ein Mäusebussard die Schwingen.
Dann kam es Fermer vor, als müsse man jedem Wort erst über den Berg helfen. Die Eltern saßen manchmal auch sprachlos am Tisch, der Vater blätterte in der Zeitung und las Neuigkeiten aus der Umgebung vor, die Mutter versteckte sich meist in der Küche, hielt etwas in der Hand, und Fermer glaubte, zwischen all diesen Bewegungen zu sitzen, als gehöre er nicht hierher. Er wußte auch nicht mehr, was er noch tun sollte, ging in den Räumen auf und ab und schaute lange zum Fenster hinaus. Selten veränderte sich die Aussicht. Meist hingen Nebel noch bis zum Mittag zwischen den Tannen, nur selten drang die Sonne durch.
Die Regelmäßigkeit des Tagesablaufes, die den Eltern selbstverständlich geworden war, störte ihn immer mehr. Die Mahlzeiten waren gleichsam Höhepunkte der sich in die Länge streckenden Zeit. Neben den gefüllten Tellern standen manchmal auch Gläser mit Tabletten, die, bunt und winzig, wie eine süße Nachspeise aussahen. Die Eltern bewegten sich vorsichtiger als früher; längst mochten sie zugegeben haben, daß sie mit ihrem Alter rechneten.
In den Zimmern aber lagen die Gegenstände noch immer an den alten Plätzen. Die Mutter sorgte dafür, daß nichts

verschoben wurde. Wie war es möglich, hier etwas zu verlieren?
Die Tage vergingen, ohne daß sich etwas geändert hätte. Das Haus schien sich langsam von der Umgebung zu trennen; wuchsen nicht die Wände immer mehr zusammen? In den Räumen tickten die Wanduhren, wurden die Kalenderblätter abgerissen und die Blumen ausgetauscht. Allmählich machte die Zeit sich nicht mehr bemerkbar.
Da wußte Fermer, daß es nun schon zu spät sei; in die Gedanken der Eltern konnte er nicht mehr eindringen. Längst war er aus der Familie herausgefallen. Manchmal nur, wenn er am Abend im großen Zimmer saß und in einem Buch blätterte, glaubte er aufstehen zu müssen, um die Eltern zu umarmen und ihnen zu erkennen zu geben, was er dachte, wie man ineinander verstrickt sei. Doch auch jener Gedanke verblaßte wie eine längst ungewöhnlich gewordene Hoffnung. Er schaute nur noch kurz auf und sah den Vater, weit im alten Sessel zurückgelehnt.
Ostern lag nun schon einige Tage zurück. Hinter dem hohen Hügel in der Ferne, auf dem jetzt die Sendestation stand, mochte es schon blühen. Hier aber lagen die Wiesen noch unter den nebligen Schleiern. Nur auf den Feldern wendete manchmal ein Traktor, und der dampfende Mist, der als Dünger auf die aufgebrochene Erde geschüttet wurde, gab dem Boden neue Farbe. –
Im Dorf, sagte der Vater einmal, haben sie mit dem Frühlingsputz begonnen. Auch die Anstreicher haben auf dem hohen Gerüst die Arbeit am Kirchendach wiederaufgenommen.

5
Die Verwirrung

I

Wie ist es dir denn nun ergangen, fragte Lotta.
Auf der Fahrt in den Norden hatten sie sich noch nicht allzu weit vom Dorf entfernt. Am frühen Abend hatte Lotta auf ihn in der Nähe des Friedhofs gewartet. Schon von weitem hatte er sie, neben dem Wagen wartend, dessen Türen offengestanden hatten, gesehen.
Da brauchst du nur einmal um dich zu schauen, antwortete Fermer. Kaum ein Grün bricht durch die verhangene Landschaft. Die Fähigkeit, Zusammenhänge zu erkennen oder sie gar zu gestalten, ist verkümmert. Achte doch auf die Bauernhöfe, an denen wir vorbeifahren; noch weit um die dunklen Scheunen sind die Gegenstände verstreut, der Hof verteilt sich über eine viel zu große Fläche, ein Wässerchen fließt immer gerade über die Straße; auch sind die alten Mauern meist schon eingebrochen. Aufdringlich und beengt wie die Gegenstände – so sind auch die Menschen ineinander verschoben.
Da kannst du dir doch vorstellen, daß es hier keinen Horizont der Sehnsucht gibt. Alles ist vielmehr auf dunkle Art ineinander verstrickt, einer Zensur unterworfen, deren geheime Regeln jedem vertraut sind und die man sich nicht zu durchbrechen traut. Schon die Jugendlichen haben hier nichts von Fröhlichkeit; alle Treffen erhalten sofort den Charakter von Heimlichkeiten, Scham und das Gefühl für peinliche Zustände verhindern alle Offenheit.
Wenn im Dorf zwei junge Menschen längere Zeit miteinander gesehen werden, so wird sofort darüber gesprochen: daß sie nun bald heiraten müßten, daß man ihnen nicht zumuten könne, länger so miteinander zu leben. So wagt es kaum jemand, mit dem Freund oder der Freundin durchs Dorf zu gehen. Dann nämlich begleitet einen schon die Nachrede, daß diese zwei nun ›miteinander‹ gehen.

Hinter allen Beziehungen vermutet man nur den Ausdruck einer ungehemmten Geschlechtlichkeit, die Ehen sind Kalkulationen. Kaum etwas kann hier so erschrecken wie das pubertäre Aussehen, dieser Zustand zwischen Kindheit und Erwachsensein. Unauffällig werden die Jugendlichen von allen Seiten gedrängt, sich endlich für ein Lebensalter zu entscheiden, entschiedenere Mienen aufzusetzen. Man wittert die Möglichkeit des Widerstandes; um so mehr tut man, um den Anblick der eckigen, unansehnlichen Körper zu verstecken. Doch meist können alle ja sicher sein, daß die Jugendlichen, ohne lange zu zögern, den Weg zu dem finden, was hier ›eine Existenz‹ genannt wird. Bedrückend, ja wahrhaftig bedrückend lastet auf den Menschen der Zwang ihrer Vorstellungen, deren Erneuerung ihnen an jedem Sonntag gepredigt wird. – Vielleicht, antwortete Lotta, kann man hier auf dem Land noch etwas anfangen mit dem Glauben, vielleicht hält er die Menschen zusammen oder gibt ihnen das Gefühl von Dauer. –

Nein, sagte Fermer, der Glaube hat hier längst seinen Sinn verloren. Niemand hält sich mehr an das, was da an guten Absichten aus der Bibel herausgelesen wird, niemand versteht auch mehr, was der Pfarrer gesagt hat, allen ist um so deutlicher, daß sie ihr Leben dem, was sie für den Glauben halten, zu unterwerfen haben. Diese Unterwerfung aber läßt man die Umgebung spüren, in der Strenge einer Moral, die alles ans Licht zerrt und so nur verhindert, daß man ohne Nebengedanken miteinander reden kann. Den Menschen hier verschlägt es gleichsam die Sprache vor dem Druck, sich bewähren zu müssen. Manchmal glaube ich, man muß mit dem Brecheisen heran, um diesen Köpfen ihre Träume zu entlocken.

Gut, daß es dir nicht die Sprache verschlagen hat, sagte Lotta. Wie bist du denn mit den Eltern ausgekommen?

Ach, auch die Eltern konnten nicht so mit mir sprechen, wie ich es mir vorstellte, antwortete Fermer. Ihre Vorstellungskraft ist durch all die selbstverständlich scheinenden Regeln des Zusammenseins behindert. Vielleicht aber haben sie eben doch eine Ahnung von dem, was ich will. In den letzten Tagen habe ich noch darauf gewartet, daß alles sich lösen werde, all die Verkrampfung und Unsicherheit. Aber das war eine kindliche Hoffnung. Wie kann ich auch von den Eltern verlangen, all das in wenigen Tagen zu überwinden, was sie in Jahrzehnten taub gemacht hat? Doch ich wollte mich auch nicht darauf einlassen, über die Flucht wie über ein Verbrechen zu reden, nur über die Folgen, nie über die Ursachen. Immerhin haben sie mich am Ende beinahe rücksichtsvoll in Ruhe gelassen. Selbst der Vater hat nach den ersten Aufregungen nichts mehr gesagt; sie haben mir sogar etwas Geld gegeben und mich auch ohne Umstände gehen lassen.

Aber beim Müller, sagte Lotta, da hat es dir doch gefallen; das habe ich deinem Brief angemerkt.

Da hat es mir gefallen, bestätigte Fermer. Der Müller hat es geschafft, der ist dieser Gegend entlaufen und doch zurückgekommen. Den plagen nicht all die Wünsche, die den Menschen hier so zu schaffen machen, die Gedanken an fabrikneue Wagen und Heimwerkerausrüstungen. In dem alten Steinhaus hättest du dich einmal umsehen sollen; dort hat selbst das Holzkreuz an der Wand mich nicht gestört. Aber wie auch immer – es ist gut, daß ich noch einmal in diese Gegend zurückgekehrt bin, nun kann man mir weniger vormachen. Nur weiß ich nicht, wie es jetzt weitergehen soll; ich war froh, endlich hier herauszukommen.

Mir ist es ganz ähnlich gegangen, antwortete Lotta. Ich war so verwirrt und ich merkte, daß ich an den alten Plätzen nicht mehr zur Ruhe kommen würde. Kurz entschlossen habe ich mich da umgemeldet. Auch eine meiner Schwestern studiert übrigens in der Stadt, zu der wir jetzt fahren. Sie wohnt dort mit einem Freund in einer kleinen Dachwohnung, wo wir vielleicht bleiben können, bis wir etwas Besseres gefunden haben.

Von dieser Schwester, sagte Fermer, hast du noch nie erzählt.

Lotta schaute zu ihm herüber und schüttelte den Kopf. Ich spreche nicht gern von den Geschwistern; ich will nichts verheimlichen, habe aber keine Lust, immer mit den Geschwistern verglichen zu werden. Je weniger du weißt, um so unvoreingenommener bist du. Roland etwa, der sich recht genau auskennt, zieht tagaus, tagein Parallelen. Ich kann aber nicht vertragen, wenn man sich sein Wissen so zunutze macht. Auch will ich nicht immerzu an die Eltern erinnert werden, das kannst du dir vielleicht jetzt besser vorstellen.

Ja, antwortete Fermer, das verstehe ich schon; doch hast du mir gerade in der Vergangenheit so viel verheimlicht, daß ich dich kaum noch verstanden habe. Deine Freundschaft mit Roland etwa hast du nie erwähnt, da hättest du ruhig einige Andeutungen machen können.

Dann hätte ich aber zuviel erklären müssen, sagte Lotta. Warum muß alles mit Erklärungen beginnen? Dafür wird schon die rechte Zeit kommen. Die Freundschaft mit Roland – das ist eine alte Geschichte. Um davon zu erzählen, muß ich weit ausholen. Vielleicht hast du aber einen Teil bei deinen Erkundigungsgängen mit Ferdinand schon mitbekommen.

Dann hat Ferdinand dir inzwischen erzählt, was er entdeckt hat, fragte Fermer.

Das hat er erzählt, sagte Lotta. Es war ein schrecklicher Abend. Schon während des Essens begann er die Photographien, die er gefunden hatte, auf dem Tisch auszubreiten und zu warten, bis die Eltern die Sprache wiedergefunden hatten. Niemand bekam einen Bissen hinunter, der Vater ist hinausgegangen, die Mutter hinter ihm drein, als sei das Schlimmste zu befürchten. Ferdinand aber saß die ganze Zeit nur still am Tisch und hob schon beim ersten Satz, den ich gesagt habe, die Hand: von mir wolle er das alles nicht

wissen, ich hätte Zeit genug gehabt, mit ihm darüber zu sprechen; jetzt könne er die Erklärungen den Eltern nicht mehr ersparen. Immer unbarmherziger und angriffslustiger ist Ferdinand gegenüber meinen Beschwichtigungen geworden und warf den Eltern, als sie zurückgekommen waren, auch sofort vor, ihn belogen zu haben. Sie hätten ihm etwas vorgespielt, ihr Leben sei ein einziger Betrug gewesen.
Der Vater mußte dann die Geschichte erzählen und wurde von Ferdinand auch immer wieder gezwungen, fortzufahren und nichts auszulassen.
Diese Geschichte des gestorbenen Bruders war ja die alte Wunde der Eltern. Der Bruder, mit dem ich mich besser vielleicht als mit jedem anderen Menschen verstanden habe, hat das Elternhaus früh verlassen. Immerzu hat er die Eltern damals mit Vorwürfen überhäuft und aus manchmal unerfindlichen Gründen Gegenstände im Haus zerstört, einmal im Zorn sogar eine alte chinesische, vor kurzem vom Vater erworbene Vase auf den Boden geworfen. Dieser unversöhnliche Zorn hat sich gegen beinahe jede Regung der Eltern gerichtet; immer hat er ihnen mißtraut, gefragt, wie denn der Vater die Zeit des Krieges hinter sich gebracht, wieviel Menschen er auf dem Gewissen, wo er sich denn nach dem Krieg versteckt habe.
Der Bruder war das älteste Kind der Eltern und ist noch während des Krieges geboren worden. Der Vater war schon recht früh der Partei beigetreten, übernahm auch bald nicht unwichtige Stellen; noch während seiner Studienzeit war er den Hirngespinsten vom großen, deutschen Reich verfallen und vielleicht auch noch zu jung, diese Vorgänge ganz zu verstehen.
Für ihn, so sagte er an jenem Abend zu Ferdinand, habe diese Zeit all die Träume von Unvergänglichkeit beschworen, denen man doch in der Jugend nachhänge. Darüber aber konnte Ferdinand nur spöttisch lächeln; er zeigte mit

dem Finger auf die Bilder: was sei denn nun mit dem Bruder geschehen?
Der Vater hat sich auch nicht mehr verteidigt und schließlich nur noch berichtet, ist immer kleiner und unbeholfener geworden, so daß mir das Bild schon weh tat.
Schon nach der Schulzeit hatte der Bruder die Eltern verlassen; das Geld für das Studium verdiente er sich mit Ferienarbeiten. Er kam nicht mehr zurück und kümmerte sich nur noch um mich; beinahe fürsorglich hat er mich behandelt. Die Eltern freilich durften davon nichts wissen. Heimlich habe ich mich mit ihm getroffen. Der Vater hat den Bruder da schon behandelt, als existiere er nicht mehr; seine Bilder verschwanden aus den Alben, auch die anderen Geschwister versuchte man vor ihm zu verbergen.
Ich jedoch habe oft mit ihm an den Abenden zusammengesessen und auch seine Freunde habe ich kennengelernt. Sicher hat mir da auch manches nicht gefallen, so unversöhnlich benahm sich der Bruder, als gehe der Krieg immer weiter, als lauere überall der Feind, als müsse jedes Gesicht ihm verdächtig erscheinen. Zuerst war diese Haltung noch gleichsam ohne Grund und Boden, ein beinahe blinder Haß gegen die Vergangenheit; allmählich jedoch wurde sie zur Lehre. Von ›Kriegsverbrechern‹ sprach er nicht mehr direkt, sie aber meinte er wohl, wenn von ›Herrschaft‹ und ›Knechtschaft‹ die Rede war. Er wurde immer unruhiger und ließ sich auch von mir nicht mehr besänftigen. In der Stadt kam es damals zu Unruhen, an denen der Bruder teilnahm. Als der Vater davon erfuhr, konnte er sich kaum noch beruhigen.
Schließlich ist die in all den Jahren gestaute Wut zum Ausbruch gekommen. Der Vater durfte da den Verlag schon wieder führen, der nach dem Krieg für einige Jahre verboten worden war. Der Bruder nannte es eine ›Ungeheuerlichkeit‹, ein solches Betrugsunternehmen wieder aufnehmen zu dürfen. Da kam es zu dem furchtbaren Streit. Ich kann mich gut erin-

nern, daß ich damals, zitternd vor Angst, im Bett gelegen habe, als es unter mir ausgebrochen ist, das Geschrei, das Toben des Bruders und das Weinen der Mutter.
Am nächsten Morgen sah es dort aus wie nach einer Schlacht. Ich durfte nicht herunterkommen; ein Fenster war zerschlagen, eine Flügeltür ganz aus dem Rahmen gerissen. Der Arzt mußte kommen, weil der Vater Herzbeschwerden hatte; später wurde er für einige Wochen zur Kur geschickt, und wir alle haben uns große Sorgen gemacht.
Den Bruder habe ich nicht mehr gesehen. Nur mit Roland, der mit ihm befreundet war, konnte ich sprechen. Dann wurde eine Vermißtenanzeige aufgegeben, fast eine Woche lang suchte man nach dem Bruder, auch die Mutter kam in die Stadt, konnte jedoch nur hilflos herumstehen.
Die Nachricht von seinem Tod erhielten wir an einem Abend von der Polizei. In der Nähe des Dorfes, das am Fluß, unterhalb des Hauses liegt, war er an Land gespült worden.
Niemand wollte den Toten identifizieren, selbst die Mutter konnte es nicht. Dem Vater durften wir damals noch nichts davon erzählen. Schließlich habe ich es übernommen. Du kannst dir nicht vorstellen, wie schrecklich der Anblick war. Das habe ich nie vergessen, diesen Schrecken, diese Angst. Beinahe feindlich gegen jede Berührung bin ich geworden. Auch mit den Eltern habe ich mich nicht mehr verstanden. Ich wurde auf ein Internat geschickt, mußte dort jede Handbewegung gleichsam erst wieder lernen, an Schlaf war nicht zu denken. Damals überraschten mich auch Schwindelanfälle während des Tages. Nur mit Roland konnte ich sprechen, und während der Ferien besuchte er mich in dem im Hochgebirge gelegenen Internat. Ich versuchte, mir mit seiner Hilfe das unzerstörte Bild des Bruders wieder in Erinnerung zu bringen. Roland erzählte mir von ihm, und das hat mich allmählich wieder mit mir versöhnt. Ohne Rolands Hilfe hätte ich diese Zeit gewiß nicht ohne Schaden überstehen

können; erst nach Jahren konnte ich wieder für einige Tage bei den Eltern wohnen, aber schwer genug war es auch da noch.

Diese Zeit der wachen Nächte, in denen ich immer von denselben Bildern gequält worden bin, liegt wohl jetzt hinter mir; doch das alles ist nicht ohne Narben geblieben. Ganz ungestört kann ich mich noch immer nicht bewegen, und meine meist unbegründete Furcht vor anderen Menschen ist noch nicht gewichen. Erst mit Heinrich habe ich mich recht gut verstanden. Doch auch in dieser Freundschaft sind die alten Bilder wie Chimären wieder hervorgebrochen. –

Sie waren längst auf die Autobahn eingebogen. Fermer hatte die Fenster heruntergedreht. Der Wind strich warm am Wagen vorbei, unten in der Ebene schoben sich kleine Wolken über das flacher werdende Land. Wie lange es jetzt noch hell blieb!

Die kleinen Dörfer hatten rote Ziegeldächer, und die Waldungen ringsum standen schon in frischem Grün.

Fermer fragte, wie denn Ferdinand auf die Erzählungen des Vaters reagiert habe.

An jenem Abend hat er sich stumm aufs Zimmer zurückgezogen und keine Vorwürfe mehr gemacht, sagte Lotta. Ich habe mich an den folgenden Tagen lange mit ihm unterhalten, auch die Mutter hat mit ihm gesprochen. Er ist jetzt wohl ruhiger geworden, steht den Eltern aber immer noch mit großem Mißtrauen gegenüber, vielleicht weiß er aber auch nicht, wie er die ganze Geschichte behandeln und sich begreifbar machen kann. Aber er hat oft von dir gesprochen und mit so viel Achtung von dir erzählt, daß es mich gewundert hat.

Fermer hielt den Kopf zum Fenster hinaus. Endlich konnte er sich wieder freier bewegen. Lottas Erzählung hatte ihn beinahe mit der Vergangenheit versöhnt, weil er jetzt begreifen konnte, was sie so quälte und warum sie ihm so wenig von den Eltern und Geschwistern erzählt hatte. Gern hätte er ihr gesagt, daß sein überstürztes Verhalten ihm leid tat, er glaubte jedoch, daß es besser sei, nichts mehr zu sagen. Sie fuhren an einer großen Stadt vorbei.

Von der Autobahn aus konnte man in einen Park hineinschauen; Fermer sah einen großen Brunnen, die Fontänen schossen hoch in die Luft. Auf den Wegen gingen Spaziergänger, die kleinen Laternen waren erleuchtet. Auch in den Schrebergärten saßen die Menschen noch vor den Gartenhäusern; die blühenden Sträucher ragten über die Zäune und verstreut an den Wegrändern lagen schon die Blütenblätter. Die Last der letzten Tage schien mit Lottas Erzählung endgültig geschwunden. Fermer spürte seine Arme so leicht am Körper, daß er sie zum Fenster hinaushielt, als könne er sie fliegen lassen.

Es kommt mir vor, sagte Fermer, als habe man mir den Kopf gewaschen. Früher habe ich mich doch immer so schwerfällig bewegt; das muß jetzt alles anders werden. Warum habe ich immer träumend herumgesessen, den Mund geöffnet, voller Anstrengung in mich vertieft? Ich muß lernen, nicht vor jedem Polizeiwagen davonzulaufen. Mutiger will ich werden; ich freue mich auch, wieder mit dir zusammen zu sein; meinst du nicht, daß es uns gelingen wird, die Welt auf den Kopf zu stellen?

Du redest beinahe, als seist du betrunken, sagte Lotta lachend. Ich bin nun aber auch froh, daß du in meiner Nähe bist. Früher war ich ja manchmal noch von deinem Ernst erschrocken; in deiner Gegenwart sind die Unterhaltungen beinahe wie durch einen inneren Zwang angestrengter, mühevoller, vielleicht aber auch genauer geworden. Das hat auch Roland an dir beobachtet; an einem Abend im Teehaus, erinnerst du dich noch, hat er mit dir über die Musik gesprochen. Später hat er mir gesagt, er könne sich kaum vorstellen, daß jemand, ohne selbst tief in die Musik verstrickt zu sein, so von ihr sprechen könne. Noch selten habe

einer in seiner Gegenwart so sicher, so zielstrebig getroffen, was auch er selbst empfunden habe.
So ist es früher wohl gewesen, bestätigte Fermer. Das will ich auch nicht aufgeben. Noch immer hasse ich das Geschiebe von Worten, das keinem anderen Zweck dient als dem, die Zeit zu vertreiben. Wenn ich das bemerke, kann ich kaum noch weitersprechen. Ich war immer davon überzeugt, die Unterhaltungen auf einen Punkt führen zu müssen, an dem die Redenden gleichsam erschrocken über sich selbst innehielten. Jene Gespräche, in denen man sich an den Rand des Verstehens wagt, haben mich erst betroffen gemacht; alles andere ist Geplauder.
Ich kann mir nicht recht vorstellen, was du meinst, antwortete Lotta.
Gespräche meine ich, fuhr Fermer fort, in denen man etwas von sich gestehen muß. Jeden Satz kann man in der Rede doch so weit von sich wegschieben, daß er gleichsam nichts mehr zu bedeuten hat und der Sprecher in ihm nicht mehr zu erkennen ist. Mir aber ist wichtig, im Satz als Gestalt zu erscheinen. Daherreden will ich nicht und den ganzen Wust der Welt wieder um mich verteilen, den man an allen Ecken zu hören bekommt. Aber es braucht viel Übung, um in einen Zustand zu kommen, in dem man abwarten kann und einem nichts mehr durch den Kopf schwirrt. Immerzu trägt man doch diesen Müll von Erinnerung mit sich herum, gegen den einem selten eine Gegenwehr einfällt. In all diesen Bruchstücken ist nichts, zu dem man sich hingezogen fühlt. Wie Wolken streift das durch einen hindurch. Nur selten erreicht man ein Empfinden, dieser Erinnerungen Herr zu werden. Das ist das Gefühl einer momentanen Freude, eine Erhebung, sich gegen alles durchgesetzt zu haben, den Gang der Dinge für einen Augenblick selbst zu bestimmen.
Beim Lesen ist es mir oft so ergangen. Wenn ich lange gelesen habe und vielleicht durch Müdigkeit langsamer geworden bin, nicht mehr schnell von Seite zu Seite blätter-

te, nicht mehr nur ungeduldig war, sondern die Sätze mich überfielen, dann platzte manchmal all der Wust, und ich freute mich, eine Zeitlang die Erinnerungen verloren zu haben. In jenen Momenten glaubte ich, ganz anders leben zu können, ohne doch zu wissen wie. An diese Momente will ich mich redend erinnern, vielleicht will man eigentlich nur sie beschwören.
Dann kommt man ja kaum noch dazu, etwas zu sagen, sagte Lotta. Von Satz zu Satz bleibt man hängen, gerät vielleicht ins Stottern oder zieht sich in Schweigsamkeit zurück.
Das sind doch nur Zeichen von Unsicherheiten, erwiderte Fermer, Zugeständnisse dafür, daß man vielleicht auf dem richtigen Weg ist. Gibt es nicht so viele Beschäftigungen und Handgriffe, um die Zeit zu verbringen? Sie alle halten die Illusion an, etwas getan zu haben. Hier liegt eine Zeitung, die gelesen werden soll, dort sind zu bestimmten Zeiten Nachrichten zu erwarten, ein Hemd, das man waschen muß, liegt aufdringlich im Weg, der Staub hat schon die Möbel eingehüllt – beinahe ohne menschliches Zutun verdichtet sich alles zu einem unansehnlichen Schleim, den man wie eine Schnecke hinter sich herzieht. Dann wundert man sich noch, langsam vorwärts zu kommen. Jahrelang kann man in jenen Beschäftigungen verkommen, es bedarf keiner sich von Tag zu Tag erneuernden Festigkeit, die Dinge übernehmen den Lauf der Zeit. So jedoch darf man sich nicht bestimmen lassen; durch all dies hindurch, über die Galerie der Wortfetzen hinweg, muß man eine Sprache finden, die einem dann gleichsam eingeschrieben ist, das unabänderliche Spiegelbild der eigenen Geschichte.
Das stelle ich mir aber schwierig genug vor, sagte Lotta. Wie soll man denn da anfangen, wie soll man das lernen?
Einen guten Instinkt braucht man, antwortete Fermer, als sei er nicht unterbrochen worden. Wissen muß man, wo man sich aufzuhalten hat, Ahnung muß man haben von den eigenen Möglichkeiten, umsichtig wie ein Vogel. Nichts

darf einen beirren, nicht der Gleichmut der Welt, nicht die geheuchelte Wichtigkeit des Alltäglichen. –
Lotta deutete hinaus: An schönen Tagen kann man von hier aus die Grenze sehen. Das Land fällt noch ein wenig zum Fluß ab, am anderen Ufer liegt der tote Grenzbezirk, Wachttürme hinter den Stacheldrahtstreifen, Minenfelder. Dort sind am Abend die kleinen Wege erleuchtet, obwohl man niemals einen Wagen sieht. Längst verlassen sind auch die Bauernhöfe in der Nähe der Grenze, die Gegend wie verdorrt. Um zur Schwester zu gelangen, haben wir es jetzt nicht mehr weit.
Dann erzähl doch etwas von der Schwester, damit ich vorbereitet bin, sagte Fermer.
Sie ist mit Georg, einem Freund, vor einiger Zeit hierhergezogen. Sie hat ihn auf einer Reise kennengelernt, und von da an war nichts wichtiger, als mit ihm zusammen zu sein. In der letzten Zeit hat sie wenig von sich hören lassen, auf meinen Brief hat sie nur kurz geantwortet. Sie ist älter als ich und studiert Medizin.
Wenn ihr alle euren Tätigkeiten nachgeht, sagte Fermer, dann werde ich mich auch nach einer Arbeit umschauen. Aber überlegen will ich mir genau, was das beste ist.
Die Gegend wurde langsam flacher; schließlich erschien zur Rechten die Stadt. Die Lichter sah man schon von weitem. Eine grell beleuchtete Straße führte beinahe ohne Krümmung ins Innere. In der Nähe der Fußgängerzone hielt Lotta ein. Weiter müssen wir zu Fuß gehen, die Schwester wohnt dort unten, in der Nähe des Rathauses, wo die kleinen Fachwerkhäuser besonders dicht stehen und die Giebel fast auf die Straße kippen.
Vor dem Rathaus saßen Menschen um den kleinen Brunnen. Weiße Tische und Stühle waren schon vor den Eingang gerückt, die Windlichter brannten, und auf der breiten, unbefahrenen Straße gingen die Spaziergänger zu beiden Seiten auf und ab.

2

Marianne lehnte sich aus dem kleinen Giebelfenster und schaute gerade auf die Straße herab, als sie vor dem Haus hielten. Sie rief ihnen von oben zu, sich einen Augenblick zu gedulden, und verschwand. Das Fenster aber blieb offenstehen, und ein Haken klapperte gegen den Rahmen.
Unten im Haus war eine Wirtschaft untergebracht; die schweren grünen Fensterläden waren noch nicht geschlossen. Wenn sich die Tür öffnete, drang das Stimmengewirr heraus; es roch nach vergorenem Alkohol.
Marianne kam durch einen Seiteneingang heraus; sie umarmte Lotta und gab Fermer die Hand. Sie war viel größer als Lotta, und Fermer glaubte, zu ihr aufschauen zu müssen, obwohl sie noch ein wenig kleiner als er war. Auch sprach sie viel schneller als Lotta, nahm sofort das Gepäck in die Hände und ging ihnen voraus die schmale Wendeltreppe hinauf zum obersten Stockwerk, wo man von den kleinen Räumen auf die breite Straße schauen konnte, auch hinüber zum Rathaus, zur alten Kirche, die man die Kirche des ›Predigers‹ nannte, und zu den kleinen Wirtschaften, die hier eng nebeneinander lagen. Von der anderen Seite der Wohnung jedoch schaute man in den von einer alten Mauer umzäunten Hof, wo Tische und Stühle aufgestellt waren. Neben einer hohen Weide, deren Zweige bis auf den Boden reichten, blühte schon ein Fliederstrauch, und als sie das Fenster öffneten, drang der Duft der Blüten hinein. Ein Kellner ging zwischen den Tischen umher und konnte den Bestellungen kaum folgen. Neben der Mauer saßen noch Menschen auf einem kleinen Vorsprung und warteten auf freie Plätze.
Marianne führte sie durch die Wohnung. Die Räume waren klein, reichten aber hoch bis zum offenen Dachgeschoß, dessen Balken dunkel gestrichen waren. In die Zimmer, die zur Straße hin lagen, schien die Helligkeit der Straßenlam-

pen; man hörte das leise Gemurmel der Spaziergänger. Zum Hof hin war es dunkel, aber lauter. Aus dem Lachen und Reden der Trinkenden erhob sich von Zeit zu Zeit eine laute Stimme und bat um Gehör. Sofort gingen die Unterhaltungen aber um so lauter weiter.
Die Zimmer waren mit Gegenständen und Möbeln beinahe überfüllt. An den Wänden sah man kaum einen freien Platz, Zeichnungen waren überall angebracht, auch Kinoprogramme, dazwischen Bastmatten und Regale, auf denen sich die Bücher türmten.
Auch der Boden war an vielen Stellen kaum noch zu sehen; niedrige Tische, auf denen gefüllte Blumenvasen standen, und Matratzen, die mit bunten Decken eingeschlagen waren, verstärkten den Eindruck einer Fülle, über die sich die tief hängenden Lampen beugten, so daß man sich hüten mußte, sich nicht zu stoßen. Überall schien man auch gerade in einer Tätigkeit eingehalten zu haben. Eine Stickerei lag auf einem Stuhl, auf dem großen Schreibtisch vor dem Fenster waren Blätter mit Notizen zwischen den aufgeschlagenen Büchern verstreut, in einem anderen Zimmer bedeckte ein großer Bogen Packpapier eine Ecke, auf dem eine Zeichnung begonnen war, die Farben leuchteten noch naß. Eine Gitarre stand in einem Türrahmen, in der kleinen Küche, deren Fenster zum Hof hin offenstanden, kochte das Wasser auf der Gasflamme.
Marianne stellte Koffer und Taschen in dem kleinen Zimmer neben der Küche ab, das sie die Vorratskammer nannte. Neben einem mächtigen Eichenschrank lehnten dort noch zwei Matratzen an den Wänden; es roch modrig, und Lotta sperrte das Fenster auf.
Hier, sagte Marianne, könnt ihr euch vorerst einrichten, das Zimmer brauchen wir nicht.
Sie gingen in die Küche, Marianne schloß wegen des Lärms die Fenster und goß das kochende Wasser in eine Teekanne. Sie rückte eine große Schale mit Orangen und Äpfeln auf

den Tisch. Den Tee tranken sie aus winzigen Tassen, die man zwischen den Fingern halten mußte, da sie keinen Henkel hatten.
Marianne fragte, wie es ihnen denn hier gefalle, und schaute Fermer an, indem sie das Kinn auf die Hand stützte.
Fermer zögerte nicht; ich habe gar nicht erwartet, daß es so voll ist. Hier sieht es viel lebhafter aus als in der Stadt am Strom. Die Wohnung gefällt mir gut; ich habe den Eindruck, überall ist ein Gedanke versteckt.
Wie meinst du denn das, fragte Marianne und zog die Augenbrauen, als sei sie erstaunt, in die Höhe.
Hier gibt es ja kaum eine Ecke, die vernachlässigt worden ist, antwortete Fermer. Es kommt mir vor, als seien die Wände von mächtigen Wattebüscheln eingefaßt und abgedichtet und als könne man sich sofort auf den Boden fallen lassen, schon habe man etwas in den Händen, mit dem man sich beschäftigen könne.
Ja, wirklich, antwortete Marianne, so kommt es mir auch vor; aber ich fange so vieles an und komme doch bei den meisten Tätigkeiten nicht zum rechten Ende. Mit Aquarellen habe ich im Winter begonnen und doch kein einziges zustande gebracht, das ich mich aufzuhängen traue. Georg macht darüber seine Witze, er nennt es die ›Feierabendeuphorie‹ und wirft nicht einmal einen Blick auf die mühsamen Versuche. Im Gegenteil: unaufhörlich sind ihm die Dinge im Weg, er stolpert darüber, wirft manches aus Zorn einfach in den Papierkorb, kommt fluchend schon aus dem Zimmer, wenn ich auf der Gitarre erst einige Töne angeschlagen habe. Daran habe ich mich inzwischen gewöhnt. In der letzten Zeit ist er besonders unruhig, da er kurz vor dem Examen steht. Ich glaube, er kommt mit der Arbeit nicht voran, er läßt sich aber – vielleicht aus Stolz – nichts anmerken.
Lotta wollte wissen, wo Georg sich aufhielt, Marianne zuckte nur mit den Schultern. Dann erkundigte sie sich genau nach

den Veränderungen im Elternhaus. Lotta schaute zu Fermer und erzählte nur kurz, ohne Ferdinand zu erwähnen.
Marianne aber wandte sich wieder Fermer zu, den sie, während sie sprach, so anschaute, daß er zu den Fenstern blicken mußte. Du brauchst dich nicht darüber zu wundern, hier noch so viele Menschen auf den Straßen zu sehen. Die Stadt ist nicht groß, gewiß; doch der Anteil der Studenten an der Bevölkerung ist viel höher als anderswo. Dann staut es sich hier im Zentrum, wo alles sich trifft, besonders. Am frühen Abend ist es noch menschenleer auf den Straßen, wenn die Einkäufer sich verlaufen und die Geschäfte geschlossen haben. Dann aber, wenn in den Wohnhäusern schon die Lichter ausgehen, kommt die studierende Meute aus allen Ecken hervor, und nichts mehr ist sicher vor ihr. Jetzt ist es auch besonders schlimm, nachdem man sich während des Winters so lange hat zurückhalten müssen. Der Flieder blüht schon, am Stadtwall ist schon der rote Mohn zu sehen, selbst Pfingstrosen erkennt man schon. Georg treibt sich den ganzen Abend in der Stadt herum; ich gehe nur selten mit, da ich während dieser Wochen früh im Krankenhaus sein muß, er sich aber die Zeit nimmt, lange auszuschlafen, ja manchmal erst gegen Mittag aus dem Bett kommt. Darüber haben wir schon oft miteinander gestritten, er läßt da nicht mit sich reden. Wie er behauptet, braucht er nur wenige Stunden am Tag, um mit klarem Kopf zu Ergebnissen zu kommen. Die Stunde der Philosophie sei die des frühen Nachmittags, wenn die Verdauungssäfte ihre Wirkung verstärkten, den Gedanken bekomme der Kaffee auch besonders gut. Man müsse ihn, so sagt er, durch die Ritzen der geschlossenen Monadenfenster vorsichtig eingießen, appetitio und perceptio täten ein übriges.
Dann redet er immer noch so wie früher und läßt sich nicht hinter seine Gedanken schauen, fragte Lotta.
Marianne nickte. Seit ich ihn kennengelernt habe, spricht er so; er hat sich die Worte zurechtgelegt, mit denen er sich

verstecken kann. Ich kenne ihn ja genauer als die anderen, die das alles für einen Spaß halten, und ich ahne, was in ihm vorgeht; einmal hat er gesagt, er habe oft große Sehnsucht zu reden wie ein Kind, aber niemand wolle ihm zuhören.

Im Hof begann man laut zu singen. Von einem Fenster aus sah Fermer die über die langen Tische gebeugten Menschen. Die Gläser standen schon in kaum übersehbarer Zahl herum, der Singende hatte sich auf den kleinen Vorsprung in der Nähe der Mauer gestellt, an der er sich mit den Händen abstützte, um nicht herunterzufallen. Dann aber streckte er eine Hand aus und versuchte, zu Wort zu kommen. Als niemand ihn beachten wollte, sprang er plötzlich mit einem Satz auf den Tisch. Einige Gläser fielen herunter, und die Köpfe drehten sich ihm zu. Fermer öffnete das Fenster, und der Mann schaute kurz zu ihm hinauf, winkte ihm auch, als wolle er ihn einladen zuzuhören.

Weil es plötzlich ruhig geworden war, kam auch Marianne ans Fenster. Das habe ich mir beinahe gedacht, sagte sie, Georg hat wieder zuviel getrunken.

Da stand auch Lotta auf. Zu dritt lagen sie nun wie Zuschauer auf der Galerie im Fenster und schauten zu Georg hinab. Der Kellner hatte sich erschöpft auf den Vorsprung gesetzt und schien sich entschlossen zu haben, ebenfalls zuzuhören.

Ich will die verehrte Gemeinde nicht stören, begann Georg, doch muß ich mich jedoch gerade heute zu einigen Dingen von unerhörter Wichtigkeit äußern, deren tiefe Bedeutung jedem schon bei meinen ersten Worten aufgehen wird. Könnt ihr denn länger gedankenlos an diesen harten Tischen hocken, ohne daran zu denken, welche Probleme ihr in den Bücherstuben, zwischen den Deckeln und Seiten, zurückgelassen habt?

Es geht, wenn ich es einmal schlicht ausdrücken darf, um den Grund, den allein hinreichenden und nicht mehr zu übertreffenden Grund des Existierens überhaupt, es geht um die Frage der Fragen, an der ihr euch hinter euren Sauftöpfen vorbeidrückt. Ahnt ihr denn, wie das Nichts, das reine Nichts wohlgemerkt, unverdünnt, alkoholisch, selbst in der Enge dieses Hofes dem Sein, dem reinen Sein, wie es sich von selbst versteht, zusetzt? Das müßt ihr erst begriffen haben: das Sein nämlich, das reine Sein, habt ihr euch ohne alle weitere Bestimmung vorzustellen, die Ehre müßt ihr ihm antun. Ihr müßt schon zu schätzen wissen, daß es sich selbst gleich ist, unschuldig und frei von alldem, was ihr da hineindenkt. Schaut doch einmal in eure leeren Gläser, was ihr da begreift. – Er hielt ein und bat den Kellner um ein Glas.

Der Kellner stand auch wirklich auf und ging in die Wirtschaft, ein Glas zu holen. Georg hielt still, während die Herumsitzenden schon begannen, ihn zu necken. Erst als er aber das leere Glas in den Händen hielt, fuhr er fort.

Diesem Glas ist die Unschuld des Seins gut anzumerken; es ahnt gleichsam noch nichts von den Täuschungen der Welt, es ist, um es mit den Worten des großen Philosophen zu sagen, reine Unbestimmtheit, Leere. Nichts ist ihm anzumerken, wenn von anmerken hier überhaupt gesprochen werden kann. Ebensowenig aber ist etwas in ihm zu denken; dieses Glas – das ist das Sein im Zustand der Unschuld, aber auch im Zustand des Nichts. Nun müßt ihr mich recht verstehen: es ist wohl ein nicht geringer Unterschied, ob man etwas oder nichts anschaut und denkt.

Damit sitzen wir schon in der Falle! Die Wahrheit tritt hervor, der Scheideweg des Denkens beginnt! Indem ihr das arme, unschuldige Sein anschaut und denkt, seid ihr schon dem Nichts aufgesessen. Die Wahrheit ist also, daß das Sein in Nichts und das Nichts in Sein, halt – nicht übergeht, sondern übergegangen ist. Diesem Augenblick aber, in dem das Sein in Nichts und das Nichts in Sein übergegangen ist, kommt ihr nicht hinterdrein, da läuft einem, um es wieder einmal schlicht zu sagen, gleichsam die Zeit davon und läßt

keinen Rockzipfel zurück, an dem sie sich halten läßt. Die Wahrheit läßt sich nicht stellen!
Was bleibt einem da noch übrig, als zu behaupten, daß die Wahrheit eben das Werden ist, der schon immer verschwundene Rockzipfel!
Er nahm ein mit Bier gefülltes Glas und goß den Inhalt in das leere, das der Kellner ihm gebracht hatte. Er prostete den Herumsitzenden zu und trank es mit einem Zug aus.
Nun habt ihr wohl verstanden! Saufend nur seid ihr auf den Spuren der Wahrheit, auf den Spuren des Werdens, unaufhörlich dabei, das Sein zu Nichts und das Nichts zu Sein zu machen.
Er sprang vom Tisch, und die Herumsitzenden begannen zu klatschen. Marianne schüttelte den Kopf. Wieviel er an diesem Abend wohl schon getrunken hat! So geht es beinahe täglich. Ich weiß kaum noch, wie ich mit ihm umgehen soll. Beinahe jeden Einfluß habe ich verloren. Deshalb bin ich auch froh, daß ihr gekommen seid, vielleicht hält ihn das etwas an.
Georg schaute noch einmal zum Fenster hinauf und verschwand, als er sie gesehen hatte, im Haus. Man hörte ihn singend die Treppe heraufkommen.

3

Dieses Gesöff, sagte er, als er in die Küche trat und die Teetassen sah, könnt ihr mir nicht vorsetzen; das ist gut für asiatische Mystik, für Budenzauber mit Räucherstäbchen. Ich brauche schonungslosere Kost. Der Wein muß einem in den Kopf fahren wie das Feuer und schonungslos alle guten Gedanken herausscheuchen. –
Es ist kein Wein mehr da, sagte Marianne.
Kein Wein? –
Er bewegte sich nur schwer durch den Raum, hielt sich auch

am Tisch fest, der große Kopf glänzte rot. Er umarmte Lotta und drückte ihr einen lauten Kuß auf die Stirn; auch Fermer drückte er an die Brust, als habe man sich seit Jahren nicht mehr gesehen. Du bist also der Traumtänzer vor den goldenen Kälbern der Behörden! Schmächtig genug stehst du ja da, man hat dich wohl ganz schön hergenommen? Das muß jetzt alles anders werden, zunächst will ich Wein besorgen.
Er nahm eine Tasche und verschwand. Draußen sang er ohne Unterbrechung weiter.
Er meint es gut, sagte Marianne, will immerzu einladen, am liebsten alle umarmen und ihnen, wie er sagt, die Traurigkeit aus den Köpfen treiben. Dann aber sitzt er selbst manchmal hoffnungslos herum, ist unfähig, etwas zu tun, blickt stundenlang aus dem Fenster, kann nicht einmal dazu gebracht werden aufzustehen. Das nennt er ›das königliche Versacken‹; nicht ein Gedanke fällt ihm ein, an dem er sich in die Höhe ziehen kann. Alles ist wieder verbraucht, die Klingel muß abgeschaltet werden, oft schläft er den halben Tag. Am nächsten Morgen ist es wieder vergessen, schon hat er vom Fenster aus Freunde gesehen und sie heraufgebeten. Die Philosophie, sagt er manchmal, sei eine Krankheit; er habe all den Trübsinn, der sich in ihr verstecke, schon längst durchschaut. Eines Tages jedoch wolle er die Karten auf den Tisch legen, ein As neben das andere, und niemand werde dann noch wagen, von Philosophie zu sprechen.
Vielleicht, sagte Fermer, muß man ihn dazu bringen, etwas ganz anderes zu machen.
Ach, sagte Marianne, wie oft ich das versucht habe! Ich selbst habe mich ja schon mit so vielen anderen Dingen beschäftigt, weil ich das Medizinstudium für nicht ausreichend gehalten habe. Zu Freunden, einem psychologischen Arbeitskreis, habe ich ihn mitgenommen, und später hat er das Gespräch als ›Wollust des Selbstmitleides‹ abgetan; eine

andere Gruppe wollte versuchen, sich um Arbeitslose zu kümmern, und er ist schon nach ein paar Minuten weggegangen: er sei kein Heiliger und könne das Mitleid nicht in sich verkochen, lieber setze er sich mit den Leuten zusammen und trinke etwas Gutes. Er ist schwerfälliger geworden, hat auch einen ordentlichen Bauch bekommen, aber nur einmal ist er mir zum Schwimmen gefolgt; das ›sportliche Gehabe‹ verursache ihm Brechreiz. Er kann sich jetzt auch nur schwer in eine Gemeinschaft fügen, manchmal wird es ihm mitten im Gespräch unwohl, er steht auf und ist verschwunden. Einmal habe ich ihn tagelang nicht gesehen und mich dennoch nicht getraut, nach ihm zu fragen oder zu suchen.

Schneller als erwartet erschien Georg wieder in der Küche. Die Tasche war mit Weinflaschen gefüllt: da habe ich den verstockten Brüdern aber wieder einmal die Meinung gesagt. Wie es mich angeödet hat, dieses Herumsitzen, diese Unbeweglichkeit! Denen dröhnt der Kopf noch von dem Unsinn, den sie während des Tages aufs Papier gebracht haben. Der Haufen kommt mir vor wie eine Schar von Kindern, die sich ihren Auslauf verdient zu haben glauben.

Er stellte Gläser auf den Tisch, entkorkte eine Flasche, schenkte ein und stieß mit ihnen an, sitzend schon, Lotta zu sich herüberziehend. Laß dich doch einmal anschauen! Noch schöner bist du inzwischen also geworden, da kann man doch sehen, was aus unverbrauchten Köpfen wird, denen man den Gashahn der Wissenschaft noch nicht geöffnet hat. Und der hier, der vorsichtige Mensch, der ist also der neue Begleiter! Vor dem mußt du dich hüten, der hat den zwittrigen Blick.

Ja, sagte Lotta, den hat er wirklich; aber damit werde ich schon fertig. Er weiß noch nicht, was er machen soll, vielleicht kann ich ihn zum Studium überreden.

Da kannst du ihn ebensogut krank melden, antwortete Georg. Nur das nicht, das kannst du ihm nicht antun. Nein, dieser schmächtige Mensch braucht harte Sandalen unter den Füßen, breiter werden muß er, sich an der frischen Luft bewegen und nicht im matten Licht der Lesesäle verkümmern. Unten in der Kneipe brauchen sie jetzt, wo sich alles an den Tischen drängt, einen Kellner zur Aushilfe. Das ist das Richtige; da wird nicht lange nach Papieren gefragt, da bekommt er am Ende der Woche das Geld bar in die Hand. Die Trinkgelder kann er dazu einstreichen, es wird nicht viel sein, aber genug, um kräftige Beine und schnellere Hände zu bekommen. Dann wird er auch andere Leute kennenlernen – nun, so viel ist sicher, ich werde mich der Sache annehmen.

Aber, sagte Marianne, du weißt doch nicht, ob es Fermer überhaupt recht ist, vielleicht hat er etwas anderes vor.

Ob es ihm recht ist, äffte Georg nach; hier gibt es nichts zu fackeln und zu bedenken, ein Kellner tut der Menschheit not. In den wissenschaftlichen Brutöfen wird er noch früh genug verschachert.

Diese Wut, sagte Fermer, die du da im Bauch hast, kann ich nicht verstehen; warum machst du denn überhaupt noch mit, warum läßt du dich denn quälen, wenn du längst schon alles verachtest?

Wenn du so fragst, antwortete Georg, muß ich dir einen noch herberen Tropfen einschenken. In dieser Stadt, in der die Straßen von Studenten verstopft sind und die Wissenschaft schon seit Jahrhunderten die einzige Beute ist, deren man habhaft werden kann, in der noch die Marmortafeln an den Häuserwänden melden, welcher schlaue Kopf sein ›Wesen‹ hier vertrieben hat, in deren Nähe kaum ein Berg, kaum ein Hügel, kaum eine Erhebung hinauslockt, in dieser flachen Verdichtung des Tieflandes also geht den Menschen nichts anderes in den Kopf als der Ehrgeiz, einen Tag auf einem Stuhl zu verbringen, sich über die weit entfernte Welt Gedanken zu machen, diese auf die Stangen der Theorien zu spießen und dann auf Turnieren und dazu eingerichteten

Gesprächsabenden gegeneinander anzutreten. Mit aufgeblähten Bäuchen reitet man aufeinander los, in den Gängen und Hörsälen herrscht große Betriebsamkeit, dem Theorienstand, den neusten Meldungen vom wissenschaftlichen Klima, den Wassertiefstandsmeldungen zu folgen. Atemlosigkeit, Herzflattern, Magenbeschwerden sind die ersten Folgen. Die Mühle bewegt sich, einmal in Gang gesetzt, beinahe von allein. Hier kann nach einer Weile niemand mehr die Tinte halten, Papier wird in nicht mehr zu zählenden Mengen bedruckt, vervielfältigt, noch während des Essens in den überfüllten Mensasälen halten manche so einen Wisch in den Händen, die Bissen bleiben ihnen im Hals stecken, aber hier wird mit Mineralwasser gegurgelt. Dann steigt jeder wieder, allein gelassen, in die enge Koje, baut zwischen beschmierten Broten und tropfenden Wasserhähnen an der nicht mehr auszutreibenden Idee, alles werde sich ordnen lassen, irgendwann werde der Geist über ihn kommen. Längst schon versteht der eine den anderen nicht mehr, dafür aber hat man sich eine Sprache zurechtgelegt, die alle Schwierigkeiten der Verständigung überbrücken hilft. Mit diesen Worten kann man sich abendelang auf dem Glatteis bewegen, sich im Zentrum der Bücherwelt fühlen. In verlasseneren Gegenden gibt es zwar die ersten Unfälle, die Stadt hat die höchste Selbstmordquote im ganzen Land – doch das, so wird eben behauptet, sind die, die es eben nicht geschafft hätten, mit denen sich nichts mehr anfangen lasse. Man geht lieber zur Tagesordnung über, die Wissenschaft duldet keine Gewissensbisse, ihre Anhänger haben ein beinahe schon militärisches Bewußtsein, einen untrügbaren Kaserneninstinkt, ein fiebriges Lagerbewußtsein. Da ist jeder Blick streng auf das Papier gerichtet, die höheren Offiziere sind auf Kongressen der denkenden Meute entrückt. Da nun willst du dich hineinwagen, in diese Organisation der Lesenden, nachdem du die ersten Schwierigkeiten eben überwunden hast? Nichts da,

ein Kellner wird gebraucht, ein dickbäuchiger Kellner ohne überflüssige Luft im Hirn und in den Därmen.
Nun hast du meine Frage doch nicht beantwortet, sagte Fermer.
Gut, wenn du es hören willst. Ich habe mich dieser jagenden Meute, die nicht weiß, wen sie eigentlich verfolgt, angeschlossen, um sie mit zu Tode zu hetzen. Denen kann man mit schönen Sprüchen nicht beikommen, mit Spott und Ironie gibt es hier keinen Preis zu gewinnen, die sind taub für solche Scherze. Nein, die muß man mit ihren eigenen Waffen schlagen. Das aber habe ich mir vorgenommen, ich werde ihnen zeigen, wodurch ihnen der Druck im Kopf entstanden ist. Ich bin noch dabei, die Waffen zu schmieden, wende das Schwert noch im Feuer, dann aber geht es unbarmherzig los.
So bitter bist du also inzwischen geworden, sagte Lotta. Früher warst du fröhlicher. Auch Marianne hat nichts Gutes von dir erzählt.
Georg trank sein Glas mit wenigen Zügen leer und hielt schon wieder eine neue Flasche in der Hand. Er blickte kaum auf, sah dann Marianne nur belustigt von der Seite an. Marianne? Die kann wahrhaftig nichts Gutes über mich berichten. Die hat ihre liebe Not mit mir, muß mich füttern, mir gut zureden. Aber die hat wenigstens ihre Sicherheiten, die kommt mit den Patienten im Krankenhaus gut zurecht, die zufrieden sind, wenn sie gut behandelt werden. An den Knochen läßt sich leichter operieren als in den Hirnen. Während der Nachtwachen kann sie mit den Krankenschwestern plaudern und ihr soziales Mitleid entfachen, die gute Seele spielen, tagsüber schon die Pullover für den Winter stricken. Nein, Marianne kann sich nicht beklagen, die hat ihren Sozialfall, den sie sich immer gewünscht hat, schon im Haus. Das schafft Stabilität. –
Er fuhr sich mit der Hand durchs Gesicht. Gott, ich will nicht weiter so ekelhaft daherreden, ich habe auch schon

eine Menge getrunken. Froh bin ich doch, daß ihr nun hier seid. Ich werde noch im Wein ersticken, wenn wir uns jetzt nicht auf die Beine machen. Was könnten wir denn unternehmen, so spät? Die wissenschaftliche Sekte ist schon wieder in die Betten gekrochen, um so besser!
Er ging ans Fenster und schaute in den Hof. Ja, ich habe recht gehabt. Die Stadt ist frei von üblen Dämpfen und Abgasen schlechter Launen. Gegen den jungen Freund mit dem zwittrigen Blick will ich eine Partie Billard spielen; da werde ich schon sehen, ob der seinen Körper zu drehen und die Finger zu bewegen weiß.
Er räumte auch die Flaschen weg, als gebe es keinen Widerspruch. Marianne schaute nach einem Schal und öffnete in allen Zimmern die Fenster. Lotta zog den Mantel über und stellte die Gläser noch in die Spüle. Als sie hinausgingen, lief Georg noch einmal in die Wohnung zurück und brachte die Gitarre. Marianne habe doch wahrhaftig lange genug während des Winters an den Saiten herumgezupft.
Gut, antwortete Marianne und stieß ihm gegen die Schulter, dir werde ich es schon zeigen.
Als sie die Treppe heruntergingen, Georg singend, sich am Geländer haltend, Lotta neben Fermer, den Mantel jetzt über die Schultern gelegt, hielt Marianne die Gitarre in der Hand.

4

Warum, fragte Fermer Marianne, lebst du denn noch mit Georg zusammen?
Lotta war schon vorausgelaufen und trieb den durch die Trunkenheit schwächer Gewordenen an, schneller zu gehen.
Das habe ich mich auch oft schon gefragt, antwortete Marianne. Warum komme ich davon nicht los, warum bin ich nicht einmal fähig, ihn vor die Tür zu setzen? Vielleicht, weil sich manchmal doch die alte Vertraulichkeit wiederher-

stellt, weil er dann mit mir so spricht, wie er eigentlich reden will. Ich ahne doch genau, wie es ihm geht, wieviel Angst er hat, sich zu gestehen, wie unsicher er ist. Ich bin mit den Jahren einsichtiger geworden. Früher lief ich selbst an den Abenden in der Stadt herum, konnte nicht lange genug aufbleiben des Nachts, habe mich am Morgen vor dem hellen Tageslicht gescheut. Das ist jetzt vorbei. Die Zeit im Krankenhaus hat das allmählich verändert; je mehr ich arbeiten mußte, um so mehr sah ich ein, daß all die Herumtreiberei mir nicht mehr geholfen hat. Beinahe wütend war ich schon, wenn ich mich am Abend irgendwo lange aufgehalten habe, ohne es eigentlich zu wollen.

Vor der Kirche saßen noch Menschen auf einer Mauer und unterhielten sich. Weit über die niedrigen Zaungitter drängten sich die blühenden Sträucher. Die schweren Blütendolden hingen an manchen Stellen schon nahe dem Boden und zogen die Äste hinab. Der starke Duft wehte durch die Straßen, und sie gingen, wie in eine Wolke gehüllt.

Georg schaute sich um. Warum kommt ihr denn so langsam hinterdrein? Diesen Duft müßt ihr euch in die Köpfe schlagen – Ginster und Magnolien, da muß man hindurchlaufen wie durchs Paradies. Wirklich lief er auch plötzlich schneller voran, als man es ihm zugetraut hätte. Vor einem Kino stand noch eine lange Schlange; bald mußte die Nachtvorstellung beginnen. Georg blieb stehen und unterhielt sich mit den Wartenden. Lotta wollte ihn weiterziehen, aber er sprach unaufhörlich.

Das ist schon eine Manie bei ihm geworden, sagte Marianne und deutete mit dem Kopf zu Georg hinüber. Immerzu muß er den anderen ihr Dasein vorhalten. Er könne sich deren Leben, hat er einmal gesagt, nicht anders als ärmlich vorstellen. Denen müsse man doch pausenlos ins Gesicht schreien, um sie aufzuschrecken. Dann überfällt er sie mit all seiner Fröhlichkeit, will sie mitreißen, aber die wenigsten lassen es sich gefal-

len, fühlen sich bedrängt. Das reizt ihn um so mehr. Er will den anderen die Fröhlichkeit diktieren, man müsse sie, hat er gesagt, verführen, alles Kleinliche zu vergessen.
Er läßt ihnen ja nicht einmal Zeit, sich zu entschließen, sagte Fermer. Auch wir saßen eben noch so beengt um den Tisch und waren seinem Willen unterworfen.
Georg hatte sich endlich von Lotta überreden lassen weiterzugehen. Als er jedoch eine Gruppe amerikanischer Soldaten erkannte, lief er auf sie zu und grüßte militärisch. Den Rettern des Vaterlandes Gruß und Anerkennung, ihr seid wohl auf Streifengang?
Lotta zog ihn weiter, als die Soldaten stehenblieben und zu ihm herüberschauten.
Ich habe, sagte Fermer, jetzt auch gar keine Lust, mit ihm Billard zu spielen. Es ist so angenehm draußen.
Ihnen voraus war aber Georg schon vor einer Wirtschaft stehengeblieben. Ein Italiener stand vor der Tür, kramte noch in seiner Tasche, nahm dann eine Packung heraus und bot ihm eine Zigarette an. Als habe Georg geahnt, was gesprochen worden war, drehte er sich zu Marianne um, als sie näher gekommen waren. Also, wer macht mit? Hier, ein guter Spieler ist schon bereit. Der kann einem zeigen, wie man die Kugeln zum Leben bringt, der hat nicht diese steif gewordenen Finger, dem hängt der Arm nicht wie ein Rechen am Körper.
Lust habe ich nicht, antwortete Fermer, ich werde etwas zuschauen.
Auch Lotta ging mit hinein, während Marianne draußen blieb.
Der Raum war überfüllt. An den Wänden waren hohe Spiegel angebracht, so daß man von beinahe jedem Platz das Spiel an den Tischen verfolgen konnte. An der kleinen Theke standen die Zuschauer dicht gedrängt, jemand stellte die Tafeln nach, die neben der Theke angebracht waren und die Spielergebnisse festhielten.

Es war kein Tisch mehr frei; als der Italiener sich jedoch mit einer Gruppe von Spielern verständigt hatte, räumten diese sofort den Platz und gaben auch die Stöcke weiter. Als sei das ein Zeichen gewesen, lösten sich auch einige Zuschauer von der Theke und kamen näher. Einer stieß Fermer von der Seite an und deutete auf Georg. Der sei ein guter Spieler, mit dem anderen da aber werde er es kaum aufnehmen können.
Der Italiener legte die Kugeln bereit; nach jedem Stoß ging er schnell um den Tisch und brauchte nicht lange zu überlegen. Er zog die Jacke aus und zündete sich wieder eine Zigarette an; es dauerte eine Weile, bis Georg ans Spiel kam. Er zögerte viel länger, betrachtete oft lange die Stellung der Kugeln und schien nicht mehr zu bemerken, was um ihn geschah. Als er sich einmal über den Tisch beugte, erkannte Fermer die Spannung, die ihn plötzlich erfaßt hatte. Er ließ die Asche der Zigarette achtlos auf die Kleidung fallen, suchte nach einem neuen Stock, blickte nicht mehr um sich, saß in den Spielpausen nur still neben dem Tisch, ohne den Blick von den Kugeln zu lassen. Der Italiener trat nach jedem mißlungenen Stoß schnell zur Seite, sprach auch mit den Herumstehenden, holte sich von der Theke etwas zu trinken, bot auch Georg etwas an, der aber nur den Kopf schüttelte, ohne etwas zu sagen.
Neben Fermer fragte einer nach dem Einsatz, ein anderer rief nach Alberto, und der Italiener drehte sich um. Es war jetzt recht still geworden, auch an den anderen Tischen hatte man das Spiel eingestellt.
Fermer wartete zwischen den gedrängt stehenden Menschen, bis die erste Partie beendet war. Der Italiener hatte gewonnen und bestellte an der Theke etwas zu trinken. Georg zog den Pullover aus und legte ihn Lotta in den Schoß. Er kam zu Fermer hinüber. Wenn ich auch die dritte Partie verliere, höre ich auf, die beiden ersten rechne ich mir nicht an.

Gut, antwortete Fermer, ich komme später wieder hierher, es ist mir zu eng, die Luft ist auch zu schlecht.
Georg aber schien gar nicht mehr darauf zu achten, was er sagte. Fermer schaute noch fragend zu Lotta hinüber, bevor er hinausging. Die aber schüttelte den Kopf und deutete auf den Pullover, als habe sie sich verpflichtet, ihn die ganze Zeit über zu halten.
Draußen saß Marianne auf einer Bank und spielte auf der Gitarre. Georg hat die erste Partie nun verloren, sagte Fermer und setzte sich dazu.
Dann wird es noch lange dauern, sagte Marianne. Hast du Lust, noch etwas durch die Stadt zu gehen?
Fermer nickte, und sie nahm die Gitarre in die linke Hand, während sie eine kleine Brücke überquerten, unter der ein schmales Gewässer floß. Die hohe Hinterfront der alten Häuser bildete beinahe das Ufer; nur das trockene Flußbett trennte das Wasser noch von den Häusermauern. Ein Boot lag angekettet auf den Steinen.
Vielleicht, sagte Fermer, nehme ich Georgs Angebot, für einige Zeit den Kellner zu spielen, doch an; ich habe nicht mehr viel Geld. Alles stürzt plötzlich wieder so auf mich ein, ich kann mich kaum besinnen.
Vielleicht hat Georg dich verwirrt, sagte Marianne. Das habe ich früher, als ich ihn noch nicht recht gekannt habe, auch häufig an mir beobachtet. Nachts konnte ich nur schlecht schlafen, immer hat er sich anders verhalten, man war von Minute zu Minute nicht sicher mit ihm. Seine plötzlichen Entschlüsse hatten mir beinahe alle Entschlußkraft genommen, oft habe ich Tage gebraucht, um wieder ruhiger zu werden. Jetzt aber mache ich diese Fehler nicht mehr; seinen Launen gebe ich nicht nach und lasse ihn, wenn er denn will, seinen Weg gehen.
Sie erreichten das alte Stadttor, das von allen Seiten angestrahlt war. Fermer begann zu erzählen; Marianne erkundigte sich immer genauer, und er fand allmählich einen Faden

und holte weiter aus, als er beabsichtigt hatte. Dann erzählte er auch von Lotta, endlich auch, was er hatte verschweigen wollen.
Lotta, antwortete Marianne dann, ist in der Familie immer recht unglücklich gewesen. Noch heute hat sie sich von den üblen Träumen und Erinnerungen nicht befreien können. Wohin sie auch geht, sie gerät immer aufs neue in die alte Geschichte. Ich bin früh genug von den Eltern weggegangen, um nicht immer von diesen Eindrücken heimgesucht zu werden. Dafür werde ich manchmal aber so mutlos, daß ich glaube, ganz von vorne beginnen zu müssen. Ich weiß nicht recht, woran das liegt. So viel hat sich schon in mir verbraucht, manchmal kommt mir der Gedanke, ich müsse dieses Land verlassen. Im Krankenhaus, wo ich anfangs noch gern arbeitete, weil die Aufgaben ungewöhnlich waren und man sich auf die Menschen mit besonderer Sorgfalt einstellen mußte, um keine Fehler zu machen, gerate ich allmählich auch in eine immer größere Routine und beherrsche die Arbeit jetzt wie jede andere auch. Es fällt mir zu den Tätigkeiten nichts mehr ein, ich bin froh, wenn ich einmal den Nachtdienst übernehmen darf; da kann ich mich ausruhen, lesen, mich ablenken und allmählich gerät die Zeit in Vergessenheit.
Vor dem Stadttor wurde es dunkler. Die Straße führte zu den Neubausiedlungen, dann an den Schrebergärten entlang bis zum Bahnhof, wo auf dem Vorplatz die Taxifahrer warteten. Sie gingen die kleine eiserne Treppe bis zur Brücke hinauf, die die Schienen überquerte.
Oben blieb Fermer stehen. Aus der Ferne näherte sich ein Zug, die Menschen kamen aus den Wartesälen und brachten die Koffer auf den Bahnsteig. Unten flackerten die Neonlichter, ein Gepäckträger stellte seinen Wagen ab. Der Zug fuhr langsam ein, und sie konnten in die manchmal noch schwach erleuchteten Fenster sehen. Eine Frau blickte von einem Buch auf und schaute zu ihnen hinauf. Im leeren

Speisewagen saß ein Kellner am Tisch und trank ein Bier.
Hier und dort gingen die Fenster herunter, jemand winkte mit dem Taschentuch. Aus dem Lautsprecher kam leise die Ansage, als wolle der Sprecher niemanden erschrecken. Eine Frau stieg aus und ließ den Gepäckträger die Koffer aus dem Wagen holen. Schon nach kurzer Zeit waren die Wartenden im Zug verschwunden.
Jetzt müßten wir einsteigen können, sagte Fermer. Eine Nacht und einen Tag will ich fahren, nach Süden am liebsten, immer weiter nach Süden. Das Gebirge will ich sehen und die Paßstraßen, die hoch gelegenen Dörfer, Wasserfälle und kleinen Hütten. Schon am Morgen würde ich in einer völlig verwandelten Landschaft sein, brauchte die Augen nicht mehr zu schließen, stände zwischen Pinien und Akazien.
Marianne hatte sich auf die Treppenstufen gesetzt und blickte zum Zug, der langsam wieder den Bahnhof verließ. Sie nahm die Gitarre und begann zu spielen. Fermer setzte sich neben sie und lehnte sich gegen das Geländer. Er hörte Stimmen im Bahnhof, ein Mann sprang auch über die Gleise und verschwand im Wartesaal. Dann sah er die Bahnhofspolizisten das Gebäude verlassen und mit einem Hund an der Leine auf die Treppe zukommen. Marianne spielte weiter, auch Fermer blieb sitzen, bis die Polizisten neben ihnen standen. Sie fragten nach den Ausweisen und hielten den vorwärts treibenden Hund zurück.
Fermer nahm den Ausweis aus der Tasche, blieb aber weiter sitzen und schaute zum Bahnhof hinab. Marianne begann zu sprechen und versuchte zu erklären. Die Polizisten blätterten in den Papieren und forderten sie schließlich auf aufzustehen. Hier dürfe man nicht herumsitzen am Abend, hätten sie das Schild nicht gelesen, der Aufenthalt auf der Brücke sei nicht gestattet.
Fermer schüttelte den Kopf. Sie hätten den Nachtzug beob-

achten wollen. Man gab ihnen die Ausweise zurück und die Polizisten setzten den Weg über die Brücke fort, während Marianne schon die Treppe hinabging.
Unten lachte Fermer auf: Nun habe ich schon beinahe sicher damit gerechnet, mitgenommen zu werden. – Ich glaube, sagte Marianne, sie haben uns wegen der Gitarre nicht ernst genommen.
Sie gingen den Weg jetzt zurück, und er spürte, wie kalt seine Hände geworden waren. Er zitterte dann auch am ganzen Körper, spürte eine Schwäche im Magen und glaubte, sich übergeben zu müssen. Als er sich über das Gesicht fuhr, bemerkte er, wie feucht seine Haare waren.
Er sagte aber nichts, erst als er sich gegen die Mauer des Stadttores stützte, sah Marianne, wie es um ihn stand. Du bist ganz blaß, die Lippen zittern ja, du mußt dich setzen.
Sie zog ihn zu einer Bank hinüber, und als er zusammengekrümmt saß und die Hände gegeneinander preßte, die ihm noch nicht gehorchen wollten, zog sie ihren Schal aus und wickelte ihn um seinen Hals. Sie drehte sich ganz zu ihm hinüber und legte den Kopf auf seine Schulter. Er atmete tiefer und schloß die Augen.
In der Ferne schlug eine Uhr. Wenig später schaltete sich die Beleuchtung des Tores aus. Eine Gruppe von Menschen kam die Straße herunter; sie sprachen leise, als sie an ihnen vorbeigingen.
Fermer spürte die plötzliche Trockenheit im Hals, er lockerte den Schal, und sie saßen still eine Weile, ohne sich zu bewegen. Langsam wurde es ihm wieder wärmer, er begann sich an das, was geschehen war, zu erinnern und fragte Marianne, ob man wieder in die Stadt gehen wolle.
Als sie nebeneinander durch das Tor gingen, trug er ihre Gitarre in der Linken; er umarmte Marianne noch, als sie schon vor der Wirtschaft angekommen waren. Die Tür stand offen, ein Mann fegte drinnen den Boden. Er schüttelte den Kopf; man habe geschlossen, morgen mittag gehe es weiter.

Sie gingen zum Haus zurück, ohne miteinander zu sprechen. Aus dem Kino liefen plötzlich die Menschen auf die Straße und machten halt, als müßten sie erst den rechten Weg suchen. Einige blieben auch noch vor den Plakaten stehen und deuteten auf die Schauspieler. Eine Frau schloß die schwere Tür und verriegelte sie von innen.
In der breiten Straße war es jetzt dunkel. Auch die Beleuchtungen der Geschäfte waren abgeschaltet. Kurze Zeit hörte man noch die Stimmen der Kinogänger, dann war es ganz still.
Als sie die Treppe hinaufgingen, drehte sich Marianne zu Fermer um. Auf dem breiten Absatz blieben sie noch eine Weile umschlungen stehen.
Sie klopften oben, und Georg öffnete die Tür. Drei Flaschen Chianti habe er gewonnen, die Anstrengung habe sich gelohnt.
Lotta kam aus der Küche und schaute zum Eingang.
Nun, sagte Fermer und stellte die Gitarre ab, auch wir haben etwas zu erzählen.

5

An den frühen Abenden kehrte er dann im Hof den Kies glatt, ordnete die Tische, stellte die Gläser bereit und wartete auf die ersten Gäste. Über ihm stand das Küchenfenster offen, und manchmal schaute jemand heraus und unterhielt sich mit ihm.
Georg hatte begonnen, energischer zu arbeiten. Gegen Mittag schloß er sich in sein Zimmer ein, drehte die Musik auf und kam meist erst gegen Abend aus dem verqualmten Raum, um sich zu erfrischen.
Lotta hatte das Studium wiederaufgenommen. Sie fertigte große Skizzen vom menschlichen Körper an, beschriftete sie und hängte sie an den Wänden auf.

Sie hatten das kleine Zimmer inzwischen besser eingerichtet, und nach einiger Zeit hatten sie sogar die Lust verloren, sich etwas anderes zu suchen. Noch versöhnten die blühenden Vorgärten mit der Stadt.
Am Morgen rissen sie die Fenster auf und lehnten sich hinaus, während das Kaffeewasser kochte. Jemand wurde zum Einkaufen heruntergeschickt und kam mit Backwaren und Obst zurück. Langsam begann der Tag.
Am Nachmittag war Fermer oft allein. Er nahm die alte Gewohnheit, weit in die Landschaft zu gehen, wieder auf und ging den braunen Wegen nach, manchmal mit dem Gefühl, alles zurückzulassen.
Weiter draußen veränderte sich die Landschaft, Kiefernwälder standen hier auf sandigem Grund. Die Häuser waren zwischen den kleinen Eichenwäldern versteckt, manchmal geriet er in die Nähe eines Hofes, ein Hund bellte am Zauntor, er machte sich davon und sah nur von weitem noch das ziegelrote Haus.
Um auf den weiten Wegen nicht einkehren zu müssen, beschaffte er sich einen Rucksack. Den Rückweg nahm er mit den kleinen Bussen oder hielt einen Wagen auf den Landstraßen an, bevor er wieder, von den Bildern des Ganges noch voll, an den Tischen auf- und ablief.
Es war die Zeit einer verheißungsvollen Stille, und je näher der Sommer kam und man an den Abenden noch lange in den luftigen, hellen Zimmern saß, um so ruhiger wurden die Gespräche, als sei der Friede nun endlich gekommen.
Fermer aber ahnte, daß die Ruhe trügerisch war. Seit jenem Abend, als die Polizisten ihn angesprochen hatten, lebte er in einer seltsamen Zwischenwelt und wollte mit nichts in Berührung kommen. Auch glaubte er jetzt, beobachtet zu werden. Wenn er die Gläser auf den Tischen abstellte, schaute er zur Seite, als dürfe er niemandem in die Augen blicken. Man rief ihn schon beim Namen, wenn man etwas brauchte, und er brachte das Gewünschte, ohne eine Bewe-

gung zu zeigen. Seltsam gespannt lebte er und hatte die Angst noch immer nicht überwunden.
Auch über Georg schien er nur hinwegzuschauen, sprach oft tagelang nicht mit ihm, wich ihm aus und fühlte sich erst ganz wohl, wenn er aus dem Haus war.
An einem Nachmittag jedoch standen sie sich im Flur gegenüber und versperrten einander beinahe den Weg. Fermer hatte den Rucksack schon zur Hand genommen und wollte zur Tür hinaus. Georg stand noch vor der Küchentür, als Fermer ihn aufforderte mitzukommen.
Es hatte seit Wochen nicht mehr geregnet, der Boden war trocken und die kleinen Wege staubig, so daß sie an den Bächen entlanggingen, um trinken zu können, wenn es ihnen gefiel. Waren sie anfangs noch unsicher nebeneinander gegangen, so legte sich diese Unsicherheit, je weiter sie sich von der Stadt entfernten. Sie wichen in den schattigen Wald aus und zwischen den dicht stehenden Bäumen, wo der Geruch der Nadelhölzer und der trockenen Sträucher stärker wurde, fanden sie Ruhe.
Seit jenem Abend, sagte Fermer, schrecke ich immer wieder von neuem auf. Das habe ich mir bisher nicht vorstellen können. Vielleicht hat es mit dem Erlebnis nur wenig zu tun, das weiß ich nicht genau, vielleicht ist aber auch all die Angst wach geworden, die ich schon seit Jahren empfunden habe. Manchmal habe ich eine Furcht, nicht mehr da zu sein. All die Augenblicke von Verzweiflung, an die ich mich bis in meine Kindertage erinnere, haben wieder Gewalt über mich bekommen. Es ist ein Gefühl, als habe man sich beim Versteckspiel zu weit hinausgetraut, schließlich auch ein gutes, ja ein sehr gutes Versteck gefunden. Plötzlich jedoch hört man die Stimmen der anderen nicht mehr. In einer dunklen Grube sitzend, in sich zusammengekauert, wartet man noch darauf, endlich gefunden zu werden. Doch beim Blick in den Himmel sieht man nichts mehr als die sich still regenden Bäume. Vielleicht sind erst Minuten vergangen,

vielleicht auch schon Stunden. Man wagt sich nicht zu rühren. In der Grube aber wird es allmählich kühler, schon preßt man den Kopf gegen die Wände und wünscht zitternd den erlösenden Augenblick, in dem man gefunden wird, herbei. Dann sind einem all die Gebete gegenwärtig, die man je gelernt hat. Vielleicht verirrt sich noch ein Vogel in die Nähe, man hört das Rascheln im Laub wie ein gutes Zeichen und wagt endlich, den Kopf aus der Grube zu recken. Wenn man aber dort, nur wenige Meter entfernt, den Freund, auf den Boden gepreßt, um nicht gesehen zu werden, umherblicken sieht, steigt die Freude in einem auf und doch hat man das Gefühl, nun losheulen zu müssen und lange ohne Unterbrechung weinen zu dürfen.
Das kenne ich auch, sagte Georg. Das ist, als laufe man seit Wochen mit niedergedrücktem Kopf herum und könne bei jeder heftigen Bewegung in einen Ausbruch von Tränen geraten. Nur noch von einer Feder wird man getragen, man geht auf Zehenspitzen, jeder Gegenstand ist wie ein offenes Messer. Dann trägt man einen Stein mit sich herum, die dichten Wolken in der Ferne sind verschoben zu Wasserfällen, und dazwischen dreht ein Vogel sich in ein ganz anderes Land. Die Dunkelheit auf den Dächern ist dafür wie gezeichnet, das Gehen in den Straßen wie ein Atemhalten vor dem letzten Luftzug. Es ist eine Art Fieber, als habe man zuvor noch in der hellen Sonne gelegen und fühle, jetzt mit geschlossenen Augen, plötzlich die Kälte des Schattens. Vielleicht ist es eine Ahnung des Todes, das Empfinden, auf unmerkliche Weise, noch zwischen den Häusern gehend, zu verschwinden, ein für allemal verlorenzugehen. Vielleicht sind auch die anderen Anstrengungen nur Versuche, diesem Gefühl zu entgehen, vielleicht ist all die Zuneigung, die man anderen zumutet und mit der man sie oft genug erstickt, nur jener innere Brand, der noch einmal an den Wänden des Hauses emporschlägt, bevor es zusammenbricht.
Gut, daß du das gesagt hast, sagte Fermer. Das ist es

gewesen; über meine Furcht bin ich bisher hinweggetanzt, nun hat sie mich eingeholt, ohne daß ich es begriffen hatte. Vielleicht hat alles so geschehen müssen, damit ich es endlich begreife.

Mir selbst, sagte Georg, ist es nicht anders gegangen. Vielleicht bedeutet dieses Erschrecken das Erwachen aus der Kindheit – plötzlich spürt man die Welt um sich wie einen harten Widerstand. Bevor ich Marianne kannte, bin ich den Frauen nachgelaufen, ohne mich zu besinnen. Meist habe ich noch meine Adresse verschwiegen, um sie nie wieder zu sehen, gerade ein Abend hat mir genügt, mir die Illusion zu verschaffen, einen Menschen ganz, von seinen Hemmungen bis zu seinen Sehnsüchten kennenzulernen. Ich lag immer auf der Lauer; an den Abenden habe ich in den Wirtschaften schon mit den Freunden gesessen und den festen Vorsatz gehabt, komme, was wolle, eine Frau anzusprechen, mich ihrer mit vielen Worten zu versichern, sie aus dem Schlaf aufzuschrecken, als stehe die leibhaftige Erlösung vor ihr, sie in ein Bett zu ziehen, um sie dann, bevor es hell wird, zu verlassen, damit die Erinnerung mich nicht einholt.

So habe ich es oft genug gemacht, mich in lange Reden verwickelt, mir Geschichten ausgedacht, Berufe vorgespielt, mich am Ende beinahe jeden Abend in eine neue Rolle geflüchtet; meine Namen habe ich schon nicht mehr auseinanderhalten können. Und das alles, das alles nur, um nicht gefangen zu werden, um keiner von diesen Frauen ganz zu gehören. Jeder aber wollte ich die Erinnerung an eine Geschichte zurücklassen. Habe ich diese Frauen während des Tages einmal in der Stadt gesehen, mußte ich mich verstekken, im fahlen Tageslicht kamen mir ihre Gesichter wie ein Vorwurf vor. Ich wollte schließlich gar nicht mehr wissen, was all diese Frauen beschäftigte, wie sie den Tag hinter sich brachten, habe nur noch selbst erzählt, sie in meine Geschichten gezogen und dann auch jenen Punkt gefunden, an dem sie beinahe voll Glück, in ein ›Erlebnis‹ entronnen zu sein, meine eigenen Erzählungen fortführten und mir ganz gehören wollten. Ich habe ihnen die Illusion des Fremden vorgespielt, der plötzlich, wie lange erwartet, vor ihnen steht, um ihnen all das zu sagen, worauf sie schon so lange gewartet hatten. Von der Magie der Verführung war ich besessen; nicht, daß ich nichts empfunden habe, nein, ich habe mir die Empfindungen noch zurechtgelegt, habe sie nacherlebt.

Ich habe bemerkt, sagte Fermer, daß du auch jetzt oft so mit den anderen umgehst. Du läßt ihnen ja kaum ein Wort, spinnst sie in deine Erzählungen ein.

Sicher, davon bin ich noch nicht los, antwortete Georg. Aber ich habe doch gelernt, es zu verstehen. Wenn es mir gelingt, einen Tag lang zu arbeiten, kann ich glücklich, ohne die anderen zu täuschen, leben. Sonst aber quält mich immerzu die Ungeduld. Ich erfinde immer neue Wirklichkeiten, um meinen Unmut überhaupt noch zu ertragen.

Vor einem kleinen Birkenwald weidete eine Schafherde; ein Hund sprang um die Tiere und trieb sie immer wieder zusammen. Ein Gasthof lag im Schatten der ersten Bäume, die Stühle standen draußen unter den aufgespannten Sonnenschirmen. Sie setzten sich und bestellten etwas zu trinken.

Ich bin in einer kinderreichen Familie groß geworden und habe mir mein Leben nur mit anderen, nie allein vorstellen können, fuhr Georg fort. In den ersten Jahren des Studiums trieb es mich dazu, jene Gefühle von Gemeinschaft, daß man also mit Kopf und Leib unter der Decke der gemeinsamen Gespräche geborgen war, überall zu wecken. Tagelang habe ich mich anfangs nur unterhalten, habe überhaupt zu keiner anderen Tätigkeit gefunden. So bin ich noch mit gutem Willen vor den Hörsälen erschienen, dann hat mich das schlechte Gewissen schon abgehalten. Dort, habe ich gedacht, wird mir, dem Alleingelassenen, die Weisheit zugemutet wie eine Medizin, die man nur allein zu schlucken hat, die niemand sonst zugute kommt. Davor hatte ich einen beinahe panischen Schrecken. Anfangs habe ich auch den Studienbetrieb überspielt; ich begann zu trinken. Schon am Nachmittag schaute ich den die Hörsäle Verlassenden spöttisch nach; die, dachte ich, machen es falsch, die werden eines Tages noch am eigenen Ehrgeiz ersticken. Statt dessen versuchte ich, meine Vorstellungen mit anderen, die ähnlich dachten und sich so gegenseitig den Rücken stärkten, zu verwirklichen. Arbeitsgruppen bin ich beigetreten, Flugblätter habe ich verteilt, Berichte über Demonstrationen geschrieben; ich geriet in eine Zeit atemlosen Redens, noch am Abend von dem Gedanken besessen, einen, wenigstens einen Menschen, überzeugen zu müssen.

Wie ich die manchmal langen Anfahrten zu den Demonstrationen beschrieben habe! Das Schwenken der roten Fahnen aus den Bussen, die Euphorie, in wenigen Stunden zwischen Tausenden zu stehen, die eigene Ängstlichkeit in Sprechchören aufzulösen, die bekannten Parolen aus Lautsprechern so zu hören, als seien es längst ewige Wahrheiten geworden! Noch den gemeinsamen Halt der Busse an den Raststätten habe ich wie einen Halt auf einer Pilgerstation gefeiert. Hier waren so viele sich einig in dem Empfinden gegen das, was einem zuwider war, geschlossen in der Ahnung, daß man etwas tun müsse.

Da fand ich auch Freunde, die Verständigungen stellten sich leichter her, ohne die Umwege, ohne das vorsichtige Tasten nach Anerkennungen. Hier konnte jeder den anderen leichter betrachten: das war doch einer, der dieselben Ziele hatte, den man nicht erst lange zu fragen brauchte. Die Lebensgeschichten waren wie in einem Strang verwachsen, an dem man nur noch zu ziehen brauchte. Sicher gab es auch Enttäuschungen, doch das waren eben die notwendigen Enttäuschungen, jeder hat so davon gesprochen, von den ›Rückschlägen‹, als gehe es letztlich doch immer nur voran. In solchen Gemeinschaften konnte ich auch leichter mit

Frauen sprechen; sie waren mir dann nicht so entrückt, nicht versteckt hinter dem weiblichen Gehabe.
Je länger ich aber so lebte, um so mehr wurde mir die sich immer mehr versteinernde Eintönigkeit meiner Handlungen und Vorstellungen bewußt. Ich wiederholte mich nur noch, tagelang fiel mir nichts Neues mehr ein, es war, als schrumpfe das Hirn auf das gerade Notwendige zusammen und bekomme von keiner Seite mehr genug Luft. Unsicherer wurde ich, nahm jedoch um so eifriger an den allgemeinen Treffen teil, in den Hörsälen unter den Fahnen, gemeinsam Lieder singend nach den Reden und Vorträgen, im Aufstehen schon mit dem seit der Kindheit fast vergessenen Glücksgefühl, jetzt laut singen zu dürfen, singen im Kreis! Noch bin ich selbst im Sommer mit Stiefeln dahergekommen, als müsse ich mir und den anderen den Weg breittreten. Aber ich fiel auch immer mehr in mich zusammen und suchte die öffentlichen Auftritte im leichten Rausch von Alkohol und Nikotin schließlich wie Rituale, bei denen man sich vergessen konnte, den Tag, die Unlust, die Müdigkeit.
Dann lernte ich Marianne kennen. Anfangs waren wir uns einig, gemeinsam zu den üblichen Treffen zu gehen; wir versuchten, dort Hand in Hand Unterschlupf zu finden. Was soll ich sagen? Nach und nach hat man uns hinausgeworfen. Man hat uns einen harten Stoß gegeben, über unsere Zärtlichkeit nur die Nase gerümpft. Das aber öffnete uns nur noch mehr die Augen, schließlich sind wir nicht mehr hingegangen, und Wochen später war selbst die Erinnerung an die vergangenen Jahre schwach wie die Erinnerung an einen einzigen Tag.
Trotzdem aber habe ich die Sehnsucht nach einer Gemeinschaft nicht verloren, auch jetzt noch nicht, Jahre später. Aber jetzt pflegt jeder nur noch seine eigenen Schwierigkeiten, erzählt ›seine‹ Geschichte und ratlos sehe ich meine alten Freunde manchmal an mir vorbeilaufen, als gebe es nichts Gemeinsames mehr. –

Drinnen wurde der Lautsprecher des Radios lauter gestellt. Der Wirt kam mit dem Tablett und den Getränken heraus. Weiter im Norden habe es begonnen zu brennen. Der Wald stehe schon so sehr in Flammen, daß kaum noch daran gedacht werden könne, das Feuer zu löschen. Die Löschzüge müßten sich noch darauf beschränken, die schon evakuierten Dörfer zu retten. Der Wind habe sich auch verstärkt und treibe die Flammen mit immer größerer Geschwindigkeit voran. Drei Freiwillige seien beim Löschen der Flammen schon eingeschlossen worden und trotz der über ihnen kreisenden Hubschrauber verbrannt. Man habe schon militärische Unterstützung beantragt, um mit Panzern Schneisen durch die Wälder zu brechen, aber auch so sei es ungewiß, ob man den Flammen Halt gebieten könne.
Sie verstanden jetzt auch den Sprecher der Nachrichten; sie tranken die Gläser leer und beschlossen, sofort aufzubrechen. Als sie gingen, lief der Wirt zwischen den leeren Tischen umher und klappte die Sonnenschirme ein.
Mit dem nächsten Zug fuhren sie zurück. Auf dem Bahnhof angekommen, riefen sie Lotta an. Marianne, sagte sie, ist ins Krankenhaus bestellt worden. Man hat eine Notstation eingerichtet; im Brandgebiet sind die Vögel tot vom Himmel gefallen.

6

Drei Tage und Nächte brannte es, bis man Herr über die Flammen geworden war. Weit über das Land war die dunkle, breite Rauchsäule zu sehen gewesen, über dem dunklen Grün der Nadelwälder der rote Streifen. Fünfzig Jahre, hieß es, werde es dauern, bis die verkohlte Fläche wieder aufgeforstet sei. Der Schaden war noch längst nicht zu übersehen.
Beinahe unmerklich war es Sommer geworden. Noch immer war der lange erhoffte Regen ausgeblieben, das Korn

stand niedriger als sonst, eine Mißernte wurde vorausgesagt. Die Ähren, die sich zu dieser Zeit sonst schon golden gegen die Sonne reckten, standen braun gegen den ausgedörrten Grund. Mit Wasser wurde gespart.
Um so voller wurde an den Abenden der kleine Hof, in dem Fermer nun viel zu tun hatte, so daß er den Bestellungen kaum noch folgen konnte.
In den Nächten ließ man die Fenster geöffnet, wälzte sich auf den Betten, die Laken längst beiseite geworfen. Die Hitze war aus den Häusern nicht zu vertreiben, der Kühlschrank schepperte pausenlos und war mit Flaschen gefüllt, die gegeneinander klapperten.
An Arbeit, sagte Georg, ist nicht mehr zu denken. Bei dieser Hitze renke ich mir den Kopf nicht aus. Marianne wurde immer häufiger aufgefordert, bei Nachtwachen zu helfen, die Zahl der Herzanfälle hatte zugenommen.
Schon hatten die Ferien begonnen. In den Zeitungen waren die langen Autoschlangen in den Süden abgebildet. Still war es in der Stadt geworden. Das Studentenvolk, sagte Lotta, sei schon längst in alle Richtungen verschlagen, nur der traurige Rest sei noch zurückgeblieben.
Sie beschäftigten sich mühsam. Lotta schrieb Briefe und begann wieder zu zeichnen. Marianne spielte stundenlang auf der Laute und ließ sich im Hof die Griffe von einem Musikanten erklären, der davon sprach, auf dem Weg zur Küste zu sein.
Georg aber wußte sich nicht zu beschäftigen. Häufig setzte er sich schon am frühen Nachmittag zu Fermer in den kleinen Garten.
Im Norden hatten Brandstifter das Feuer an einigen Stellen wiederauflodern lassen. Jetzt aber, schien es, war man besser gerüstet. Landstreicher seien es gewesen, Diebe, sexuell Abnorme, berichteten die Zeitungen. An den Abenden saßen die Menschen vor den Fernsehapparaten und warteten auf die Wettermeldungen. Das Hoch über Italien und Frank-

reich halte nun schon seit Wochen an, eine Änderung sei nicht in Sicht.

Auf den kleinen Landstraßen in der Nähe der Stadt hatte sich der Asphalt gehoben. Warnungen vor der Brandgefahr waren an den Telephondrähten angebracht worden.

An einem der stillen Abende saßen sie, als die letzten Gäste schon früh gegangen waren, noch zusammen im Hof.

So deutlich, sagte Lotta, habe ich die Sterne schon lange nicht mehr gesehen. Die Sternbilder kann man ja genau erkennen. Früher habe ich mit dem Vater vom Haus aus durch ein großes Fernrohr den nächtlichen Himmel betrachtet. Da kannte ich selbst die kleinsten und unauffälligsten Sternbilder mit Namen. Wochenlang hat der Vater manchmal nur ein Sternbild verfolgt. Das Fernrohr mußte man so aufstellen, daß eine Achse parallel zur Erdachse aufgebaut war, gerade auf den nördlichen Himmelspol gerichtet. Dann mußte man das Gerät nachführen; entsprechend der täglichen Bewegung der Gestirne mußte man es mit einer bestimmten Geschwindigkeit drehen. Dort oben, im Osten, ist Pegasus aufgegangen, nahe der Andromeda, beinahe schon in sie verschlungen.

Georg hatte sich zurückgelehnt: Manchmal stelle ich mir in den warmen Nächten die Küste vor und das Meer und träume davon, auf einem Schlauchboot in den Wellen hin und her bewegt zu werden.

Ich habe jetzt das Geld, das ich fürs Nötigste erst einmal brauchte, sagte Fermer. Am liebsten würde ich bald von hier verschwinden, ich fühle mich nicht mehr sicher.

Ich brauche noch etwas Zeit zum Arbeiten, sagte Georg. Ihr könnt ja auch schon vorausfahren. Ich bin dem Geheimnis der Gottesbeweise auf der Spur und muß die Verschiebungen im scholastischen Himmel entdecken. Worauf aber wartet ihr noch am Tag und was sucht ihr in der Nacht? Ihr müßt euch entschließen. Lange werden sie Fermer nicht mehr vergeblich suchen. Sie werden seine Spur verfolgen

und nicht nachgeben. Vielleicht wissen sie schon, daß er bei den Eltern war. – Ich werde an Anna schreiben und an Ferdinand, sagte Lotta. Vielleicht können wir uns alle treffen und eine Reise machen. Da wäre auch Fermer besser geschützt und würde so schnell niemandem verdächtig.
– Ich traue kaum noch einem über den Weg, antwortete Fermer. Hier im Lokal sitzt schon seit Tagen einer, der mich immerzu beobachtet und nichts zu tun zu haben scheint.
– Sie werden dir die Freiheit nicht gönnen, sagte Georg. Jedem, der ihren Tretmühlen entläuft, sind sie auf den Fersen. Sie wollen ihre Abenteurer nur im Fernsehen bewundern, wenn sie von den Berggipfeln zurückkommen und ihnen die Wunder der Selbstüberwindung erzählen.
Blaß und bedeutungslos wünschen sie sich die Welt, damit sie selbst nicht darin auffallen. – Von der Freiheit, sagte Fermer, brauche ich jetzt nicht mehr nur zu träumen. Ich weiß, wie vorsichtig man sie sich erlaufen muß; die Schnüffler und Spitzel sind schon hinter dir her, ohne daß du dich besonnen hast. Sie wissen, welche Schuhgröße du hast, mit welchem Fuß du morgens zuerst aufstehst, welche Bücher du liest, wo du dir die Zeitung kaufst. All die Entlaufenen und Taugenichtse vergangener Jahrhunderte – heute wären sie leicht zu finden. Ihr Violinspiel schon würde sie verraten, das Lied, das sie sängen, erst recht ihre hartnäkkige Liebe. Selbst die Taugenichtse dürfen keine Gewohnheiten mehr haben, jeden Tag müssen sie von vorne beginnen.
– Weißt du, fragte Georg, wie der große Philosoph, der den Weltgeist noch zu Pferde zu sehen glaubte, von der Freiheit gesprochen hat? Vorsichtig und sehnsüchtig umständlich hat er sich ausgedrückt, aber nur wenige Worte dafür gefunden. Die ›reine Idee‹ hat er es genannt und andächtiger noch: ›die absolute Befreiung‹. Eine Freiheit ohne die verteufelte

Not des Werdens meinte er, eine Freiheit, wo du auch den Blick ins Glas nicht mehr nötig hast. Wie von einem Hefeteig hat er von der Freiheit gesprochen, vom ›Übergehen‹ und von der Kraft des Werdens, sich zu entlassen. Keiner sollte mehr den Ton angeben, der das Nichts auf den Plan ruft, keiner mehr den Kopf beugen, um die Last des Seins zu ertragen. So rührend hat er von der Freiheit gesprochen, naiv wie ein Träumer. Aber wie genau kann man auch schon von seiner Sehnsucht sprechen? An die kommt man mit Worten nicht heran, vielleicht eher noch mit Tönen und den Liedern der Freude. Vielleicht entfernen wir uns aber gerade von diesen naiven Tönen immer mehr, und vielleicht wollen die Spitzel und Schnüffler uns gerade die Töne austreiben, die einfachen, weißt du, an die wir schon fast nicht mehr zu glauben wagen. Vielleicht haben aber auch die Alten in Babylon mehr davon gewußt, vielleicht auch die Griechen oder Eratosthenes, der die Entfernungen auf der Erde nach dem Sonnenstand bestimmen konnte. Vielleicht hat es auch erst Ptolemäus geahnt, als er über die Bewegungen der Planeten nachdachte, oder Thomas von Aquin, in einer kleinen Zelle, den Sternenhimmel so über sich wie jetzt? – Wir sollten nicht zusammen fahren, sagte Marianne. Sie könnten herausbekommen, daß sie Fermer in Lottas Nähe zu suchen haben. Wir sollten uns später irgendwo treffen und in kleinen Gruppen, jede auf ihre Weise, unser Glück versuchen. Ich könnte mit Fermer auf den Fahrrädern zur Küste fahren, wir könnten mit Zelt und Rucksack reisen und die Wandervögel mimen. – Wir wollen uns später entscheiden, sagte Lotta, wenn wir Nachrichten von Anna und Ferdinand haben. Übrigens Roland hat mir geschrieben; er nimmt an einem Klavierwettbewerb teil. – Gut, sagte Fermer, gedulden wir uns noch einige Tage bei der Hitze. Dann werden wir weitersehen. –

Sie rückten die Tische noch zusammen und gingen durch den dunklen Flur ins Haus. –

Einige Tage später trafen die ersten Nachrichten ein. Zuerst meldete Roland in einem Telegramm, daß er den Wettbewerb gewonnen habe und sie bald sehen wolle. Dann erreichte sie Annas Brief. Lotta las ihn vor, als sie an einem Mittag zusammen in der Küche saßen. Die Polizei hatte Heinrichs Zimmer durchsucht und dabei einige Zettel und Notizen gefunden. Bei der Befragung im Krankenhaus hatte Heinrich nichts verraten; auch im Teehaus waren sie gewesen. Dort mußte Fermer erkannt worden sein. Mehr, schrieb Anna, wisse sie nicht; das alles liege ja auch schon Monate zurück. Gerne würde sie Fermer wiedersehen, und sie freue sich auch schon auf Lotta. –
Vielleicht, sagte Marianne, haben wir Glück, vielleicht haben sie die Spur verloren. Aber besser wäre es, wir gingen eine Weile ins Ausland. –
Erschrocken waren sie anfangs über Ferdinands Brief, der ihnen meldete, daß die Polizei inzwischen auch bei Lottas Eltern gewesen war. Der Aufseher habe Fermer wohl angeschwärzt, schrieb Ferdinand, er habe ihn eine ›verdächtige Gestalt‹ genannt. Die Eltern jedoch, die sowieso nichts von Fermers Flucht gewußt hätten, seien den Polizisten nicht ›verdächtig‹ gewesen. In seinem Haus, habe der Vater gesagt, habe es nie etwas ›Verdächtiges‹ gegeben und so werde es auch in Zukunft sein. Ferdinand deutete etwas von einer Reise an, die er unternehmen wollte, vertröstete sie jedoch noch um eine Woche.
Am besten, sagte Georg, ihr wartet nun nicht länger. Fahrt schon voraus, wir werden uns dann an der Küste treffen. –
Am Morgen eines heißen Sommertages verließen Marianne und Fermer auf den Fahrrädern die Stadt. Das Zelt hatten sie zurückgelassen und nur die Schlafsäcke und etwas Gepäck mitgenommen. Sie gönnten sich selten eine längere Pause, kamen aber nur langsam auf den schmalen Wegen voran. Sie durchquerten die großen Kiefernschonungen und schliefen in den warmen Nächten in der Nähe der Bauernhöfe.

Manchmal sahen sie einen Hubschrauber über der Ebene. Während der Fahrt am Tage konnten sie nur wenig miteinander reden. Nachts aber lagen sie zusammen und erzählten sich immer mehr voneinander. Die große Hafenstadt in der Nähe der Küste kam näher. Dort wollten sie die anderen treffen. Manchmal telephonierten sie. Die Nachrichten waren günstig. Doch die Ruhe erschien ihnen trügerisch.

6
Der Ausflug

I

So groß, sagte Ferdinand, hatte ich mir das Schiff nicht vorgestellt; beinahe einhundert Meter ist es lang und an die fünfzehn breit. Neun Meter beträgt die Seitenhöhe des ersten Decks und sechs die des zweiten. Elf Ladebäume sind beinahe über das ganze Schiff verteilt; der größte von ihnen schafft bis zu fünfzig Tonnen. Unten sind wohl die schweren Güter geladen, dann Fässer und leichtere Ware. Ich war schon im Maschinenraum, und der Ingenieur hat mir alles erklärt. Auch im Ruderhaus habe ich mich umgesehen und auf dem Peildeck mit dem Funker gesprochen. Ich bin zwar nicht der einzige Passagier an Bord; neben mir wird man noch ein Ehepaar unterbringen. Aber es ist ja noch etwas Zeit, bis das Schiff ausläuft.
Er ging mit Fermer die Gangway hinauf, und sie sahen sich an Deck um. Die Arbeiter waren noch mit dem Ausladen beschäftigt, ein Offizier stand neben dem Ruderhaus und winkte kurz herunter.
Im Salon können wir einen Tee bekommen, sagte Ferdinand, ich will den Steward darum bitten.
Auf dem ersten Deck standen schon die Liegestühle in der Sonne. Ich zeige dir die Kabine, bis der Tee bereit ist, sagte Ferdinand. Sie liegt backbord, und durch die Bullaugen werde ich während der Fahrt aufs weite Meer schauen. Das Bett ist groß und bequem; einen Tisch und einen Stuhl gibt es, gut festmontiert und gegen das Schlimmste gefeit. Durch diese kleine Tür erreicht man Toilette und Duschraum. Den Ventilator werde ich noch nötig haben, im Mittelmeer sind die Temperaturen sehr hoch. Im Schrank habe ich schon meine Kleidung untergebracht, ich brauche ja nicht viel, besonders nicht bei der Hitze.
Es klopfte an der Tür, der Steward schaute herein und meldete kurz, daß der Tee fertig sei.

Sie gingen in den kleinen, holzgetäfelten Salon; neben der Teekanne standen schon zwei Tassen mit etwas Gebäck bereit. Auf einem schmalen Tisch lagen die Zeitungen; das Radio stand unter dem großen Ventilator.

Von so einer Reise, sagte Ferdinand, habe ich lange geträumt; in den letzten Wochen habe ich an nichts anderes denken können. Seekarten habe ich mir besorgt und einen guten Kompaß. Vom Gesparten habe ich mir ein Fernrohr gekauft, damit ich auch die afrikanische Küste noch gut zu sehen bekomme. In den Nächten will ich die Sterne beobachten und habe mich auch für diesen Zweck schon mit Karten und Atlanten versorgt. Dann will ich lernen, den täglichen Standort des Schiffes auf den Karten zu bestimmen. Der Steward wird mir dabei helfen, vielleicht auch der Kapitän.

Du hast wohl lange gebraucht, fragte Fermer, bis du die Eltern überzeugt hattest?

Ich habe gewartet, antwortete Ferdinand, bis der Augenblick am günstigsten war. Hat Lotta dir inzwischen erzählt, was sich ereignet hat?

Fermer nickte.

An einem Abend habe ich zugeschlagen, sagte Ferdinand. All die Drückebergerei und das Heimlichtun hatte ich satt. Aber langsam und vorsichtig bin ich vorgegangen, ich wollte nichts überstürzen. Ich habe die Photographien zusammengestellt und auf den Tisch gelegt. Der Vater fand zunächst kaum die Sprache, ging auch hinaus und wollte nicht mit mir reden. Ich habe jedoch den ganzen Abend auf Erklärungen gewartet, weil ich wußte, nur so würde ich die ganze Wahrheit erfahren. Wie lange hat es mich doch gelähmt, so viel zu ahnen und nichts wissen zu dürfen!

Die Erklärungen habe ich mir angehört, ohne etwas zu sagen. Es ist mir auch schwergefallen, darauf zu antworten; ich habe mir die Vergangenheit, die da plötzlich vor mir aufgerollt wurde, nie recht vorstellen können, ich habe den Grad der gegenseitigen Verletzungen nicht begriffen.

Aber das Haus wurde mir zu eng, und immer stellte ich mir vor, daß hier einmal etwas von einer Schrecklichkeit vorgefallen war, das ich schon längst nicht mehr verstehe und dessen ferner Richter ich, vielleicht ohne es zu wollen, doch geworden bin. Aber wie sollte ich denn ein Urteil finden? Schließlich war mir klar, daß ich wenigstens für einige Zeit aus dem Haus mußte, daß ich einen anderen Wind um die Nase brauchte und Zeit, mir alles überlegen zu können. Da bin ich mit meinen Forderungen herausgerückt. Ich brauchte nichts mehr lang und breit zu erklären, jeder im Haus hat mich da wohl verstanden. Im Sommer, habe ich zu den Eltern gesagt, werde ich für einige Wochen verreisen und diesmal werde ich nicht mehr mit euch fahren. Ich will nicht mehr beaufsichtigt werden. Mit dem Schiff werde ich fahren, aber ein Frachtschiff muß es sein, das häufig genug anlegt, und allein will ich fahren, völlig allein.
Es kam mir fast selbstverständlich vor, daß die Eltern einwilligten. Nur etwa eine Woche nach diesem Gespräch stand die Route schon fest, und ich habe den Eltern die Unterlagen auf den Tisch gelegt; selbst der Tag der Abfahrt war schon bekannt. Das Schiff fährt durch den Kanal, an der französischen Küste entlang, durchquert die Meerenge von Gibraltar und nimmt dann Kurs auf Genua. Dorthin nun will Lotta mit dem Zug kommen, das habe ich mir gefallen lassen.
Drei Passagiere können sie hier unterbringen, das reicht auch. Mit den Landvögeln will ich mich sowieso nicht unterhalten, mich interessiert die Mannschaft und der Kapitän. Schade, daß der noch nicht an Bord ist.
Lotta, sagte Fermer, ist von dem Vorschlag, nach Genua zu fahren, wohl ordentlich überrascht worden. Sie hat sich jedoch sofort auf die Reise gefreut. Roland hatte ihr geschrieben und berichtet, daß er den Preis beim Klavierwettbewerb gewonnen habe. Dann hat es sich beinahe wie von selbst gefügt, als sie einen weiteren Brief von ihm erhalten

hat. Heute abend gibt er hier in der Konzerthalle ein Konzert, jetzt, während wir uns noch unterhalten, findet die Probe statt. Lotta und Marianne sind hingegangen, Georg wird am Nachmittag eintreffen. In Rolands Hotel, in dem die Agentur ihm ein Zimmer bestellt hat, werden wir uns dann alle treffen wie zum Stelldichein.

Ja, antwortete Ferdinand, dann weißt du inzwischen, wie es um Roland und Lotta steht. Damals wollte ich es dir wohl schon sagen, aber ich konnte nicht damit herausrücken, weil ich dich nicht enttäuschen wollte. Erinnerst du dich noch an den Nachmittag bei den Schloßteichen, an den Fischfang, die Höhle, die Reiter? Damals begann wohl der Frühling gerade, nun ist die Zeit schon bis zum Hochsommer vorgerückt, und alles, alles hat sich längst verändert. Übrigens habe ich die meisten Höhlenquartiere aufgelöst; man weiß ja nicht, was während meiner Abwesenheit geschieht.

Der Steward schaute herein und fragte, ob er etwas Rum aus der Pantry holen solle.

Das ist eine gute Idee, sagte Fermer, und bringen Sie sich doch auch ein Glas mit.

Der Steward kam schnell mit der Flasche zurück und stellte sein Glas neben die Teekanne. Den Tee wolle er sich wohl sparen. Backbord habe ein großer Norweger angelegt, und am Abend werde noch ein Chinese einlaufen. Dann könne man die Kerls in den blauen Anzügen übers Deck huschen sehen.

Sie fahren wohl schon lange zur See, fragte Fermer.

Seit ich denken kann, antwortete der Steward. Aber auf diesem Schiff ist es erst die dritte Fahrt. Von Antwerpen aus sind wir zuletzt ins Schwarze Meer gefahren, über Zypern und Israel zurück. Hierher. Nun habe ich kaum etwas zu tun und kann mir den Bauch vollaufen lassen. Während der Fahrt bin ich ja für vier Mahlzeiten am Tag zuständig, da muß ich dann schon laufen und komme kaum noch dazu, die Nase an Deck zu stecken.

Vom Ruderhaus hörte man die Befehle des Ersten Offiziers. Der Funker kam vom Peildeck herunter und schaute in den Salon; als er die Flasche sah, kam er herein und ließ sich ein Glas holen.
Draußen, beim Ausladen, gibt es Schwierigkeiten, sagte er. Es ist ja gar nicht einfach, das Zeug im Schiffsraum so zu stapeln, daß es später leicht wieder verladen werden kann. Auch muß man die Sachen so unterbringen, daß das Gewicht gut verteilt ist, die verderblichen Güter die richtige Temperatur haben und vor allem: alles auch gut befestigt ist und sich nicht selbständig macht. Da muß schon ein guter Stauplan her.
Damit habe ich mich wenigstens nicht herumzuplagen, sagte der Steward. Dafür habe ich hier aber auch schon die widerlichsten Typen bedienen müssen. Die wollten sich selbst bei den Landaufenthalten nicht dreckig machen, sind schon nach wenigen Stunden wieder an Bord gegangen, haben mir die Schuhe vor die Tür gestellt und heißen Kaffee verlangt. Ich bin beinahe den ganzen Tag nicht an Land gekommen, so sind die hinter mir her gewesen; ich aber durfte nichts sagen. Schließlich habe ich ein paar Leute von der Mannschaft gebeten, mir zu helfen. Die haben leere Ginflaschen mit Wasser gefüllt und sind dann im Verein herbeigekommen. Meist ist die Mannschaft während der Fahrt unter dem Sonnensegel am Heck versteckt. Nun aber kamen die Kerls nach vorne, spazierten ohne Hemmungen in den Salon und spielten die Betrunkenen. Das tat seine Wirkung. Den ganzen Abend habe ich von den feinen Leuten nichts mehr gehört, am Ende machte ich mir schon Sorge, sie seien an Land unter die Räder geraten.
Vielleicht, sagte Ferdinand, haben sie auch mit mir Schwierigkeiten, vielleicht werde ich seekrank.
Das werden wir verhüten, sagte der Steward. Ich werde dich schon zu beschäftigen wissen. Das Kochen werde ich dir beibringen und das Kartenlesen, und bis wir uns alles

erzählt haben, sind wir schon längst in Genua. Von dem Ententeich haben wir auch nichts zu befürchten. Im Golf von Biscaya geht es schon einmal etwas munterer her, das schon. Aber auch daran wirst du dich noch gewöhnen.
Dann wirst du die alten Seefahrergeschichten wieder zu hören bekommen, die der Steward schon beinahe auswendig kann, sagte der Funker. Von den weißen Klöstern an der portugiesischen Küste wird er erzählen, von den Steilküsten, von denen die Bösewichter hinuntergestoßen worden seien, von verfehlten Leuchtfeuern, durch die irregeführte Schiffe auf ein Riff gelaufen sind, vor allem aber wird er den Mund nicht zubekommen, wenn es darum geht, von den Fischen zu reden. Der Steward hat auf jeder Fahrt immer die größten gesehen, niemand weiß später, wieso gerade dieser Kerl so viel Glück hatte.
Der Offizier kam herein; eine Barkasse liege bereit, er lasse sich zu den Landungsbrücken mitnehmen, vielleicht wolle jemand mitkommen.
Ferdinand war sofort bereit, und auch der Steward erklärte, sich an Land die Füße vertreten zu wollen.
Als sie heraustraten, wurden gerade Säcke nach außenbords in die bereit liegenden Schuten verladen. Das geht heute langsamer als sonst, sagte der Offizier; die Küstenschiffe sind nicht rechtzeitig eingetroffen, jetzt ist der Zeitplan durcheinandergeraten.
Sie kletterten die schwankende Leiter in die Barkasse herunter und schnell legte das kleine Schiff ab. Es war dunstig, und obwohl die Sonne schien, konnte man nicht weit übers Wasser schauen. Sie blieben achtern stehen, und der Offizier deutete zur Speicherstadt hinüber und sprach über die großen Docks, wo mächtige Frachtschiffe zur Reparatur bereitlagen. Möwen flogen hinter der Barkasse her und verschwanden dann in steilem Flug zwischen den hochgiebeligen Backsteinhäusern. Sie fuhren so schnell, daß das Wasser aufspritzte und über Bord klatschte.

In der Nähe der Landungsbrücken legten sie an und verabschiedeten sich. Neben den Barkassen lagen hier die weißen Schiffe für die Rundfahrten; am Kai gingen die Menschen entlang und warteten auf die Abfahrt. Fermer schaute auf die Uhr; nun könne man sich auf den Weg ins Hotel machen.

Sie bogen vom Hafen ab und gingen durch die kleinen Straßen mit dem dunklen Kopfsteinpflaster. Die niedrigen Backsteinhäuser waren oft bunt bemalt, und vor den Türen der eng nebeneinander liegenden Geschäfte standen die Kisten mit Obst, Gemüse und Fisch.

Jetzt ist die Zeit für den Heringsfang gekommen, sagte Ferdinand. Die Winterzeit ist nun auch da endgültig vorüber, die Schwärme sind nach Norden gezogen, um sich fett zu fressen; wenn sie dann gewendet haben und nach Süden abtreiben, bekommt man hier zu tun, und die ersten Fischdampfer machen sich auf zum Fang.

Weiter im Inneren der Stadt setzte sich das Wassernetz fort. Das Hotel war nicht weit entfernt. Vor dem großen weißen Portal stand ein Mann und hielt ihnen die Tür offen. Sie gerieten in die kühle Hotelhalle, und der Empfangschef stand hinter einem kleinen Tisch auf, um sie zu begrüßen.

Die schweren Ventilatoren kreisten über ihnen; in der Halle war es leer. Nur in zwei dunklen Sesseln saßen Männer, die Beine übereinandergeschlagen, sich gedämpft unterhaltend, als dürfe man sie nicht verstehen. Die Lifttür sprang auf, und der Liftboy hielt die Hand einer alten Dame, die beim Aussteigen einen kleinen Hund an der Leine hinter sich herzog.

Fermer nannte Rolands Namen und wollte nachfragen lassen, ob er schon auf dem Zimmer war.

Das, antwortete der Empfangschef lächelnd, erübrige sich; die Herrschaften seien schon eingetroffen und hielten sich in der Bar auf.

2

Die Herrschaften, rief Ferdinand, als sie Roland und Georg zwischen Lotta und Marianne an einem kleinen, runden Tisch vor der hellen, hohen Fensterfront sitzen sahen, halten sich in der Bar auf!
Roland stand auf und kam auf sie zu; er umarmte Fermer, dann auch Ferdinand und bestellte etwas zu trinken. Jetzt, sagte er, kann ich mich erst auf alles freuen; die letzten Tage haben so viele Aufregungen gebracht, ich bin kaum noch zur Ruhe gekommen, und die Menschen, die sich um mich drängten, anriefen, ja mich beinahe verfolgt haben, bin ich nur mit Mühe losgeworden.
Ich habe mich, sagte Ferdinand, als sie sich setzten, schon mit einigen Leuten der Besatzung ausführlich unterhalten. Ich werde viel lernen auf der Reise. Besonders mit dem Funker verstehe ich mich gut. Wir wollen eine Bordzeitung herausgeben.
Lust zu verreisen habe ich auch bekommen, sagte Fermer; als wir auf das Schiff gegangen sind, hat mich das Reisefieber überfallen. Beinahe bis in die Zehenspitzen hat es gereicht und bei dem Gedanken, daß das Schiff schon bald auslaufen und das offene Meer erreichen wird, habe ich einen leichten Druck in der Magengegend verspürt. Der Blick auf die ausladenden Männer hat das nur verstärkt; im Hafen herrscht große Betriebsamkeit, überall hat man mit Schwierigkeiten zu kämpfen und ist doch so lange darauf vorbereitet, daß alles beinahe mit leichter Hand geht.
Die Getränke wurden gebracht, und sie tranken aus hohen, beinahe bis zum Rand gefüllten Gläsern, in denen die Eiswürfel klirrten.
Die Probe, sagte Lotta, war aufregend. Erst im Vorraum der großen Konzerthalle haben wir uns getrennt. Dort wurde noch der Boden gesäubert, und die Eimer standen überall im Weg, so daß man zu den hohen Flügeltüren, die in den Saal

führten, auf Zehenspitzen gehen mußte. Von weitem schon hörte man die Instrumente des Orchesters beim Stimmen; im Saal waren die Lichter gedämpft, und nur wenige Menschen hatten sich in dem großen Raum versteckt. Der Konzertmeister kam auch durch die Stuhlreihen gegangen und hat uns nach dem Namen gefragt. Wir haben uns auf Roland berufen, und er hat gesagt, daß es gut sei, daß man aber Stillschweigen wahren müsse, daß kein Wort von dem, was hier verhandelt werde, nach draußen berichtet werden dürfe. Dies sei eine nicht öffentliche Probe. Das haben wir versichert und nun bin ich schon dabei, wortbrüchig zu werden.
Roland lachte und forderte sie auf weiterzureden.
Es hat ja eine Weile gedauert, bis man Roland zu Gesicht bekam. Männer in blauen Kitteln haben den schweren Flügel hereingeschoben, den Deckel aufgeklappt, und einer hat vorsichtig einen Akkord angeschlagen. Schon konnte man einige Melodien des Stückes hören, denn die schwierigeren Stellen und schnellen Passagen wurden von den Musikern noch geprobt. Da wurde ich bis zum Zerspringen aufgeregt und habe Mariannes Hand gehalten. Roland ist auch so verändert erschienen, in seinem zugeknöpften Anzug kam er hinter dem Dirigenten her und verschwendete keinen Blick in den Saal. Mit einem lauten Streich, einem Schlag beinahe aller Instrumente hat es begonnen. Roland saß am Flügel wie ein Vogel, der Körner von den Tasten pickt, auf und nieder ist er gewippt im Rhythmus der Musik. Nur einige Male hat der Dirigent unterbrochen, und sie haben sich über das Tempo verständigt; Rügen gab es für die Bläser, die oft langsam genug hinter den Läufen der Streicher den Einsatz versäumten, winzige Bruchteile zu spät kamen, aber das hat dem Dirigenten, der ein vornehmer Herr mit weißen Haaren war und nach der Probe in einem dunklen Umhang, eingebildet wie ein Pfau, in einer dunklen Limousine verschwand, schon gereicht. Mit rotem Kopf hat er sie zur Ordnung gerufen, überhaupt immer mit der

Rechten herumlamentiert; dabei war er jedoch zu Roland freundlich wie zu einem Vorgesetzten. Nach Ende des Stückes und nachdem Roland das lange Solo gut hinter sich gebracht hatte, sind die Musiker aufgestanden und haben einen Höllenlärm veranstaltet. Roland hat sich beinahe verlegen vom Podium zurückgezogen. Im Saal saßen auch schon die Putzfrauen; das sei das Schönste, sagte die eine, wenn der junge Herr von den klatschenden Menschen wieder aufs Podium gebeten werde.

Ja, sagte Roland, wie eine Lawine stürzt plötzlich alles auf mich zu. Stellt euch doch vor: vor einigen Wochen habe ich noch ruhig im Teehaus gesessen, friedlich unter dem Dach geübt und auf die Bäume vor dem Fenster mit den roten Vogelbeeren geschaut. Die Teilnahme am Wettbewerb habe ich nicht ernst genommen; auch habe ich mich erst am letzten Tag eingeschrieben und mich nach der Vorentscheidung gewundert, daß ich weitergekommen bin. Als dann aber das öffentliche Vorspielen begann und ich in einem kleinen Raum, nur mit den Noten im Kopf und plötzlich kalt gewordenen Händen, warten mußte, da war mir klar, daß alles so und nicht anders kommen durfte, daß ich mich beinahe schon seit Jahren unter dem Dach versteckt, ja vielleicht Angst gehabt habe, mich stellen zu müssen.

Die öffentlichen Auftritte habe ich immer gehaßt; da wird man falsch, tut manches den Blicken zuliebe, der Körper gerät in eine ganz verkrampfte Haltung, man wird steif im Genick und verliert auch die Übersicht über die Tasten.

In jenem kleinen Raum aber wartend, wollte ich plötzlich zeigen, was ich konnte, alles wagen wie bei einem Abenteuer. Da habe ich mir geschworen, daß ich diesen Wettbewerb gewinnen müsse, in den ich, eigentlich ohne es zu wollen, geraten war, daß ich in den nächsten Minuten aufgerufen war, mir zu gestehen, was ich von mir zu erwarten hatte, daß ich mit dem Klavierspiel aufhören und von alledem nichts mehr wissen wollte, wenn es mir nicht gelang.

Draußen haben sie schon geklatscht, als ich hereingekommen bin. Nur das schmale Podium war erleuchtet, und als ich am Flügel Platz nahm, löschte man auch dieses Licht und die Scheinwerfer waren auf mich gerichtet. Ich habe nicht einmal die Menschen im Saal erkannt, auch die Jury habe ich nicht gesehen, die wohl an einem kleinen Tisch unterhalb des Podiums saß. Den Klavierhocker habe ich noch mit nassen Fingern auf die rechte Höhe zurechtgedreht. Als ich dann Platz nahm, kam es mir für einen Augenblick völlig unwahrscheinlich vor, daß ich den Notentext noch immer im Kopf hatte. Wirklich war mir in diesem Moment beinahe alle Erinnerung entfallen, ich mußte an die Wohnung unter dem Dach denken und wünschte mir auch, für immer in ihr verschwinden zu dürfen.

An die Noten habe ich mich beinahe mit Zwang erinnert, dann auch so tief eingeatmet, daß ich sicher war, man werde es noch in den letzten Reihen hören. Bei den ersten Takten habe ich eigentlich nicht zugehört, die Musik lief mir unter den Händen davon. Ich erinnere mich noch genau, daß ich darüber nachgedacht habe, wie breit wohl der Abstand zwischen den schwarzen Tasten sein müsse, damit ich mit den immer breiter werdenden Fingern die weißen noch erreichen könne. Ich glaubte auch, Arme und Beine gehörten nicht zusammen, die Hände wurden schwerer, so daß ich den Fingerbewegungen beinahe mit Erstaunen zuschaute.

Den ersten Satz, der zudem recht schwer war, habe ich nur heruntergespielt, mir aber vorgenommen, das Tempo unmerklich zu steigern, um zu sehen, ob ich kräftig genug war, die schnellen Läufe mit äußerster Geschwindigkeit zu spielen. Ich habe sie dann auch so schnell gespielt, daß mir beinahe Hören und Sehen verging; wie, habe ich mich gefragt, soll ich denn von dem immer schneller werdenden Zug noch abspringen?

Am Ende freute ich mich schon auf den zweiten, den

langsamen Satz. Da waren mir die Noten ganz gegenwärtig, ich sah sie gleichsam nacheinander vor mir wach werden und wieder verschwinden. Im Spiegelbild des aufgeklappten Flügeldeckels erkannte ich mich für einen Moment, und da dachte ich, daß diese Musik, dieser Klang mich erst erschaffen habe, so merkwürdig dieser Gedanke auch sein mag. Aber in jenem Moment nahm ich wirklich an, ohne diese Klänge nicht auf der Welt zu sein, und mit diesem Empfinden habe ich weitergespielt, und alle störenden Gedanken waren verschwunden. Noch nie in meinem Leben habe ich das gefühlt, obwohl ich, und das weiß ich jetzt, darauf immer gewartet habe. Es war nämlich so, als ob ich durch die Musik hätte sprechen können und als sei es selbstverständlich, daß man mich auch verstehe. Wie auf einem fernen Sessel sitzend und leise redend, als müsse ich die Vergangenheit Kindern erklären, die den Kopf zu mir emporhielten, sah ich mich sprechen und spielen. Das war wohl in jenen Augenblicken ein und dasselbe gewesen, und erst später kam mir jener merkwürdige Titel der letzten der Schumannschen Kinderszenen in den Sinn, die betitelt ist: ›Der Dichter spricht‹. Jetzt erst weiß ich, was da gemeint ist.
Den dritten Satz konnte ich ohne großes Zögern schon wie ein Fest beginnen. Wie auf einer Woge trug es mich ans Ziel, erst beim letzten Akkord kam ich zum Halt und spürte die schwach gewordenen Kniee wieder.
Da ist der Beifall auch schon über mir zusammengebrochen. Aus dem Dunkel vor mir ist ein Mitglied der Jury aufs Podium gehüpft und hat mir die Hand geschüttelt. Das Programm aber brauchte ich nicht mehr einzuhalten; ich konnte die folgende Stunde lang spielen, was mir gefiel, und später kam jene Stunde mir vor wie der geraffte Ablauf der letzten Jahre, als ziehe alles noch einmal an mir vorüber, was ich erlebt hatte.
Dann, fragte Lotta, sind auch wir darin vorgekommen und das Haus der Eltern, in dem du geübt hast, und Anna und

die ferne Stadt am Strom und der Fluß selbst, die Inseln und Brücken?
Alles, sagte Roland, alles ist darin vorgekommen, die Menschen und Orte, die Gedanken und Bilder, und die Musik hat den Takt zur verrinnenden Zeit geschlagen. Es war, als habe man all die Jahre nur für diese Stunde gelebt, und als habe sich in ihr alles zusammengefaßt.
Weiter, sagte Lotta, wie ging es weiter, sicher hast du Blumen bekommen, einen großen Strauß?
Blumen habe ich bekommen, sagte Roland, unter dem Dach sieht es heute aus wie in der Gärtnerei. Noch am Abend des Tages hat eine Agentur Kontakte mit mir aufgenommen, und später sind weitere Angebote gekommen. Erst nach einer Woche habe ich mich entschieden. Zwei Konzerte habe ich nun schon gegeben, aber sie alle dienten nur der Vorbereitung auf den heutigen Abend, denn hier hat man mir gesagt, in dieser Stadt, entscheide sich ›meine Zukunft‹.
Dann mußt du dich jetzt ausruhen, sagte Lotta.
Ja, das habe ich auch vor. Im Zimmer haben sie einen Flügel für mich aufgestellt, ich werde noch einige Übungen machen. Die Karten für den Abend habe ich schon dabei; ich habe euch die besten Plätze besorgt, und ich werde mich an euch erinnern, wenn ich spiele, und werde so tun, als spielte ich nur für euch.
Er nahm die Karten aus der Tasche und verteilte sie. Sie tranken ihre Gläser leer, und Georg stand auf. Schlag den Glotzenden und Lauschenden die Töne nur heftig um die Ohren, sagte er zu Roland. Ich habe den pythagoreischen Sphärenklang, die reinste Harmonie, im Kopf, und dazu weiß ich auch den scholastischen Text.
Dann kann nichts mehr passieren, sagte Roland, als sie hinausgingen. So habe ich es mir auch vorgestellt; alle in der ersten Reihe, aufgepflanzt wie die Vögel auf dem Dach.

3

Sie trennten sich am Nachmittag, und jeder wollte seinen Besorgungen nachgehen. Georg hatte um das Bibliotheksgebäude auf dem Stadtplan einen roten Kreis gezeichnet, Lotta wollte sich im Museum Bilder anschauen, und Ferdinand wünschte sich zum Schiff zurück, auf dem der Kapitän erwartet wurde. Marianne und Fermer begleiteten ihn bis zu den Landungsbrücken und verließen dann die Hafengegend, gingen jedoch weiter am Wasser entlang, das allmählich wieder die überschaubaren Grenzen eines breiten Stromes annahm, dessen sandige Ufer hervortraten.
Ich glaube, sagte Fermer, ich habe Roland verstanden. Auf eine Stunde wie die, von der er gesprochen hat, lebt man vielleicht hin. All die unbewußt gelebten Momente und Jahre mögen dann vergessen sein, und mit einem Mal wird man einen Teil von sich selbst begreifen. Früher habe ich nicht so gedacht; immer wollte ich gleich wissen, was etwas bedeutet, die Zeit lief mir davon. Vielleicht lebt man über Jahre und Jahrzehnte hinweg auf jene Stunden zu, in denen sich für einen Moment alles verdichtet.
Ja, sagte Marianne, so ähnlich stelle ich es mir auch vor. Kennst du auch diesen Ruck, den man spürt, wenn man sich plötzlich älter glaubt? Ich weiß noch, wie das bei mir war. Ich lebte bei den Eltern, ging zur Schule, als die Sache mit dem Bruder passierte, der große Streit mit dem Vater und der Selbstmord. Als ich am Morgen nach der Beerdigung des Bruders wieder in die Schule gehen wollte, begriff ich, was der Bruder getan hatte. Er wußte dem Vater einfach nicht mehr zu antworten, und es gab keine andere Antwort mehr als den Tod. So bedingungslos hatte er sich entschieden, und als ich darüber nachdachte, wurde mir klar, daß auch von mir irgendeine Entscheidung erwartet wurde. Von einem Moment auf den anderen mußte ich mich vom Haus der Eltern lösen; ich glaube, ich hatte damals das

Gefühl, ohne Eltern auskommen zu müssen, als sei das die erste Stufe der Freiheit. Ich bin nicht zur Schule gegangen und bestand darauf, zu einer Tante ziehen zu dürfen. Die Eltern haben dann auch nachgegeben.

Sie stiegen die kleinen Treppen von der höher gelegenen Chaussee hinunter und nahmen den schmalen Pfad entlang des Flusses. Die Sonne blendete und lag wie eine Scheibe auf dem Strom; der Motorenlärm wurde schwächer, und unterhalb der an den Hängen liegenden Villen mit den lang sich hinziehenden Gärten traten die kleineren Häuser der Fischer hervor. Die Liegestühle standen auf dem breiten, trockenen Flußbett am Ufer, und doch war es still; mit geschlossenen Augen lagen die meisten in der Sonne, nur die Kinder liefen am Wasser entlang und wichen den Wellen aus, die auf sie zuliefen, wenn ein größeres Schiff den Strom hinabfuhr.

Für mich, sagte Fermer, hat der Abend der Flucht alles ins Rollen gebracht. Da stand ich auf der Brücke über dem Strom, wo die Lichter aufleuchteten und die Menschen in den Hotelfenstern lagen. Da habe ich noch zu den Hügeln hinübergeschaut, auf denen ich später entlanggegangen bin in einer sturmkalten Nacht. Die Erde war noch grau, und nun ist es nicht mehr weit bis zur Weinernte. Vielleicht trägt der Kirschbaum jetzt schon Früchte, auch die Aprikosen werden sie bald ernten bei euch im Garten. Den Falken habe ich über mir gesehen, nicht weit vom Haus des Müllers. Wieviel hatte dieser Mann doch gesehen und wie lebendig waren in seiner Nähe die alten Bilder! Mit Lotta bin ich dann schnell auf die Ebene zugefahren, und da traten schon die Blüten zwischen den Zäunen hervor. Allmählich sind meine Träume schwächer geworden; je stärker die Angst war, gefaßt zu werden, um so mehr verlor ich auch die Illusionen. Als ich im Haus deiner Eltern war, glaubte ich noch, mich in Lotta verliebt zu haben, und niemand sollte davon wissen, bis ich es doch Ferdinand gestehen mußte an

einem Tag, den ich nicht vergessen werde und an dem er mir auch seine Geheimnisse zeigte.
Du hattest dich in Lotta verliebt, fragte Marianne, und du hast ihr nichts davon erzählt, du hast nie mit ihr darüber gesprochen?
Diese Liebe, antwortete Fermer, war auch ein Teil meiner Träume. Damals war ich unruhiger und auch schwächer geworden; ich war schon nahe daran aufzugeben. So einsam habe ich mich selten gefühlt, nichts bereitete mir mehr Vergnügen. Ich glaube jetzt, daß ich da die Liebe zu Lotta erfunden habe; daran konnte ich tagaus, tagein mit dem Empfinden denken, bald werde alles besser sein, wenn nur Lotta mich verstanden hätte. Aber sicher war ich mir nie; ich habe es so mit mir herumgetragen, und es war eben schön, daran zu denken, wenn man allein war oder die Zeit einem so leer erschien.
Sie gingen weiter am Fluß entlang und gerieten in die weiten Parks; die Wege zwischen den mächtigen Eichen waren von der Sonne umflutet, und manchmal gab ein Vorsprung den Blick auf den Hafen frei, die sich hin und her bewegenden Kräne, den dichten Verkehr der Barkassen im schwachen Dunst. In den am Ufer angeketteten Booten lagen zwei Kinder und ließen die Arme ins Wasser fallen. Von einem weißen Ausflugsdampfer klang Musik herüber.
An dem Abend, fuhr Fermer fort, als ich dich zum ersten Mal gesehen habe, war ich seit langem wieder froher gestimmt. Lotta hatte mich ja abgeholt, und wir waren fast einen halben Tag lang gefahren. Die Eltern hatte ich da schon wiedergesehen, aber mit ihnen konnte ich nicht reden, sie wollten mir nicht zuhören. Lotta und du, ihr habt ja noch mit den Erinnerungen an eure Eltern kämpfen müssen – das habe ich nie gebraucht. Ich fühlte mich schon früh allein, vielleicht auch, weil ich keine Geschwister hatte, und beachtete meine Eltern nur wenig. Sie ließen mich auch immer gewähren; ich kann nicht sagen, daß sie sich nicht

um mich kümmerten, aber sie hielten doch Abstand zu mir. Auf sonderbare Weise waren sie mir immer entzogen, als gehörten sie in eine andere Zeit. Die Ereignisse des Krieges haben sie bestimmt nie vergessen, so oft erzählen sie davon, der Vater vom langen Fußmarsch in die Heimat, verwundet dazu, die Mutter von der Angst der Zurückgebliebenen, von den spärlichen Nachrichten und den erschreckenden Berichten der Heimkehrer. Bestimmt hat der Krieg ihren Mut gebrochen, so ängstlich und vorsichtig, wie sie jetzt sind. Als ich bei ihnen auftauchte, wußten sie nicht einmal, was sie tun sollten. Zornig wollten sie nicht sein, wie noch ihre Eltern es gewesen wären, freundlich konnten sie nicht sein, weil ich ihre Ruhe gestört hatte; statt dessen blieben sie gekränkt. Das hatte ich schnell bemerkt, was sollte ich da noch bleiben und warten wie auf ein Wunder? Trotzdem war die blasse Erinnerung an sie zuvor noch eine Last für mich gewesen; ich wußte nicht einmal genau, ob ich ihnen nicht Unrecht getan hatte. Davon war nach dem Aufenthalt nichts mehr zu merken. Nach dem Krieg waren sie wie die Verwandten und Freunde in ein Eigenheim geflohen, hatten sich auf ein bescheidenes Leben eingerichtet und die Hoffnung gehegt, nie mehr verantwortlich sein zu müssen. Da stand ich nun und schien ihnen ihre Verantwortung zurückzugeben; das kränkte sie, und diese Kränkung zeigten sie mir, indem sie ihr Alter vorschoben, ihre Gebrechlichkeiten erwähnten, ihre Schutzbedürftigkeit, nicht als müßten sie sich um mich, sondern als müsse ich mich um sie kümmern. Bestimmt waren sie erleichtert, als ich meinen Seesack packte, die Mutter steckte mir Geld zu, wieder hatten sie eine Erfahrung gemacht, wie unsicher die Zeiten doch waren, und wieder wollten sie sich dieser Erfahrung nicht stellen. Da war ich froh, als ich ihnen den Rücken kehren konnte und Lotta am Friedhof warten sah. Unverletzlicher kam ich mir vor, auch Lotta gegenüber, und erzählen konnte ich vom Müller, dem Osterfeuer und den abendlichen Mahlzeiten im Steinhaus, als es draußen kalt gewesen war wie im Winter und es nur einen Ofen gab. Froh kam ich bei dir an, und du hattest so viel zu tun, weißt du noch, als du gezeichnet und auf der Gitarre gespielt hast? Ich war so zuversichtlich, bis an jenem Abend, als wir den Polizisten am Bahnhof begegneten und die Züge vor unseren Augen in viel sichere Gegenden verschwanden. Da warst du in meiner Nähe beinahe wie ein Schutzengel, und ich wußte, die Angst hatten wir gemeinsam erlebt.

Georg, antwortete Marianne, hat mich nie gefragt, was an diesem Abend geschehen ist. Wir haben es ihm ja erzählt, aber er wollte nie mehr darüber wissen, ich glaube, es war ihm klar, daß unsere Beziehung nicht mehr standhielt. Ich hatte ihn auf einer Reise kennengelernt, und da hatte mir sein Trotz gefallen, auch seine Unbarmherzigkeit gegen alles, was ihn nicht verstehen wollte; aber vielleicht wollte er immer allein bleiben; auch als wir zusammenzogen, sprach er vom Alleinsein, und selbst wenn er sich betrank, igelte er sich in diesem Gefühl ein, als sei er so stark genug. Wir haben uns alle Erklärungen erspart, soviel hatten wir gelernt. Aber siehst du, wie der Fluß dort schmäler wird und die Schiffe enger zusammenrücken? So wie jetzt würde ich gerne weitergehen mit dir, ans Meer, ohne einzuhalten, am Fluß entlang durch die grüne Senke.

Ja, sagte Fermer, wir müssen auch noch weiter hinaus. Wir könnten mit den Rädern weiter in den Norden fahren, an der Küste entlang. Wollen wir dieses Land nicht für eine Weile hinter uns lassen? Beinahe beneide ich Ferdinand und Lotta; von Italien habe ich früher noch geträumt, als ich ein Junge war, von den Akazien und Pinien.

Wir wollen sehen, antwortete Marianne, was uns einfällt, heute abend nach dem Konzert. Roland hat uns eingeladen, und wir werden Fische essen und Wein trinken und uns beraten, die halbe Nacht.

Sie umarmten sich und gingen, ausgelassen erzählend, den

kleinen Uferweg zurück. Am Hafen flackerten schon die Lichter, und in der Ferne ragten hinter den niedrigen Kontorhäusern die Spitzen der Türme zwischen den Hochhäusern auf. Der Verkehr auf der Uferstraße hatte zugenommen, und sie liefen zwischen den fahrenden Wagen entlang bis zu den Galerien der Geschäftshäuser.
Vor der Konzerthalle, in die schon die Menschen strömten und vor der die Wagen hielten, warteten die anderen. Das ist doch ein seltsamer Tag, sagte Lotta. Es sieht so aus, als wolle es nicht dunkel werden.
Im Foyer standen die Menschen in kleinen Gruppen, und Lotta bahnte sich einen Weg in den Saal. Ferdinand ging neben Fermer. Den Kapitän, sagte er, habe ich mir anders vorgestellt. Einen großen Mann hatte ich erwartet, der die Arme über der Brust verschränkt. Nun ist er nicht viel größer als ich, er hat mich auch nur kurz begrüßt, und an Deck ist jetzt alles viel aufgeregter, und selbst der Steward hat seine Geduld verloren.
Wie lange wird er spielen, der Virtuose, fragte Georg. Nicht länger als eine halbe Stunde, antwortete Lotta. Georg war zufrieden. Ich habe schon den ganzen Nachmittag auf einem Stuhl zugebracht. Sie haben hier einen guten Lesesaal; er ist kreisrund, mit einer großen Lichtöffnung oben in der Mitte. Von allen Seiten kann man sich auf dicken Teppichen den Karteikästen nähern. Schon als ich hereinkam, waren die Leselampen eingeschaltet. Ich dachte, es müsse draußen schon ganz dunkel sein, und um so angenehmer war der Blick in die Bücher.
Sie nahmen nebeneinander in der ersten Reihe Platz. Das Orchester saß schon auf dem Podium, und die Musiker stimmten die Instrumente. Das Licht im Saal wurde schwächer.
Jetzt freue ich mich auf die Musik, sagte Marianne zu Fermer, vielleicht ist auch unsere Vorfreude auf die Reise in ihr verborgen, und vielleicht hören wir sie heraus.

Mit schnellen Schritten betrat Roland vor dem Dirigenten den großen Halbkreis. Er wand sich zwischen den Stühlen hindurch, und obwohl der Beifall schon aufbrandete, setzte er sich sofort und zog die Manschetten aus den Ärmeln hervor. Der Dirigent schaute von seinem erhöhten Platz zu ihm herab.
Roland nickte, und der Dirigent hob den Taktstock.

4

Jetzt stoßen wir auf dich an, sagte Lotta zu Roland, ich war so gespannt, die ganze Zeit über. Kaum atmen wollte ich, bis alles gut vorüber war.
Sie saßen zusammen im Dachgarten eines Restaurants in der Nähe der Uferstraße, wo Roland einen Tisch hatte reservieren lassen. Die Kellner hatten die Blumensträuße beiseite genommen und sie ins Wasser gelegt. Roland hatte eine Flasche Champagner bestellt, und sie ließen die schlanken Gläser gegeneinanderklirren.
Schade, sagte Georg, daß alles so schnell vorüberzieht. Man will etwas festhalten von den Klängen, und sie machen einem das Erinnern so schwer. Ich hatte Mühe, eine der Melodien im Kopf zu behalten, schon löste die nächste sie ab.
Ja, schade, sagte Ferdinand, daß es für die Klänge keine Anker gibt wie für die Schiffe; man könnte sie fest an den Grund ketten und oben die Ladung löschen.
So hat man früher auch einmal komponiert, sagte Roland; über dem Orgelpunkt, der dem Ganzen Halt gab, hatten die Melodien ihre Freiheit. Die dauerte aber nicht lange, immer wieder kehrten sie zu jenem Grundton zurück. Diese Musik ist vielleicht auch einfacher zu hören, man kann sie verfolgen; dafür aber ist Schumanns Konzert wie eine Erzählung. Er hat sich die Melodien vorgestellt wie Gestalten und ihnen

manchmal sogar Namen gegeben und sie zu den Noten geschrieben. Ich glaube, er hatte während des Komponierens Ereignisse im Kopf oder Stimmungen, und immer achtete er darauf, daß die Musik den Fluß des Erzählens und Sprechens behielt.
Dann hat sich dein Schumann, fragte Lotta, Menschen und Szenen vorgestellt und dazu die Musik erfunden?
Umgekehrt, sagte Roland, gerade umgekehrt; er hat nach musikalischen Einfällen gesucht, aber diese Melodien erschienen ihm dann wie eine Sprache, eine andere als die mit den Worten, eine viel dringlichere. Die Melodien waren plötzlich ›Geschichten‹, ›kuriose‹ oder solche ›von fremden Ländern und Menschen‹, auch Bilder wie der ›Ritter vom Steckenpferd‹, das ›bittende Kind‹ oder der ›Hasche-Mann‹. Aber diese Titel darfst du gar nicht kennen, er hat sie selbst erst über die Stücke geschrieben, nachdem er sie komponiert hatte. Du mußt nur in sie hineinhorchen und sie in deine Geschichten übersetzen.
Ja, sagte Lotta, bei deiner Zugabe, da fiel mir das nicht schwer. Ich habe sie beinahe noch im Kopf, es waren ja nur drei Töne, aus denen alles Weitere entstand, nicht wahr?
Es ist für mich die schönste der ›Kinderszenen‹, sagte Roland, und sie steht ganz am Schluß. Eigentlich darf man sie so für sich nicht spielen, aber heute habe ich da eine Ausnahme gemacht, weil ihr sie doch hören solltet. Ist das Konzert nicht wie ein Maskenball, hinter dessen immer schneller werdenden Bewegungen man es tanzen hört? Der dritte Satz ist da der anstrengendste, das Klavier läuft dem Orchester immerzu voraus, es gibt kaum einen Moment Ruhe. Es ist etwas Nimmermüdes darin, als dürfe es keine Erschöpfung geben. Selbst die Freude hat in diesem Konzert noch etwas vom Fieber, und wenn ich es spiele, geht eine ganz seltsame Erregung in meinen Körper über. Mit der Zugabe wollte ich da alles zur Ruhe kommen lassen. Ja, es sind nur drei Töne oder besser drei Klänge, mit denen der ›Dichter‹

da ›spricht‹. Aber glaubt man nicht, daß da einer nach durchtanzter Nacht redet, beinahe schon früh am Morgen? Daß er immer langsamer wird und leiser und sich schon seltsam vorkommt? Er spricht wie zu Ermüdeten, und er selbst hat wohl auch etwas von dieser Müdigkeit, und da ist es schön, wie er nach dem Anfang sich in dieses Rezitativ verliert, wißt ihr noch, wie er beinahe nicht mehr weiter weiß und stockt, wie er aber doch wieder ansetzt und plötzlich doch zurückfindet und begütigend redet bis zum Schluß.
Man wünscht sich, sagte Lotta, daß man still sitzen könnte und alles immer langsamer wird und nicht einhält und immer so weitergeht.
Mein Glas ist leer, sagte Georg, und ich wünsche mir jetzt auch, daß es weitergeht. Er gab dem Kellner ein Zeichen, und der brachte die Karten. Auf den Tischen flackerten die Kerzen, und man konnte zu den Lichtern des Hafens hinunterschauen.
Laßt uns mit Austern beginnen, sagte Georg, ich habe den Champagner noch auf der Zunge. Dann soll es Krabben geben, frisch gefangene. Eine Fischsuppe wünsche ich mir, aber Knoblauch muß darin sein und Kräuter. Wir trinken guten Wein dazu, und das Brot sollen sie uns mit Petersilie und Knoblauch überbacken. Vielleicht können wir dann einen Karpfen bekommen, ein riesiges Viech, eines von denen, die drüben im Bassin schwimmen, ich könnte eine gute Sauce dazu machen, denn hier werden sie kaum wissen, wie man so etwas macht.
Dann sollten wir dir wohl alles überlassen, sagte Roland. Mir ist es recht. Georg stand auf und ging mit der Karte zum Kellner. Sie unterhielten sich eine Weile und verschwanden dann zusammen in der Küche. Er kann es nicht lassen, sagte Lotta, er will uns wieder etwas einreden.
Aber es ist gut, daß er dabei ist, sagte Fermer, er wird die Küche schon in Bewegung setzen und hat er nicht von uns allen den besten Geschmack?

Das kommt daher, sagte Marianne, daß er die Weinsorten kennt wie kein anderer; das Essen dient ihm nur dazu, den Wein zu trinken.
Das Schiff fährt am Morgen, sagte Ferdinand, bis dahin habe ich noch Zeit. Habt ihr nicht Lust, mich in den Hafen zu begleiten und zuzuschauen, wenn wir ablegen?
Ja, sagte Lotta, das machen wir. Wir werden dir Rolands Blumensträuße in die Kabine stellen, und du wirst dich die ganze Fahrt über an diese Nacht erinnern, und wenn ich dich in Genua wiedersehe, werde ich auch die Blumen sehen. Schaut her, ich habe mir eine Landkarte gekauft. Von Genua aus soll es weitergehen, vielleicht wird Roland mich begleiten.
Das Konzert soll wiederholt werden, sagte Roland, jedenfalls haben sie es mir vorgeschlagen. Sie haben mir ein gutes Angebot gemacht, aber es wird das letzte Konzert sein, das ich für eine Weile gebe. Ich will mich nicht jetzt schon mit Konzerten verausgaben, das hat noch Zeit. Aber das Geld könnten wir gut gebrauchen.
Dann sag ihnen doch, was du vorhast, drängte Lotta.
Wenn die Austern kommen, werde ich es ihnen sagen, antwortete Roland, und man soll uns noch eine Flasche Champagner bringen. Unser Schumann ist übrigens auch nach Italien gekommen; allein ist er losspaziert, weil ihn ein Freund, der ihn begleiten wollte, im letzten Augenblick im Stich ließ. Von Heidelberg aus ist er losgezogen, die Schweiz hat er durchquert mit seinem Alpenstock, ein Ränzchen auf dem Buckel; dann ist er am Lago Maggiore entlanggewandert bis nach Mailand, wo er in die Scala gegangen ist. Die Pasta hat er sich angehört, eine berühmte Sängerin damals, und sie hat Rossini gesungen; vorher haßte er Rossini, konnte seine Musik nicht ausstehen, hatte ihn ›einen Kanarienvogel‹ genannt. Aber als er die Pasta hörte, war alles vergessen, er hat einen merkwürdigen Brief darüber nach Leipzig geschrieben.
Was steht denn drin, in diesem Brief, fragte Ferdinand.

Ich kenne ihn nicht auswendig, sagte Roland, aber so ungefähr kann ich mich noch an die Sätze erinnern. Er schrieb, daß er in Leipzig manchmal Furcht empfunden habe vor der Musik, daß sie ihm nicht geheuer gewesen sei, daß er aber in Italien gelernt habe, sie zu lieben.
Das verstehe ich nicht, sagte Lotta, wie konnte er sich fürchten vor der Musik, wenn er soviel von ihr wußte und durch sie erzählte, wie du es beschrieben hast?
Ich verstehe es auch nicht, sagte Roland. Aber vielleicht hängt es mit dem Fieber zusammen, das sich in seinen Stücken in all die Freude mischt und diese erst aufreibt. Vielleicht hat er gespürt, daß er seine Furcht mit der Musik nicht vertreiben konnte und auch die Leipziger sie ihm nicht abnehmen würden. In Italien, da mag die Musik noch etwas gegolten haben, und in die Scala sind die Menschen gezogen wie zu einem Fest, nächtelang haben sie vor den Türen gewartet, und die Sängerinnen waren Göttinnen, die man nach den Konzerten und Opern feierte wie Helden nach der Schlacht.
Die Austern wurden serviert, und Georg setzte sich wieder zu ihnen. Sie wollten mich nicht an die Töpfe lassen, aber sie werden sich Mühe geben. Ich habe ihnen alles genau erklärt, und sie werden es machen, wie wir es haben wollen.
Jetzt mußt du es ihnen erzählen, sagte Lotta, laß sie doch nicht länger warten.
Gut, antwortete Roland. Ich habe jetzt etwas Zeit nach dem nächsten Konzert, und da will ich Lotta begleiten, wenn sie nach Genua fährt. Nun habe ich mir gedacht, daß es schön wäre, wenn wir uns in Italien wiedersehen würden, das wäre auch für Fermer das Beste, wenn er einmal für einige Zeit herauskäme aus diesem Land. Was haltet ihr davon?
Schön wäre es bestimmt, sagte Fermer, ich habe schon heute nachmittag mit Marianne darüber gesprochen. Aber wir müßten das Land noch einmal ganz durchreisen, von der Küste zurück bis zu den Alpen, und das wäre zu gefährlich für mich, ich müßte mich dauernd in acht nehmen.

Sicher, antwortete Roland, das wäre nicht gut, und ich rate dir davon auch ab. Aber ihr könntet mit den Rädern nach Dänemark fahren, nach Kopenhagen, und euch dort ein Flugzeug nehmen; ich habe mich schon erkundigt, sie fliegen am Vormittag ab, machen eine Zwischenlandung in Zürich und fliegen dann weiter nach Genua. Es ist nicht einmal so teuer, und ich will, daß ihr etwas von dem Geld nehmt, das ich jetzt bekomme, weil ich doch nichts damit anfangen kann.
Das würdest du tun, sagte Marianne, und wir könnten uns wiedersehen und italienischen Wein trinken und wie Schumann in die Scala gehen?
Dafür habe ich die Landkarte gekauft, sagte Lotta. Paßt auf, was wir vorhaben. Von Genua aus fahren wir weiter nach Pisa, seht ihr, dann den Arno entlang bis Florenz. Weiter wird es gehen in die Toscana, wo bald die Weinernte beginnt; wir könnten dabei helfen und später dann weiterfahren bis hierher, in das kahlere Land um Siena. Von dort wollen wir ins dunkle Perugia und auf den umbrischen Höhen entlangwandern bis nach Assisi; über die Höhe von Spello wollen wir gehen und im Tal dann Foligno erreichen. Von Trevi aus, das in der Höhe liegt, werden wir herabschauen aufs Land. Weiter werden wir fahren nach Orvieto, die hohen Felsen sehen schon von weitem. Am Tiber entlangwandernd werden wir dann Rom erreichen, wo auf dem Pincio die Kinder im Karussell fahren werden. Aber auch dort werden wir nicht allzu lange verweilen. Hier, den Monte circeo wollen wir besteigen, dann weiterfahren bis nach Neapel, wo wir Capri links liegenlassen und über Salerno nach Paestum gelangen. Bis nach Messina werden wir endlich fahren und dort die Meerenge hinter uns lassen und übersetzen nach Sizilien. Hier, seht ihr, Cefalù liegt dann vor uns und Palermo, wo wir Austern essen wollen wie jetzt auf dem Fischmarkt. Und weiter werden wir noch fahren bis Trapani, wo wir die Schiffe sehen können, die

nach Afrika aufbrechen. Am Hafen werden wir schon afrikanische Speisen essen und uns überlegen, wie weit es noch ist bis Tunis.
Du träumst, sagte Fermer, wie lange soll das denn dauern, soviel Geld haben wir doch gar nicht.
Laß dich nicht einschüchtern, sagte Marianne zu Lotta, eigentlich will er sofort aufbrechen und nicht nach links oder rechts schauen.
Es wird solange dauern, wie wir Lust haben, sagte Lotta. Wir werden es uns nicht vornehmen. Außerdem hast du dir doch etwas Geld verdient, als du im Hof gekellnert hast, wo willst du das denn ausgeben? Und Angst müßtest du dort unten auch nicht haben in unserer Gesellschaft. Da würdest du nicht auffallen, und niemand würde den Kopf nach uns umdrehen.
Vielleicht hast du recht, antwortete Fermer, was soll ich noch hier in diesem Land, wo man mich sucht und ich die Furcht nicht loswerde, doch noch entdeckt zu werden.
Und du wirst etwas ganz anderes sehen, sagte Georg, Kirchen und Tempel, eine ganz andere Landschaft, und du wirst versuchen, eine andere Sprache zu sprechen, und wenn ihr zurückkommt, werde ich euch nicht wiedererkennen.
Dann willst du nicht mitfahren, fragte Fermer.
Jetzt noch nicht, antwortete Georg, erst muß ich die Arbeit zu Ende bringen, in einem Monat ist das Examen. Aber was wird mich dann noch halten, wenn ihr mir vom Wein schreibt da unten, und wie ihr die Trauben erntet?
Ihr habt schon viel getrunken, sagte Ferdinand, und das merkt man euren Plänen an. Denkt ihr wirklich, dort unten sei das Paradies und nichts wird euch mehr belasten?
Nein, sagte Lotta, aber Träume, Träume und Hoffnungen dürfen wir doch haben. Gerade heute habe ich wieder so viel Mut wie lange nicht mehr. Vielleicht hat das Konzert mich vorangetrieben, diese auffahrenden Klänge, vielleicht war es auch der Abend und die lang anhaltende Helligkeit. Schon

als ich am Nachmittag durch die Stadt ging und an den Abend dachte, freute ich mich wie auf ein Fest. Und jetzt ist alles einmal so gekommen, wie ich dachte; darf ich da nicht einmal ausgelassen sein?
Doch, sagte Fermer, als er Lottas Erregung bemerkte, mir ist es ganz ähnlich wie dir ergangen. Georg hat schon recht; wir müssen einmal etwas anderes sehen, und vielleicht denken wir dann neu über das, was wir hier erlebt haben. Der Müller, bei dem ich mich einige Zeit aufgehalten habe, hat mir zu denken gegeben. Wir haben in diesem Land nur in Generationen gelebt, hat er gesagt. Und jede Generation hat ihren Umbruch erlebt, und jede hatte das Empfinden, nichts sei ihr geblieben. Schon nach dem Ersten Weltkrieg muß das so gewesen sein, alles geriet ins Schwanken, man fühlte sich mit dem, was man zuvor geglaubt hatte, nicht mehr sicher. Meine Eltern sind in dieser Zeit groß geworden; von der Welt der Großeltern waren sie schon weit entfernt. Als sie erwachsen werden sollten, stand der Zweite Weltkrieg bevor, und nach dem Krieg sollte alles von vorne beginnen. Kommt es euch nicht auch so vor, als müßten auch wir wieder ganz von vorne beginnen und könnten uns auf nichts verlassen? Und da möchte ich doch wissen, ob das in Italien nicht anders ist.
Gut, sagte Lotta, das werden wir schon sehen, aber brauchen wir nur solche Absichten, um zu verreisen? Genügt es nicht, wenn ich sage, ich habe eine unbändige Lust, und ich hoffe, auch von meinen Erinnerungen loszukommen, die wahrhaftig nicht die angenehmsten sind und die mir vielleicht mehr zusetzen, als ihr denken könnt.
Laß nur, sagte Georg, du brauchst dich nicht zu verteidigen. Sie werden uns jetzt die Krabben bringen, und ich werde noch mehr Wein bestellen, damit wir besser träumen können. Laß deine Karte nur offen auf dem Tisch liegen und erzähl uns von den Orten und Landschaften, was wir sehen werden. –

Sie saßen lange zusammen und erzählten, während sie tranken, immer mehr. Zwei Stunden nach Mitternacht schloß das Restaurant, und die Kellner stellten die Stühle auf die Tische; sie waren die letzten auf der großen Terrasse, und sie nahmen die Blumensträuße und gingen langsam zum Hafen. Mit Ferdinand gingen sie auf das Schiff und setzten sich in seine Kabine. In sechs Stunden sollte es ablegen.

5

Ferdinand hatte Kaffee gekocht. Sie waren vom weiten Weg in den Hafen müde geworden und hatten die Blumensträuße in der Kabine verteilt. Draußen war es noch dunkel.
Wann wollt ihr denn aufbrechen, mit den Rädern, fragte Georg.
Marianne schaute Fermer an. Am besten gleich am Morgen. Eigentlich möchte ich nur noch wenig Zeit verlieren, bis wir in Dänemark sind.
Und wie wollt ihr über die Grenze kommen, fragte Georg.
Vielleicht fallen wir bei einer Kontrolle nicht auf, sagte Fermer. Wir werden das Gepäck auf den Rädern recht umständlich verschnüren, vielleicht glauben sie uns die Wandervögel-Verkleidung.
Vielleicht, antwortete Georg, aber es ist riskant. Wenn sie in den Fahndungsbüchern nachschauen, ist es schon zu spät, und alles war umsonst.
Nichts war umsonst, sagte Fermer, was glaubst du denn? Diese Flucht werde ich nie bereuen, auch wenn sie mich erwischen und vor ein Gericht stellen.
Darüber haben wir uns schon einmal gestritten, weißt du noch, sagte Lotta. Damals habe ich gesagt, es kann doch nicht immer so weitergehen, eines Tages wirst du doch aufgeben müssen.
Und es ist doch weitergegangen, sagte Fermer, vielleicht werde ich mich auch einmal stellen, das habe ich dir damals

schon gesagt, aber über den Zeitpunkt möchte ich selbst entscheiden.
Und wann wird das sein, fragte Ferdinand.
Das weiß ich nicht, sagte Fermer; ich stelle mir manchmal vor, ich hätte schon aufgegeben und sie hätten mich schon verurteilt und wieder in die Kaserne zurückgeschickt. Was hätte ich nicht alles versäumt!
In die Kaserne werden sie dich nicht wieder zurückschicken, das glaube ich nicht, sagte Georg. Vielleicht werden sie deine psychische Verfassung überprüfen, dich kontrollieren lassen und dich letztlich doch zurückstellen.
Vielleicht, antwortete Fermer, so denke ich es mir auch. Aber warum soll ich mich dann schon jetzt stellen? Heute bin ich fast schon stolz darauf, daß ich den Mut hatte, nicht aufzugeben. Manchmal denke ich daran, wie ich später einmal auf diese Zeit zurückschauen werde. Ich habe mir nicht alles gefallen lassen, werde ich denken, und ich habe Erfahrungen gemacht, die ich sonst nicht gemacht hätte.
Wie bist du eigentlich auf den Gedanken gekommen abzuhauen, fragte Ferdinand.
Ich konnte es nicht mehr aushalten, sagte Fermer; da hatte ich die Schulzeit hinter mir und schon stand die nächste Etappe bevor, in der man mich demütigen und mir Vorschriften machen wollte, gegen die es keinen Widerstand gab.
Konntest du nicht mit den Freunden darüber sprechen, fragte Ferdinand.
Ich konnte etwas mit ihnen unternehmen, aber mit ihnen sprechen, so wie ich es mir wünschte, konnte ich nicht, antwortete Fermer. Sie waren viel zu ängstlich und schon früh auf Kompromisse aus. Dann beachtete ich sie nicht mehr, und ich war ihnen vielleicht etwas verdächtig, wie ich oft so allein daherzog, aber sie dachten wahrscheinlich, der kann uns nichts anhaben, der nicht. Wie sie wohl heute mit mir reden würden! Ja und nein würden sie sagen, du hast ja

recht, andererseits geht es aber so, wie du es machst, auch nicht. Über Bündnissysteme würden sie sprechen und über die Folgen der Aufrüstung; mit solchen Themen hatten sie sich schon während der Schulzeit übernommen.

Warum sollten sie darüber nicht reden, fragte Ferdinand.

Weil sie sich ihre Meinungen angelesen hatten, sagte Fermer; kaum hat einer von ihnen über solche Themen einmal so gesprochen, daß ich dachte, der hat sich die Sache wirklich überlegt.

Ich habe mir oft vorgestellt, wie ich wohl diese Flucht erlebt hätte, sagte Georg. Ich war nicht beim Militär, weil ich als ›untauglich‹ galt. Vielleicht wäre ich nicht so herumgereist wie du, vielleicht wäre ich nicht einmal auf den Gedanken gekommen, die Quartiere zu wechseln. Ich glaube, es wäre mir langweilig geworden, dieses Warten darauf, gefaßt zu werden.

So empfinde ich es jetzt nicht mehr, sagte Fermer; einige Male habe ich auch gedacht, du wartest nur darauf, daß du gefaßt wirst. Aber je mehr ich unternommen habe, um so mehr hat sich das gelegt.

Jemand klopfte an die Tür, dann kam der Steward herein und fragte, welches Fest denn hier gefeiert werde.

Wir feiern die Abfahrt, sagte Lotta, haben wir sie geweckt?

Nein, sagte der Steward, ich habe auch nicht geschlafen. In zwei, drei Stunden muß ich sowieso aufstehen.

Dann setzen Sie sich doch zu uns, wenn Sie Lust haben, sagte Ferdinand und rückte zur Seite.

Der Steward sagte, er wolle noch etwas Kaffee machen und kam bald mit einer großen Kanne aus der Pantry zurück. Er begann von den Fahrten zu erzählen, und Ferdinand wollte nicht aufhören, ihn zu fragen.

Noch bevor es hell wurde, hörten sie draußen die ersten Geräusche. Sie unterhielten sich noch eine Weile, dann verabschiedete sich der Steward und ging hinaus. Sie hatten noch etwas Zeit, und Ferdinand erklärte ihnen seine Instrumente und zeigte, wie er sie aufbauen wollte.

Als die Zeit der Abfahrt gekommen war, ließen sie ihn allein zurück.
Denk an die Blumen, sagte Lotta, und schreib uns Karten aus den Städten, in denen ihr anlegt.
Am Kai warteten sie noch, bis der Lotse an Bord gekommen war und man die langen Taue gelöst hatte. Langsam wendete sich das Schiff, wie durch einen Schnitt vom Land getrennt, von der Kaimauer ab. Ferdinand stand an Deck und winkte ihnen zu. Sie sahen das Schiff sich immer weiter entfernen und hörten noch das dröhnende Signal, als es das Hafenbecken schon verlassen hatte.
Dann gingen sie zu Rolands Hotel zurück. Marianne und Fermer packten ihre Sachen und schnürten sie auf die Gepäckträger. Sie frühstückten noch zusammen, dann machten sie sich auf die Reise.
Ich wäre vorsichtig, sagte Georg, ihr könnt die Grenze auch in der Nacht passieren und die Kontrollen vermeiden.
Ja, sagte Lotta, seid nur vorsichtig, dann sehen wir uns wieder.
Marianne und Fermer waren noch müde von der Nacht, aber sie fuhren los, nachdem Roland ihnen das Geld gegeben hatte. Anfangs blieben sie in der Nähe des Stromes, und da das Land flach war, kamen sie schnell voran. Auch trieb sie der starke Wind, und sie erreichten schon bald das weite, offene Land.
Später überquerten sie die kleinen Nebenflüsse des Stromes, ließen dann die Haufendörfer hinter sich. Die Farben leuchteten hier in der Sonne stärker als sonst, sie sahen das Blau des Meeres und auch die glänzenden Sandflächen des Watts. Vom Deich aus schauten sie aufs Land, auf die kleinen Häfen der Segler und Fischer, das grüne Grasland des Marschstreifens und den dunkleren Boden der Geest.
In einem kleinen Dorf machten sie kurz halt und tranken einige Gläser Milch. Als sie das Geschäft verließen, sagte Fermer: hast du bemerkt, wie die Verkäuferin mich beob-

achtet hat und wie sie uns nachschaute, als wir uns umdrehten? – Du übertreibst, sagte Marianne; wir dürfen jetzt nicht nervös werden. Wir wollen auch den Nachmittag noch fahren, dann sind wir schon in der Nähe der Grenze. Es ist noch warm draußen, und wir brauchen kein Hotel zu nehmen. Wir werden versuchen, ein wenig zu schlafen und in der Nacht werden wir die Grenze passieren.
Wie heißt denn der nächste Ort an der Grenze, fragte Fermer.
Es sind nur einige Häuser und ein Hof, antwortete Marianne, ein Museum ist auch dabei. ›Seebüll‹ steht auf der Karte.

6

Am Nachmittag stand Marianne vor den blauweißen Wandfliesen der kleinen Stube eines Gasthofes, der in der Nähe des Deiches lag.
Das mußt du dir anschauen, sagte sie zu Fermer, wie man auf den kleinen Bildern das Leben der Landschaft festgehalten hat. Hier gibt es einen Angler am Fluß, ein Schloß unter dunklen Wolkenhaufen, eine Hängebrücke, dann Segelschiffe auf dem Fluß und Fischer in kleinen Booten, die zum Fang ausfahren. Dort, siehst du, eine Kirche auf einer windumstürmten Höhe und eine Windmühle in der Nähe, eine Eiche auch in der ebenen Landschaft; dann ein altes Bauernhaus mit tief liegendem Dach, dazwischen aber immer die Kinder, mit Reifen und Bällen spielend, auf einer Schaukel, neben den galoppierenden Pferden und den mürrisch auf dem Boden liegenden Kühen. Dann kann man hier den Bauer sehen beim Einholen des Getreides und die Frau am Brunnen, selbst die Vogelschwärme hat man nicht vergessen über den niedrigen Zaungattern.
Der Abend war nicht mehr weit, und sie wollten in der Nähe der Grenze noch etwas essen. Sie waren auf schmalen,

aber asphaltierten Wegen immer hinter dem Deich gefahren, wo das Vieh an die Zäune gelaufen war und den Rädern nachgeschaut hatte. Die Wolken waren vom Meer her so schnell übers Land gezogen, daß man noch die Schatten hatte wandern sehen, über die Dörfer hinweg. Sie hatten die Halligen mit den Warfen gesehen und das Netz der kleinen Kanäle hinter den Deichen. Der Himmel hatte sich immer mehr verfärbt, in ein beinahe dunkles Rot hatten sich auch gelbe Streifen gemischt, bis alles in tiefem Blau und den violetten Linien im Westen zerfallen war.

Vom Gasthof aus schrieben sie eine Karte an Lotta und die anderen. Die Läden vor den Fenstern klapperten im Wind, und später brachte die Frau ihnen das Essen, ging dann hinaus, um die Läden zu befestigen. Die Wände der Stube waren mit Hunderten von Fliesen bedeckt, und die Frau hatte von den holländischen Manufakturen erzählt und vom Handel mit den Fliesen.

Dann waren sie zu Fuß noch einmal zum Deich gegangen, wo der Wind heftiger wehte. Das Meer schob sich schon dunkel gegen den Horizont, sie setzten sich und warteten, bis sie die ersten Lichter auf der See sahen.

Als sie weiterfuhren, trieb ihnen der Wind gerade entgegen, und sie mußten sich mit aller Kraft in die Pedale stemmen. Sie kamen von der Straße ab und erreichten über einen Feldweg einen kleinen See. Ein Schild wies nach Osten, wo sie den Hof von ›Seebüll‹ erkannten. Im Norden lag die Grenze. Ein Boot war im Schilf festgemacht.

Jetzt würde ich gerne schwimmen, sagte Fermer, schon als ich aufs Meer schaute, hatte ich große Lust dazu.

Dann machen wir es doch, antwortete Marianne, wir haben noch Zeit. Wir können die Räder dort neben den Schilfbüschen abstellen. Hier ist es windstill, einen besseren Ort finden wir kaum.

Sie schoben die Räder an den Rand des Sees; dann zogen sie sich aus und ließen sich vom Steg aus ins Wasser gleiten.

Fermer tauchte tief hinab, machte dann einige Armstöße und ließ sich langsam wieder nach oben treiben. Er drehte den Körper und legte sich auf den Rücken. Ruhig trieb er auf dem See, ohne sich zu bewegen. Er schaute zum Himmel und versuchte, die Luft anzuhalten. Langsam hob ihn das Wasser auf und ab.
Später, als es kühler wurde, wärmten sie sich, indem sie in die Schlafsäcke krochen. Sie achteten auf die Geräusche in der Nähe. Einmal fuhr ein Bus vorbei, dann glaubten sie einen Traktor zu hören.
Hast du Angst, fragte Marianne.
Nein, sagte Fermer, nicht mehr; wenn wir so liegen und niemand sonst in unserer Nähe ist, ist es gut.
Wir werden telephonieren, sagte Marianne, wenn wir in Dänemark sind. Sie sollen es bald erfahren.
Ja, sagte Fermer, sie werden sich freuen.
Noch immer spürten sie den Wind kaum. Das Boot schlug gegen den Steg.
In Griechenland haben wir damals auch so geschlafen, sagte Marianne, weil wir kein Geld hatten. Aber es war viel wärmer als heute.
So, sagte Fermer.
Er versuchte, noch weiter in den Schlafsack hineinzukriechen. Dann schloß er die Augen. Er erinnerte sich an den Abend der Flucht, die Brücke und die kleine Insel im Strom. In der Ferne bellte ein Hund.
So verbrachten sie ruhig einige Stunden. Es war schon nach Mitternacht, als sie das Gepäck wieder auf den Rädern unterbrachten. Das Licht schalteten sie aus und fuhren auf den schmalen Wegen auf die Grenze zu. Sie hatten sich die Karte genau eingeprägt. –
Eine halbe Stunde später hatten sie die Grenze passiert.

Inhalt

Rolf Vollmann

Die wunderbaren Falschmünzer

Ein Roman-Verführer

1800-1930

ISBN: 978-3-442-72297-6

Rolf Vollmann, Lustleser par excellence, brillanter Autor und Literaturkenner, macht mit über tausend Romanen aller europäischen und amerikanischen Literaturen bekannt. Sein Werk ist eine fulminante Werbung für das intelligente Lesen und eine fesselnde Chronik der Roman-Literatur – verschränkt mit über dreihundert biographischen Skizzen und unterbrochen von Warnhinweisen vor Langweilern und überschätzten Romanciers.

btb

»Schöner als Vollmann, verführerischer, hat diese Bühne des Romans keiner illuminiert.«

Neue Zürcher Zeitung

www.btb-verlag.de